»Man sitzt vielleicht alleine vor seiner Tastatur,
wenn man ein Buch schreibt,
doch ein Buch schreibt man niemals allein.«

Asta Müller

Für Asta

Prolog

Ich tötete sie alle.

Alle, die mich gedemütigt und über mich gelacht hatten, doch auch dann war meine Rache noch nicht gestillt.

Dank der Herrschaft meines Gatten – Aymon, Gott des Krieges, König des Síd – hatten die hässlichen und Unheil stiftenden Fay unseren Ruf ruiniert. Wie kurzsichtig er doch war, wie einfach gestrickt. Ihm reichte die Herrschaft über die Feenhügel und er kümmerte sich nicht um den Terror, den die Fay in der Welt der Menschen anrichteten. In seiner grenzenlosen Arroganz vergaß er, dass die meisten Menschen – von den Hexen abgesehen – zwar magielos, deswegen jedoch nicht schwach waren.

Ich wollte mehr. Ich wollte beide Welten beherrschen.

Die Menschen empfanden uns gegenüber Misstrauen und Furcht. Allen Fay gegenüber. Und wer könnte es ihnen verdenken? Auch die Geschöpfe von Licht und Illusion, wie ich eines bin, wurden mit Argwohn betrachtet. Dabei entstamme ich einem Volk, das alles Schöne schätzt und außergewöhnliche Menschen mit reichen Schätzen belohnt.

Aymon war bereits mehrere Tausend Jahre alt, als man mich ihm im zarten Alter von sechzehn Jahren versprach. Sechzehn Jahre. Ich war nur ein Kind und wäre es in Aymons Augen immer geblieben.

Mein Gemahl genoss im Síd hohes Ansehen. Fay achten Stärke und Durchsetzungsvermögen. Fay verstehen die Sprache der Gewalt. Das hätte mir bezüglich seines Charakters einen Anhaltspunkt geben müssen. Doch damals war ich noch naiv und voller Sehnsüchte und Träume.

Die vielen Jahrhunderte der Qual unter seiner Schreckensherrschaft machten mich zu dem, was ich heute bin.

Doch seine Arroganz brachte ihm den Untergang.

Vermutlich hätte er nie gedacht, dass ihn ausgerechnet die zarte Elfenprinzessin, die er Nacht für Nacht zu den abscheulichsten Perversitäten zwang, im Schlaf enthauptete. Mitsamt seinen Mätressen.

Nachdem mein despotischer Gemahl ›verschwunden‹ war, tuschelte und lachte niemand mehr über mich. Auch nicht über die Tatsache, dass die Söhne des Königs nicht die meinen, sondern die seiner Geliebten waren.

Sie fürchteten mich, wie sie Aymon gefürchtet hatten.

Sie ahnten, dass ich ihn umgebracht hatte, doch Sicherheit hatten sie nicht. Sonst hätten sie mich auf der Stelle exekutiert. Um jene, die versuchten, der Wahrheit auf die Spur zu kommen, in die Irre zu führen, musste ich mir etwas einfallen lassen. Also teilte ich die Rasse der Fay in zwei Gruppen auf – in Seelie und Unseelie –, bezwang in einer Schlacht die Unseelie-Kreaturen und nahm ihnen allen, außer den drei Prinzen, ihre Magie. Anschließend raubte ich ihre Erinnerungen. Den meisten von ihnen. Jene, die sich mir verweigerten, tötete ich. Nur ein Fay behielt sie – und lebte. Einer der Götter. Elendiger. Doch auch ihn zwang ich zum Schweigen.

Dass ich Aymons Söhnen die Magie ließ, war nichts weiter als Berechnung. Ein diplomatisches Entgegenkommen, um das Volk der Unseelie ruhigzustellen und ihnen die Illusion von Sicherheit zu vermitteln.

Ich machte die meinen, die Seelie, zur vorherrschenden Rasse des Síd und verbot den Unseelie, fortan die Feenhügel zu verlassen. Dann sorgte ich dafür, dass die Menschen Argwohn empfanden gegen ihresgleichen, die eine Affinität für Magie besaßen. Hexen. Jahrhundertelang flüsterte ich in die Ohren der Menschen und vergiftete ihre Gedanken, bis sie alle mächtigen Hexenlinien ausgerottet hatten.

Die Zeit heilt alle Wunden, heißt es bei den Menschen.

Ich hatte unendlich viel Zeit.

Doch während ich damit beschäftigt war, meine Pläne in die Tat umzusetzen, wandelte sich die Zeit. Die Menschen kehrten uns den Rücken, dienten nur noch einem einzigen Gott und verschmähten die Magie. Die alten Bräuche und Sitten gerieten in Vergessenheit. Wie auch wir.

Die Zeit der Fay war vorbei. Fürs Erste.

Ich bin jedoch eine geduldige Herrscherin und weiß, dass meine Zeit der Macht über die Menschen kommen wird. Auch sie werde ich bezwingen. Irgendwann.

Ich bin Siobhánn. Ich bin die Königin des Síd. Seit über tausendfünfhundert Jahren.

Heutige Zeit

7

Cathal rollte von der Frau herunter und legte sich in den Sand. Neben sich vernahm er ihre erschöpft klingenden Atemzüge.

»Wow«, hauchte sie und kicherte.

Irgendwann während des Sex war sein Blendzauber in sich zusammengebrochen, da er nicht länger in der Lage gewesen war, sich auf dessen Aufrechterhaltung zu konzentrieren. Doch in der Dunkelheit der Höhle würde sie seine Auswüchse nicht sehen. Deshalb hatte er sie hierher gebracht. Und falls ihr doch etwas auffiel, wäre das auch nicht weiter schlimm. Sie würde die Nacht ohnehin nicht überleben.

Die Frau hatte den Ausflug an den Strand und seine Verführungskünste in der Höhle romantisch gefunden.

Er, ein Romantiker. Der Gedanke amüsierte ihn.

Nachdem sie wieder zu Atem gekommen war, legte sie sich auf die Seite und stützte ihren Kopf auf die Hand. »Also, von mir aus können wir das irgendwann einmal gerne wiederholen.« Sie lachte. »Dabei habe ich dich erst für einen arroganten Idioten gehalten. Nichts für ungut.«

»Kein Problem«, murmelte er. Ihm war herzlich egal, was sie über ihn dachte. Er kannte nicht einmal ihren Namen. Ihre Gefühle, ihre Gedanken waren bedeutungslos, denn bald schon würde sie nicht länger fühlen oder denken. Dennoch wartete er geduldig ab. Teil des Spieles war es, die Vorfreude möglichst lange auszukosten.

»Kleiner Tipp für die Zukunft«, fuhr sie fort. »Es heißt, jemandem das Herz rauben, nicht die Seele. Aber am besten lässt du solche Anmachsprüche.«

»Danke für den Rat, doch ich meinte tatsächlich die Seele.«

Sie lachte wieder. Vermutlich dachte sie, er machte einen Witz.

»Wie auch immer. Aber ich muss schon sagen, dass ich seit Langem schon nicht mehr so guten Sex hatte. Wenn ich es mir recht überlege, kann ich mich nicht daran erinnern, je so guten Sex gehabt zu haben.«

»Überrascht mich nicht.«

Abgesehen davon, dass er ein paar Jahrhunderte Erfahrung vorweisen konnte, bezweifelte er, dass sie bereits mit einem Fay geschlafen hatte. Unseelie durften den Síd nicht verlassen und auch wenn sie nicht schlecht aussah, war ihr Aussehen weit entfernt von jener atemberaubenden Schönheit, um einem Seelie aufzufallen.

»Wir haben wohl eine ziemlich hohe Meinung von uns, was?«, erwiderte sie und schnaubte abschätzig.

»Als würdet ihr Frauen nicht darauf stehen, wenn ein Mann ein gesundes Selbstbewusstsein hat«, neckte er sie. Augenrollend schnalzte sie mit der Zunge, erwiderte darauf jedoch nichts.

Anders als Menschen, sah er im Dunkeln hervorragend. Sie wusste sicher genauso gut wie er, dass er recht hatte, schien jedoch zu stolz zu sein, es offen zuzugeben. Obwohl sie ihn ansah, blieb sie entspannt. Offenbar hatten sich ihre Augen, wie erwartet, nicht vollständig an die Dunkelheit gewöhnt, sonst wäre sie bei seinem Anblick längst aufgesprungen und schreiend davongerannt. Nicht, dass sie allzu weit gekommen wäre.

In freudiger Erwartung leckte er sich über die Lippen. Die Ausflüge in die Welt der Menschen dienten dazu, seine Sluaghs von Zeit zu Zeit bei Laune zu halten, doch wenn er schon einmal hier war, weshalb sich nicht selbst auch ein bisschen Spaß gönnen? Schließlich waren das die einzigen Gelegenheiten, bei denen er es sich erlauben konnte, mit einem Menschen Sex zu haben – was seinen sonstigen Optionen deutlich vorzuziehen war.

Nur wenn er sie ohnehin umbrachte, konnte er es riskieren, dass sie faysüchtig wurden oder einen Blick auf seine wahre Gestalt erhaschten. Er legte es zwar nicht darauf an, jemanden in die Fay-Sucht zu treiben – für einen menschlichen Sexsklaven interessierte er sich nicht –, doch manchmal passierte es aus Versehen, wenn ein Mensch besonders anfällig dafür war.

Bei dieser Frau war das glücklicherweise nicht der Fall, schließlich hatte er seinen Sluaghs eine intakte Seele versprochen. Dass sie so dunkel war wie Teer, spielte keine Rolle. Im Gegenteil, wenn sie die Wahl hatten, stürzten sich die Sluaghs ohnehin auf die verdorbenen Seelen. Offenbar mundeten sie besser. Er wusste nicht, was genau die Frau angestellt hatte, doch um ein einmaliges Kavaliersdelikt konnte es sich nicht handeln. Dafür strahlte sie zu viel Boshaftigkeit nach außen hin aus.

Manchmal suchte er sich Menschen gezielt nach ihren Vorstrafen aus, manchmal traf er durch Zufall auf eine böse Seele. Wie heute Nacht. Es war der Ausdruck in ihren Augen gewesen, der seine Aufmerksamkeit erregt hatte. Der Spiegel zu ihrer Seele. Kalt und abgeklärt. Als wäre ihr Gewissen ein glasklarer See, konnte er tief in ihr Herz blicken und die dunklen Schatten erspähen, die es umgaben. Sie flüsterten ihm zu, erzählten, was für ein Mensch sie war.

Als er eine ihrer Haarsträhnen hinter ihr Ohr klemmte, sog sie hörbar den Atem ein. Ihre gespielte Empörung verschwand. Hitze kroch in ihre Wangen. Die Wärme ihres Körpers tanzte über seine Haut und drückte gegen seine Aura. Er badete in dieser Empfindung, atmete tief ein und ließ sie durch seinen Körper strömen.

Die Nacht näherte sich dem Punkt, der ihm die meiste Freude bereitete. Mit einer einzigen Bewegung stemmte er sich hoch, setzte sich rittlings auf sie und drückte ihre Arme in den Sand.

Den Moment möglichst lang hinauszögern, ihn genießen …

Ihre Augen weiteten sich. Langsam teilten sich ihre Lippen, die sie mit der Zunge befeuchtete.

»Du hast etwas von ›wiederholen‹ gesagt?«, flüsterte er und beugte sich zu ihr hinab. Er küsste ihre Halsbeuge.

»Jetzt schon?« Sie seufzte und entspannte sich unter seinen Händen. »Ich bin noch zu erschöpft.«

»Keine Sorge, *mo anam*.« Ein weiterer kleiner Kuss an ihrer Kehle. »Es wird schnell gehen. Ich werde dafür sorgen, dass du nicht leiden musst.«

»Was?« Sie lachte befangen, schien sich nicht sicher zu sein, ob das noch Teil eines Spieles oder ernst gemeint war. Er spürte den hämmernden Schlag ihres Herzens an seinem Körper. Nach einem letzten kleinen Kuss richtete er sich auf. Inzwischen wand sie sich unter ihm, doch sein Griff hielt sie wie in einer Schraubzwinge.

»Lass mich los.« Mit weit aufgerissenen Augen starrte sie zur Höhlendecke empor. »Was … was ist das?«

Ob sie trotz der Finsternis einen Blick auf seine körperlichen Auswüchse erhascht hatte? Ihr schockierter Gesichtsausdruck schien darauf hinzudeuten. Die Lust nach Sex schwand unter ihrer Angst dahin. Das Spiel war vorbei.

»Lass mich los!«, wiederholte sie panisch.

Bevor sie schreien konnte, legte er seine Hand auf ihr Brustbein. Die dunkle Magie, die er in sie stieß, trieb ihr die Luft aus den Lungen, erstickte den aufkeimenden Schrei.

Mit der Hand tastete er ihre Aura ab, langte in sie hinein und durchbrach die Schutzschilde ihres Körpers, ohne die Haut zu verletzen. Sobald er fand, wonach er suchte, griff er fest zu. Sie keuchte, bekam kaum Luft. Ihr Puls raste. Seine Magie zog ihr Blut, ihre Essenz wie ein Magnet an sich. Er löste sie Faser für Faser von ihrem Sein. Ihre Augen rollten in die Höhlen zurück, doch er ließ ihr weder Kraft noch Luft, um etwas zu sagen. Dann beugte er sich zu ihr herunter, umschloss ihre Lippen mit seinem Mund und sog ihre abgelöste Essenz an die Oberfläche. Ersticktes Keuchen drang zwischen ihren Lippen hervor. Die Seele löste sich aus ihrem Körper und entschwand in die Luft. Im Gegensatz zu seinen Sluaghs, hatte er für sie keine weitere Verwendung, dafür war er nicht Sluagh genug. Für sein Heer war die Seele jedoch ein Festmahl.

Vor dem Eingang der Höhle vernahm er hohes, schrilles Kreischen. Schwere Flügelschläge verschmolzen zu einem einzigen Laut, mischten sich mit dem Rauschen der Wellen. Der Lärm verriet die Ankunft des Heeres. Geduldig hatten sie gewartet, bis er mit der Frau fertig war, doch nun nahmen sie die Witterung der frischen Seele auf und das machte sie ungestüm.

Während er die leblose Hülle der Frau in seinen Armen hielt, krallten sich die Nachtjäger die über dem Körper schwebende Seele mit ihren Klauen. Sie würden eine Weile von ihr zehren können. Den nackten, erschlafften Körper ließ er zurück in den Sand gleiten.

Sobald das Heer mitsamt den Resten der zerfetzten Seele fortzog, streifte er seine Hose über, schloss den Gürtel und verließ die Höhle.

Draußen tobte ein Sturm. Hohe Wellen brachen sich am Strand und umspülten seine nackten Füße. Schwarze Wolkenungetüme zogen über seinem Kopf hinweg.

Ein Kreischen durchschnitt die Nacht. Dieses Mal handelte es sich um eine Möwe, die versuchte, sich im Tiefflug vor den Elementen zu retten. Das Salz der See und der Duft der Gischt umhüllten seine Sinne, benetzten seine Haut wie ein seidenes Tuch.

Da er als Mischling zwischen einer Elfe und einem Sluagh von keinem der Königshäuser anerkannt wurde – etwas, das man ihn sein Leben lang hatte spüren lassen –, besaß er Magie und durfte den Síd verlassen. Dennoch musste auch er sich an die allgemeinen Fay-Regeln halten, die lauteten, in der Welt der Menschen kein Aufsehen zu erregen.

Er ließ den Blick über den Strand schweifen und vergewisserte sich, dass niemand ihn beobachtete, bevor er in die Dunkelheit verschwand.

Dann war er mitsamt seinen Sluaghs fort.

2

In der Nacht hatte es heftig gewittert. Das Meer sah noch immer wütend aus, die Wellen schlugen tosend gegen die Steinklippen.

Für Ende September war es angenehm warm, doch das trübe Wetter schlug Nessya den ganzen Tag schon aufs Gemüt. Sie hatte gehofft, die graue Suppe würde zum Nachmittag hin auflockern und die Sonne durchlassen. Stattdessen krochen Nebelschwaden über den Grund und schluckten alle Geräusche, selbst der Wellenschlag drang nur gedämpft an ihr Ohr. Es war einer dieser Tage, der Freude, Glück und Hoffnung für immer aus der Welt zu schwemmen schien, trübsinnig und grau, aber vielleicht lag das auch an ihrer Stimmung. Sie war betrübt. Vielleicht war es doch keine so gute Idee gewesen, an diesen Ort zurückzukehren?

Trotzdem versuchte sie den Spaziergang am Strand zu genießen. Ihre Sneakers und Socken hielt sie in der Hand, während der nasse Sand zwischen ihren Zehen kitzelte. Das Rauschen der See im Hintergrund beruhigte ihre Nerven. Es wirkte fast meditativ. Die Auszeit hatte sie bitter nötig gehabt und die Einsamkeit Clare Islands war dafür eigentlich perfekt. Allmählich setzte bei ihr wieder eine Art Tiefenentspannung ein, nachdem sie sich in letzter Zeit immer gereizter und aggressiver gefühlt hatte.

Obwohl sie Dublin liebte, empfand sie die Hektik der Großstadt oft als sehr anstrengend. Der Nächste, der sie um extra dies oder extra das in seinem Kaffee gebeten hätte, wäre als Sirup geendet. Der Job bei Starbucks war zwar bei Gott nicht die schlechteste Arbeit, aber manche Leute erweckten in ihr jedes Mal das Bedürfnis, sie alle zu strangulieren. Aber vielleicht lag es auch an ihr. Sie gehörte, im Gegensatz zu Emma, nicht gerade zur geselligsten und offensten Sorte. Ihre

Mitbewohnerin trug ihren Spitznamen *Little Miss Sunshine* nicht nur wegen ihrer leuchtend roten Haare.

Bei dem Gedanken an Emma musste sie lächeln. Ohne ihre liebe und verrückte Freundin würde sie die Wohnung außer zum Arbeiten wohl nie verlassen. Aber Emma wusste ja auch nichts von den ›Anderen‹. Für Emma gab es keinen Grund, immerzu in Alarmbereitschaft zu stehen. Manchmal wünschte sie sich, ebenso unbeschwert durchs Leben tänzeln zu können, ohne von *deren* Anwesenheit zu wissen. Nur dann wäre sie nicht mehr am Leben.

Träumte nicht jedes Mädchen davon, in Wahrheit Teil eines Disneyfilms zu sein? Eine verlorene Prinzessin, die im Teenageralter nach Jahren der Armut und Entbehrungen an den Königshof kommt, einen tollen Prinzen heiratet und fortan inmitten einer liebevollen Familie in Reichtum lebt? Ein Leben voll mit Magie und wunderschönen, mystischen Geschöpfen?

Dieser Mist wird völlig überbewertet.

Bei ihr war alles andersherum verlaufen. Bis fünfzehn lebte sie in der magischen Welt der Feen. Ihr ›Prinz‹, der sie verführt und entjungfert hatte, entpuppte sich als Mistkerl und ihre Mutter versuchte sie umzubringen. Sie hatte den Fehler begangen, ohne Magie geboren worden zu sein, sodass sich ihre Mutter der Schmach einer menschlichen Tochter hatte entledigen wollen. Nichts Persönliches.

Leider hatten sich bei ihr die menschlichen Gene ihres Vaters durchgesetzt. Nachdem die Magie selbst im Zuge der Pubertät nicht erwacht war, blieb Nessya nichts anderes übrig, als in die Welt der Menschen zu fliehen, wenn sie überleben wollte. Keine Magie zu haben, war im Síd nicht erwünscht.

Sie atmete tief durch und ließ die salzige Luft durch ihre Lungen strömen, als sich plötzlich die Härchen in ihrem Nacken aufstellten. Fröstelnd rieb sie sich über die Oberarme. Wenn man vom Teufel spricht …

Dieses Gefühl war ihr allzu vertraut. Es hatte nichts mit der frischen Brise zu tun. Aufgrund der Sehnsucht nach ihrer Heimat hatte sie sich Clare Island entgegen jeglicher Vernunft als Urlaubsort ausgesucht. Ausgerechnet. Nachdem sie vor ziemlich genau zehn Jahren aus dem Síd hatte fliehen müssen, war sie durch ein Portal hier gelandet. Mit der traurigen Gewissheit, niemals zurückkehren zu dürfen.

Sie vermisste ihr Zuhause. Ihr *richtiges* Zuhause. Zum ersten Mal in all der Zeit hatte sie der Sehnsucht nachgegeben.

Ob es dieses Portal noch gab? Oder befand sich etwa ein Fay in der Nähe?

Mit angehaltenem Atem ließ sie den Blick über den Strand und das Meer wandern, die Arme fest um den Körper geschlungen. Der Strand schien einsam und verlassen zu sein, auf jeden Fall konnte sie niemanden sehen. Zu ihrer Rechten ragten steile Steinklippen in die Höhe, zu ihrer Linken lag das Meer. Ein letztes Mal ließ sie ihren Blick prüfend über die aufgewühlte See und die Schaumkronen schweifen, die sich auf dem Wasser kräuselten.

Nachdem nichts passierte – kein Ungeheuer aus den Fluten sprang – und auch das Knistern in der Luft nicht stärker wurde, entließ sie den angehaltenen Atem aus ihren Lungen. Offenbar spürte sie lediglich Überbleibsel irgendeiner Magie. Einen Moment blieb sie unschlüssig stehen, bis sie etwas weiter vorne den Eingang zu einer Höhle entdeckte. *Ihrer* Höhle. Das Portal von damals.

Kehr um, dort gibt es nichts für dich, dachte sie, während sie auf die Höhle zuging. *Kehr verdammt noch mal um.* Die Sehnsucht siegte.

Selbst wenn sie das Portal nicht benutzen würde – das wäre glatter Selbstmord –, könnte sie doch einen Moment dort verweilen. Nur ganz kurz. Und sich wenigstens der Phantasie hingeben, *was wäre wenn …*

Zögerlich betrat sie mit klopfendem Herzen den Eingang. Je tiefer sie hineinging, desto stärker biss die Magie in ihre Haut. Anders als alles, was sie je gespürt hatte.

Sie runzelte die Stirn. So fühlte sich doch keine Magie der Seelie an? Um Elfenmagie handelte es sich sowieso nicht, die hätte sie sofort erkannt. Doch auch die der unbedeutenderen, niederen Seelie fühlte sich für gewöhnlich nicht so … hoffnungslos, schmerzlich und endgültig an, obwohl es auch innerhalb der niederen Seelie-Kasten äußerst fiese und garstige Kreaturen gab.

Ihr Mund wurde trocken, das Schlucken bereitete ihr Schwierigkeiten, sie bekam kaum Luft. Dunkle Magie.

Das war unmöglich. Die Unseelie hatten ihre Magie vor langer Zeit verloren, zudem war es ihnen verboten, den Síd zu verlassen. Wozu die dunkle Sippe einmal fähig gewesen war, kannte sie nur von alten Schriften aus längst vergangenen Tagen.

Nur drei Unseelie gab es, die ihre Magie noch besaßen. Die drei Prinzen.

Bei dem Gedanken erstarrte sie. Sie war ihnen nie begegnet und hatte kein Interesse, das zu ändern. Selbst Begegnungen mit Elfen vermied sie, aus Angst, sie könnten sie erkennen und töten oder in den Síd zurückschleppen und dann töten. Nach über zehn Jahren war das zwar unwahrscheinlich, da sie sicher schon längst von ihnen vergessen war oder sie sich nicht weiter um sie scherten, dennoch wollte sie das Schicksal nicht herausfordern. Doch bei den drei Unseelie-Prinzen handelte es sich um ein ganz anderes Kaliber.

Gerade wollte sie auf dem Absatz kehrtmachen, als ihr im Augenwinkel etwas auffiel, das tiefer in der Höhle lag. Unwillkürlich sah sie genauer hin und erkannte den nackten Körper einer Frau.

»Verflucht!«, zischte sie und eilte zu ihr.

Neben der Frau kniete sie sich in den Sand. Hier erschien ihr die Luft noch kälter, stickiger und hoffnungsloser als am Eingang. Als würde man Säure einatmen. Sie schaffte es kaum, durch den dunklen Zauber hindurch Luft zu bekommen.

»Mein Gott, welche von diesen Bestien hat dir das nur angetan?«, murmelte sie, während sie das Gesicht der Frau zu sich drehte. Äußerlich schien sie unversehrt zu sein. Immerhin. Die Lippen waren blassblau, wofür jedoch die Kälte verantwortlich sein könnte. Doch ihre trüben Augen waren weit aufgerissen und fixierten einen unsichtbaren Punkt an der Höhlendecke. Der Lebensschimmer war aus ihnen gewichen.

Seufzend schloss Nessya die Lider der Frau, legte dann ihre Hände in den Schoß und wusste nicht so recht, was sie tun sollte. Für die Frau kam jegliche Hilfe zu spät. Etwas – sie weigerte sich, ›jemand‹ zu denken – hatte sie erwischt. Und niemand würde herausfinden, was wirklich geschehen war.

Selbst wenn die Gardaì ermittelte, würden sie den Mörder niemals finden. Wie auch? Wie sollte man etwas finden, wenn man nicht wusste, wonach man suchen sollte? Die Angehörigen würden nie die Wahrheit erfahren.

Das Licht des schwindenden Tages war Nessya vorher schon trist erschienen, jetzt kam es ihr noch dunkler vor. Als wären alle Farben aus der Welt geschwemmt worden und nichts als Grautöne übrig geblieben.

Während sie wie betäubt neben der Leiche hockte und versuchte, einen klaren Gedanken zu fassen, öffneten sich plötzlich deren Lippen.

Lebte sie etwa noch? Doch es handelte sich nur um einen kleinen Krebs, der aus dem Mund der Toten krabbelte. Der subtile Horror dieses Bildes weckte Nessya aus ihrer Lethargie. Schockiert fiel sie nach hinten und rutschte rückwärts von der Leiche weg. Mit zitternden Händen kramte sie ihr Handy aus der Tasche. Kein Empfang.

Rasch verließ sie die Höhle, schlüpfte draußen in ihre Sneakers und lief über den Strand hinauf zur Straße. Auf dem Weg nach oben überschlugen sich ihre Gedanken.

Dunkle, bösartige Magie. Eindeutig. Doch abgesehen von den Prinzen besaßen die Unseelie keine Magie. Weshalb sollten sich die Prinzen ausgerechnet diesen Ort aussuchen, um sich mit einem Menschen zu vergnügen? Würden die nicht eher die Großstädte bevorzugen? Doch wer sonst sollte dafür verantwortlich sein? Abgesehen von den Prinzen, kämen nur noch …

Abrupt blieb sie stehen. Bei dem Gedanken wurde ihr auf einmal eiskalt.

Es kämen nur noch die Sluaghs infrage, beendete sie ihren eigenen Gedanken. Und, ja, die würden wohl eher eine verlassene Gegend bevorzugen, da sie in der Großstadt viel zu viel Aufsehen erregen würden. Es gab nicht viele Regeln, an die sich ein Fay halten musste. Doch eine – die vermutlich wichtigste – lautete, sich vor den Menschen bedeckt zu halten.

»*Wenn du nicht artig bist, setze ich dich nachts vor den Toren des Westens aus*«, hatte Mutter immer gesagt. Die Tore des Westens, der Ort, an dem die Seelenfresser hausten.

Sluagh-Territorium.

Ihre Mutter machte die Drohung nie wahr, doch Nessya hätte es ihr zugetraut. Manchmal konnte Mutter ein ganz schönes Miststück sein. Von Kindesbeinen an hatte man ihr die schrecklichsten Geschichten über das *Wilde Heer* und dessen Heerführer erzählt.

Sogar die ranghohen Seelie fürchteten das Heer, obwohl sich Elfen eigentlich gegen jeden und alles magisch zu verteidigen wussten.

Das Leben im Síd hatte sie gelehrt, ihren Stolz herunterzuschlucken und sich selbst nicht allzu wichtig zu nehmen. Wer war sie schon, verglichen mit den machtvollen Lichtgeschöpfen? Das Einzige, das sie richtig gemacht hatte, war, die Hügel zu verlassen. Zu sagen, ihr hätte der Tapetenwechsel in die Menschenwelt gutgetan, wäre das Understatement des Jahrhunderts.

Als ihr Handy endlich Empfang bekam, befand sie sich praktisch schon im Pub. Sobald sie eintrat, hörten die Musiker auf zu spielen und ihr war, als würde der Lärm der Menschen, die sich unterhielten, erheblich leiser werden. Was natürlich Unsinn war, die Musiker stimmten gerade einfach ein neues Lied an. Nur weil sie am Strand über dunkle Magie und eine Leiche gestolpert war, hörte die Welt nicht auf, sich zu drehen. Alles ging seinen gewohnten Gang weiter, ob sie kurz vor einem Nervenzusammenbruch stand oder nicht.

Was hatte sie sich dabei gedacht, ihre Heimat zu vermissen? Die Begegnung heute zeigte deutlich, dass dazu absolut kein Grund bestand. Vielleicht wäre sie jetzt wenigstens von ihrem dämlichen Heimweh geheilt. Ja, und vielleicht glaubte sie es selbst irgendwann, wenn sie es sich nur lang genug einredete. Es tat verflucht weh. Der Síd war schlecht für sie und doch vermisste sie die Feenhügel.

»… dich setzen?«

Erschreckt sah sie auf und blickte in die kleinen, freundlich blickenden Augen eines älteren Mannes.

»Bitte?«

»Kind, du bist ja kreidebleich«, erwiderte er und führte sie zu einer kleinen Sitznische nahe der Bar. Die untere Hälfte seines wettergegerbten Gesichts versteckte sich unter einem dichten, grau melierten Vollbart und um seine Augen zog sich ein Netz aus strahlenförmigen Lachfältchen. Er erinnerte sie an einen Santa Claus, den ein großes Kaufhaus um die Weihnachtszeit herum für die Kinder buchen würde.

Sollte sie von der toten Frau erzählen? Würde das die Menschen hier in Gefahr bringen? Vermutlich nicht. Die Behörden würden eine unbekannte oder – je nachdem, wie geschickt der Fay beim Verwischen seiner Spuren gewesen war – natürliche Todesursache feststellen.

Santa Claus setzte sich zu ihr an den Tisch. Nachdem sie ihm von ihrem Fund am Strand erzählt hatte, gab er ihr einen Whiskey aus. Sie benetzte ihre Lippen mit der Flüssigkeit und atmete tief durch.

Während der Wirt mit der Gardaì auf dem Festland telefonierte, starrten die anderen Gäste sie verstohlen an. In so einem kleinen Ort verbreitete sich eine solche Neuigkeit bestimmt wie ein Lauffeuer. Sie bekam nur seine Seite des Telefonats mit, doch aus den Worten des Wirts konnte sie sich den Rest zusammenreimen. Nein, aufgrund des Wellengangs könnten sie heute Abend nicht mehr auf die Insel kommen, und ja, die Bergung der Leiche würde bis morgen früh warten müssen. Das hieß, auch sie könnte erst morgen früh die Insel verlassen.

Sie setzte das Glas an und ließ die scharfe Flüssigkeit ihre Kehle hinunterfließen, dann tippte sie eine WhatsApp Nachricht an Emma. Ihre Hände zitterten. Sie musste mehrmals Buchstaben löschen und neu eingeben. Lange starrte sie auf den Text und überlegte, ob Emma die Angst herauslesen könnte, ob sie sie unnötig in Panik versetzen würde. Irgendwann verwarf sie den Gedanken. Was sollte Emma aus ›Hey Emma, ich habe beschlossen, morgen schon zurückzukommen. CU.‹ herauslesen können, außer das, was da stand? Nach einer gefühlten Ewigkeit schickte sie die Message ab.

Unwillkürlich dachte sie daran, dass die Frau eine weitere Nacht in der Höhle am Strand liegen würde, nackt und allein. Das war nicht richtig. Innerlich verfluchte sie sich dafür, so hilflos zu sein und nichts tun zu können, obwohl sie genau wusste, was passiert war.

Ihr Handy vibrierte kurz auf dem Tisch. Auf dem Display sah sie, dass Emma schon geantwortet hatte. Irgendwie tat es gut zu wissen, dass bei ihr zu Hause alles normal war. Dass es dort jemanden gab, der unbekümmert und fröhlich war und nichts von alledem wusste.

Hey, Nessi, Wette gewonnen. ;-) Ich wusste, dass du dich dort zu Tode langweilen würdest. Bis morgen, Emma.

Dass sie eigentlich Nessya hieß, wussten ihre Freunde nicht. Um Fragen zu vermeiden, hatte sie gleich nach der Flucht in die Menschenwelt angefangen, sich mit Nessa vorzustellen, und behauptet, das sei eine Abkürzung für Vanessa. Ein guter Kompromiss. Mit der Zeit war aus Nessa der Spitzname Nessi geworden. Wie das schottische

Monster aus dem Loch. Da es aber ihrem echten Namen sogar etwas näher kam, störte sie das nicht.

Nach einem schnellen Blick auf die Karte war klar, dass der härteste und billigste Alkohol hier der gute Jack war. Sie suchte Blickkontakt zum Wirt, zeigte auf ihr Glas und zeigte mit ihren Fingern das Victory-Zeichen. Gleichzeitig formte sie mit ihren Lippen die Worte ›Jack Daniels‹ und – um den Frevel perfekt zu machen – ›on the rocks‹. Das wäre nicht ihr letzter Doppelter für heute, so viel stand fest.

Der Wirt brachte ihr den Whiskey. »Du weißt, dass wir das Zeug normalerweise nur für Touristen benutzen, die es mit Cola mischen wollen, oder?«

Nessya zuckte mit den Schultern. Offenbar verzichtete der Wirt darauf, ihr eine Predigt über Nationalstolz, amerikanischen Whiskey und die größten No-Gos zu halten. Aber leicht schien es ihm nicht zu fallen. Er stellte das Glas vor sie, legte die Hand väterlich auf ihre Schulter und verschwand dann wieder hinter den Tresen. Eiswürfel klirrten gegen den Tumbler, als sie den Whiskey schwenkte.

Nachdem der Wirt mit einigen Männern gesprochen hatte, verließen sie gemeinsam den Pub. Vermutlich begaben sie sich zum Strand, um die Leiche abzudecken. Das fänden die von der Spurensicherung zwar sicher nicht so toll, aber in so kleinen Orten liefen die Dinge sowieso oft etwas anders.

Allmählich zeigte der Alkohol Wirkung, ein leichter Schwindel setzte ein.

Rasch exte sie den Drink, schüttelte sich und klopfte sich hustend auf die Brust. In der Tat lagen zwischen diesem Whiskey und dem, den der Wirt ihr ausgegeben hatte, Welten. Dennoch bestellte sie einen weiteren.

»Ein Mord. Hier.« Nessya schreckte hoch, als eine pausbäckige Frau mittleren Alters den Doppelten auf den Tisch stellte. »Wir kennen uns doch alle untereinander. Das kann nur jemand vom außerhalb gewesen sein.«

»Danke.« Nessya kippte den Whiskey in einem Zug. Er brannte nicht mehr so stark wie der erste. Wenn die arme Frau doch nur ahnen würde, von wie ›außerhalb‹ der Mörder stammte. »Noch einen.«

Die Frau lächelte sie mitleidig an, bevor sie ihr leeres Glas nahm und ihr kurz darauf den Nachschub und ein Glas Wasser auf den Tisch stellte.

Nessyas erklärtes Ziel für heute: sich gnadenlos die Kante geben. Zumindest, bis die starren Augen des Opfers sie nicht länger verfolgten.

Das war jetzt ihr … dritter? Vierter? Während sie die goldene Flüssigkeit schwenkte, drehte sich der Raum mit. Sie hieß den Schwindel willkommen, er betäubte ihre Erinnerungen, ihre Gefühle.

Seufzend setzte sie das Glas an, als sie durch all den Nebel in ihrem Kopf plötzlich ein Kribbeln auf ihrer Haut spürte. Es zog über ihre Arme, kroch ihre Wirbelsäule hinauf. Wie ein dumpfes Vibrieren, das ihr durch Mark und Bein ging. Sie erkannte das Gefühl sofort.

Fay-Magie.

Unwillkürlich hob sie ihren Blick und sah sofort, wer oder vielmehr was der Ursprung war.

Ein Mann stand mitten im Raum. Hochgewachsen, selbstbewusst, erhaben. Jede der anwesenden Frauen musterte ihn mit anerkennenden Blicken, während ihn die Männer mürrisch abcheckten, als überlegten sie, ob sie es wohl mit ihm aufnehmen könnten. Wuscheliges blondes Haar stand in einem wilden Wust um seinen Kopf, sein Gesicht war sonnengebräunt und sah aus wie das eines männlichen Models aus einem Modemagazin. Schön und langweilig, von der Sorte Surfer-Typ.

Doch das war nicht sein wahres Aussehen. Trotz der Entfernung und dem Nebel in ihrem Kopf begriff sie, dass das kein Mensch, sondern ein Fay war und es sich bei der Erscheinung lediglich um einen Blendzauber handelte. Demnach musste es sich um einen ranghohen Seelie handeln. Ein Elf vermutlich. Ob er einer der königlichen Krieger war, die für Recht und Ordnung sorgten?

Leider hatte sie schon zu viel intus, um durch den Zauber hindurch zu sehen. Dafür reichte ihre Konzentration nicht mehr aus. Möglicherweise war sie nach all der Zeit aber auch etwas aus der Übung geraten. So sehr sie sich auch bemühte, schaffte sie es nicht, die Illusion zu durchbrechen.

Er erwiderte ihren Blick. Verdammt, sie hatte ihn angestarrt. Angestrengt versuchte sie das Gefühl der Benommenheit zu verdrängen und stellte das Glas auf den Tisch zurück. Wenn sie zum Hauptausgang wollte, müsste sie an ihm vorbei. Ihr Herz schlug ihr bis in den Hals. Nein, so nah wollte sie ihm nicht kommen, manche Fay besaßen mehr als fünf Sinne und könnten misstrauisch werden. Himmel, *alle* Fay besaßen mehr als fünf Sinne. Manche hatten sechs oder sieben oder noch viel mehr. Der Raum drehte sich weiterhin.

Weshalb war er hier, was wollte er? Wenn sie durch den Blendzauber hindurch einen Blick auf sein wahres Aussehen erhaschen könnte, könnte sie überprüfen, ob er ihr bekannt vorkam oder sie ihn von früher kannte. Das würde ihr immerhin einen Anhaltspunkt geben.

In Dublin verschwand sie problemlos in der Anonymität der Großstadt, doch hier sah die Sache anders aus. Hatte sie sich selbst wieder in den Fokus gerückt, indem sie nach Clare Island gereist war? Wie ein roter Punkt auf einer Zielscheibe?

Hatte Mutter ihn geschickt, um zu beenden, was sie damals begonnen hatte? Doch wozu der Aufwand nach all der Zeit? Oder kannte er ihre Verwandten womöglich gar nicht und hatte lediglich mitbekommen, wer den schrecklichen Fund am Strand gemacht hatte? Möglicherweise wollte er nur überprüfen, was genau sie wusste. Was immer es war, sie wollte nicht im Zentrum seines Interesses stehen.

Lächelnd kam der Fay auf sie zu. Mit rasendem Herzen drehte sie sich um und versuchte die Aufmerksamkeit der Kellnerin zu erregen, doch sie war weiter hinten mit einer Gruppe von Gästen beschäftigt.

»Hi«, sagte er freundlich, zog den Stuhl zurück und setzte sich ihr gegenüber. »Du bist also diejenige, die den Fund am Strand gemacht hat?« Eine Reihe strahlend weißer Zähne blitzte bei seinem charmanten Lächeln auf. Vielleicht versuchte er, harmlos zu wirken. Es gelang ihm nicht. Der Anblick jagte eiskalte Schauer über ihren Rücken.

Rasch sah sie nach unten, betrachtete die Maserung der Tischplatte und überlegte fieberhaft, wie sie aus der Situation herauskommen sollte.

»Ja. Schrecklich, oder?«, flüsterte sie, sah auf und wiederholte nachdrücklich: »Oder?«

Fay können nicht lügen. Sie vermögen einen so lange zu bequatschen, bis man meint, der Himmel bestünde aus rosa Zuckerwatte, aber sie können nicht lügen. Jetzt war sie gespannt, wie er darauf reagieren würde.

Sein Lächeln weitete sich. »Hin und wieder vergesse ich, dass ein solcher Anblick für viele schockierend sein muss. Ich habe in meinem Leben schon so viel zu Gesicht bekommen, dass ich ein wenig abgehärtet bin, fürchte ich.«

»Bist du von der Garde?« Da es das sowohl bei den Menschen als auch bei den Fay gab, konnte sie die Frage stellen, ohne Misstrauen zu erregen. Gleichzeitig könnte sie mehr über ihn und seine Absichten erfahren. Falls er nicht von Mutter geschickt worden war, sondern sich um den Regelverstoß eines Unseelie kümmerte, wäre das die bestmögliche Lösung. Auf jeden Fall käme das ihrem Verständnis von Gerechtigkeit am nächsten.

Er beugte sich etwas vor und sah ihr tief in die Augen. »Ist dir am Strand denn irgendetwas Auffälliges aufgefallen?«, fragte er ausweichend.

»Du meinst, abgesehen davon, dass da eine tote Frau lag?«

»Ja, abgesehen davon«, erwiderte er ernst, als hätte er den Sarkasmus in ihrer Frage überhört. Hatte er vermutlich auch. Fay waren für viele Dinge bekannt. Humor und Verständnis für Ironie gehörten nicht dazu.

Sie zuckte die Schultern. »Was zum Beispiel, Herr … Inspektor?«

Lächelnd schüttelte er den Kopf. »Ich bin kein Inspektor.«

»Hauptmann?«

»Das kommt der Sache schon näher.« Was für eine Stimme. Sanft, herb und dunkel. Über ihren Rücken zog eine Gänsehaut. Typisch Seelie. Verdammt.

Konzentier dich, Nessya, ermahnte sie sich. Eine Art Hauptmann also. Dann schien er zur königlichen Garde zu gehören. Die gute Nachricht war, dass er definitiv nicht von ihrer Mutter als Auftragskiller geschickt worden war. So sehr Mutter immer danach strebte, so hatte sie es nie geschafft, Verbindungen zum Hof aufzubauen. Die schlechte Nachricht war, dass sie es jetzt mehr oder weniger mit der Königin zu tun hatte. Schlimmer als normale Fay – was schon schlimm genug ist – sind Fay mit viel Macht.

Und die Königin war die mächtigste Fay des gesamten Síd.

»Ich muss zugeben, dass ich mich nicht sehr lange dort aufgehalten habe«, erklärte sie. »Nachdem ich festgestellt habe, dass ich ihr nicht mehr helfen kann, bin ich gleich hergekommen, um jemandem Bescheid zu geben.«

»Verstehe«, erwiderte er nachdenklich und sah ihr durchdringend in die Augen, als ahnte er, dass sie mehr wusste, als sie zugab. Aber das konnte nicht sein. Woher auch, wenn er mit ihrer Verwandtschaft nichts zu tun hatte? Oder verfolgte er möglicherweise ganz andere Interessen?

Was sich die noblen Seelie unter Spaß vorstellten, wenn sie in die Welt der Menschen kamen, war Sex. Was den freien Umgang mit Sex betraf, konnte man die Fay von der Einstellung her ein bisschen mit einem Haufen Hippies vergleichen.

Grausame, blutrünstige Hippies.

Als Kind war sie menschlichen Sexsklaven das eine oder andere Mal im Síd begegnet. Im zarten Alter von fünfzehn hatte sie es am eigenen Leib erfahren. Danach war sie geflohen und hatte lange Zeit unter den Nachwirkungen gelitten.

Aber wieso ausgerechnet sie? Nicht dass sie sich wünschte, er würde Jagd auf eine andere Frau machen. Immerhin hatte sie den Vorteil, ihn durchschauen zu können. Sie wusste im Gegensatz zu den anderen, dass hinter dieser attraktiven Fassade etwas Tödliches lauerte. Doch von ihrer hochgewachsenen, blonden, porzellanhäutigen Elfen-Mutter hatte sie lediglich das dunkle Blau der Augen geerbt, ansonsten gab es zwischen Mutters atemberaubendem Liebreiz und ihr keinerlei Ähnlichkeiten und Fay interessierten sich für gewöhnlich nur für die schönsten der Schönen. Sie war kleiner und nicht so damenhaft, wie es sich für eine Elfe des Seelie-Hofes geziemt hätte. Ihre menschlichen Wurzeln sah man ihr deutlich an. Statt sanfter blonder Wellen wie bei ihrer Mutter, kringelten sich dunkelbraune Locken um ihr Gesicht.

Emma versuchte sie regelmäßig dazu zu überreden, sich die Lippen knallrot zu schminken, um den Schneewittchen-Look perfekt zu machen. Einmal hatte sie sich dazu breitschlagen lassen, aber sie fand es ziemlich lästig, regelmäßig aufs Klo zu verschwinden, um sich den Lippenstift nachzuziehen.

»Möglicherweise ist dir ein bestimmter Geruch aufgefallen oder etwas anderes. Bitte, jeder Hinweis ist wertvoll«, bohrte Mr Sex-Hotline-Stimme nach und riss sie aus ihren Gedanken. Überrascht blinzelte sie. Sie war abgedriftet, während ihr ein Fay gegenübersaß. *Reiß dich zusammen, Nessya!*

»Stickig, glaube ich«, antwortete sie. »Es fiel mir schwer, zu atmen. Könnte aber auch einfach daran gelegen haben, dass die Leiche tief in einer Höhle lag und vielleicht schon Verwesungsgeruch ausgeströmt hat.«

Damit hatte sie dem Seelie einen möglichen Hinweis auf den Mörder gegeben, ohne sich selbst zu verraten.

»Wenn du mich jetzt entschuldigen würdest. Ich fühle mich etwas unwohl.« Sie stand auf. »Ich denke, ich sollte in meine Herberge zurückgehen und mich ausruhen.«

Er erhob sich ebenfalls. »Ich werde dich begleiten.« Er klang, als würde er keinen Widerspruch dulden.

»Das ist wirklich nicht nötig«, erwiderte sie schnell und setzte sich wieder.

»Aber ich bestehe darauf. Was hältst du davon, wenn ich dich auf einen weiteren Drink einlade und dich dann sicher in deine Unterkunft begleite?«

Sein Blick fing den ihren ein. Ihre Hand, die um ihr Glas lag, erschlaffte und lag nutzlos auf dem Tisch. Er schwächte sie, drang irgendwie in ihren Verstand. Sie versuchte wegzusehen, doch sie schaffte es nicht, und je länger er sie anstarrte, desto stärker wurde sie in die Unendlichkeit seiner Augen gezerrt. Was auch immer er tat, war nichts, was ein Seelie normalerweise machte. Etwas in ihr ahnte, dass es schlecht war. Doch es ließ sie seltsam unberührt und bald schon verlor es an Bedeutung. Auch die Tatsache, dass er sich in ihrem Geist befand und darin wühlte. Oder was auch immer er da tat. Sie wollte sich nicht länger wehren und ließ sich fallen, gab dem Sog nach. Bilder flackerten vor ihrem inneren Auge auf. Kindheitserinnerungen. Nur Fragmente, zerfetzte Eindrücke.

Das ist keine Seelie-Magie …

Das ist keine Seelie-Magie!

Ein kleiner Funken in ihr kämpfte dagegen an. Sie schob, drängte ihn aus ihrem Kopf. Mit aller Kraft. Sie wollte das nicht, wollte das nicht …

Auf einmal riss die Verbindung ab. Er sagte etwas, oder sie glaubte nur, dass er etwas sagte, weil sich seine Lippen bewegten.

Dann zwinkerte er ihr zu und der Bann war vollends gebrochen. »… damit ich mein Gesicht wahren kann«, beendete er seinen Satz.

Blinzelnd sah sie schnell zur Seite. Verdammt, was war gerade geschehen? Nichts anmerken lassen, er durfte nicht wissen, dass sie alles mitbekommen hatte.

»Entschuldigung«, sagte sie. »Ich war gerade in Gedanken. Was hast du gesagt?«

»Ich habe dir angeboten, dir noch einen Drink auszugeben, bevor wir aufbrechen.«

»Lieber nicht.« Nervös knabberte sie an ihrer Unterlippe und dachte fieberhaft über einen eleganten Abgang nach, ohne ihn zu brüskieren. Fay legten großen Wert auf Etikette, und wenn sie nur dazu diente, den Schein zu wahren.

Sie hob ihr Glas. »Nach diesem hier wollte ich nichts mehr trinken und es ist sogar noch was drin. Ich fürchte, ich hatte sowieso schon zu viel. Aber danke für das Angebot.« Na bitte. Das klang höflich und diplomatisch.

»Du hast dein Glas doch bereits geleert.«

»Nein, hab ich …« Sie stockte, als sie ihr leeres Glas sah. Hatte sie es tatsächlich leer getrunken? Sie konnte sich nicht erinnern. War es während seines kleinen Spielchens geschehen? Hatte er sie dazu gebracht, oder war sie dermaßen beschwipst?

Nein. Als sie sich auf den Kontakt zwischen ihrer Hand und dem Glas konzentrierte, spürte sie ein leichtes Kribbeln in den Fingerspitzen. Das kam nicht vom Alkohol. Er hatte einen Blendzauber über das Glas gelegt. Eine ganz kleine, unscheinbare Illusion. Himmel, der Junge war gut.

Die zehn Jahre abseits der Feenhügel hatten sie nachlässig gemacht. Früher konnte sie anhand der Wortwahl genau erkennen, was jemand sagte und was jemand meinte. Da Fay nicht lügen können, kam es oft auf kleinste Details an.

Hatte er gesagt, ihr Glas wäre leer oder hatte er seine Formulierung bloß so geschickt gewählt, dass sie meinte, es sei leer? Es gab nur einen Weg, das herauszufinden. Wenn es ihr gelang, den Zauber durch einen unerwarteten Zwischenfall zu stören, würde sich die Illusion auflösen.

Sie tat so, als machte sie eine ungeschickte Handbewegung, und stieß das Glas vom Tisch.

Es gibt diesen Augenblick, den Bruchteil einer Sekunde, in dem sich alles Weitere entscheidet. Hätte sie sein Spielchen noch eine Weile mitgespielt, hätte sie eine klitzekleine Chance gehabt, später an diesem Abend unbeschadet in ihrer Pension anzukommen. Er hätte sie vielleicht bis vor die Tür begleitet und wäre gegangen, nachdem sie es geschafft hätte, ihn davon zu überzeugen, dass sie nichts weiter wusste und kein Interesse an unverbindlichen Sex hatte. Falls es das war, worauf er aus war.

Dann hätte sie eine letzte Nacht an diesem verfluchten Ort verbracht, bevor sie nach Dublin zu ihrem durchschnittlichen Leben zurückgekehrt wäre.

›Durchschnittlich‹ ist ein Zustand, den die meisten Leute zu verändern versuchen. Ihr völlig unbegreiflich. Für sie klang es perfekt. Was sie betraf, so wollte sie mit der Feenwelt nie wieder etwas zu tun haben.

Als ihr das bewusst wurde, war es zu spät. Das Glas befand sich bereits im Flug und schwebte wie im Zeitlupentempo dem Boden entgegen.

Sobald es aufschlug und zerbarst, war ihr klar, dass sie nicht zurück in die Pension gehen, unbehelligt auschecken und nach Dublin zurückkehren konnte. Benommen registrierte sie, dass tausend kleine Glasstückchen über den Boden sprangen und schließlich in der goldenen Pfütze kleben blieben, die sich über die Dielen ergoss. Ihr Herz setzte einen Schlag aus, bevor es dann doppelt so schnell zu rasen begann.

Das Glas war nicht leer gewesen. Sie hatte ihn entlarvt und sich endgültig verraten.

»Ups.« Sie kicherte, versuchte zu retten, was zu retten war. Schwankend stand sie auf und hielt sich an der Kante fest. »Wie ungeschickt von mir. Ich muss doch zu viel getrunken haben.«

»Ich *wusste* es«, sagte er finster. Seine Ellenbogen stützte er auf dem Tisch ab und sein Kinn auf seine gefalteten Hände, als er sie, die eine Augenbraue hochgezogen, mit einem skeptischen Blick bedachte.

Offenbar kaufte er ihr den Mist nicht ab. Man musste kein Einstein sein, um zu wissen, was er damit meinte.

Sie murmelte etwas von Toiletten und dass sie gleich wieder da wäre. Schnellen Schrittes ging sie zu den Waschräumen, um sich einen Plan B zu überlegen. Sie wollte diese Insel verlassen. Jedoch nicht in einem schwarzen Leichensack.

3

Die Damentoiletten befanden sich im Untergeschoss. Nessya nahm beim Hinabsteigen zwei Stufen auf einmal und stieß eilig die Tür auf. Sie brauchte Zeit zum Nachdenken. Auf keinen Fall durfte sie zulassen mit dem Fay auch nur eine Sekunde lang alleine zu bleiben. Zum Beispiel auf dem Weg vom Pub zur Pension. Nur wenn sie unter Menschen blieb, hatte sie eine Chance zu überleben.

Zu spät bemerkte sie, dass sich jemand im Vorraum bei den Waschbecken befand. Vor Schreck blieb ihr fast das Herz stehen, doch es handelte sich nur um zwei junge Mädchen, die ihr Make-up auffrischten. Ganz normale Teenies, ohne übersinnliche Fähigkeiten. Sie schenkten ihr kaum Aufmerksamkeit, sahen sie kurz an und unterhielten sich dann weiter miteinander.

Schnellen Schrittes durchquerte sie den Raum zu den Kabinen und schloss sich in einer von ihnen ein. Währenddessen schienen die beiden Mädchen fertig zu sein und verließen die Toiletten. Sie war allein.

Die Frage war, für wie lange. Wann würde der Fay einen unauffälligen Moment abpassen, um ihr ins Untergeschoss zu folgen? Lange würde es nicht dauern. Sobald er eine geeignete Gelegenheit erhielt, würde er sie hier unten finden und töten.

Über ihr an der Wand entdeckte sie ein Fenster, das auf die ebenerdige Straße führte. Sie brauchte keine Zeit mehr zum Nachdenken, sie würde durch das Fenster verschwinden. Einer der seltenen Momente in ihrem Leben, in denen sie froh war, nicht allzu groß zu sein. Mit ihren knapp eins sechzig war sie klein und zierlich genug, um durchzupassen, sie musste es nur irgendwie erreichen. Ein dünnes Wasser- oder Heizrohr, an dem sie sich hochziehen konnte, führte unterhalb des Fensters an der Wand entlang. Zum Glück gab es einen kleinen

Vorsprung, wie oft bei Souterrain-Fenstern. Von dort aus könnte sie es öffnen und auf die Straße gelangen.

Nachdem sie auf die Klobrille gestiegen war, versuchte sie das Gleichgewicht zu halten, was gar nicht so einfach war. Verdammter Alkohol. Sie sprang, bekam das Rohr aber nicht richtig zu fassen und rutschte ab.

»Shit!« Sie landete hart auf dem Boden und knickte mit dem Fuß um. Es tat höllisch weh, aber wichtiger war jetzt, von hier abzuhauen. Sie kletterte erneut auf die Brille und dieses Mal schaffte sie es, das Rohr zu greifen. Einen Augenblick hing sie mit ausgestreckten Armen und Beinen da, dann stemmte sie die Füße gegen die Wand und zog sich langsam hoch. Oben angekommen, kauerte sie sich unterhalb der Decke auf den schmalen Vorsprung.

Das Fenster öffnete sich nach innen und es erforderte einiges an Geschick, aber schließlich gelang es ihr. Sie zwängte sich durch den Rahmen und krabbelte auf die Straße. Inzwischen war die Dämmerung über die Insel hereingebrochen.

Sie zog sich an einem Müllcontainer auf die Beine, stand auf und klopfte sich Dreck von der Kleidung. Die Luft war kühl, ihre Jacke hing noch über der Stuhllehne im Pub. Feiner Sprühregen benetzte ihr Gesicht und klärte den Schwindel in ihrem Kopf. Die frische Luft half gegen die Benommenheit.

Wo war sie eigentlich? In welcher Richtung lag die Pension? Ah, sie befand sich in einer kleinen Seitengasse hinter dem Pub. Dort, wo die Müllsäcke gelagert und Warenpaletten abgestellt wurden. Über dem Hintereingang, der sich neben dem Container befand, spendete eine Notfallleuchte spärliches Licht. Viel erkannte sie nicht. Hinter ihr führte die Gasse tiefer ins Dunkel, vor ihr lagen die Hauptstraße und der Hafen.

Langsam orientierte sie sich. Zu ihrer Pension war es von hier aus nicht weit. Mit etwas Glück würde er sie bis zu ihrer Abreise nicht ausfindig machen und sie könnte wieder untertauchen. Es war ihr einmal gelungen, weshalb sollte es kein zweites Mal klappen?

Sie lief los, knickte um und hielt sich gerade noch rechtzeitig an dem Container fest. Ein stechender Schmerz zuckte durch ihren Knöchel. Auch das noch, aber sie musste in Bewegung bleiben. Das war ihre einzige Chance zu überleben, und die war schon unter den gegebenen Umständen recht gering.

Als sie wieder Richtung Hauptstraße loshumpelte, ertönte über ihr ein Kreischen. Sie erkannte den Laut, sie hatte ihn früher, als Kind, hin und wieder aus weiter Ferne gehört. Doch nie so nah.

Niemals so nah.

Fast wie der Schrei eines Raben, nur heller, schriller und unnatürlicher. Abrupt blieb sie stehen. Das war kein gewöhnliches Tier. Kein Erdentier gab einen solchen Laut von sich. Warme Flüssigkeit lief aus ihren Ohren. Sie wischte sich die Nässe von ihrem Hals und sah auf ihre blutverschmierten Finger.

Sluaghs.

Seelenfresser.

Wenn der Körper zu Staub zerfällt und die Seele gefressen wird, was bleibt dann noch? Kalter Schweiß brach in ihrem Nacken aus. Sie schloss die Augen. *Bitte nicht, bitte nicht, bitte nicht!*

Ein weiterer Schrei durchschnitt die Nacht. Sie sah nach oben und suchte die Häuserfassaden und den Nachthimmel ab, konnte jedoch nichts erkennen. Gegen die Wand gedrückt setzte sie sich langsam in Bewegung. Wachsam beobachtete sie ihre Umgebung. Sie konnten nicht hier sein. Sie durften nicht hier sein.

Der dritte Schrei klang noch näher. Er ging ihr durch Mark und Bein. Weitere Rufe folgten, die zu hohen dünnen Tönen anstiegen und nachhallten, als verdoppelten und verdreifachten sich die einzelnen Schreie. Sie durchbohrten ihr Trommelfell und stießen wie Nadeln in ihr Gehirn. Schließlich brach sie unter diesem Ansturm zusammen, presste die Hände auf ihre blutenden Ohren und schrie vor Schmerzen.

Sie rufen einander, dachte sie, bevor der Lärm plötzlich abbrach. Ihre Ohren rauschten, die restlichen Geräusche um sie herum klangen wie durch Watte. Beim Aufstehen verlor sie das Gleichgewicht.

Sie sah hinauf und machte weiter vorne an der Wand zu ihrer Linken eine Bewegung aus. Ein schwarzer Schatten, der sich, ähnlich einer riesigen Fledermaus, mit muskulösen Armen an das Gemäuer krallte und auf sie herunterschaute. Augen erkannte sie keine, der Schädel war wie eine Sichel geformt. Lang und schmal. Die Stirn und das, was das Kinn sein sollte, bogen sich nach hinten.

Mit einem Blick erfasste sie die Fassade und entdeckte weitere Schattengestalten. Die Umrisse ihrer Körper mischten sich mit der Finsternis. Langsam begann sie rückwärts zu gehen, nur weg. Weg von den Monstern.

Steinchen rieselten aus dem Gemäuer, als die Kreaturen daran entlangkrochen. Plötzlich stieß sich eine von ihnen ab und landete in einiger Entfernung vor ihr auf dem Boden. Das Wesen fauchte sie an und entblößte eine Reihe dicht nebeneinanderstehender, messerscharfer Zähne. Von vorne hatte der Schädel die Breite einer Handkante. Als es seinen Schlund öffnete, sah es so aus, als würde sich in der Dunkelheit ein Loch aus Fangzähnen öffnen.

Ihr Herz raste, doch ihre Muskeln waren wie erstarrt. Eine Stimme in ihr schrie, sie solle wegrennen. Eine andere flüsterte, keine plötzlichen Bewegungen zu machen. Vielleicht … vielleicht flogen die Kreaturen davon, wenn sie ruhig blieb?

Das Wesen stemmte sich mit den Armen vom Boden ab und stand mit seinem muskulösen, drachenartigen Körper aufrecht. Mit einem lauten Schlag entfaltete es seine Flügel.

Sie machte einen Satz zurück und fiel zu Boden. Die Spannweite der Schwingen reichte von der einen bis zur anderen Wand. Der Sluagh schüttelte sie aus. Es klang, als würden schwere lederne Laken im Wind flattern. Eine Drohgebärde.

Der Weg zur Straße wurde ihr versperrt.

Das Wesen tat nichts. Legte nur den Kopf schief und beobachtete sie. Worauf wartete es? Auf den Alpha? Das Wilde Heer stand unter der Kontrolle eines Heerführers – die schrecklichste Kreatur, die der Síd je hervorgebracht hatte. Auf einmal hob der Sluagh vor ihr den Kopf und entließ erneut jenen schmerzenden Schrei. Entlang der Wände krochen die anderen drachenartigen Geschöpfe auf sie zu.

Hastig rappelte sie sich auf, drehte sich um und rannte los. Es waren viele. Zu viele. Selbst eine einzige dieser Kreaturen könnte sie auslöschen. Nicht einfach nur töten, sondern komplett ausradieren. Wenn man stirbt, hat man die Hoffnung, dass danach noch etwas kommen könnte. Wenn die Sluaghs einen erwischen, gab es nichts.

Die Biester flogen schneller, als sie rennen konnte, trotzdem rannte sie weiter. Am Ende der Gasse bog sie in die Seitenstraße.

Es hieß, dass es kein Entkommen gab, wenn das Heer einmal die Jagd auf sein Opfer eröffnet hatte. Sie gaben so lange nicht auf, bis sie es erwischten, und wenn es bis in alle Ewigkeit dauerte. Hatten ihr die Seelie das Heer auf den Hals gehetzt, weil sie das Opfer eines Fay entdeckt hatte? Das war doch unmöglich. Das wäre der absolute Overkill. Sie hatte nichts verbrochen.

Ein schrecklicher Gedanke schlich sich in ihr Hirn. Vielleicht empfand der Síd ihre Flucht als Verrat. In dem Fall würde es Sinn ergeben, dass das Heer sie jagte. Verrat gehörte im Síd zu den schlimmsten aller Verbrechen.

Hinter sich hörte sie die hohen Rufe und wie ihre Flügelschläge die Sluaghs näher brachten. Der Lärm der Herde war ohrenbetäubend, doch Menschen würden lediglich stürmenden Wind hören. Falls sich eine Menschenseele in der Nähe befand. Über dem gesamten Gebiet musste ein Illusionszauber liegen. Ein Unbehaglichkeitsbann vielleicht, der Menschen vertrieb. Und sie hatte keine Ahnung, wie sie ihn durchbrechen könnte.

Vor ihr versperrte ihr ein Zaun aus Maschendraht den Weg, doch sie hatte es fast geschafft. Dahinter, am Ende des Weges, lag eine Straße. Derart exponiert würden die Sluaghs sie nicht jagen. Sie setzte zum Sprung an. Doch ein Windstoß traf sie im Rücken und riss sie zu Boden. Sie rollte um ihre Achse und erhaschte einen Blick auf circa ein halbes Dutzend Nachtjäger, die sich wie eine tobende Gewitterwolke direkt über ihr tummelten.

Automatisch hob sie ihre Arme schützend vor das Gesicht und entdeckte gleichzeitig aus dem Augenwinkel einen Spalt zwischen dem Maschendraht und der Wand. Mit letzter Kraft drehte sie sich auf den Bauch, robbte auf das Loch zu und kroch hindurch. Sie musste von hier verschwinden, aus dem Bannkreis brechen, Menschen treffen.

Auf der anderen Seite des Zauns stand sie auf und rannte weiter, inzwischen vor Schmerzen mehr hüpfend als laufend. Nicht mehr weit und sie wäre aus den engen Gassen heraus. Vor sich konnte sie den Strand, Boote und eine Straße sehen. Hinter ihr blieb es merkwürdig ruhig.

Weshalb griffen sie nicht an? Die Sluaghs ließen ihre Beute nicht entkommen. Niemals.

Kaum hatte sie den Gedanken zu Ende gebracht, kam sie strauchelnd zum Stehen. Sie hatten sie nicht gejagt, sie hatten sie hierhergetrieben, in eine einsamere Gegend. Wie Vieh. Weg vom Pub, den Straßen und anderen Menschen.

Ihre Befürchtung bestätigte sich, als eine hochgewachsene Gestalt in die Gasse bog. Seine Schritte streckten sich, einzelne Bilder wurden vor ihrem Auge zu einer zeitlupenartigen Momentaufnahme.

Im ersten Augenblick sah sie nur die riesigen Dämonenschwingen, die hinter ihm emporragten. Dann seinen muskulösen Oberkörper und die langen Beine, mit denen er auf sie zuschritt. Gerades, hüftlanges Haar wurde von einem Windstoß aufgewirbelt. Die Hose saß so tief auf den Hüften, dass sie das schmaler werdende Dreieck seiner Bauchmuskeln sehen konnte und wie es unter dem Bund seiner Hose verschwand.

Obwohl er jetzt seinen Blendzauber fallen gelassen hatte, wusste sie, dass er der Fay aus dem Pub war. Mit dem harmlosen jungen Mann, den er zu mimen versucht hatte, hatte er nichts mehr gemein. Abgesehen von seiner stattlichen Größe – sicher über eins neunzig –, hatte er die wenigen Details, die ihn mehr oder weniger menschlich hatten wirken lassen, abgestreift.

Seine Haut wirkte heller, die Haare schimmerten im Licht des Mondes silbern und die Augen … Gott, diese Augen. Selbst auf die Entfernung und trotz der Dunkelheit konnte sie den metallischen Glanz darin erkennen. Augen wie Quecksilberteiche.

Undurchdringlich. Tödlich.

Sein langes Haar ergoss sich über breite Schultern. Einige Strähnen klemmten hinter den Ohren und gaben den Blick auf spitze Ohrmuscheln frei.

Unseelie.

Kein Zweifel.

Eindeutig ein Unseelie, auch wenn er zum Sterben schön aussah. Buchstäblich.

Ihn zu betrachten, weckte längst vergessene Sehnsüchte nach den Feenhügeln in ihr. Erinnerungen. Sie schnappte nach Luft wie eine Ertrinkende. Kühle Luft streifte ihre schweißnasse Haut, ihr Mund wurde trocken. Ihr Körper kribbelte, ihre Gedanken lösten sich in nichts auf.

Moment …

Weshalb reagierte sie auf ihn wie auf einen Seelie? Er konnte kein Seelie sein. Nie zuvor hatte sie ein solches Wesen unter den Bewohnern des Lichtvolkes gesehen. Die Benommenheit wich dem Gefühl der Angst. Sie konzentrierte sich auf ihren inneren Sinn, mit dem sie durch Blendzauber hindurchsehen konnte, fühlte aber nichts. Er wirkte keine Illusion.

Waren die meisten Unseelie nicht hässliche Monster? Geschöpfe aus finsteren Albträumen? So hatte man es ihr als Kind eingebläut. Doch es spielte keine Rolle, das war nicht der Zeitpunkt, darüber nachzudenken. Später vielleicht. Falls es ein ›später‹ gab. Jetzt musste sie sich darauf konzentrieren, zu überleben.

Wegrennen kam nicht infrage. Mit ihrer Verletzung wäre sie nicht schnell genug, er würde sie sofort einholen. Zudem käme sie in der engen Straße nie an ihm vorbei und hinter ihr lauerten die Seelenfresser. Inzwischen hatten sie sich um sie herum an beiden Häuserwänden positioniert, bereit, sich auf sie zu stürzen. Weshalb schienen sie darauf zu warten, was der Fay vor ihr tat?

Der Geschmack von Galle schoss ihr in den Mund. Plötzlich begriff sie.

Bei dem Fay, der mit tödlicher Ruhe auf sie zukam, musste es sich um den schrecklichen Fürsten handeln, der Heerführer der Sluaghs, das beängstigendste Geschöpf des Síd.

›*Eher liefere ich mich dem Heerführer der Sluaghs aus, statt dieses und jenes zu tun*‹, sagte man im Síd. Damit drückte man aus, dass man eher sterben würde, bevor man eine bestimmte Sache machte, die einem zuwider war. Als unsterbliche Wesen sprachen Fay nicht leichtfertig über etwas so Endliches wie den Tod.

Gütiger Gott, von all den Fay auf dieser und der anderen Welt hatte sie sich ausgerechnet mit dem Anführer der Sluaghs angelegt.

Er hob die Hände, bedeutete den Kreaturen, innezuhalten.

Sie kniff die Augen fest zusammen und versuchte den letzten Rest Kampfgeist in sich heraufzubeschwören. Sie wollte nicht sterben. Nicht so. Nicht hier. Und schon gar nicht durch den Heerführer der Sluaghs.

Mit zitternden Fingern tastete sie nach dem Anhänger um ihren Hals. Ein keltisches Kreuz aus Edelstahl. Fay vertrugen kein kaltes

Eisen. Eine Pistole mit schön kalten Metallkugeln wäre ihr lieber gewesen, aber verdammt, das Kreuz war besser als nichts.

»Du glaubst doch hoffentlich nicht, dass ich verschwinde, wenn du die Augen nur lang genug schließt«, sagte er mit jenem exotischen Akzent, den sie zuletzt vor zehn Jahren im Síd gehört hatte. Die Vokale wurden etwas in die Länge gezogen und die Enden der Worte durch scharfe Laute betont. »Wie bei einem Monster unter dem Bett, an das kleine Kinder glauben.«

Das brachte sie dazu, die Augen wieder zu öffnen. Er stand direkt vor ihr, keine Armlänge entfernt.

Mit kaltem, berechnendem Blick musterte er sie. »Du weißt von uns. Von den anderen. Woher?«

Im Pub hatte er den Akzent nicht gehabt, doch die Stimme klang ebenso dunkel und betörend. Die ›Anderen‹ war früher die Bezeichnung der Menschen für die Feenwesen aus dem Síd gewesen. Bevor sie in die Welt der Legenden verbannt worden waren. Heutzutage glaubten nicht mehr viele Leute an Feenwesen, ein paar der Älteren vielleicht noch. Aber die jungen Leute nicht mehr. Dass er gleichzeitig von ›uns‹ und den ›Anderen‹ sprach, hieß, dass er nichts von ihrer Herkunft wusste. Er hielt sie offenbar für einen Menschen, keinen menschlichen Abkömmling einer Fay. Das hieß nicht, dass sie sich in Sicherheit befand, aber es ließ einen kleinen Funken Hoffnung aufflammen.

»Ihr …« Sie sammelte Mut. »Ihr seid der Heerführer der Sluaghs.«

Eine seiner Augenbrauen hob sich skeptisch. »Ganz recht.«

Mit der Antwort erfüllten sich ihre schlimmsten Befürchtungen. Sie hatte es vermutet, doch jetzt bestand Gewissheit. Sie versuchte das unkontrollierte Zittern in den Griff zu bekommen.

»Woher weißt du das, Mensch?«, fragte er erneut.

Mit einer Geste deutete sie auf die lauernden Seelenfresser. »B-Bei allem Respekt, aber Eure Tarnung ist im Augenblick nicht gerade raffiniert.«

Das entlockte ihm ein Lächeln. Er sah aus wie ein Raubtier, das Zähne zeigte. Automatisch sank sie etwas in sich zusammen, machte sich kleiner, als sie ohnehin schon war.

»Das meinte ich nicht«, erwiderte er. »Du wusstest auch vorher schon, was ich bin. Im Pub. Woher?«

Als sie weiterhin schwieg, kam er langsam näher. Sie humpelte nach hinten, bis sie den Zaun im Rücken spürte. Um ihm in die Augen sehen zu können, musste sie ihren Kopf in den Nacken legen. Gott, war der Kerl groß.

Er erwiderte ihren Blick und hielt ihn fest, begann wieder, sie in den Sog seiner Augen zu ziehen. Im Pub hatte er sie kalt erwischt, sie war nicht vorbereitet gewesen. Jetzt war sie darauf eingestellt und ließ es nicht zu. Sie blockte ihn ab, konzentrierte sich auf diesen Bereich in ihrem Kopf, mit dem sie auch Magie erfühlen konnte.

Ein seltsamer Ausdruck glitt über sein markantes Gesicht. Wut? Frust? Rasch senkte sie den Blick und sah nach vorne, direkt auf seine beängstigend muskulöse Brust. Keine Verbesserung.

Er beugte sich hinab, bis seine Lippen ihren Hals streiften. »Du blockierst mich«, flüsterte er. Kalter Atem kitzelte über ihre Haut. »Wie machst du das?«

Wenn sie ihm von ihrer Vergangenheit erzählte, war alles verloren. Er ahnte bereits zu viel, sie musste es schaffen, ihm zu entkommen. Blitzschnell riss sie sich die Kette vom Hals und drückte ihm das Kreuz gegen die Stirn. Was genau sie sich davon erhoffte, wusste sie auch nicht. Wenn seine Haut zu qualmen beginnen oder er in Flammen aufgehen würde, könnte ihr das wertvolle Sekunden schenken. Doch selbst wenn ihr eine Flucht vor ihm gelang, lauerten weiterhin die Seelenfresser an den Wänden über ihr.

Die Frage stellte sich nicht, denn nichts geschah. Sie sah noch seinen irritierten Gesichtsausdruck, bevor er ihr das Kreuz aus der Hand schlug und sie grob gegen den Zaun stieß.

»Was soll dieser Unsinn?«, grollte er und griff nach ihrem Kiefer, hielt ihn wie in einer Schraubzwinge und zwang sie, ihn anzusehen. Unwillkürlich packte sie seinen Arm, versuchte sich zu befreien. Vergebens. Er war zu stark.

Ihn zu berühren, stellte sich als weiterer Fehler heraus. Dieses Mal strömte seine Magie nicht nur durch seine Augen in ihren Verstand, sondern zusätzlich auch noch dort, wo ihre Hände seine Haut berührten. Der dunkle Zauber schlang sich um ihre Arme, verband sie miteinander, als würde sich ein Tuch um sie wickeln und aneinander fesseln. Seine Aura stemmte sich gegen sie, drückte gegen ihre Haut, bis sie ihre Schutzschilde durchbrach, als wären sie nichts weiter als ein weitmaschiges Gitternetz. Seine Dunkelheit floss in sie hinein, füllte sie wie Tinte ein Glas Wasser. Zunächst nur einzelne Tropfen, die dunkle Schlieren zogen. Dann mehr, bis sie irgendwann so ausgefüllt wäre, dass von der Reinheit des Wassers nichts übrig bliebe.

Ihr Herz hämmerte wild in ihrer Brust. Sie musste den dunklen Zauber dringend loswerden. Sie konnte Magie abwehren, hatte es früher jedenfalls gekonnt, doch in dem Augenblick vermochte sie keinen klaren Gedanken zu fassen.

In seinen Augen flackerte Zorn auf, eine rasende Wut. Von der Art, die jemand überkommt, kurz bevor er losbrüllt und jeden in seiner Nähe niedermetzelt. Rasch sah sie von seinem wutverzerrtem Gesicht weg und starrte auf ihre Hände, die um seinen Arm lagen. Mit aller Kraft konzentrierte sie sich auf den dunklen Fluch, der unaufhörlich in ihren Körper floss. Sie schaffte es, den Strom aufzuhalten. Ihn zu blockieren, machte ihn sicher noch zorniger, doch den Bann abzuwehren, war wie ein Reflex.

Mit bloßen Augen war nichts zu erkennen, sie erfühlte seine dunkle Magie in ihrem Innern mit dem zusätzlichen Sinn, mit dem sie auch durch Blendzauber hindurchsehen oder die Anwesenheit eines Fay spüren konnte. Wie in dem Augenblick zwischen Wachsein und Traumwelt, wenn man Dinge sieht oder hört, die das Gehirn im vollen Bewusstsein nicht wahrnimmt, weil es zu sehr vom rationellen Denken beherrscht wird.

Sie wollte ihn aus ihrem Körper haben, wollte nicht, dass sich seine Magie in ihr befand. Mit geschlossenen Augen atmete sie in kurzen, scharfen Zügen. Die Finsternis um sie herum begann sich zu drehen.

»Bei den Mächten des Síd«, sagte er und sein Tonfall klang schockiert. Wüsste sie es nicht besser, hätte sie fast ängstlich gesagt. Er passte nicht zu dem zornigen Blick, den er gehabt hatte. »Hör auf damit. Lass das.«

»Ich?«, schrillte sie panisch. »Ihr seid doch derjenige, der …« Weiter kam sie nicht.

Von oben landete etwas Schweres auf ihr, riss sie zu Boden und unterbrach gewaltsam den Kontakt zwischen dem Heerführer und ihr. Die Magie riss wie eine Wunde. Vor Schmerzen schrie sie.

»Nein!«, rief er. Auch der Heerführer gab Schmerzenslaute von sich. Krallen rissen ihr den Rücken auf. Ein Schrei zerfetzte die Luft. Erst als er verhallte, begriff sie, dass sie es war, die geschrien hatte.

Im Gerangel mit dem Wesen, das auf ihrem Rücken lag, drehte sie sich herum. Ein bestialischer Geruch von altem Blut, Fäulnis und Verwesung traf sie. Als die Kreatur das gewaltige Maul aufriss, tropfte Speichel von den Fangzähnen auf sie herab. Als würde Säure ihr Gesicht verätzen. Der Gestank raubte ihr die Sinne. Auf einen gleißenden Lichtblitz folgte alles verschlingende Dunkelheit.

Dann … Stille.

4

Unruhig lief Cathal vor der Holzbank auf und ab, auf die er die Menschenfrau bäuchlings abgelegt hatte.

Sie befanden sich in der St. Patrick's Church, einer über Nacht geschlossenen Kirche in Louisburgh. Das kaputte Shirt und die Reste des zerstörten BHs hatte er ihr ausgezogen. Sein Blick wanderte über ihren geschundenen Körper. Drei tiefe Krallenspuren zogen sich quer über ihren Rücken, der wie ein zerfetztes, blutiges Stück Fleisch aussah. Noch. Das Gift musste sich bereits in ihrer Blutbahn befinden. Nicht mehr lange, bis sie zu Eis werden würde. Hätte der Sluagh Gelegenheit bekommen, sie richtig anzugreifen, statt sie nur im freien Fall mit seiner Pranke zu streifen, wäre sie nicht mehr am Leben.

Mit den Fetzen des Shirts ging er zum Weihwasserbecken, durchtränkte das Stoffknäuel und wrang es aus. Nahe der Wand brannten einige Teelichter und durch die hohen Fenster der Kirche schien mattes Mondlicht, doch abgesehen davon war es angenehm dunkel.

Während des Fluges von Clare Island bis hier war sie bewusstlos geblieben und bisher nicht wieder aufgewacht. Es hätte gefährlich werden können, wenn sie plötzlich auf seinem Rücken wach geworden und in Panik geraten wäre. Er hätte den Absturz überlebt. Bei ihr war er sich nicht sicher. Der ganze Stress wäre umsonst gewesen.

Die Sluaghs waren aufgrund der Jagd ohnehin aufgekratzt gewesen und nachdem die Frau diesen schrillen Schrei ausgestoßen hatte, war bei X'aerty die Sicherung durchgebrannt. Sie hatte ihn in Gefahr geglaubt und ihn beschützen wollen und wer konnte es X'aerty verdenken? Doch seit wann fühlten sich Sluaghs von Menschen bedroht? Was nahm das Heer wahr, das ihm entging?

Nur mit Mühe hatte Cathal X'aerty von ihr reißen und wieder genug beruhigen können, dass sich nicht die gesamte Herde auf sie stürzte und sie in Fetzen riss. Inzwischen hatte er seine Sluaghs in den Síd zurückgeschickt und war allein mit der Bewusstlosen.

Vorsichtig tupfte er mit dem nassen Stoffknäuel das getrocknete Blut von ihrem Rücken, doch was bewirkte er dadurch? Nichts. Solange er die Magie, die sie ihm geraubt hatte, nicht zurückbekam, durfte sie nicht sterben.

Unter anderen Umständen wäre es ideal. Sie hatte zu viel gesehen und musste beseitigt werden. Doch gut die Hälfte seiner Macht befand sich jetzt irgendwo in diesem kleinen Biest versteckt.

Mit einem frustrierten Aufschrei schlug er gegen die Rückenlehne der Bank. Das Holz barst unter seiner Faust. Zornig betrachtete er die vor ihm liegende Menschenfrau, oder vielmehr das, was von ihr übrig war.

Menschenfrau. Ihm kamen starke Zweifel. Eine Fay war sie nicht, dessen war er sich ziemlich sicher. Zur Kontrolle strich er vorsichtig einige braune Locken zur Seite und betrachtete ihre Ohren. Die Ohrmuscheln waren rundlich geformt, eindeutig menschlich.

Dass er das überhaupt überprüfen musste, war bereits beschämend.

Doch wie gelang es einem Menschen, seine Magie nicht nur zu blockieren, sondern sie ihm auch noch zu entreißen?

Er legte seine Hand auf eine kleine unversehrte Stelle ihres Körpers und versuchte nach seiner Magie zu tasten, sie irgendwie in ihr ausfindig zu machen. Doch da war nichts. Es schien, als wäre sie verschwunden. Kurz geriet er in Panik, bevor er sich selbst mit dem Gedanken beruhigte, dass das unmöglich war. Magie verschwand nicht. Sie konnte weiterziehen, sich mit jemand anderem vereinen – dann spürte man sie dort allerdings auch – oder zu ihren Ursprüngen zurückkehren, doch sie löste sich nicht einfach in nichts auf. Seine Macht musste noch irgendwo in dieser Frau stecken.

Innerlich kochte er vor Wut, dennoch blieb er sanft, als er sie vorsichtig an der Schulter schüttelte, in dem Versuch, sie zu wecken. Ihre Haut fühlte sich unter seiner Hand eiskalt an. Die Transformation hatte bereits begonnen. Nichts zu machen, sie schlief den Schlaf der Toten – was eine äußerst unglückliche Formulierung war, in Anbetracht dessen, dass sie ihm nicht wegsterben durfte.

Da er nicht noch mehr Schaden an ihren Wunden verursachen, gleichzeitig jedoch etwas energischer vorgehen wollte, legte er seine Hand von der Schulter auf ihren Hintern und schüttelte kräftiger. Ihr lebloser Körper wogte hin und her, wach wurde sie davon allerdings auch nicht.

»Verflucht!« Verärgert stand er auf, stieß hart Luft aus und blickte auf ihren ruinierten Rücken. Wenigstens hatten die Striemen zu bluten aufgehört. Selbst ein Fay brauchte lange, um sich von den Verletzungen eines Sluaghs zu erholen, doch Menschen waren so viel empfindlicher als Fay. Ihr Fuß sah ebenfalls übel aus. Der Knöchel war blau angelaufen und geschwollen. Er war kein Heiler, aber dass ihr Fuß verletzt war, erkannte selbst er.

Es half nichts, wenn er sie nicht verlieren wollte, würde er Hilfe holen müssen. Ein Krankenhaus kam nicht infrage. Zum einen wüsste er nicht, wie er ihre Wunden erklären sollte, und zum anderen würden die Methoden der Menschen ohnehin nicht ausreichen. Nein, er musste im Síd nach einem Heiler suchen. Und als wäre es nicht lästig genug, dass er auf die Hilfe anderer angewiesen war, müsste er zu allem Überfluss auch noch zu den hochnäsigen Seelie gehen.

Offenbar bekam die Königin nun doch ihr langersehntes Abkommen. Da er außerhalb der beiden Höfe stand, unabhängig und aufgrund der Verbindung zum Heer nahezu unantastbar war, hasste sie ihn. Bisher war es ihm gelungen, eigenständig zu bleiben. Doch seine Macht zu verlieren, war keine Option, nur um diesen Status beibehalten zu können.

»Wehe dir, wenn du während meiner Abwesenheit stirbst«, warnte er, bevor er die Kirche eiligen Schrittes verließ und die Tür mit einem einfachen Bann belegte, der Menschen davon abhalten würde, sie zu betreten. Auch wenn er gegen drei Uhr morgens nicht damit rechnete. Dann lief er hinter das Gemäuer und streckte suchend seine metaphysischen Sinne aus. Auf dem angrenzten Friedhof, unter einer Trauerweide zwischen zwei Gräbern, wurde er fündig.

Ein Eingang zum Síd. Er spürte eine Art Flimmern in der Luft und es schien, als wäre zwischen den Steinen eine hauchzarte Membran gespannt, die bei der leichtesten Berührung zu reißen drohte. Menschliche Augen würden nichts erkennen, doch für ihn sah es aus wie die zitternde Luft über Asphalt an einem heißen Sommertag.

Als er vor den Grabsteinen stand, streckte er vorsichtig die Hand nach der Magie aus, ohne sie zu berühren. Dort, wo sie am stärksten war, zerrte sie an der Luft. Er spürte die Energieverbindung dahinter und legte die Fingerspitzen auf die empfindlichste Stelle des Flimmerns. Unter seiner Berührung gab sie nach. Die Oberfläche zerfaserte wie Zuckerwatte zwischen warmen Händen. Vorsichtig spreizte er die Finger und öffnete den Eingang, um hindurchsteigen zu können. Aus dem Loch drang wenig einladende, eiskalte Finsternis.

Der Síd schien heute keine Lust auf ungebetene Besucher zu haben. Doch er war kein Gast und ließ sich davon nicht abschrecken. Sobald sich das Loch zur Menschenwelt wieder schloss, war es, als bekäme die Schwärze einen Körper und würde lebendig. Einen Menschen könnte das in den Wahnsinn treiben. Die Wände bestanden aus nacktem Fels, und die Decke des Stollens hing so tief, dass er sich fast den Kopf daran stieß, wenn er aufrecht stand.

Wollte er diese Magieräuberin rechtzeitig retten, musste er sich beeilen. Nachdem er ein Stück durch den Stollen gelaufen war, erreichte er die Weggabelung, die nach Osten, das Gebiet der Seelie, oder nach Westen ins Unseelie-Territorium führte. Heute schlug er den Weg nach Osten ein, statt nach Westen in seine Heimat zu gehen.

Am Ende des Stollens trat er ins Licht hinaus. Während es in der Menschenwelt noch dunkel war, stand die Sonne hier hoch am Himmel. Manchmal stimmte der Tagesrhythmus mit dem der Menschen überein, manchmal beschloss der Síd, es genau andersherum zu halten. Und manchmal ging die Sonne überhaupt nicht unter. Oder für lange Zeit nicht mehr auf.

Laub raschelte unter seinen Füßen, in der Ferne vernahm er das Gurgeln eines Baches. Das Reich der Sylphen. Der Weg wurde links und rechts von hohen Bäumen gesäumt, an denen rote Ranken emporwuchsen. Blüten in veilchenblauen, rosa und dunkelroten Schattierungen wirbelten in einer sanften Brise durch die Luft und fielen um ihn herum auf den violetten, aus Amethyst bestehenden Steinboden. Auf ihnen lief es sich wie auf einem Kissen. Der Duft von Flieder mit einem Hauch Jasmin umspielte seine Nase.

Die Anwesenheit der zwei Sylphen, die beim Bach saßen, hatte er bereits gespürt, bevor sie in sein Blickfeld gekommen waren. Es handelte sich um jene Begabung, die ihm auch das Fangen einer Seele ermöglichte. Körperlose Seelen vermochte er stärker zu fühlen als solche, die in einem Körper steckten.

Sie waren zarte, feingliedrig gebaute Geschöpfe und flochten sich kichernd gegenseitig Blumen in die Haare. Oder kämmten sich. Oder machten, was auch immer Frauen taten, um sich die Zeit zu vertreiben. Als er näher kam, sahen sie kurz auf und erstarrten mitten in ihren Bewegungen.

So schnell konnte er gar nicht schauen, wie sie sich in Luft auflösten und verschwunden waren. Als er die Brücke überquerte, die über den Bach führte, senkte sich eine merkwürdige Stimmung über das Gebiet. Es wirkte trist und verlassen. Das brachte sein Erscheinen für gewöhnlich mit sich. Obwohl weiterhin der blumige Duft in der Luft lag, Blüten um ihn herumwirbelten und das Gurgeln des Baches noch ebenso lebhaft klang wie eben, schien sich jedes Lebewesen aus dem Staub gemacht zu haben.

Lang würde es nicht dauern, bis sich die Nachricht seines Besuches verbreitet hatte und die ganze Angelegenheit ›offiziell‹ wurde.

Umso besser, ihm konnte es nicht schnell genug gehen. Als würde dieser Gedanke eine Form annehmen, erschien vor ihm auf dem Weg eine Sylphe und schritt ihm hoch erhobenen Hauptes entgegen.

Bei ihr angekommen, blieb er stehen und begrüßte sie mit einer tiefen Verbeugung. »Prinzessin Psyche, Prinzessin über die Sylphen, Tochter der Verführung, Körperbesetzerin. Seid gegrüßt.«

»Fürst Cathal, Heerführer der Sluaghs und Sammler dunkler Seelen«, erwiderte sie und machte einen höflichen Knicks. »Ich grüße Euch ebenfalls. Was führt Euch zu uns?«

Unsicher suchte sie den Himmel ab. Ihm entging nicht, dass sie seinen letzten, inoffiziellen Titel genannt hatte und ihn damit an die Brisanz seiner Anwesenheit in ihrem Gebiet erinnerte.

»Seid unbesorgt, Prinzessin. Meine Sluaghs sind mir nicht gefolgt. Mein Besuch ist weder politischer noch feindseliger Natur.«

Erleichtert atmete die Prinzessin tief durch. Anders als die meisten anderen Seelie, versuchte sie nicht, ihre Gefühle hinter einer höflichen Maske aus gespielter Gleichgültigkeit zu verstecken. Die Sylphen waren zwar Seelie, hatten sich jedoch eine gewisse Authentizität bewahrt. »Das freut mich ungemein zu hören, Fürst.«

Zuvorkommend wies er ihr den Weg, damit sie nicht zu lang auf der Stelle verweilten. Die Zeit drängte.

»Verratet Ihr mir den Grund Eures Besuches?«, fragte sie neben ihm herschwebend. Nur wenn er genau hinschaute, erkannte er eine leichte Transparenz in ihrer Erscheinung. Im Síd waren Sylphen nahezu stofflich. In der Welt der Menschen vermochten sie nur zur Dämmerung die Illusion eines echten Körpers zu vermitteln, ansonsten waren sie das, was Menschen für Geister hielten.

Das war nicht so abwegig, wenn man bedachte, dass es sich bei Sylphen um Seelen in ihrer Reinform handelte. Kein Wunder, dass das Gebiet wie ausgestorben wirkte in Anbetracht seiner Anwesenheit. Psyche hatte jedoch schon immer das Spiel mit dem Feuer genossen und irgendwann ihre Berührungsängste ihm gegenüber verloren. Sie trafen sich heute nicht zum ersten Mal. Ihre erste Begegnung hatte im Gebiet der Sluaghs stattgefunden.

Statt auf ihre Frage einzugehen, lenkte er vom Thema ab. »Ihr habt Euer Gebiet umgestaltet. Als ich das letzte Mal hier war, bestand es aus Sümpfen und kargem Grasland.«

»Gefällt es Euch?«

»Es ist sehr … pink.«

Sie schwebte vor ihn, sodass er abrupt stehen blieb, um nicht durch sie hindurchzulaufen. Psyches Augen leuchteten hell auf, wie zwei Sonnen inmitten ihrer substanzlosen Hülle. »Das ist keine Antwort, mein Fürst.«

»Ich finde es furchtbar.«

Enttäuschung glitt über ihre feinen Züge. »Ich auch«, gestand sie und schwebte zurück an seine Seite.

»Weshalb habt Ihr es dann verändert?«

Sie seufzte. »Königin Siobhánn hat darüber verfügt. Sie will, dass der Síd für Menschen einladender aussieht, falls sich mal einer hierher verirrt oder … eingeladen wird.«

Ihm war die kleine Pause nicht entgangen. Oft landeten Menschen ohne ihre Zustimmung hier, wenn Elfen aus irgendwelchen Gründen Gefallen an ihnen fanden, und durften den Síd nicht mehr verlassen. Zumindest nicht lebendig.

»Ihr heißt das nicht gut.«

»Sie ist die Königin, sie wird es am besten wissen.« Psyche warf ihm einen Blick zu. »Wartet nur ab, sobald sie hier fertig ist, wird sie sich bestimmt über Eure Seite hermachen, doch im Augenblick hat sie hier noch ausreichend zu tun. Wenn es zu schlimm wird, würdet Ihr mir dann Asyl gewähren?«

Die Frage war nicht ernst gemeint. Kein Seelie würde jemals freiwillig in den Westen ziehen, schon gar nicht ins Sluagh-Territorium. Ganz besonders die Sylphen wären nie so daseinsmüde, sich in die Nähe eines Sluaghs zu begeben. Normalerweise. Die frei schwebenden Seelen wären für das Heer nichts weiter als ein Leckerbissen.

»So schlimm?«, fragte er amüsiert.

»Man fühlt sich wie im Innern eines weiblichen Genitaltrakts.«

Da er die gleiche Assoziation ebenfalls gehabt hatte, musste er lachen.

»Ich habe dieselbe Kritik auch vor einigen Elfen geäußert. Die haben anders reagiert.«

»Das liegt daran, dass Elfen keinen Sinn für Humor haben, Prinzessin«, erwiderte er erheitert. Auf einmal war sie fort, doch ihr Lachen hing in der Luft wie eine sanfte Melodie.

»Verratet Ihr mir nun endlich den Grund Eures Besuches?«, hörte er ihre Stimme durch die Luft hallen. Nachdem er einen Moment gezögert hatte, beschloss er, sie einzuweihen. Bisher hatte er nie einen Heiler benötigt. Er wusste, dass die Brownies in der Heilkunst sehr bewandert waren, doch er kannte keinen von ihnen persönlich und Psyche hätte vielleicht einen guten Tipp, könnte das Eis brechen und zwischen ihnen vermitteln. Ihnen sagen, dass er nicht gekommen war, um ihre Seelen zu rauben.

»Ich bin auf der Suche nach einem Heiler.«

Neben ihm tauchte die Sylphe wieder auf, auf ihrem Antlitz ein skeptischer Ausdruck. »Mein Fürst, Ihr wisst hoffentlich, dass sich die sanftmütigen Hügellandbewohner bei Eurem Anblick zu Tode erschrecken würden.«

»Wie schmeichelhaft.«

Sie seufzte. »Ihr wisst, wie ich das meine.«

Auf einmal veränderte sich ihre Haltung. Ein verschmitztes Lächeln umspielte ihre Lippen, während Verführungszauber aus ihr quoll wie

Honig aus einem zu vollen Topf. Selbst wenn sie sich nicht anstrengten, reizten die Sylphen die Gelüste des anderen Geschlechts.

»Doch vielleicht könnte ich helfen und vermitteln.«

Er sah sie an. »Und was würdet Ihr dafür verlangen?«

»Ich habe mich schon immer gefragt, wie es wohl mit Euch wäre, Fürst«, antwortete sie unverblümt. »Wenn ich einen geeigneten Körper fände, könnte ich es herausfinden. Mit Eurem Einverständnis natürlich. Wofür braucht Ihr den Heiler?«

Damit hatte er nicht gerechnet. Auf der anderen Seite bestand keine Gefahr, dass sie von ihm schwanger werden könnte, wenn sie in einer menschlichen Hülle Sex mit ihm hätte. Das bedauernswerte menschliche Geschöpf würde das Kind kriegen, nicht Psyche selbst. Einer der Gründe, weshalb er im Síd keine Partnerin fand. Keine wollte dieses Risiko eingehen. Für Psyche wäre er nichts weiter als ein netter Zeitvertreib für eine Nacht. Es hätte ihm nichts ausmachen sollen. Und doch nagte ihr Vorschlag an seinem Stolz. Verfluchte Seelie.

»Um Sluagh-Verletzungen bei einem Menschen zu heilen«, antwortete er mit nichtssagendem Tonfall. Seine wahren Gefühle versteckte er sorgfältig hinter einer ausdrucklosen Fassade.

»Oh.« Sie hielt inne und schwebte auf der Stelle. »Ich fürchte, dass ich Euch in dem Fall doch nicht werde helfen können. Ich kenne nur eine, die eventuell fähig wäre, genug Macht für so etwas heraufzubeschwören, doch Suznii befindet sich im Dienste der Königin.«

Er seufzte. So etwas in der Art hatte er bereits befürchtet, weshalb er nun den Weg zum Elfenreich einschlug.

Psyche schien seine Absichten zu erraten. Während sie zu ihm aufholte, hörte er sie scharf Luft holen. »Ihr habt doch nicht etwa vor, die Königin aufzusuchen und sie um ihre beste Heilerin zu bitten?«

»Genau das ist meine Absicht.«

»Das wird sie niemals erlauben, mein Fürst.«

»Das lasst meine Sorge sein, Prinzessin Psyche.«

Er würde der Königin ein Abkommen unterbreiten, dem sie sich kaum entziehen könnte, wenn sie wirklich über so viel politisches Geschick verfügte, wie alle behaupteten. Die Seelie mochten die letzte große Schlacht gewonnen und den Unseelie die Magie geraubt haben, doch nach Jahrhunderten begannen die Erinnerungen daran zu verblassen. Sollten die Unseelie beschließen, dass sie genug von dieser Ungerechtigkeit und Tyrannei hatten, würde die Hölle über den Seelie-Hof hereinbrechen. Er hatte bereits hier und da davon munkeln gehört und wenn ihm das zu Ohren gekommen war, wusste die Königin mit Sicherheit auch Bescheid.

Die Unseelie, vor allem jene aus den niederen Kasten, kannten weder Maß noch Furcht. Über kurz oder lang würden sie wie Heuschrecken über das leuchtende Volk herfallen, etwas, das die Königin, trotz ihrer Macht und grenzenlosen Arroganz, nicht riskieren würde.

Dank der Verbindung zum Heer verfügte er über eine gewisse Machtstellung, die er nun zu seinem Vorteil ausnutzen konnte. Dass ihm aktuell die Hälfte seiner Magie fehlte, durfte niemand erfahren. Selbst er bezweifelte, dass sein Heer ihn unter den Umständen weiterhin als Anführer akzeptieren würde. Er musste seine Magie unbedingt zurückbekommen. Anschließend würde er die Kleine umbringen. Langsam und qualvoll und er würde es genießen.

Gemeinsam mit Psyche betrat er den Wald, der alle Bereiche des Síds miteinander verband. Die Sonne glitzerte durch die Kronen der Bäume und malte goldene Flecken auf den Boden. Der Duft der abgestorbenen Blätter, von feuchter Erde und Baumrinden lag in der Luft. Zwischen den Bäumen wuchsen prachtvolle Farne und saftiges Moos bedeckte die Stämme. Von hier aus könnte man den Seelie-Hof zwar auch nicht ohne Weiteres betreten, doch er könnte immerhin um Zugang bitten.

Doch die Schönheit des Ortes, mit der sich leicht Menschen herlocken ließen, rauschte heute an ihm vorbei. Zu sehr kreisten seine Gedanken um die Tatsache, dass er seine Magie möglicherweise nicht wiederbekäme. Dabei zog sich seine Haut zwischen den Flügeln zusammen und aufgrund der Nervosität brach Hitze in seinem Nacken aus. Nach außen hin durfte er sich nichts anmerken lassen, sonst würden die Seelie seine Sorgen riechen wie ein Einhorn frisches Blut.

Nein, es war mehr als nur Sorge. Es handelte sich um Angst. Ihm fiel auf, dass er zum ersten Mal seit Langem wieder richtig Angst verspürte. Alles, was er sich in mühsamer Arbeit aufgebaut und den Respekt, den er sich allen Hürden zum Trotz erworben hatte, wäre dahin.

Dieses verfluchte Biest. Sobald sie geheilt war, würde er seine Hände um ihre Kehle legen und fest zudrücken, während er langsam ihre

Essenz aus dem Körper zog. Sie sollte leiden. Bei dem Gedanken an sie wurde er wieder unendlich wütend, was dem Gefühl der Angst definitiv vorzuziehen war. Wut konnte er offen zur Schau stellen.

Abgesehen von einer Gruppe Einhörner, die seelenruhig im Boden nach Beute scharrten, verschwanden auch hier die meisten Bewohner, sobald er auftauchte. Er spürte die nervösen und verstohlenen Blicke aus ihren Verstecken heraus. Einzig die garstigen Pixies flatterten aus dem Unterholz wie eine Wolke bunter Insekten. Neugierige, tollkühne Biester.

In der Ferne sah Cathal die Felsen, hinter denen der Seelie-Hof lag. Heimat der Elfen. Um den Hof zu betreten, musste man über einen schmalen Weg eine Schlucht überqueren. Zusätzlich benötigte man spezielle Runen, die man ihm nie gegeben hatte. Er selbst war zur Hälfte Seelie, obwohl die Geschöpfe des Lichts dem nie zustimmen würden.

Seine Mutter war eine Elfe gewesen, eine Seelie der höchsten Kaste. Sein Vater nicht. Selbst am Unseelie-Hof galt es als Perversion, sich mit den Sluaghs intim einzulassen. Nachdem sie seine Mutter verstoßen hatten, änderten sie die Runen zum Betreten des Elfen-Gebietes, um ihr den Zugang zu verwehren.

In der Mitte der Schlucht befand sich eine Plattform, auf der ein einzelner Spiegel stand.

Es gab zwei Möglichkeiten, die Königin zu erreichen. Entweder indem er den Hof stürmte oder indem er den Spiegel benutzte. Er hasste diesen Spiegel.

»Ihr würdet mir nicht zufällig die Runen zum Betreten des Hofes verraten, Prinzessin Psyche, Tochter der Verführung, Lieblichste aller Sylphen?«

»Mein Fürst, Ihr wisst, wie sehr ich Eure süße Zunge schätze. Doch, mit Verlaub, so verrückt bin ich nun auch wieder nicht, mich dem Zorn der Elfen auszusetzen.«

»Habe ich mir schon gedacht«, murmelte er und überquerte den schmalen Steinweg über der endlos in die Tiefe gehenden Schlucht, um zur Plattform zu gelangen. Das war keine Übertreibung. Die Schlucht ging tatsächlich endlos in die Tiefe. Wenn man fiel, so fiel man für immer.

Der Rahmen des Spiegels bestand aus geschwärztem Eisen in Form von ineinander gewundenen Rosenranken.

Den nächsten Part verabscheute er, doch er war Teil der Prozedur. Er wappnete sich innerlich für das bevorstehende Ritual, legte die Hände um den filigranen Rahmen und schloss sie so fest zu Fäusten, bis sich die Dornen in seine Haut bohrten. Die Schmerzen störten ihn weniger als das brennende Gefühl der magischen Ranken, die in seinen Körper stießen und sich durch das Geflecht seiner Adern ausbreiteten. Bis sie sein Herz erreichten und sich wie eine heiße Faust darum schlossen.

Er sog scharf Luft ein, sah jedoch mit festem Blick auf das Glas. Sie mussten ihm nicht anmerken, wie sehr er den Ruf mit dem Rosenspiegel der Seelie hasste. Es gab keinen Grund, diesen arroganten Lichtwesen eine Freude zu bereiten. Sobald sein Spiegelbild zu einer wirbelnden Wolke verschwamm, öffnete er seine Hände und zog sie langsam von den Dornen.

Die Magie leistete Widerstand, wollte ihn nicht entlassen. Unangenehm und schmerzhaft, doch sobald seine Hände nicht mehr mit den Dornen verbunden waren, zog sich auch die Magie aus seinem Körper zurück und der Bann löste sich auf. Unwillkürlich stieß er Luft aus.

Fünf Krieger der königlichen Leibwache traten auf der anderen Seite der Schlucht zwischen den Felsen hervor und kamen auf ihn zu.

Psyche konnte er nirgendwo entdecken, sie hatte sich wohl zurückgezogen. Auf der Plattform angekommen, gingen zwei der Krieger jeweils nach rechts und links auseinander, die drei anderen positionierten sich in der Formation einer Pfeilspitze. Auf diese Weise waren sie in der Lage, ihn jederzeit von allen Seiten anzugreifen. Ganz vorne befand sich der oberste Befehlshaber der Garde, Azariel, der von seinem ersten und zweiten Stellvertreter flankiert wurde.

Bereits als sie auf ihn zugekommen waren, hatte Cathal erkannt, dass die Überraschung, ihn hier vorzufinden, einer Alarmbereitschaft gewichen war.

Jetzt wirkten sie auf gefährliche Weise nervös und angespannt. Mit einem tiefen Seufzen bemühte er sich darum, so harmlos wie möglich auszusehen. Das alles kostete ihn jetzt schon viel zu viel Zeit. Wie lange würde die Menschenfrau auf der anderen Seite noch durchhalten? Er durfte keine unnötige Zeit mit Geplänkel verschwenden.

Leider hatte er es mit Elfen zu tun. Da waren Machtspielchen vorprogrammiert.

5

Lord Cathal, Heerführer der Sluaghs. Welch unerwarteter Besuch«, grüßte Azariel, als die Krieger vor ihm standen. »Was verschafft uns das zweifelhafte Vergnügen?«

»Ich wünsche dringend Königin Siobhánn zu sprechen.«

»Ausgeschlossen«, erwiderte der oberste Befehlshaber, musterte ihn mit missbilligendem Blick, wie nur ein Seelie es konnte, und umfasste den Knauf seines Schwertes, bereit, es zu ziehen. Die königliche Leibwache trug selbstverständlich Waffen. Auf dem Rücken einen Köcher für Pfeile und einen für den gespannten Bogen, außerdem an den Hüften Kurzschwerter aus Silber.

Doch es war der Griff von *EaglaBás,* auf dem Azariels Hand lag. Das Heft des Stahlschwertes bestand aus ineinander verschlungenen, filigranen Ranken. Im Knauf saß ein augapfelgroßer Saphir und die Parierstange war in der Form von ausgebreiteten Flügeln gestaltet. Es hieß, dass ein Hexer seinerzeit menschliches Blut bei der Herstellung verwendet habe, sodass die Sterblichkeit auf jeden Fay überging, der mit der Waffe verletzt wurde. Ob die Legende stimmte, wusste Cathal nicht, wohl aber, dass sie die einzige bekannte Waffe war, die einen Fay töten konnte. Das letzte der vier Heiligtümer, das die Fay besaßen. Die drei anderen waren verschollen.

Innerlich seufzte Cathal. Er hatte Azariel schon oft gesehen, wenngleich es ihm schwerfiel, die Elfen der Leibgarde auseinanderzuhalten. Mit den feinen Nasen und vollen Lippen wirkten ihre Züge weich und zart. Dass alle Anwesenden die gleiche Augen- und Haarfarbe hatten, blond und blauäugig, und die gleichen silber leuchtenden Uniformen trugen, erschwerte ihm zusätzlich die Unterscheidung.

Es gab auch dunkelhaarige Elfen und welche mit braunen oder grünen Augen, bronzefarbener oder goldener Haut. Die Variationen waren ebenso vielfältig wie bei den Menschen. Ob Ähnlichkeit ein Einstellungskriterium der Königin war, um Feinde zu irritieren?

Um eine neutrale, nichtssagende Haltung bemüht, ließ er die Arme locker neben sich herunterhängen, doch seine Hände ballten sich unwillkürlich zu Fäusten. Irgendwann einmal würde er ausprobieren, ob Elfen so zerbrechlich waren, wie sie aussahen.

»Lord Azariel, Hauptmann der königlichen Leibwache, Liebhaberin der Königin« setze Cathal geduldig von Neuem an. »Ich wünsche der Königin ein Abkommen zu unterbreiten und bitte daher ergebenst um eine Audienz. Sicher wollt Ihr der Königin nicht das Recht auf die Möglichkeit für politische Verhandlungen mit dem Heerführer der Sluaghs absprechen? Oder wollt Ihr der Königin die Entscheidung abnehmen und die Verantwortung dafür tragen, Lord Azariel?«

Azariel versuchte sich nichts anmerken zu lassen, doch seine Augen weiteten sich etwas und Cathal vernahm ein hörbares Schlucken.

»Aber doch nicht so«, erwiderte der Hauptmann und musterte ihn erneut von Kopf bis Fuß.

Irritiert sah Cathal an sich herab. »Ich bin unbewaffnet und habe meine Herde drüben gelassen.«

»Das meine ich nicht.« Azariels Faust schloss sich fester um den Griff seines Schwertes, bis an den Knöcheln die Sehnen hervortraten. »Ihr wollt der Königin doch nicht in diesem Aufzug unter die Augen treten, Sluagh-Fürst. Bittet erneut um eine Audienz, wenn Ihr anständig bekleidet seid und nicht halb nackt.«

»Bei genauem Hinsehen werdet Ihr feststellen, Lord Azariel, dass ich Flügel und einen Schwanz habe. Einen äußerst langen Schwanz. Dieser ›*Aufzug*‹ ist meine gewohnte Aufmachung. Habt Ihr eine Vorstellung, wie störend Kleidung wäre?«

»Nein«, knurrte Azariel. »Denn ich bin ein hoher Seelie und habe weder Flügelauswüchse noch einen langen Schwanz.«

Cathal lächelte. »So genau wollte ich das gar nicht wissen, Lord Azariel.«

Einer der anderen hustete. In Azariel Kiefer arbeitete ein Muskel, seine gefasste Haltung begann zu bröckeln.

Er trat einen Schritt auf Cathal zu. »Geht zurück in Euer Reich, Sluagh-Fürst, oder was auch immer Ihr seid, und hört auf, das Licht unseres Hofes länger mit Eurer Anwesenheit zu trüben.«

Cathal trat ebenfalls einen Schritt auf Azariel zu, bis sich ihre Stiefelspitzen berührten. Azariel war kein kleiner Mann, musste aber aufschauen, um weiter Blickkontakt zu halten.

»Unter anderen Umständen würde ich mir eine solche Respektlosigkeit von Euch nicht bieten lassen, Lord Azariel«, warnte er leise. »Doch Ihr habt Glück, dass ich heute keine Zeit für Spielchen habe.«

»Das trifft sich gut, ich ebenfalls nicht.« Ein kleines, bitteres Lächeln umspielte Azariels Lippen. »Und nun geht, Cathal.«

»Wir sind keine Freunde, Lord Azariel. Sprecht mich mit meinem Titel an.«

»Welchem Titel, *Sluagh?*« Das letzte Wort spie ihm Azariel entgegen. »Nur die hohen Fay haben Anspruch auf einen Titel, Ihr seid nichts weiter als ein primitives Biest. Gerade genug vernunftbegabtes Wesen, um kommunizieren zu können. Man sagt sich, dass nicht einmal die Unseelie Euch an ihren Hof lassen, und die nehmen sonst jeden Abschaum auf. Selbst Eure Mutter seinerzeit.«

Azariel war seines Lebens entweder überdrüssig – wovon Cathal nicht ausging – oder die Arroganz eines Seelie übertraf selbst seine kühnsten Vorstellungen, anders konnte er sich diese geschmacklose Provokation nicht erklären.

»Gut«, erwiderte Cathal mit tödlicher Ruhe. »Ich gehe. Macht Euch jedoch auf meine Rückkehr gefasst. Mit dem Heer dieses Mal.«

Azariel trat zurück und zog das Schwert. Er hatte gezogen, obwohl Cathal keine Waffen am Körper trug. Azariel war kein Narr, er wusste, dass sich der Heerführer der Sluaghs auch ohne Stahl und Eisen zu verteidigen wusste.

Cathal begab sich in Angriffsposition, streckte die Arme mit geöffneten Handflächen aus und tastete nach Azariels Seele. Auf eine gewisse Entfernung konnte seine Macht die Distanz überbrücken. Azariel wurde kreidebleich, schließlich wusste er, was diese Bewegung bedeutete. Gleichzeitig begaben sich die anderen Krieger in Angriffsposition und zogen ebenfalls ihre Waffen.

Cathal beschwor seine Macht herauf, um diesem aufgeblasenen Elf die Seele vor den Augen seiner Soldaten zu entreißen, als … nichts passierte.

Ein eiskalter Schauer rann entlang Cathals Wirbelsäule. Verflucht. Da ihm die Hälfte seiner Magie fehlte, vermochte er nicht mehr genug Macht heraufzubeschwören.

»Haltet ein, Heerführer«, rief einer der anderen Soldaten panisch. »Bei den Mächten des Síd, bitte. Greift nicht an.«

Sie schienen zu glauben, dass er aufgrund von Selbstbeherrschung noch nicht angegriffen hatte. Nicht auszudenken, was passieren würde, falls sie die Wahrheit erfuhren.

Von der anderen Seite aus eilte eine Elfe über den schmalen Weg zu ihnen. »Genug!«, durchbrach ihre glockenhelle Stimme den geladenen Moment.

Sie kam keinen Moment zu früh. Ihr Auftauchen verhinderte, dass die anderen irgendwann angefangen hätten, Verdacht zu schöpfen.

»Königin Siobhánn, Königin der Seelie und Herrscherin über die Unseelie, Lady aus den Ländern des Ostens, des Lichts der Sonne und der Illusion, Herrin der Fruchtbarkeit, Freundin der Schönheit, gewährt Euch die gewünschte Audienz, Fürst Cathal. Sie erwartet Euch bereits«, sagte die Elfe außer Atem.

Mit geschlossenen Augen holte Cathal tief Luft, bevor er die Arme wieder senkte. Fast wäre es zu einem Massaker gekommen, da er sich von seinem verletzten Stolz dazu hatte verleiten lassen. Ein Massaker, das er möglicherweise nicht überlebt hätte, in Anbetracht dessen, dass Azariel *EaglaBás* führte und ihm ein Großteil seiner Magie fehlte.

Oh, dafür würde die Kleine büßen.

Als er die Augen öffnete, hatte die Elfen-Kriegerin Azariels Platz eingenommen. »Folgt mir bitte, Lord Cathal, Heerführer der Sluaghs.«

»Bitte nennt mir Euren Namen«, verlangte er höflich.

Mit ihren blauen Augen sah sie ihn überrascht an. Schließlich nickte sie und machte eine leichte Verbeugung. »Lady Ethelind.«

Galant wies er ihr den Weg. »Nach Euch, Lady Ethelind.«

Bevor sie Cathal über den Weg zur anderen Seite der Schlucht führte, wandte sie sich Azariel zu und redete zu ihm in der Sprache der Elfen. Azariel erwiderte etwas, das unzufrieden, jedoch nach Zustimmung klang. Cathals Elfisch war eingerostet, doch er verstand, dass sie nicht vorhatten, ihn in einen Hinterhalt zu locken.

Sie passierten die Felsen zum Seelie-Hof durch ein mit Runen geschütztes geschmiedetes Tor und begaben sich auf den Weg zu dem Palast. Lady Ethelind lief voran, hinter ihm befand sich die Garde. Fast musste es so aussehen, als wäre er ein Gefangener, er hatte jedoch keine Wahl. Mit der Herde hätte er sich – vor allem unter den aktuellen Umständen – sicherer gefühlt, diplomatisch wäre das allerdings nicht gewesen. Er wollte die Königin wohlwollend stimmen, nicht sie provozieren.

Nie zuvor war er im Gebiet der Elfen gewesen, da er die Runen nicht kannte und bisher keinen Grund gehabt hatte, herzukommen. Trotzdem rauschte die Schönheit der Umgebung an ihm vorbei. Die Wut über die Menschenfrau und Verwirrtheit über den Verlust seiner Macht beherrschte seinen Verstand. Erst, als Lady Ethelind die Ankunft in der Großen Halle ankündigte, die zu den königlichen Gemächern führte, erwachte er aus seinen Grübeleien.

In der Halle wimmelte es von Brownies, die offenbar für die Sauberkeit und Ordnung hier verantwortlich waren. Degradiert zu niederen Putzarbeiten. Da zog er die Freiheit, die er abseits der Höfe bei den wilden Sluaghs genoss, einem solchen Zustand allemal vor. Sobald die Hügellandbewohner ihn sahen, stellten sie ihre Arbeiten ein und verfolgten ängstlich jede seiner Bewegungen.

Schnellen Schrittes umkreisten die königlichen Garde und er den riesigen Springbrunnen in der Mitte der Halle. Das beruhigende Plätschern der Fontäne lag in der Luft und begleitete ihn durch den sich abzweigenden Flur bis zu einer scharfen Biegung, hinter der riesige Türen lagen.

Nachdem sie eingetreten waren und sich die Soldaten der Garde links und rechts in die Reihe der bereits anwesenden Elfenkrieger eingereiht hatten, fiel die Tür hinter ihnen ins Schloss. Das entfernte, harmonische Plätschern des Brunnens erstarb. Stille legte sich über den Raum.

Cathal schritt über den Steinfußboden bis an ein Podest, auf dem die Königin in ihrem leuchtenden Thron saß. Sie schien wahrlich ein Geschöpf aus Licht und Illusionen zu sein. Wie von Sonnenlicht umgeben, wirkte ihr betörendes Antlitz sanft leuchtend und golden. Aus dem blassen Gesicht hatte sie sich ihr hellblondes Haar zurückgekämmt und auf dem Kopf hochgesteckt. Einige lockige Strähnen fielen aus der Frisur und wippten bei jeder Bewegung um ihren Kopf. Das hauchzarte goldene Gewand, das sie trug, ließ dem Betrachter kaum Raum für Fantasie und umschmeichelte einen zarten Körper weiblicher Anmut.

Höflich machte er eine tiefe Verbeugung, wartete jedoch nicht ab, bis sie ihm gestattete, sich aufzurichten. Er war Herrscher über sein eigenes Gebiet und ihr nicht zur Unterwürfigkeit verpflichtet. Dessen schien sie sich ebenfalls bewusst zu sein.

Hinter ihrem Thron, doch gut sichtbar, stand Lord Vhandor, Scharfrichter der Königin. Damit wollte die Königin wohl Macht und Stärke demonstrieren, was nicht nötig gewesen wäre. Cathal hätte ohnehin nicht den Fehler begangen, irgendwen hier zu unterschätzen.

Lord Vhandor genoss den zweifelhaften Ruf, zu den ruchlosesten Kreaturen des Elfenhofes zu gehören und in seinen Methoden so grausam und unerbittlich zu sein, dass er fast zu den Unseelie abgeschoben worden wäre, hätte er nicht zugestimmt, in den Dienst der Königin als deren Henkersmeister einzutreten.

Man munkelte, dass – wie so oft – eine Frau die Verantwortung für seine Verdrossenheit trug. Auch ohne Vhandor wäre ihm die Königin überlegen gewesen. Sie war nicht umsonst Königin des Síd. Ihre stärkste Macht bestand darin, die Strahlen der Sonne erzeugen zu können und jeden innerhalb kürzester Zeit zu einem Häufchen Asche zu verbrennen. Sluaghs waren Geschöpfe der Nacht. So empfindlich wie die Vollblut-Sluaghs, die in Dunkelheit badeten und selbst normales Licht als Höllenqualen empfanden, war er nicht, doch zu viel davon würde auch ihn vernichten. Dass Vhandor anwesend war und wie ein braver Schoßhund ihre Hand hielt, war nichts weiter als ein wenig politisches Weitpissen.

»Seid gegrüßt, Lord Cathal, Heerführer der Sluaghs«, erklang ihre liebliche Stimme.

»Seid gegrüßt, Königin Siobhánn, Königin der Seelie und Herrscherin über die Unseelie, Lady aus den Ländern des Ostens, des Lichts der Sonne und der Illusion, Herrin der Fruchtbarkeit, Freundin der Schönheit.«

Einen Moment lang blieb es still, sie ließ lediglich ihren Blick über ihn wandern, schien sich jeden Zentimeter seines Körpers einprägen zu wollen. Jeden anderen hätte er für dieses Benehmen geohrfeigt.

»Wie entzückend, Euch endlich einmal persönlich kennenzulernen«, sagte sie schließlich mit bedrohlich verspieltem Unterton. Bereits dreimal hatte sie ihn an ihren Hof eingeladen und jedes Mal hatte er ihre Einladung abgelehnt.

»Wir haben ein solches Treffen bereits viel zu lange herausgezögert, Majestät«, erwiderte er daher diplomatisch.

Langsam und verführerisch strich sie sich übers Kinn. Es schien eine unbedachte Geste zu sein, doch er war sich sicher, dass die Königin jede ihrer Bewegungen bewusst einsetzte, um einen bestimmten Effekt zu erzielen. »Ja. Das haben wir, nicht wahr? Ich war schon geneigt, Euch für eine Legende zu halten.«

Er machte eine leichte höfliche Verbeugung. »Dank Eurer Großzügigkeit, mir eine Audienz zu gewähren, konntet Ihr Euch hiermit von meiner Echtheit überzeugen.«

»In der Tat. Ein Mischling aus einer Elfe und einem Sluagh. Sähe ich es nicht mit eigenen Augen, ich würde es kaum glauben. Wie … faszinierend.« Sie klang, als hätte sie eigentlich ein ganz anderes Wort benutzen wollen. Etwas, dass dem abfälligen Tonfall gerechter geworden wäre. »Würdet Ihr einmal Eure Flügel für mich zu ihrer vollen Größe entfalten, Lord Cathal?«

Obwohl es mehr wie eine Bitte statt eines Befehls klang, kränkte ihn die Aufforderung. Sie benutzte zwar einen Titel, jedoch den niedereren, persönlicheren Titel vor seinem Namen. Er benötigte ihre Heilerin, doch alles würde er sich nicht von ihr bieten lassen.

»Bei allem Respekt, my lady«, erwiderte er mit gleichgültig klingendem Tonfall, »doch ich bin keine skurrile Kreatur, die man sich anschaut wie in einem Zoo.«

»Nicht?«, flötete sie provokant und lachte. »Wie schade. Es hätte mir große Freude bereitet, die Abstrusität Eures Erbes in ihrer vollen Pracht zu begutachten.«

Wut kroch seine Kehle hinauf. *Nur die Ruhe,* rief er sich ins Gedächtnis. *Verliere nicht den Grund aus den Augen, weshalb du hergekommen bist.*

»Sicher nicht so viel Freude wie das Abkommen, das ich Euch zu unterbreiten gedenke«, köderte er, nachdem er einige Male tief durchgeatmet hatte.

Sie lächelte, zog ihre Hand aus der von Lord Vhandor und setzte sich kerzengerade auf. »Ein Abkommen, Heerführer?«

Sie schienen sich wieder auf der politischen Ebene zu befinden. Gut.

»Ganz recht. Ich benötige Eure beste Heilerin. Suznii lautet ihr Name, richtig?«

»Korrekt. Weshalb benötigt Ihr Suznii, meine beste Heilerin?«

Er musste darauf achten, bei der Wahrheit zu bleiben, ohne ihr den wahren Grund seiner Not zu verraten. »Auf der anderen Seite hat es einen kleinen Unfall mit einem meiner Sluaghs gegeben. Ein Mensch wurde angegriffen.«

Sie hob ihre feinen Augenbrauen. Noch wirkte sie ruhig, doch es handelte sich um jene Art von Ruhe, die sich über die Erde legt, kurz bevor ein Orkan losbricht. »Ein Mensch wurde von einem Sluagh angegriffen?«

»Das habe ich soeben gesagt. Ich benötige die Heilerin, um die Regeln des Síd einzuhalten. Die Wunden sind für menschliche Verhältnisse zu auffällig. Sie müssen mit unseren Methoden geheilt werden.«

Die Königin verengte ihre Augen zu schmalen Schlitzen. »Habt Ihr vor, den Menschen anschließend zu töten?«

»Ja.«

»Weshalb tötet Ihr ihn dann nicht einfach und lasst den Toten verschwinden? Auch dann wären die Regeln«, sie sah ihn scharf an, »*meine* Regeln gewahrt.«

»Nicht ihn. Sie. Weil ich vorher etwas von ihr will.«

»Sie? Soso.« Die Königin beugte sich vor und lächelte auf einmal wie eine Katze, die etwas ausheckt. »Und was wollt Ihr von ihr?«

Mit ausdrucksloser Miene erwiderte er ihren forschenden, stechenden Blick und schwieg einen Moment. Beim Síd, wie er es hasste, diesem hinterlistigen Biest dermaßen private Einblicke in seine Seele zu geben. Doch irgendwie musste er aus dieser Nummer wieder herauskommen.

»Hier fällt es mir schwer, eine attraktive Partnerin zu finden, deshalb vergnüge ich mich von Zeit zu Zeit in der Menschenwelt. Jemanden zu finden, der meinen Kriterien entspricht, ist jedoch nicht ganz einfach.«

Dass es sich bei seinen ›Kriterien‹ eigentlich um jemanden mit einer verdorbenen Seele handelte und er sein derzeitiges Opfer aus anderen Gründen retten musste, spielte keine Rolle. So allgemein ausgedrückt, entsprach es der Wahrheit.

Ein Lächeln erschien auf dem Gesicht der Königin, das langsam immer breiter wurde. »Ich verstehe. Ihr geht also regelmäßig rüber, sucht Euch einen Menschen aus, habt Sex mit ihm – pardon – mit *ihr* und tötet sie anschließend, ja?«

»Ich denke, so kann man das zusammenfassen«, antwortete er und gab sich Mühe, nicht so verdattert zu klingen, wie er sich fühlte. Worauf wollte sie hinaus?

»Ihr wollt also meine beste Heilerin, um diese Menschenfrau, die Euren *Kriterien* entspricht und versehentlich von einem Eurer eifersüchtigen Sluaghs angegriffen wurde, erst heilen zu können, damit Ihr anschließend Sex mit ihr haben könnt. Und anschließend wollt Ihr sie töten, richtig?«

Konnte er auch diese Frage mit Ja beantworten? Er hatte die Menschenfrau bislang nicht auf diese Weise betrachtet, doch nachdem es die Königin angesprochen hatte, dachte er darüber nach. Schnell rief er sich die Begegnung mit ihr ins Gedächtnis zurück.

Als er sie am Strand beobachtet hatte, hatte ihn die Tatsache, dass sie offenbar Magie fühlen konnte, viel mehr beschäftigt als ihr Aussehen. Im Pub war ihm ihre Schönheit jedoch durchaus aufgefallen. Feine Züge, reine Haut, schönes gelocktes braunes Haar. Ihre Figur war zierlich, jedoch mit Rundungen an den richtigen Stellen. Wenn er sich es recht überlegte, fand er sie durchaus attraktiv. Sehr sogar.

»Ich bin mir nicht sicher, ob mein Sluagh aus Eifersucht gehandelt hat, Majestät«, erwiderte er, »aber ja, Ihr habt es ganz richtig erfasst.«

»Grandios!«, rief sie, warf den Kopf in den Nacken und lachte. Was als unschuldiges Kichern begann, wuchs bald zu einem echten Gelächter heran, bis Tränen in ihre Augen traten.

»Oh, Lord Cathal«, brachte sie keuchend hervor, »das ist wirklich zu köstlich. Ihr bittet die Königin des Síd um eine Audienz, um nach ihrer Heilerin zu fragen, damit Ihr Euer für heute Nacht auserkorenes Opfer ficken könnt. Ich finde das so erfrischend, dass ich gerade ernsthaft in Erwägung ziehe, mir Euren Vorschlag anzuhören. Was würdet Ihr mir für Suznii bieten?«

Cathal räusperte sich. »Wie Ihr wisst, wird das Volk der Unseelie unruhig, Majestät. Immer lauter werden manche Stimmen, die Magie von Euch zurückzufordern, und der Druck auf die Prinzen, gegen Euch in die Schlacht zu ziehen, wächst.«

Statt aufgrund seiner Worte besorgt zu sein, winkte Königin Siobhánn müde ab. »Papperlapapp. Damit drohen sie über die Jahrhunderte hinweg immer wieder mal.«

»Wenn Ihr mir die Frage erlaubt: Wann haben sie zuletzt mit einer Rebellion gedroht?«

Sie dachte kurz nach. »Das muss vor ungefähr vierhundert Jahren gewesen sein. Oder sind es schon fünfhundert Jahre? Vhandor?« Sie blickte zu ihrem ergebenen Schoßhund auf. »Weißt du noch, wann du die letzte Rebellion im Keim erstickt hast?«

»Fünfzehntes Jahrhundert«, erwiderte Lord Vhandor emotionslos.

Cathal lächelte. »Vor meiner Geburt also.«

Auf einmal waren zwei Paar Augen auf ihn gerichtet, die ihn mit scharfen Blicken musterten. Lord Vhandor blieb reglos hinter dem Thron der Königin stehen und doch bekam Cathal das Gefühl, er wäre auf einmal kampfbereit. Dann hatten diese arroganten Elfen seine subtile Andeutung begriffen. Sehr gut. Ihm fehlte die Zeit, alles lang und breit erklären zu müssen.

»Ich höre«, sagte die Königin und richtete sich auf.

Er nickte. »Ich wäre bereit, Euch von meiner Seite aus die Garantie eines zusätzlichen Jahrzehnts von dem Moment an zu geben, in dem die Unseelie beschließen, gegen Euch in die Schlacht zu ziehen. Ein Jahrzehnt mehr, in dem sie nicht die Unterstützung der Sluaghs bekommen werden.«

Sie zog die Augenbrauen hoch. »Ein Jahrzehnt ist geradezu lächerlich. Für ein Jahrtausend garantierten Frieden überlasse ich Euch meine Heilerin.«

Endlich hatten die Verhandlungen begonnen. Seit ungefähr einer verdammten Stunde befand er sich schon im Síd. Ihm rannte die Zeit davon. »Ich möchte Suznii nicht für immer. Ich benötige sie nur für einige Stunden.«

»Ha! Für sehr viel länger hättet Ihr Suznii ohnehin nicht bekommen.«

»Ich bin bereit, auf zwei Jahrzehnte zu erhöhen.«

Königin Siobhánn legte den Kopf schief und lächelte süßlich. »Ich könnte auf neunhundertneunzig Jahre reduzieren.«

Cathal rollte mit den Augen. »In Ordnung, ein Jahrhundert dann. Damit komme ich Euch mehr als entgegen, aber auch nur, weil mir die Zeit davonrennt.«

»Neunhundert Jahre.«

»Ich weiß nicht einmal, ob das Mädchen mit ihren Wunden überhaupt noch am Leben ist. Ein Jahrhundert. Mehr kann ich nicht verantworten.«

»Ich verstehe, Fürst Cathal«, erwiderte sie mit falschem Verständnis. »Ich verstehe sehr gut. Achthundert Jahre dann.«

»Ein Jahrhundert. Nehmt es an oder wir lassen die ganze Chose sein.« Er spielte Poker, das war ihm klar. Mit der Königin des Síd. Leichtsinnig.

Ihre Augen wurden kalt und leer, der funkelnde Schimmer darin erlosch. Mit zorniger Miene trommelte sie auf der Armlehne des Throns herum, die Nägel länger und spitzer als vor wenigen Augenblicken.

»Nehmt Ihr mein Angebot an oder nicht?«, fragte er. Langsam hob sie ihre Hand, streckte sie ihm entgegen und schloss sie abrupt zu einer Faust. Auf einmal zuckte ein scharfer Stich durch seine Brust. Die Schmerzen raubten ihm die Luft zum Atmen und er krümmte sich angestrengt zusammen. Er befand sich im Herzen ihres Reiches. Nirgendwo sonst war ihre Macht so groß wie hier und nun bekam er eine kleine Kostprobe dessen, was geschah, wenn man die Königin des Síd verärgerte.

»Erst verwehrt Ihr mir einen Blick auf Eure Schwingen, obwohl ich höflich darum gebeten habe, nun wagt Ihr es, mich unter Druck zu setzen. Eines muss ich Euch lassen, Sluagh-Fürst, Ihr habt Eier in der Hose.«

»Ihr seid zu freundlich, Majestät«, keuchte er.

»Vorsicht«, zischte sie. »Treibt es nicht zu weit. Zwei Stunden und keine Sekunde länger. Für zwei Stunden bekommt Ihr Suznii. Dafür haltet Ihr ein Jahrhundert lang den Ball flach, sollte es zwischen Seelie und Unseelie zum Krieg kommen.«

»Zwei Stunden dann.« Das müsste ausreichen. »Dafür werde ich mich als Befehlshaber der Sluaghs für ein Jahrhundert aus Streitigkeiten zwischen den Höfen heraushalten.«

»Nein, das reicht nicht. Ich will eine Garantie, dass das Heer sich heraushält.«

Trotz der Schmerzen, die ihre Magie erzeugte, lachte er. »Von den niedersten Sluaghs zu den höchsten Elfen sind die Fay Opportunisten, Königin Siobhánn. Kontrolle über sie funktioniert nur so lange, wie sie es zulassen, und sie lassen sie nur so lange zu, wie die Vorteile überwiegen.«

»Das weiß ich doch!«

»Dann wisst Ihr auch, dass die Sluaghs sich jederzeit von mir abwenden können, wenn jemand ihnen etwas Besseres bieten kann als ich. Unwahrscheinlich, aber nicht unmöglich. Sie sind Freigeister, mehr noch als die meisten anderen Fay.«

»Dann sorgt dafür, dass niemand besseres zu bieten hat.«

»Glaubt mir, Majestät. Das liegt auch in meinem Interesse.« Vermutlich mehr, als sie sich vorstellen konnte.

Sie musterte ihn und trommelte wieder mit den Nägeln auf ihrer Lehne. Allmählich ließen die Schmerzen so weit nach, dass er sich immerhin wieder aufrichten konnte. Unwillkürlich fragte er sich, wofür sie ihre Nägel sonst benutzte. Doch bei genauerer Betrachtung wollte er das gar nicht wissen.

»Dann ist es besiegelt«, entschied sie schließlich und nickte knapp. »Ich werde Suznii herbeirufen lassen. Wartet in der Großen Halle auf sie. Jedoch werdet Ihr sicher nachvollziehen können, dass ich Euch nicht mit ihr allein lassen kann.«

»Ich gebe Euch mein Wort, der Heilerin keinen Schaden zuzufügen.«

Die Königin lächelte und die Schmerzen verschwanden vollkommen. Sie hatte ihn aus ihrem magischen Griff entlassen.

»Bereits mit Euch allein zu sein, könnte ihrem empfindlichen Gemüt schaden, Heerführer. Jemand von uns soll sie begleiten. Dabei handelt es sich nur um eine reine Vorsichtsmaßnahme.«

Die Königin wollte ihm einen Spion mitschicken, keine Frage. Er dachte kurz nach. »Wärt Ihr mit Psyche, Prinzessin der Sylphen, einverstanden?«

Zur Antwort hob sie interessiert die Augenbraue, doch schließlich nickte sie. »Psyche ist meine Untertanin. Einverstanden.«

Nachdem er die Gemächer der Königin ohne Zwischenfall verlassen hatte, wurde er von Azariel zur Halle zurückeskortiert, wo bereits eine Brownie auf ihn zu warten schien. Er erkannte Suznii daran, dass sie ihre großen, dunklen Knopfaugen weit aufriss und zu zittern anfing, sobald sie ihn sah. Dennoch folgte sie ihnen gehorsam bis vor die Tore des Hofes. Mit gesenktem Kopf versuchte sie mit ihm Schritt zu halten. Da ihm das kleine Geschöpf gerade mal bis kurz unter die Hüfte reichte und sehr viel kürzere Beine hatte, verlangsamte er seine Schritte. In der Elfenschlucht angekommen, tauchte wie aus dem Nichts Psyche neben ihnen auf.

Lord Azariel wechselte mit der Sylphenprinzessin einige Worte auf Elfisch. Cathal nahm an, dass er ihr im Namen der Königin auftrug, die Brownie gemeinsam mit ihm in die Menschenwelt zu begleiten und dass sie für ihren Schutz verantwortlich wäre. Dann verließ Azariel sie und kehrte an den leuchtenden Hof zurück.

Sobald Psyche anwesend war, schien sich die Brownie etwas zu entspannen.

»Suznii«, sprach er sie an, um das Eis zu brechen. Er nahm an, dass sie nicht zu reden wagen würde, solange er nicht als Erster das Wort ergriff. »Bist du imstande, Wunden zu heilen, die von einem Sluagh verursacht wurden?«

Von wegen Eis brechen. Er schien das kleine Geschöpf noch mehr zu verunsichern. Sie zuckte zusammen und knüllte nervös ihren Lederbeutel zwischen ihren vier Händen.

»Der Heerführer hat dich angesprochen, Suznii«, flötete Psyche. »Antworte ihm.«

»Ich … ich h-habe noch nie …«, wisperte sie mit der zarten Stimme eines Kindes, obwohl Suznii bereits mehrere Hundert Jahre alt war, wie er wusste. »I-Ich kann nichts versprechen.«

Skeptisch sah er auf sie herab. »Werdet Ihr versprechen, alles in Eurer Macht Stehende zu tun?«

»J-Ja, Lord Cathal, Heerführer der Sluaghs, Sluagh-Fürst.«

»Fürchte mich nicht, Suznii. Dir wird nichts geschehen, ganz gleich, ob deine Heilungsversuche von Erfolg gekrönt sein werden oder nicht.« Wobei er stark hoffte, dass Suznii das Mädchen würde heilen können. Doch falls nicht, wäre es nicht Suzniis Schuld. »Darauf gebe ich dir mein Wort.«

»J-Ja, Lord Cathal, Heerführer der Sluaghs, Sluagh-Fürst«, flüsterte die Brownie erneut.

Seufzend gab er es auf, das verschreckte Bündel zu beruhigen. Offenbar gab es nichts, das er gegen ihre Angst sagen oder tun konnte.

Psyche hingegen schien das furchtbar komisch zu finden. Ihr leises Kichern begleitete sie den ganzen Weg über bis zur Kirche, wo die Menschenfrau genau so dalag, wie er sie zurückgelassen hatte.

Ihre ruhigen Atemzüge verrieten ihm, dass sie noch lebte, doch ihr halber Rücken war gefroren und an einer Stelle hatte er bereits angefangen, sich zu Eis zu wandeln.

Ein Blick von Suznii auf die furchtbaren Wunden genügte, um die kleine Brownie in Bewegung zu setzen und sie all ihre Scheu verlieren zu lassen. Damit er Suznii nicht im Weg stand, setzte er sich nahe der Menschenfrau auf die Bank oder leistete Suzniis Anweisungen Folge, die sie ihm auf einmal voller Selbstsicherheit gab.

6

Langsam kam Nessya zu sich.

Flüssige Lava rauschte durch ihre Adern. Flammen versengten ihre Haut, leckten an ihrem Gesicht. Als läge sie in einem Brennofen und würde bei lebendigem Leibe gegrillt. Die Hitze verschlang sie, fraß sie von innen heraus auf. Sie versuchte zu schreien, konnte aber den Mund nicht öffnen, die Lippen nicht bewegen. Nicht einmal ihre Lider ließen sich öffnen.

Schmerzen. Feuer. Schmerzen. Hitze. Diese Gedanken beherrschten ihren Verstand.

»Wird sie es schaffen?«, hörte sie jemanden fragen. Männlich. Ein Arzt? Hatte man sie gefunden? In ein Krankenhaus gebracht?

»Die Verletzungen sind schwer«, antwortete jemand anderes. Eine Kinderstimme. Starker Akzent. Kannte sie. Woher? Lange her. »Doch sie ist stark, Fürst. Sie wird es schaffen. Es grenzt an ein Wunder.« Für ein Kind lag zu viel Reife in der Stimme. Kein Kind. Und trotzdem …

Warum konnte sie sich nicht bewegen? Warum konnte sie nicht schreien? Sie würde nicht sterben. Über den Punkt war sie hinaus, das spürte sie. Sie sehnte sich die Bewusstlosigkeit zurück, doch mit jeder Sekunde wurde ihr Kopf klarer. Unerträglich klar. Ihr Herzschlag wurde stärker und damit auch das Feuer, das durch ihren Körper züngelte. Ihre Finger verkrampften sich.

Moment … Fürst? Hatte das kindsähnliche Geschöpf gerade ›Fürst‹ gesagt?

Die Krämpfe breiteten sich auf die restlichen Muskeln aus. Auf Arme, Beine, den Rücken. Ihre Zähne schlugen zusammen, verbissen sich ineinander. Hitze lag auf ihrem Rücken, floss über ihre Haut, kribbelnd, brennend.

Sie spürte ihren Körper wieder.

Lange konnte sie sich nicht über diese Erkenntnis freuen. Die Hitze bahnte sich unaufhörlich einen Weg durch die Adern, bis in ihre Fingerspitzen. Jemand stieß einen schrillen Schrei aus, der sie fast taub machte.

Eine große Hand schloss sich über ihren Mund und die Schreie verstummten. Mehr Hitze, die in ihren Körper gedrückt wurde, mehr Feuer, das sich ausbreitete. Durch die Hand hindurch gab sie weitere gedämpfte Schreie von sich.

»Bald ist es vorbei«, sprach ihr die zarte Stimme gut zu. »Bald habt Ihr es geschafft.«

Allmählich wurde es besser. Die Hand hatte sich irgendwann wieder von ihrem Mund gelöst. Sie wagte es, die Augen zu öffnen. Es funktionierte. Im ersten Moment sah sie in der Dunkelheit nur Schemen. Ihre Sicht war durch Tränen verschwommen. Als sie sie wegblinzelte, erkannte sie, wer der Mann war.

Kein Arzt.

Fürst. Heerführer der Sluaghs.

Er saß neben ihr, während sie hilflos auf dem Bauch lag. Sein Blick war kalt, prüfend, bevor er aufstand und sie in eine aufrechte Position hob, als würde sie nichts wiegen. Sofort entriss sie sich seinem Griff und schlang ihre Arme um ihren nackten Oberkörper. Er ließ sie gewähren und setzte sich wieder. Erinnerungen schlichen sich in ihren Kopf. Die Gasse. Seelenfresser an den Fassaden der Häuser. Einer sprang. Auf ihren Rücken. Scharfe Krallen …

Der Sluagh hatte ihren Körper zerstört.

Einen Arm bog sie hinter den Rücken, um nach ihrer Haut zu tasten, doch sie spürte weder Schmerzen noch Verletzungen. Ihr Rücken fühlte sich glatt und unversehrt an.

Rasch sah sie von diesem dämonischen Wesen weg und schaute zu Boden. Dabei fielen ihr große, behaarte Füße auf, die in ihr Sichtfeld kamen. Mit dem Blick fuhr sie über die kleine Gestalt, bis sie bei einem Gesicht ankam.

Vor ihr stand eine Brownie. Eine richtige, ausgewachsene Vollblut-Brownie. Nessya blinzelte, starrte das Geschöpf vor sich an und blinzelte erneut. Nie hätte sie gedacht, in ihrem Leben je wieder einer Seelie zu begegnen. Bei ihrem Anblick drangen Erinnerungen, die sie in eine dunkle Ecke ihres Herzens verbannt hatte, zurück an die Oberfläche. Erinnerungen an ihre Kindheit, an den Síd. An Magie.

Brownies waren Seelie aus einer unteren Kaste. Freundliche, hilfsbereite Feenwesen. Die Heiler unter den Fay, mit stark ausgeprägtem Beschützerinstinkt. Vermutlich die einzigen mit solchen Attributen.

Im Kampf um Leben und Tod brachte das nichts. Die Einordung in Kasten richtete sich danach, wie viel Macht jemand besaß und ob er damit anderen metaphysisch in den Hintern treten konnte. Wenn man unter Elfen aufwuchs, lernte man, dass Elfen die höchsten und wichtigsten aller Geschöpfe waren. Ganz unten, noch tiefer als die gutmütigen Brownies, standen jene, die überhaupt keine Magie besaßen. Menschen. Wie sie selbst.

Ihr Herz schnürte sich zusammen. Es spielte keine Rolle mehr. Sie war jetzt bei den Menschen zu Hause, nicht bei den Fay.

Die Brownie hatte die Größe eines siebenjährigen Kindes, doch für die Hügellandbewohner war das Durchschnitt. Auch zusätzliche Körperteile waren nicht ungewöhnlich. Verglichen mit den dünnen Ärmchen, besaß sie überproportional große Hände. Vier. In ihnen knäuelte sie eine Ledertasche.

Sie musste eine große Heilerin sein mit ihren vier Händen. Doppelt so viele, durch die sie Magie schicken konnte.

Trotz der Fremdartigkeit ihrer Augen – wie bei Nagetieren bestanden sie aus einer durchgehend schwarzen Fläche – erkannte Nessya den gequälten Blick darin. Sie sahen aus wie zwei große, glatt polierte, mandelförmige Obsidiansteine, die in einem ovalen Gesicht lagen. Die Haut der Brownie war, wie bei einem Otter, am ganzen Körper mit kurzem, schimmerndem, braunem Haar überzogen, sodass sie nicht nackt wirkte, obwohl auch sie von der Hüfte aufwärts nichts trug.

Als hätte jemand ihre Nase abgeschnitten, atmete sie durch zwei kleine Löcher. Neben ihrem Gesicht hingen lange Schlappohren hinab. Sie sah niedlich aus. Auf die gleiche Weise, wie auch ein Mops niedlich ist. Eigentlich sind die Viecher hässlich, und trotzdem findet man sie süß.

»Ihr seid geheilt«, wisperte die Brownie und hielt ihr eine Hand entgegen. Nessya konnte nicht anders. Automatisch ergriff sie die riesige, fleischige, mit Schwielen besetzte Hand. Lange, warme Finger schlossen sich um ihre und vertrieben die Kälte. Nicht nur aus ihrer Hand, sondern aus ihrem Körper. Aus ihrem Herzen.

»Danke«, erwiderte sie, woraufhin die Brownie ihren großen Kopf schüttelte.

»Nein, Mädchen«, sagte sie, trat näher und langte an ihre Wange. Mit einem dicken Daumen wischte die Brownie eine Träne von ihrer Wange. »Sprecht keinen Dank aus. Dankt keinem Fay. Niemals.«

»Ich wollte mich damit bestimmt nicht aus einer Schuld herausstehlen.« Nessya lächelte. »Ich meinte es aufrichtig.«

»Ich weiß.« Auch die Brownie lächelte.

»Interessant«, erklang die Stimme des Seelenfängers. Sowohl die Brownie als auch sie zuckten zusammen. »Für einen Menschen bist du mit unseren Sitten und Gebräuchen sehr vertraut.«

Nessya fröstelte. Schauer überzogen ihre nackte Haut. Aufgrund der Aufregung hatte sie ihre Barrieren fallen lassen und sich verplappert. In der Welt der Fay bedankte man sich nicht, da das als Kränkung empfunden wurde. Es signalisierte, dass man nicht bereit wäre, eine erhaltene Leistung auszugleichen, sondern versuchte, sie mit einem einfachen Wort abzugelten.

So lang hatte sie unter Menschen gelebt, dass ihr das entfallen war. Die Brownie stellte sich schützend zwischen den Seelenfänger und ihr, obwohl das ihren sicheren Tod bedeuten könnte. Kein Wunder, dass die Brownies im Síd keinen Respekt erhielten. Sie waren so gutherzig, so selbstlos.

So dumm.

»Du hast gute Arbeit geleistet, Suznii«, entschied der Seelenfänger. »Du stehst mir zwar noch für eine volle Stunde zur Verfügung, ich benötige dich jedoch nicht länger. Du darfst wieder zurückgehen.«

»Jetzt schon?«, flötete eine sinnliche, weibliche Stimme zu ihrer Linken. Nessya riss den Kopf herum. Neben ihr räkelte sich lasziv eine weitere Seelie. Im Gegensatz zur Brownie handelte es sich bei ihr jedoch keineswegs um ein gutes, hilfsbereites Geschöpf. Ihr blieb fast das Herz stehen.

»Huhu«, grüßte die Sylphe spöttisch, winkte mit transluzenten Fingern und musterte sie von Kopf bis Fuß. Ein berauschendes Lachen perlte von den Lippen der Sylphe, das wie eine tiefe Vibration durch Nessyas Körper zog. »Sie ist hübsch, mein Fürst. Kein Wunder, dass Ihr so viele Anstrengungen unternommen habt, sie zu retten.«

Ihr feines weißes Haar umhüllte sie wie ein Tuch aus Spinnweben. Lang genug, um ihre Knöchel zu streifen. Farblich mischte es sich mit dem durchscheinenden Hauch von Nichts, das sie trug. In der Dunkelheit und der Dämmerung wirkten Luftgeister plastisch. Betörende Schönheiten. Doch Nessya konnte sie durch den Blendzauber hindurch als das sehen, was sie wirklich war.

Sylphen besetzten Menschen, als wären sie leere Hüllen. Man starb von einem solchen Angriff nicht, war jedoch hilflos gezwungen, mit anzusehen, wie sich jemand anderes des eigenen Köpers bemächtigte, während man selbst bei wachem Verstand blieb. Es konnten Jahre, manchmal Jahrzehnte vergehen, bevor die Sylphe genug hatte und einen wieder verließ. In der Zeit blieb man passiver Gefangener im eigenen Körper.

Doch selbst wenn die Besetzung nur wenige Tage andauerte, konnten die Sylphen viel Unheil anstellen. Sex mit einem Fremden, Streitigkeiten innerhalb der Familie, manchmal sogar Morde. Was immer ihnen in den Sinn kam und sie unter Spaß verstanden. Und sobald sie den Körper wieder verließen, musste die Person, die sie besetzt hatten, mit den Konsequenzen leben.

Sie wollte von der Sylphe wegrücken, würde dadurch jedoch automatisch näher an den Seelenfänger heranrutschen. Sie steckte in der Klemme.

Während sie sich umsah, versuchte sie, ihre Lage einzuschätzen. Die Wände waren hoch und weiß verputzt. Lange, schmale Fenster, in denen buntes Glas eingelassen war, erinnerten sie an den gotischen Stil mittelalterlicher Bauten, auch wenn sie moderner wirkten. Dahinter war es noch dunkel. Wie spät war es, wie lange war sie bewusstlos gewesen? Vorne befand sich ein steinerner Rundbogen und ein Altar, über dem ein Kreuz mit dem Corpus Christi hing. Eine Kirche. Immerhin hatte er sie nicht unterhalb der Feenhügel gebracht, sie befand sich noch in ihrer Welt.

Eine Sylphe, eine Brownie und der Heerführer der Sluaghs. Drei Feenwesen, die unterschiedlicher kaum sein könnten. Was machten sie gemeinsam hier? Seit wann schlossen sie Bündnisse oder Allianzen miteinander? Was hatte sich noch alles in den letzten zehn Jahren im Síd verändert?

Als die Sylphe ihre geisterhaften Finger nach ihr ausstreckte, verlängerten sie sich, als bestünden sie aus Rauch. Nessya beugte sich so weit sie konnte zurück, um nicht von der Sylphe berührt zu werden.

»Sie sieht verschreckt aus«, stellte die Sylphe fest. »Ich denke nicht, dass sie Interesse daran haben wird, mit Euch zu kooperieren, Fürst. Wenn ich mich jedoch in ihr befände, könntet Ihr mit ihr Sex haben, ohne dass …«

»… sie sich wehrt«, beendete der Heerführer den Satz. »Wo bliebe da der Spaß, Prinzessin Psyche?«

»Oh«, erwiderte die Sylphe diabolisch lächelnd. Auf einmal begannen ihre Augen zu leuchten. Buchstäblich. Wie zwei tödliche Laserpointer. »Ich verstehe.«

»Was?«, wisperte Nessya und schlang wieder ihre Arme um sich.

Er wollte sie vergewaltigen. Unter normalen Umständen wäre das schon schrecklich. Aber von einem Fay, nachdem er sie erst mit seiner dunklen Magie gefüllt und anschließend einer seiner Seelenfresser sie fast bei lebendigem Leibe zerfetzt hatte, wäre es tausend Mal entsetzlicher. Und er war nicht einmal irgendein Fay. Bei ihm handelte es sich um den Seelenfänger. *Den Seelenfänger!* Das Monster des Síd. Wenn er sich an ihr verging, würde sie sich niemals davon erholen. Weder körperlich noch geistig.

In einer geschmeidigen Bewegung erhob er sich und machte vor der Sylphe eine galante Verbeugung. »Prinzessin Psyche, wenn Ihr mich nun mit dem Menschenmädchen allein lassen und Suznii sicher in den Síd zurückbegleiten würdet?«

»Och.« Die Sylphe schürzte die Lippen. »Nicht einmal zusehen darf ich? Wie unfair.«

Nessya packte die Brownie an einem der dünnen Ärmchen, was das kleine Geschöpf zu erschrecken schien. Die Brownie – Suznii – starrte sie mit ihren großen, dunklen Augen verängstigt an und versuchte sich ihrem Griff zu entziehen.

»Bitte nicht«, flehte Nessya. »Bitte lass mich nicht mit ihm allein.«

Dunkle Schatten glitten über Suzniis Gesicht, ein gequälter Ausdruck. Es war nicht fair, die kleine Brownie in einen derartigen Gewissenskonflikt zu stürzen, das wusste Nessya. Und doch überwiegte der selbstsüchtige Drang des eigenen Überlebens.

Suznii schüttelte heftig mit dem Kopf. »Meine Rolle in diesem Spiel ist vorbei, Mädchen. Ich bin hergebracht worden, um Euch zu heilen, und das habe ich getan.« Mit ihren riesigen Obsidianaugen blickte sie zu Nessya auf. »Mehr kann ich für Euch leider nicht tun. Hier.« Mit einer ihrer Hände holte sie ein Kupferdöschen aus ihrer Tasche, überreichte es ihr und entriss sich gleichzeitig dem Griff. »Für schlechte Zeiten, Mädchen. Der Heilzauber, den ich Euch eingeflößt habe, wird für einige Zeit halten, doch in der Salbe steckt mehr von meiner Magie, falls die Kraft in Eurem Körper schneller aufgebraucht wird als erwartet.« Sie warf dem Seelenfänger einen verstohlenen Seitenblick zu. »Ich fürchte, das könnte unter den gegebenen Umständen passieren.«

Genau das befürchtete Nessya ebenfalls. Resigniert nickend nahm sie das Döschen an sich und steckte es in die Jeanstasche. Die kleine Fay hatte bereits mehr für sie getan, als sie erwarten durfte. Doch wie ging es nun weiter? Bei dem Gedanken kroch die Kälte zurück in ihr Herz.

»Wie rührend.« Die Sylphe rollte mit den Augen. »Komm schon, Suznii. Lass uns zurückgehen. Wir wollen Königin Siobhánn nicht warten lassen, nicht wahr?«

Offenbar reichte der ungeduldige, düstere Blick des Seelenfängers aus, damit der parasitäre Luftgeist nicht auf den Wunsch ›zuschauen zu dürfen‹ bestand, obwohl öffentliche Orgien unter Fay keine Seltenheit darstellten. Für sie war das etwas völlig Normales.

Suznii wandte sich ihr noch einmal kurz zu. »Ich hoffe, dass Ihr diese Nacht und noch viele weitere überstehen mögt, Mädchen. Das hoffe ich wirklich.«

Mit diesen Worten drehten sich die beiden Seelie weg, traten aus der Kirche und ließen sie mit dem schrecklichsten aller Fay allein.

7

Sie starrte auf den Boden der Kirche, zitterte so heftig, dass ihre Zähne unkontrolliert aufeinanderschlugen, und versuchte ihre Atmung in den Griff zu bekommen. Es funktionierte nicht. Beim Altar standen eine Reihe Teelichter, deren Flammen sanft flackerten. Ihr Licht schwand, als sich ein Körper wie eine unheilvolle Gewitterwolke vor sie schob.

Sie hyperventilierte so stark, dass ihr schwarz vor Augen wurde, und rechnete jeden Moment damit, dass der Seelenfänger sie packte und mit dem begann, wofür er hergekommen war.

Nachdem die Sylphe und die Brownie verschwunden waren, hatte sich seine düstere Präsenz wie Dunst in der Kirche ausgebreitet und war in jeden Winkel gekrochen. Langsam sah sie von unten nach oben zu ihm auf. Seine langen Beine steckten in schwarzen Lederstiefeln und einer schwarzen, seitlich geschnürten Hose, die, wie schon zuvor, tief auf den Hüften saß. Hinter ihm ragten die gewaltigen Flügel auf und um sein linkes Bein wickelte sich ein langer, drachenartiger Schwanz, der am Ende pfeilspitzartig zulief.

Nessya war nicht gläubig im biblischen Sinne. Sie wusste zu viel von der ›anderen Welt‹, um sich an religiöse Anschauungen zu klammern. Doch hier, in der Kirche, überkam sie unwillkürlich das Bedürfnis, sich zu bekreuzigen. Mit den grauenhaften Dämonenschwingen und dem kalten Antlitz sah er aus wie ein Wesen aus dem tiefsten Kreis der Hölle.

Sie schlang die Arme fest um den Körper, fror aber trotzdem noch. Die Kälte, die ihr in den Knochen steckte, hatte nichts damit zu tun, dass sie halb nackt hier herumsaß. Suznii hatte sie geheilt, hatte das dämonische Eis mit der Hitze ihrer Heilmagie aus Nessyas Körper vertrieben und doch spürte sie die Kälte noch, als befände sich das Gift des Sluaghs weiterhin in ihr.

»Dann lass uns zur Sache kommen, Kleines«, sagte der Seelenfänger. Seine Stimme klang sanft und dunkel. Es fühlte sich an, als würden Glasscherben ihre Wirbelsäule entlangleiten.

Ihre Zähne schlugen heftiger aufeinander.

»Wenn du noch etwas lauter mit den Zähnen klapperst, wirst du die Toten des angrenzenden Friedhofs wecken«, bemerkte er mit leicht genervtem Unterton. »Was bist du?«

Vor Angst bekam sie kaum einen Ton heraus. Wie lang würden die Qualen andauern? Ein paar Stunden? Die ganze Nacht? Mehrere Nächte?

»Ich weiß nicht, was Ihr meint«, wisperte sie. Ihre Stimme klang so verängstigt und dünn, dass sie sie kaum als ihre eigene erkannte.

»Ich spreche von deiner Abstammung.«

Fay duldeten keine Menschen, die zu viele Insider-Infos hatten. Dadurch, dass sie im Síd aufgewachsen war, hatte sie verdammt viele Insider-Infos. Dass sie der magielose, menschliche Abkömmling einer Fay war, schien er nicht zu wissen und sie musste dafür sorgen, dass das so blieb. Sollte er es herausfinden, könnte er möglicherweise einen noch größeren Gefallen daran finden, sie zu foltern. Menschliche Abkömmlinge stellten im Síd den Bodensatz dar. Sie wurden weniger respektiert als Menschen, denn potentiell hätte Nessya die Chance zur Magie gehabt, der Síd hatte sie ihr jedoch verwehrt.

»I-Ich bin nur ein Mensch.«

Als er lächelte, blitzte eine Reihe strahlend weißer Zähne auf. »Ich würde dir raten, meine Geduld nicht überzustrapazieren.« Eiskalt. »Was bist du?«

»Ein Mensch«, wiederholte sie hastig. Bei seinem Tonfall stellten sich ihre Nackenhaare auf. »Ich bin nur eine ganz normale, durchschnittliche junge Frau. Wirklich.«

Während sein Gesichtsausdruck vorher irgendwo zwischen Langeweile und Ungeduld gelegen hatte, trat nun Wut in seine Züge. Er beugte sich zu ihr herab und legte seine Hände auf die Rückenlehne der Bank, eine auf jede Seite ihres Körpers.

»Ein Mensch, hm? Was denkst du, weshalb ich all diese Anstrengungen unternommen habe, dich zu heilen? Bestimmt nicht, weil ich dich für einen ganz normalen, durchschnittlichen Menschen halte. Ich musste mich dafür mit Königin Siobhánn auf ein Abkommen einlassen! Ich habe dich beobachtet. Am Strand. Du hast dich benommen, als könntest du meine Magie spüren. Woher wusstest du im Pub, was ich bin, und was mich am meisten interessiert, ist«, nun neigte er sich etwas vor, streifte mit den Lippen ihr Ohr und flüsterte fast liebevoll, »wie du auf die irrsinnige Idee kamst, mir meine Magie zu stehlen und zu glauben, lebend aus der Sache herauszukommen? Bevor ich dich töte, will ich wissen, wer entweder so tollkühn oder so dumm sein könnte.« Dann richtete er sich wieder auf und das Zärtliche schwand aus seiner Stimme wie die Frische aus welkenden Blüten. »Zum letzten Mal: Was bist du?«

»Stehlen?«, fragte sie irritiert. »Ich … ich habe Eure Magie nicht gestohlen.«

Sein Blick war kalt, dunkel und leer. »Meine Geduld neigt sich dem Ende zu. Du magst menschlich aussehen und uns damit in die Irre führen, doch eines weiß ich mit Sicherheit: ein harmloser Mensch bist du nicht. Gib mir meine Kräfte zurück und ich gewähre dir einen schmerzlosen, raschen Tod.«

»*Ich weiß nicht, was Ihr meint!*«, schrie sie panisch.

»Du hast es nicht anders gewollt.«

In einer einzigen, geschmeidigen Bewegung drückte er sie herunter, kniete sich rittlings über sie und legte eine kühle Hand flach auf ihr Brustbein. Um die Hand herum breitete sich ein dünner Frostfilm aus, der anfing, sich über ihren Körper zu ziehen. Reflexartig griff sie mit beiden Händen nach seinem Arm und versuchte ihn abzuwehren. Doch plötzlich ließ er von selbst ab und sprang von ihr, als wäre sie vergiftet.

»Oh nein! Ein zweites Mal falle ich nicht darauf herein.«

Verwirrt schaute sie auf. Ihre Blicke trafen sich und seine Augen sahen aus wie zwei Quecksilberpfützen. Kalt und tödlich.

Blitzschnell packte er ihre Arme, zog sie auf die Beine und hielt beide Handgelenke mit einer Hand in einem schmerzhaften Griff zusammen. Mit der anderen Hand zog er sich den Gürtel aus den Schlaufen der Hose und wickelte ihn um ihre Unterarme, bis er fest genug saß, dass sie vollkommen bewegungsunfähig war. Dann zog er ihn zu einem festen Knoten zusammen. Das alles ging so schnell, dass ihr kaum Zeit zu reagieren blieb.

Wie an einer Leine führte er sie zur Wand. Dort ließ er sie kurz los, doch sie war viel zu schockiert, um einen klaren Gedanken zu fassen, geschweige denn abzuhauen. Vor Angst zitterte sie am ganzen Leib und war wie gelähmt.

Die Schnalle hängte er an den Nagel, an dem ein Bild zuvor gehangen hatte, sodass sich ihre Arme über Kreuz oberhalb ihres Kopfes befanden. Aufgrund der Höhe war sie gezwungen, auf Zehenspitzen zu stehen. Gefesselt. Unbeweglich. Entblößt.

Doch ihre Nacktheit spielte keine Rolle mehr. Offenbar wollte er keinen Sex mit ihr haben. Bei einer Vergewaltigung wäre sie ›lediglich‹ ein zufälliges Opfer gewesen, stattdessen hatte das Ganze eine furchtbar persönliche Note bekommen. Das Letzte, was sie gebrauchen konnte, war, auf der Abschussliste des Sluagh-Fürsten zu stehen. Ausgerechnet!

Hatten die Seelie ihn geschickt? In deren Augen war sie ein Niemand, ein Nichts. Es ergab keinen Sinn, ihr nach all der Zeit auf einmal nach dem Leben zu trachten. Kurz nach ihrer Flucht vielleicht, aber zehn Jahre später? Und selbst wenn es so wäre und Mutter jemanden schicken würde, um sich endlich der Schande ihrer magielosen Tochter zu entledigen, hätten sie niemals den Heerführer der *Wilden Jagd* beauftragt. Nicht einmal ihre Mutter wäre so grausam.

Oder?

Der Seelenfänger stellte sich dicht vor sie, der Gesichtsausdruck berechnend und starr. Sie schloss die Augen und wappnete sich für den finalen Todesstoß. Als er die flache Hand wieder in die Mitte zwischen ihre Brüste legte, trieb es ihr die Luft aus der Lunge.

Kälte. Sie kroch durch die Haut, durch ihr Blut, durch die Knochen. Als sie zitternd ausatmete, bildeten sich Wölkchen aus ihrem Atem. Über jeden Zentimeter ihres Körpers zog eine Gänsehaut. Sie spürte seine Magie über sich branden wie einen Strom aus Energie, wie eine Woge eisigen Wassers.

In dieser Position hatte sie nicht die geringste Chance, ihm und dem dunklen Zauber zu entkommen. Fast meinte sie, seine Aura, seine Magie bekäme einen Körper, als könne man sie mit Händen greifen. Wie ein an Substanz gewinnender Schatten, der aus seinem Leib drängte. Dieses Gewicht drückte schwer gegen ihre Brust, ließ ihren Atem stocken, ihren Puls rasen. Seine Magie zog ihr Blut an, wie ein Magnet Metall anzieht. Als zerrte er die Haut ihres Rückens nach oben an die Bauchdecke und alles, was dazwischenlag, würde zerquetscht, bis beide Hautseiten flach aufeinanderlagen.

Vor Schmerzen stieß sie einen schrillen Laut aus, bevor er seine andere Hand über ihren Mund legte und den Schrei erstickte. Sie versuchte sich die Tränen aus den Augen zu blinzeln, doch die Schmerzen raubten ihr fast die Sinne.

Als Nächstes strömte jede Wärme aus ihrem Körper. Er zog sie aus ihr heraus, sammelte sie dicht über ihrem Leib. Sie konnte erfrieren, während die Lebenskraft nur Zentimeter vor ihr schwebte. Er fasste in diese Wärme, bewegte die Hand in ihr, streichelte sie, als wäre sie ein lebendiges Wesen. Dabei blieben seine Züge so emotions- und empathielos wie die eines Raubtiers. Was hatte sie erwartet? Mitgefühl? Gnade? Er war ein Unseelie, Herrgott noch mal.

Der Befehlshaber der Seelenfresser!

Fay handelten nicht nach menschlichen Moralvorstellungen. Sie hatten keine Moral. Sie taten die Dinge aus persönlichem Vergnügen oder aus Missgunst. Manchmal brauchten sie nicht einmal einen Grund.

Mit geschlossenen Augen atmete sie in kurzen, scharfen Zügen. Die Finsternis um sie herum begann sich zu drehen, während die Schmerzen unerträglich wurden. Sie würde sterben, das spürte sie.

»Gib mir meine Magie wieder und es ist vorbei«, hörte sie ihn sanft sagen, nachdem er seine Hand wieder von ihrem Mund genommen hatte.

Tränen rannen aus ihren Augenwinkeln über die Wange. »Ich wollte Eure verdammte Magie doch überhaupt nicht«, schluchzte sie durch zusammengebissene Zähne hindurch. »Ich habe versucht, sie abzuwehren. *Ihr wart derjenige, der sie mir eingeflößt hat, Ihr elendiges Monster!*«

War es klug, ihn anzuschreien und zu kränken? Spielte es eine Rolle? Ihre Minuten waren gezählt.

Die Schmerzen verschlimmerten sich nicht. Sie ließen nicht nach, doch sie wurden immerhin nicht stärker. Ob sie bereits die Grenze der Qualen, bevor sie für immer das Bewusstsein verlieren würde, erreicht hatte? Als sie nach einem endlos langen Moment die Augen öffnete und einen vorsichtigen Blick wagte, betrachtete er sie nachdenklich.

»Du scheinst es wirklich nicht zu wissen. Du weißt nicht, was du bist.«

»Ich bin«, angestrengt sprach sie die letzten Worte, die die Luft in ihren Lungen noch hervorbrachte, »im Síd aufgewachsen.«

Etwas in ihr entspannte sich. Ganz wenig. Als würde der Magnet, der ihr das Blut aus den Poren zerrte, schwächer werden.

Er nickte ihr aufmunternd zu. »Weiter.«

»Meine Mutter ist«, sie rang nach Atem, »ist …«

Schatten verschleierten ihre Sicht und krochen in die Mitte ihres Blickfeldes. Sie schnappte nach Luft wie ein gestrandeter Fisch, bäumte sich auf, dem Seelenfänger entgegen, als könne sie dadurch die Wärme in sich aufnehmen. Doch der Wärmestrom bewegte sich parallel dazu von ihr weg. Sie erreichte ihn nicht. Ihr war kalt, unendlich kalt.

»Bitte«, keuchte sie kaum hörbar. »Genug … bitte …«

Abrupt ließ er los. Die Wärme landete wie ein Schwall Wasser auf ihr und sickerte in ihren Körper zurück. Was immer er in seiner magischen Klaue festgehalten hatte, war nun frei, doch der dunkle Bann befand sich noch in ihr.

»Deine Mutter ist …?«

»Eine Seelie.« So viel zum Thema, ihre Abstammung geheim zu halten. Die Leute behaupten immer, dass sie eher dem Tod ins Auge blicken würden, als ihre Prinzipien über Bord zu werfen. Das war idealistischer Blödsinn. Wenn man an der Schwelle des Todes steht, würde man die Menschheit verraten, um das eigene Leben zu retten. »Eine Elfe. Mein Vater war ein Mensch. Ich bin der magielose Abkömmling einer Elfe und eines Menschen.«

»Interessant«, bemerkte er. »Äußerst interessant.«

Was hatte sie getan? Sie wollte nicht, dass der Seelenfänger sie interessant fand. Genau genommen wollte sie nicht, dass der Seelenfänger sie irgendetwas fand. Von all den Fay war er derjenige, auf dessen Radar sie am allerwenigsten sein wollte.

Einen Schritt trat er auf sie zu und griff sanft unter ihr Kinn. »Kannst du meine Magie in dir fühlen?«

Zögerlich nickte sie.

»Du kannst sie aber nicht nutzen.« Es klang halb nach einer Frage, halb nach einer Feststellung, als wäre er sich selbst nicht sicher.

»Nein. Ich sagte doch, ich bin ein magieloser Abkömmling. Deshalb musste ich dem Síd den Rücken kehren und bin zu den Menschen geflohen.« Wozu noch versuchen, die Wahrheit weiter zu verbergen? Diese Informationen fielen wohl auch nicht mehr ins Gewicht.

Er griff nach oben, hob die Gürtelschnalle vom Nagel und hielt ihre gefesselten Hände in seiner. »Kannst du sie zurückfließen lassen?«

Die Frage überraschte sie, sodass sie einen Augenblick brauchte, um zu antworten. »Ich … ich weiß es nicht. Ich wüsste nicht wie.«

»Versuche es.«

»Was?« Sie schaute auf, blickte ihm ins Gesicht und sah ihn zum ersten Mal richtig an. Aus der Nähe wirkten seine Augen noch fremdartiger, noch faszinierender. Als sich ihre Blicke trafen, begann ihr Herz schneller zu schlagen.

Sie fürchtete ihn, hatte ihn schon immer gefürchtet. Im Síd kursierten Geschichten über den Heerführer der *Wilden Jagd*. Selbst die Seelie hatten Angst vor ihm und wenn sich eine Gruppe Fay vor einem anderen Fay fürchtete, war das richtig, richtig übel. Doch als sie in diese ungewöhnlichen Augen sah, begriff sie, wie sehr sie die Feenhügel und die Magie vermisste. Es tat merkwürdigerweise gut, in seine Augen zu sehen. Es gab ihr ein Gefühl von … Heimat.

Doch diese metallisch schimmernden Augen ließen gleichzeitig kalte Schauer über ihren Rücken laufen und erstickten die Sehnsucht im Keim.

»Du hast angenommen, ich hätte dir die Magie eingeflößt und dass du sie blockieren wolltest. Versuche nicht nur, sie zu blockieren. Versuche, sie zu mir zurückfließen zu lassen.«

»Ihr seid nicht wütend, weil ich Euch abgewehrt habe?«

Fay hassten es, wenn ihre Magie wirkungslos blieb. Vor allem, wenn sie es mit einem nichtmagischen Wesen zu tun hatten. Normalerweise kam das einer unermesslichen Beleidigung gleich. Woher stammte der plötzliche Sinneswandel?

Er lächelte. »Ich bin nicht wütend, wenn sich herausstellt, dass du die Wahrheit sagst.«

Da ließ sie sich nicht zweimal bitten. Neue Hoffnung keimte in ihr auf. Vielleicht … vielleicht überlebte sie diese Begegnung doch. Die

Chancen lagen zwar bestimmt bei unter einem Prozent. Aber besser, als wenn sie bei null gestanden hätten.

Sanft schloss er seine Finger um ihre Hände, sodass sie locker in seinen lagen. Eine seltsam vertraute Berührung, die nicht so recht zu dem Wesen vor ihr und der gesamten Situation passen wollte. Es war verwirrend, dennoch schloss sie die Augen, ging in sich und konzentrierte sich auf den Kontakt. Sie tastete nach seiner Magie in ihrem Innern. Es fühlte sich an wie eine Art Teich. Ein imaginärer schwarzer Teich aus geisterhaftem Wasser.

In Gedanken hielt sie das Bild des Wassers fest, drängte es zusammen, als könne sie es durch reine Gedankenkraft in eine bestimmte Richtung strömen lassen. Es schwappte, dieses Mal von innen, gegen die Blockade, die sie zuvor errichtet hatte, wie gegen eine geschlossene Schleuse. Vorsichtig öffnete sie diese Schleuse und lenkte das dunkle Wasser ihre Arme hinauf, dann runter bis zu ihren Fingerspitzen. Gleichzeitig achtete sie darauf, dass der Strom nur in eine Richtung erfolgte und nicht noch mehr von ihm in sie drang.

Als sie den dunklen Bann in die Hände des Seelenfängers zurückfließen ließ, hatte sie mit einem Widerstand gerechnet, doch die Magie floss ungehindert in ihn zurück, fast, als würde sie durch die Kräfte seiner eigenen Magie angezogen werden, als *wollte* die Zauberkraft zu ihm zurück.

Sobald der letzte magische Tropfen ihre Fingerspitzen verließ, öffnete sie die Augen. Sie sah gerade noch, wie er erleichtert durchatmete und kurz in der Empfindung zu schwelgen schien. Während sie unendlich erleichtert war, den Bann wieder los zu sein, ging es ihm offenbar genau andersherum. Sie hatte es tatsächlich geschafft.

Als er sie bat, ihm ihre Arme ausgestreckt entgegenzuhalten, löste er die Fessel und zog sich den Gürtel wieder an. Automatisch rieb sie sich die Druckstellen an ihren Armen. *Einatmen, ausatmen.* Das war alles, worauf sie sich im Moment konzentrieren konnte, doch ihr blieb keine Zeit, zu verschnaufen. Eine Sache musste sie unbedingt klären.

»Werdet Ihr mich töten oder lasst Ihr mich laufen, nachdem sich alles als ein dummes Missverständnis herausgestellt hat?«

»›Ein dummes Missverständnis‹ nennt sie es.« Er lächelte. Es war ein emotionsloses Lächeln.

Natürlich hatte sie die Worte mit Bedacht gewählt, dennoch konnte sie anhand seiner nichtssagenden Miene nicht abschätzen, ob er ihre verharmlosende Beschreibung als Affront empfand oder nicht.

»Vermisst du den Síd?«

Statt zu antworten, stellte er eine Gegenfrage. Typisch. Wie sie es hasste, wenn ihr ein Fay dermaßen auswich.

»Es spielt keine Rolle, ob ich die Feenhügel vermisse oder nicht. Ich kann sowieso nicht zurück. Meine Heimat ist jetzt hier, bei den Menschen.«

»Du hast meine Frage nicht beantwortet.«

»Ihr meine auch nicht«, erwiderte sie leise. Ob es schlau war, ihn zu provozieren? Doch als er jetzt lächelte, wirkte es aufrichtig. Und ihr Misstrauen aufgrund dieses Wechsels um hundertachtzig Grad wuchs und wuchs.

Mit einer galanten Handbewegung wies er zur vordersten Bank und bedeutete ihr, sich zu setzen. Um ihre Blöße zu bedecken, schlang sie die Arme fest um ihren Körper und sah zur Bank, rührte sich jedoch nicht von der Stelle. Zum einen waren ihre Knie noch ziemlich wackelig, zum anderen wusste sie nicht, was er vorhatte. Sie war am Ende ihrer Kräfte, fühlte sich erschöpft und hilflos. Sie wollte wissen, wie es jetzt weiterging. Sie wollte, dass es aufhörte. Entweder es wäre vorbei, weil er sie tötete oder weil er sie gehen ließ. Aber sie brauchte endlich Gewissheit. Dieses ›in der Luft hängen‹ zermürbte sie.

»Wir haben einiges zu besprechen. Bitte setze dich«, bekräftigte er seine Aufforderung höflich, nahm eine Jacke, die am anderen Ende der langen Bank über der Lehne hing, und reichte sie ihr. Es handelte sich um ihre eigene, die sie im Pub zurückgelassen hatte.

Zögerlich nahm sie sie ihm ab. Während sie in die weichen Lederärmel schlüpfte und den Reißverschluss zuzog, setzte er sich und schlug die Beine übereinander. Das Adrenalin, das sie bisher wach gehalten hatte, war fort, und Müdigkeit kroch in ihre Knochen. Wie spät war es überhaupt? Wo hatte der Seelenfänger sie hingebracht?

Widerwillig nahm sie Platz. Der Abstand, den sie zum dunklen Fay einhielt, war so groß wie sie konnte, ohne ihn dabei zu kränken. Fay-Regeln. Es gab eine Menge und sie waren kompliziert.

»Wie geht es dir?«, fragte der Seelenfänger freundlich.

Fassungslos starrte sie ihn an.

»Ich meine die Frage ernst.«

Kurz dachte sie darüber nach, wie sie höflich und diplomatisch zugleich antworten könnte, ohne dabei zu lügen. Hätte er seinen Zauber beendet oder sie vergewaltigt, wäre sie jetzt sehr viel schlimmer dran, aber so richtig toll fühlte sie sich gerade auch nicht.

»Es könnte mir schlechter gehen, nehme ich an. Aber mir ging es auch schon besser.«

Lachend legte er den Kopf in den Nacken. »Oh, du bist wahrlich im Síd aufgewachsen. Ich weiß nicht, wie lang du schon bei den Menschen wohnst, doch im Umgang mit uns scheinst du nichts verlernt zu haben.«

»Zehn Jahre«, flüsterte sie und fühlte den gewohnten Stich im Herzen, selbst nach all der Zeit noch. Als würde ihr jemand ein Messer in den Bauch rammen und die Klinge drehen. Doch im Grunde spielte es keine Rolle. Sie wollte nicht zurück. Ihr Zuhause war jetzt hier.

»Wie ist dein Name?«

»Nessya.«

Höflich neigte er den Kopf. »Ein ausgesprochen hübscher Name. Cathal«, stellte er sich seinerseits vor.

Selbstverständlich wusste sie, wer er war, doch indem er ihr seinen Vornamen anbot – ohne offizielle Titel oder Bezeichnungen –, stellte er sich mit ihr auf eine Stufe und gestattete ihr das Duzen. Beim Rest handelte es sich um übliche Floskeln. Zuvorkommendes, nichtssagendes Geplänkel. Es machte sie verdammt nervös. Unruhig rutschte sie auf der Bank herum. Was immer an Echtheit vorher da gewesen war, versank unter einer Woge kultivierter Galanterie. Vorher hatte er ihr auch Angst gemacht, doch da wusste sie wenigstens, woran sie war. Jetzt konnte sie nur Vermutungen anstellen und die gingen in eine äußerst beunruhigende Richtung.

Sie hatte auf den Mist keine Lust. Vor Müdigkeit vermochte sie kaum die Augen offen zu halten. Sie wollte nach Hause, in die Eintönigkeit ihres Lebens abtauchen und ihre Vergangenheit wieder in die dunkelste Ecke ihres Herzens verbannen. Es war ein gottverdammter Fehler gewesen, nach Clare Island zu reisen. Was hatte sie sich nur dabei gedacht? Sie hatte das Schicksal herausgefordert, indem sie zu einem regelrechten Fay-Hotspot gereist war. *Selbst schuld, Nessi! Das hast du jetzt davon.*

»Was wollt Ihr, Heerführer der *Wilden Jagd*, Sluagh-Fürst, Lord aus den Ländern des Westens?«

Selbst in ihren Ohren klang es etwas schroff, aber so langsam schaffte sie es nicht mehr, die höflich-geduldige Fassade aufrechtzuerhalten. Gefährlich, wenn man es mit einem Fay zu tun hatte. Noch gefährlicher, wenn es sich um den Heerführer der *Wilden Jagd* handelte. Er hatte ihr zwar angeboten, ihn zu duzen und ihn beim Vornamen zu nennen, aber schließlich *musste* sie das nicht annehmen. Nein, zu einem Fay bevorzugte sie so viel Distanz wie möglich. Zu ihm allemal.

»Du weißt also, wer und was genau ich bin.«

»Jeder im Síd weiß das.«

Nickend erkannte er das an, kommentierte es jedoch nicht weiter. »Wenn du die Möglichkeit hättest, zurückzukehren, würdest du?«

Sie schüttelte den Kopf. »Es bringt nichts, auch nur einen Gedanken daran zu verschwenden. Ich kann nicht zurück. Sie würden mich auf der Stelle umbringen.«

»Bist du dir sicher?«

»Ja.«

Einen Moment lang betrachtete er sie schweigend. Die Stille dehnte sich und sie fing an, sich unbehaglich zu fühlen. In dem Versuch, zu ergründen, was hinter diesen scheinbar gleichgültigen, attraktiven Zügen vor sich ging, musterte sie sein Gesicht. Schlauer wurde sie dadurch trotzdem nicht. Seine Gefühle versteckten sich hinter einer dicken Mauer, die sie von den Fay nur allzu gewohnt war. In dem Punkt unterschieden sich Seelie von Unseelie offenbar nicht.

»Mit mir könntest du zurück«, sagte er schließlich. »Niemand würde es wagen, dir etwas anzutun, wenn du zu mir gehörst.«

Sie erstarrte. Langsam ahnte sie, worauf er hinauswollte. Ihr Herz raste. Eher würde sie sich dem Heerführer der Sluaghs ausliefern, als … oh verdammt. Eher würde die Hölle zufrieren, als sich auf *so etwas* einzulassen. Immerhin hatte er gesagt ›*zu* ihm gehören‹ und nicht einfach nur ›ihm gehören‹. Doch diese Feinheit in der Formulierung änderte nicht viel an der Tatsache, was es implizierte.

Heftig schüttelte sie mit dem Kopf. »Ich bin im Síd aufgewachsen, ich kenne die Abläufe, Heerführer. Bei allem Respekt, doch lieber bleibe ich für den Rest meines Lebens im Exil, als die Sklavin eines Fay zu werden. Selbst wenn mir dadurch der Zugang zum Síd ermöglicht wird. Als Kind bin ich ab und zu menschlichen Sklaven der Seelie begegnet. Es war kein schöner Anblick. Dieser Zustand käme für mich nicht infrage. Niemals.«

»Selbstverständlich. Ich spreche nicht davon, dich als meine Sklavin in den Síd zu bringen.«

»Wovon sprecht Ihr dann?«

»Du wärst weiterhin frei, könntest ein und aus gehen, wie es dir beliebt, und doch könnte dir niemand etwas anhaben.« Eindringlich sah er ihr in die Augen. »Wenn du als meine Geliebte zurückkehren würdest.«

Die Müdigkeit floh aus ihrem Verstand wie Wolken vor dem Wind. »Als Eure *was?*«

Ihre Stimme hallte schrill in der Kirche nach. *Das* hatte sie absolut nicht kommen sehen.

8

Nervös lachte sie auf. Doch er schien es ernst zu meinen. Todernst.

Er musste sie nicht um Erlaubnis bitten. Wenn er wollte, konnte er sie mitnehmen. Einfach so. Es wäre nicht das erste Mal, dass ein Mensch ins Feenreich entführt wurde.

»Weshalb … möchtet Ihr mich als Geliebte haben?«, fragte sie vorsichtig. »Ich besitze keine Magie, ich habe keinen hohen Stand. Im Gegenteil, ich musste fliehen, weil ich so viel Schande über meine Mutter gebracht habe. Himmel, ich lebe bei den Menschen. Als Mensch. Man würde Euch auslachen.«

»Niemand würde es wagen, über mich zu lachen.«

»Vielleicht nicht in Euer Gesicht, aber hinter Eurem Rücken, und …«

»Auch hinter meinem Rücken nicht.«

Er schien sich dessen absolut sicher zu sein. Es handelte sich um die typische Selbstsicherheit und Arroganz, wie nur ein Fay sie haben konnte. Für ihn schien das Thema beendet zu sein. Diskussion abgeschlossen.

In der Welt der Fay galt ein solches Angebot als große Ehre. Vor allem, wenn ein ranghoher Fay es einem von niedrigerem Stand machte. Im Síd wäre niemand so dumm, es auszuschlagen.

Wie kam sie aus der Nummer nur wieder heraus?

»Du fürchtest dich vor mir«, stellte er unnötigerweise fest, ebnete ihr dadurch aber einen möglichen Ausweg.

»Als Ihr mich vorhin an die Wand gefesselt habt, was genau habt Ihr da mit mir getan?«

»Ich habe nach deiner Seele gegriffen und stand kurz davor, sie dir zu entreißen. Doch sei unbesorgt. Gesunde Seelen sind äußerst resistent und sie hat keinen Schaden davongetragen.«

Vor Entsetzen blieb ihr der Mund offen stehen, bevor sie ihn wieder zuklappte. Ob ihre Seele von der Begegnung mit ihm wirklich keinen Schaden davongetragen hatte, blieb ihrer Meinung nach abzuwarten. Immerhin war er ehrlich und versuchte nichts zu beschönigen oder sich herauszureden.

»Ja«, sagte sie schließlich. »Ich fürchte mich vor Euch.«

Auf einmal änderte sich seine Körperhaltung. Er faltete die Hände über den Schoß, richtete sich sehr gerade auf und blieb nahezu unbewegt, als wäre er zu einer Statue mutiert. Unnahbar. Dieses Verhalten kannte sie zur Genüge. Das machten die Fay, wenn sie keine Gefühle preisgeben und eine gewisse Distanz bewahren wollten.

»Das ist nicht, was ich meinte. Es ist nicht meine Magie, die dir als meine Geliebte Angst machen würde, denn ich würde einen Eid leisten, sie niemals gegen dich anzuwenden. Nein, dir bereitet etwas anderes Sorgen. Um den Pakt zu besiegeln, müsstest du das Bett mit mir teilen.« Er sah ihr eindringlich in die Augen und sein Blick lag irgendwo zwischen absoluter Überheblichkeit und genervter Langeweile. Auf jeden Fall war es kein freundlicher Blick. »Was weißt du von meiner Mutter, Nessya? Was erzählen sich die Seelie untereinander?«

Die Unterhaltung schlug eine ungemütliche Richtung ein. »Über Euch kursieren so einige Geschichten«, wich sie ihm leise aus.

»Ich weiß. Doch ich habe eine konkrete Frage gestellt. Erzähl mir von den Geschichten über meine Eltern.«

»Das möchte ich lieber nicht.« Sie wagte kaum aufzuschauen und dem Blick seiner kalten, silbrigen Augen zu begegnen.

»Nessya …« Seine Stimme klang einen Hauch milder. »Die meisten Geschichten kenne ich bereits. Doch ich möchte wissen, was *du* über mich zu wissen glaubst.«

Sie sah hoch. Auf seinem Gesicht lag schwaches, freudloses Lächeln.

»In Ordnung«, stimmte sie zu. »Aber dann verlange ich von Euch ein Versprechen.«

Das Lächeln verschwand. Eine seiner Augenbrauen bog sich nach oben, als er sie mit einem Blick völliger Herablassung bedachte. Sie könnte wetten, dass die Temperatur im Raum gerade um ein paar Grad gesunken war.

»Welches?«, fragte er knapp. Er schien Forderungen nicht gewohnt zu sein. Fast musste sie darüber lächeln. Fast.

»Dass Ihr nicht wütend werdet.«

Ein knappes Nicken. »Ich verspreche, nicht wütend zu werden.«

»Okay …«, seufzend wich sie wieder seinem Blick aus. »Die eine besagt, Eure Mutter wurde von einem Sluagh vergewaltigt und nahm sich das Leben, nachdem sie Euch geboren hat, weil sie«, verlegen räusperte sie sich, »weil sie Euren Anblick nicht ertragen hat. In den anderen Geschichten ist sie aus unterschiedlichen Gründen schon während Eurer Geburt gestorben.«

Langsam nickte er, als wäre es – wie er ihr schon gesagt hatte – für ihn entweder nichts Neues oder falls doch, als überraschte ihn das nicht weiter. »Willst du die Wahrheit wissen?«

Wortlos nickte sie.

»Keines von beidem ist wahr. Die Herde wusste nicht viel über meine Mutter. Nur, dass sie ein paar Jahrhunderte lang die persönliche Schneiderin der Königin war und irgendwann im Sluagh-Territorium aufgetaucht ist. Weißt du, was es bedeutet, wenn sich ein Fay freiwillig der *Wilden Jagd* aussetzt, Nessya?«

»Die Sluaghs dulden keine Eindringlinge«, antwortete sie. »Es kommt einem Selbstmord gleich. Tod durch Sluaghs.«

»Korrekt. Es hätte auch fast funktioniert. Mein Vater, der Anführer der Herde, fand sie.« Er stieß langsam Luft aus. »Der Síd schien jedoch andere Pläne zu verfolgen. Zwischen meiner Mutter und meinem Vater bildete sich das magische Band.«

Ungläubig starrte sie ihn an und setzte sich gerade auf. Das magische Band des Síd war legendär und ein relativ seltenes Phänomen. Es bedeutete, dass sich zwei verwandte Seelen gefunden hatten, die Nachkommen miteinander zeugen konnten. Nachkommen waren unter Feenwesen relativ selten. Da Fay unsterblich waren, wären die Feenhügel sonst wohl schnell ziemlich überbevölkert. Auch ohne magisches Band funktionierte eine Schwangerschaft manchmal, und mit einem Menschen sowieso – wie bei ihrer Mutter.

Menschen wurden im Síd ein bisschen als eine Art Karnickel belächelt, was die Vermehrung betraf. Im Falle einer Empfängnis zwischen Mensch und Fay bestand eine geringe Chance, dass aus dem Kind ein

Fay wurde. Meist endete es jedoch als normaler, sterblicher Mensch. Wie sie. Doch mit dem magischen Band zwischen zwei Fay waren Nachkommen garantiert.

Dass es ausgerechnet bei einer hohen Elfe und einem Sluagh zugeschlagen hatte – zwei Wesen, wie sie unterschiedlicher nicht sein könnten –, war … ungewöhnlich, um es vorsichtig auszudrücken.

»Kurz nach meiner Geburt verschwanden sie jedoch«, fuhr er fort. »Beide. Bis heute weiß niemand, wo sie stecken. Die Herde nahm sich meiner an und zog mich auf. Ich denke, das haben sie nur gemacht, weil ich der Sohn ihres Anführers bin. Wäre einer der rangniedrigeren Sluaghs mein Vater gewesen, hätten sie mich vermutlich umgebracht und gefressen.«

»Wow. Nein, so hat man mir das nie erzählt. Woher wisst Ihr das?«

»Die Sluaghs haben es mir erzählt.«

»Ihr könnt mit Ihnen sprechen?«, fragte sie überrascht.

»Natürlich!«, erwiderte er erbost, als wäre das eine Selbstverständlichkeit. Unwillkürlich zuckte sie zusammen. Das Letzte, was sie wollte, war, ihn wütend zu machen. Nur weil er im Augenblick einigermaßen vernünftig wirkte, hieß das nicht, dass das nicht jederzeit umschwenken konnte. Der Heerführer der Sluaghs war kein Mann, an dem man Grenzen austestete.

»Über Telepathie«, erklärte er. »Die Seelie stellen uns gerne als wilde, primitive Bestien dar. Du bist bei ihnen aufgewachsen. Es ist nicht deine Schuld, wenn du uns gegenüber Vorurteile hast.«

»Wir …« In Gedanken schüttelte sie den Kopf, es gab kein *wir*. Nicht mehr. Sie gehörte jetzt zu den Menschen. »Die Seelie halten die Sluaghs und ihren Heerführer für Monster. Sie haben große Angst vor Euch.«

Auf einmal lächelte er. »›Sie‹. Obwohl deine Mutter eine Elfe ist und du im Síd aufgewachsen bist, machst du einen Unterschied zwischen den Seelie und dir. Interessantes Phänomen.«

»Ich bin ein Mensch.«

Während er sich das Kinn rieb, bedachte er sie mit einem langen, grüblerischen Blick. »Du hast Angst, was die Seelie von dir denken könnten, wenn du mit mir zurückkehrst.« Er fragte nicht. Stattdessen klang er, als wüsste er genau Bescheid, als wäre es eine Tatsache.

»Nein, das ist es nicht. Mir ist egal, was die Seelie von mir denken. Ich lebe in der Welt der Menschen, das ist jetzt mein Zuhause. Wie gesagt, ich bin ein Mensch. Keine Fay, keine Seelie und schon gar keine Elfe. Das wurde mir mein Leben lang deutlich eingetrichtert. Von mir aus können die noblen Elfen dort hingehen, wo die Sonne nie scheint.«

»Wir wissen beide, dass das eine Lüge ist, Nessya.«

Rasch sah sie zur Seite. »Zum Teufel mit Euch«, flüsterte sie.

Es war ihr herausgerutscht. Hoffentlich hatte er das nicht gehört. Doch in dieser ruhigen Kirche mit einer grandiosen Akustik, wie in Kirchen üblich, könnte man selbst die berühmte Nadel zu Boden fallen hören.

So viel zu ihrem brillanten Plan, ihn nicht wütend zu machen. Mit geschlossenen Augen atmete sie einmal tief durch. Als sie die Augen wieder aufschlug, war er auf der Bank ein Stück näher gerutscht. Zwar befand er sich noch zu weit entfernt, um sie berühren zu können, doch viel fehlte nicht mehr.

»Vermisst du denn nicht den Duft der Hügel?«, fragte er leise. »Das Gefühl der sanften Magie im Herbst, wenn sie deine Haut streift? Den Geschmack des Windes und das Flüstern der Grashalme?«

Fast sah sie die Bilder vor sich, als wäre sie erst gestern aus dem Síd geflohen. Hörte, fühlte, schmeckte die Magie. Doch es handelte sich nur um verblassende Erinnerungen.

»Wünschst du dir nicht, wieder den Kuss eines Fay auf deinen Lippen zu spüren? Seine Hände auf deiner Haut und wie der Zauber durch dich hindurchfließt, wenn du dich mit ihm vereinigst?«

»Hört damit auf«, flüsterte sie. Schwer schluckend unterdrückte sie aufkeimende Tränen. Vor ihm wollte sie nicht zu heulen anfangen. Bei Gott!

»Nessya, all das könnte ich dir geben.«

Eine heiße Träne floss ihre Wange hinunter. Es wäre so leicht. Einfach ›Ja‹ zu rufen, all ihre Bedenken über Bord zu werfen und sich ihm an den Hals zu werfen.

Wenn sie ein naives Dummchen gewesen wäre.

Das alles ergab keinen Sinn. Es gab immer einen Haken, vor allem, wenn man es mit den Fay zu tun hatte.

»Trotzdem: Weshalb ich?«, fragte sie, wischte sich die Träne ab und mit ihr all den Schmerz und die Sehnsucht. Einen klaren Kopf bewahren. Pragmatisch bleiben. Ihre Zutaten fürs Überleben. »Weshalb sucht Ihr Euch nicht eine ranghohe Fay? Jemand, der Euch ebenbürtig ist? Ihr seid der Heerführer der Sluaghs, Ihr besitzt viel Macht.«

»Die Seelie ärgern sich über mich. Ich bin ein Mischwesen – das einzige Mischwesen – und gehöre beiden Welten an. Oder keiner, wie man es nimmt. Die Unseelie misstrauen mir wegen meines Seelie-Erbes. Beide Höfe fürchten mich und keiner von ihnen ist sich meiner Loyalität sicher. Dass ich halb Sluagh bin – die die niederste Unseelie-Kaste darstellen –, erschwert die ganze Sache noch. Ich gehöre weder ganz zu den Seelie noch zu den Unseelie. In gewisser Hinsicht sind wir beide Ausgestoßene, Nessya. Ich bin an keinem der beiden Höfe wirklich willkommen.«

Bei den auf Prestige bedachten Fay schien es für ihn nicht gerade einfach zu sein, jemanden zu finden, der sich nicht um die ganze Genetik scherte. Fay legten großen Wert auf Stammbäume und Herkunft. Wenn nicht sie selbst ein Lied davon singen konnte, wer dann?

»Wenn Eure Augen- und Haarfarbe etwas«, sie suchte nach dem passenden Wort, »unauffälliger wären, könntet Ihr glatt als Seelie durchgehen.«

»Ein hübscher Gedanke, doch das sehen die erhabenen Lords und Ladies des leuchtenden Hofes anders. Und es sind auch nicht die Unseelie-Farben, die abschrecken.« Zur besseren Unterstreichung seiner Worte bewegte er Flügel und Schwanz ein wenig. »Mein Sluagh-Erbe sieht man mir deutlich an. Nessya, du stehst außerhalb der Hierarchien und politischen Verstrickungen, kennst dich jedoch mit den Gepflogenheiten und Regeln des Síd gut aus. Es wäre eine gute Verbindung, die uns beiden zum Vorteil dienen würde. Du könntest zurück in den Síd und ich hätte eine feste Geliebte. Eine, die noch dazu sehr schön ist, wenn ich das anmerken darf.« Seine Stimme verdunkelte sich etwas und wurde auf einmal ganz sanft und samtig. Sie klang so tief, dass die Vibrationen durch ihren Körper zogen und Schauer erzeugten. Dieses Mal keine unangenehmen. »Du gefällst mir, Nessya. Sehr sogar.«

Seelie-Magie. Sie troff aus ihm wie Honig aus einem Bienenstock. Möglicherweise nicht einmal absichtlich, wenn seine Mutter tatsächlich eine hohe Elfe gewesen war. Der Blick dieser kalten, metallisch schimmernden Augen tastete über sie wie Finger über nackte Haut. Unter normalen Umständen hätte sie sich nach Fay-Etikette für das Kompliment bedanken oder – noch besser – mit einem Gegenkompliment revanchieren müssen. Jemandem zu schmeicheln, bedeutete immer ein bisschen Abgabe von Macht an denjenigen. Sein Blick war jedoch weder lüstern noch leidenschaftlich, sondern äußerst berechnend. Er sagte die Wahrheit, aber da war noch mehr.

Sie schüttelte den Kopf. »Mir fällt es schwer zu glauben, dass Ihr – Heerführer der *Wilden Jagd,* Sluagh-Fürst, Seelenfänger und Lord des Westens – mir, einem menschlichen Fay-Abkömmling, dieses Angebot macht, nur weil Ihr mich attraktiv findet und ich mich praktischerweise mit den Gepflogenheiten des Síd etwas auskenne.«

Statt zu antworten, stieß er hart Luft aus, löste seinen Blick von ihr und ließ ihn in die Ferne schweifen. Dann stand er auf, ging auf den Altar zu und stützte sich dort ab. Er schien nachzudenken. Das gab ihr die Möglichkeit, ihn sich unauffällig anzusehen.

Wo lagen seine Schwachstellen? Die Schwingen, obwohl sie sich im Moment eng an seinen Körper schmiegten, schienen gewaltig. Im ausgebreiteten Zustand böten sie viel Angriffsfläche, doch um ihn effektiv zu verletzen, bräuchte sie ein Kaliber 50 Gewehr. Mindestens. Unwillkürlich fragte sie sich, wie er wohl aussähe, wenn er seine Flügel komplett ausgebreitet hätte.

Auf Höhe der Hüften verlängerte sich seine Wirbelsäule, wie bei den seelenfressenden Schatten aus der Gasse, zu einem drachenartigen Schwanz mit einem pfeilspitzförmigen Ende, der sich um seinen linken Oberschenkel wickelte. Direkt unter der relativ dicken Wurzel saß der Hosenbund. Deshalb trug er seine Hose tief. Das war kein modisches Statement, sondern anatomische Notwendigkeit. Da bekam die Bezeichnung ›Linksträger‹ auf einmal eine ganz neue Bedeutung. Sie schüttelte den Kopf, jetzt war wirklich nicht der Zeitpunkt, um sich über seinen … äh, Schwanz Gedanken zu machen.

»Dir scheint etwas auf dem Herzen zu liegen«, sagte er auf einmal. Ihr Blick schoss zu seinem Gesicht hoch. Er hatte sie dabei erwischt, wie sie ihn angestarrt hatte. Peinlich.

»Es ist nur … ich habe mich gefragt, ob …« Sie schüttelte wieder den Kopf und senkte verlegen den Blick. »Nein, es ist dumm. Vergesst es bitte.«

»Was ist es, Nessya?«

»Es wäre unangebracht«, widersprach sie und sah ihn wieder an.

Statt etwas zu sagen, bedachte er sie mit einem fragenden Blick. Lange schaffte sie es nicht, ihm standzuhalten.

Beschämt strich sie sich eine Locke hinters Ohr. »Ich wollte Euch etwas fragen, aber ich habe Angst, dass Ihr es …«, stammelnd suchte sie nach den richtigen Worten. »Ich will Euch nicht kränken. Nicht weil man es sowieso vermeiden sollte, einen Fay zu kränken, sondern weil ich Euch wirklich nicht kränken will. Nach dem, was Ihr mir eben erzählt habt, wurdet Ihr in Eurem Leben sicher schon genug damit konfrontiert. Ich möchte keine weitere in der langen Liste derjeniger sein, die Euch damit belästigen.«

Er lächelte. »Jetzt hast du meine Neugierde entfacht. Raus mit der Sprache.«

Sie befeuchtete ihre Lippen. »Aber bitte nicht sauer werden, okay?«

Darüber musste er lachen. Es war ein volles, gutes, ehrliches Lachen. Nachdem es verebbt war, nickte er lächelnd. »Du hast mein Wort.«

»Okay.« Sie holte einmal tief Luft. Ihr Herz raste wie verrückt. »Also, ich weiß, dass es merkwürdig rüberkommen könnte, aber ich habe mich gerade gefragt, wie Ihr wohl mit ausgebreiteten Flügeln aussehen…«

Sie schaffte es nicht einmal, den Satz zu beenden. Mit einem lauten Schlag öffnete er die Schwingen und stand vor ihr wie ein wunderschöner, beängstigender Dämon. Der Schein der Kerzen hinter ihm schimmerte durch die empfindliche, dünnere Haut am Rande der Flügel.

»Oh.« Mehr brachte sie für eine ganze Weile nicht heraus.

»Und?«, fragte er interessiert.

Erst als er sich nach ihrer Meinung erkundigte, fiel ihr der Fauxpas auf. Er war ihrem Wunsch nachgekommen, präsentierte sich vor ihr. Da war es unhöflich, ihn einfach so stehen zu lassen, ohne das anzuerkennen.

Sie atmete tief durch. »Die Wahrheit?«

»Immer«, erwiderte er sanft.

»Faszinierend, wunderschön und gleichzeitig beängstigend.«

»Ich mache dir noch immer Angst? Dabei dachte ich, ich hätte es geschafft, dich ein bisschen aus der Reserve zu locken.«

Die Absurdität dieser Aussage brachte sie trotz allem zum Lächeln. Das sogenannte Monster des Síd versuchte sie aus der Reserve zu locken! Verrückt.

»Natürlich macht Ihr mir noch immer Angst. Aber nicht, weil Ihr der Heerführer der Sluaghs seid. Jedenfalls nicht nur.« Sie schluckte schwer. »Ihr erinnert mich an früher, an das, was ich aufgegeben und hinter mir gelassen habe, und gleichzeitig erweckt Eure offensichtliche Andersartigkeit, Eure magische Aura einen Schmerz, den ich die letzten zehn Jahre zu ignorieren gelernt habe. Das ist es, was mir Angst macht. Dass die Sehnsucht doch stärker ist, als ich dachte.«

Ihre Worte schienen ein Lächeln auf sein Gesicht zu zaubern. »Möchtest du sie berühren?«

»Die Flügel?«

»Woran hattest du denn gedacht?«

Seine Stimme bekam jenen verruchten Unterton, den sich Männer normalerweise für sehr viel intimere Momente aufhoben. Hitze schoss in ihre Wangen. Bevor sie etwas erwidern konnte, kam er langsam auf sie zu. Inzwischen stand er ihr so nahe, dass sie aus ihrer sitzenden Position heraus den Kopf stark in den Nacken legen und zu ihm aufschauen musste.

»Die Königin hatte vorhin übrigens die gleiche Bitte«, teilte er ihr mit. »Ihr habe ich den Anblick verwehrt.«

»Flirtet Ihr mit mir?«

»Funktioniert es?«, fragte er charmant lächelnd zurück.

Mit einem Kopfschütteln klärte sie ihre Gedanken. »Ihr habt mir meine Frage noch immer nicht beantwortet. Weshalb unterbreitet Ihr ausgerechnet mir das Angebot, Eure Geliebte zu werden? Der magielosen Tochter einer Elfe.«

Sein Lächeln verschwand, doch das belustigte Funkeln blieb in seinen Augen. »Richtig. Wie ich sehe, scheine ich es mit einer wahren Romantikerin zu tun zu haben. Zurück zum Geschäftlichen dann. Hast du von den vier Heiligtümern der Fay gehört?«

Sowohl der sarkastische Kommentar als auch der plötzliche Themenwechsel überraschten sie. Kurz musste sie in sich gehen und darüber nachdenken.

»Nur, dass sie, außer das leuchtende Schwert der Seelie, alle verschollen sind«, erwiderte sie schließlich.

»Sagt dir das *Gefäß der Macht* etwas?«

»Nein.«

»Das *Gefäß der Macht* ist eines der vielen verloren gegangenen Schätze des Síd, eines der vier Heiligtümer. Vor Jahrhunderten – lange vor meiner Geburt – ist es verschwunden. Mit ihm konnte man einem Fay die Macht entreißen und sie einem anderen Fay übertragen. Das Gefäß selbst konnte die Macht nur lagern, nicht nutzen. So haben die Seelie, nachdem sie die letzte große Schlacht gewonnen haben, den Unseelie ihre Mächte geraubt. Aber langsam wird das Volk der Unseelie unruhig. Es will seine Macht wiederhaben.«

»Okay. Worauf wollt Ihr hinaus?«

»Ich denke, dass es wieder aufgetaucht ist.«

»Wie schön für das Volk der Unseelie.« Müde seufzte sie. »Bei allem Respekt, aber was geht mich das an?«

»Du hast vorhin gesagt, dass du meine Macht in dir spüren konntest. Du dachtest, ich hätte sie dir eingeflößt, während ich dachte, du hättest sie mir gestohlen. Ich denke, *du* bist das *Gefäß der Macht.*«

»Was?« Irritiert blinzelte sie und richtete sich auf. »Ich … ich bin doch kein Gefäß. Wie absurd. Ich bin ein Mensch!«

Nach kurzem Überlegen nickte er knapp. »Sicher weißt du, dass viele magische Objekte mit der Zeit ein Eigenleben, eine eigene Persönlichkeit entwickeln, richtig?«

»Ja?«, erwiderte sie zögerlich.

»Das Gefäß – oder dessen Magie – muss irgendwann den Tonkrug, in den sie ursprünglich gebracht worden war, verlassen haben, sodass aus dem Krug nichts weiter wurde als ein simpler Krug. Sie muss unbemerkt in einen Fay geglitten sein, wo sie bis zu deiner Geburt schlummerte.«

»Ihr meint«, ihre Hände begannen zu zittern, »Ihr meint, dass sich die Magie gewissermaßen irgendwann in den genetischen Code eines Fay gepflanzt hat und mit jeder Generation weitergegeben wurde, bis sie in mir wieder zum Vorschein kam? Wie ein rezessives Merkmal?«

»Ich kann mit den Begriffen ›genetischer Code‹ und ›rezessiv‹ in dem Zusammenhang nicht viel anfangen, aber ja, ich glaube, wir meinen das Gleiche.«

»Das kann nicht sein«, widersprach sie. »Wie soll das denn funktionieren?«

»Erklären kann ich das leider nicht. Dennoch bin ich davon überzeugt, dass es so ist.«

Das musste sie erst einmal sacken lassen. Im Augenblick schwebte die Info als diffuse Wolke über ihrem Kopf. Sie war ein Mensch. Nicht mehr und nicht weniger. Kein magisches Geschöpf und schon gar kein gottverdammtes Tongefäß. Von all den Dingen, die ihr heute widerfahren waren, war diese Aussage wohl die verrückteste. Und das sollte etwas heißen.

Er schien sich seiner Theorie jedoch ziemlich sicher zu sein. Das hieß, dass er komplett den Verstand verloren haben musste. Sie hatte es mit einem Irren zu tun. Mit einem seelenfressenden Irren!

Sie schloss die Augen und rieb sich die Schläfen, bevor sie wieder zu ihm aufsah. »Ich fürchte, ich muss Euch enttäuschen. Als ich noch ein Kind war, hat Mutter vor den anderen Ladies immer mit mir angegeben. Mutter genoss den Neid, weil sie als Einzige ein Kind hatte. Ich kam in die Pubertät, doch das Erwachen der Magie blieb aus. Deshalb hat Mutter eine … Zeremonie arrangiert.«

Er nickte, was bedeutete, dass ihm die Bedeutung einer solchen Zeremonie bekannt war. Ein erfahrener Elf wurde damit beauftragt, im Rahmen einer magischen Zeremonie mit dem Anwärter zu schlafen, um die Magie zu erwecken, wenn sie sich als ›träge‹ herausstellte. Normalerweise funktionierte es – wenn Magie vorhanden war. Bei ihr war die Zeremonie wirkungslos geblieben.

Seufzend nestelte sie am Saum ihres Ärmels. »Mutter war außer sich vor Wut. Vor allem, weil die anderen Ladies hinter ihrem Rücken über sie lachten und sie fortan sozial isolierten. Um sich der Schande zu entledigen und ihren Ruf wiederherzustellen, versuchte sie mich umzubringen. Deshalb musste ich fliehen. Deshalb kann ich nicht zurück und habe mich damit abgefunden, es nie zu können. Ihr seht also, es ist unmöglich, dass Eure Theorie stimmt. Selbst wenn ich Eure Geliebte werde und mit Euch schlafe, würde das die Magie nicht erwecken. Es wurde schon versucht und ist schiefgegangen. Ich bin wirklich nur ein ganz stinknormaler, magieloser Mensch.«

Abgesehen davon hatte sie keine Lust darauf, noch mal faysüchtig zu werden. Einmal reichte ihr.

»Was du erzählst, passt voll und ganz zu meiner Theorie«, sagte er. »Wie gesagt, du selbst hast keine Magie. Aber du kannst sie jemandem wegnehmen, das hast du heute Nacht eindrücklich bewiesen. Ich an deiner Stelle hätte meine Magie gegen mich verwendet. Das hast du jedoch nicht, weil du es nicht konntest. Deshalb bin ich erst auf diesen Gedanken gekommen, Nessya.«

Offenbar ließ er sich nicht vom Gegenteil überzeugen. Gut, dann spielte sie eben ein bisschen mit, fragte sich aber, ob es klug wäre, die nächste Frage zu stellen, oder ob sie ihn damit nicht erst recht auf dumme Gedanken bringen würde. Andererseits schätzte sie ihn als klug genug ein, dass er auch alleine draufkommen könnte.

»Wenn ich wirklich ein so mächtiges Síd-Relikt bin, wie Ihr sagt – was ich selbst aber nicht glaube –, könntet Ihr mich doch einfach zwingen. Oder nicht?«

»Selbstverständlich. Ich könnte dich deiner Freiheit berauben, dich bei mir einsperren, versklaven und mit Gewalt und Terror zwingen, meinen unendlichen Machthunger zu stillen.« Eine Kunstpause. »Und würde dich in deiner Verzweiflung direkt in die Arme der Seelie treiben, die dich mit offenen Armen empfangen würden.« Als sie zum Widerspruch ansetzte, hob er beschwichtigend die Hand. »Du hältst von den Seelie nichts – das habe ich verstanden – und bevorzugst es, trotz deiner offensichtlichen Sehnsucht nach den Feenhügeln, in der Welt der Menschen zu leben. Doch wenn du vor der Wahl stündest, zwischen zwei Übeln wählen zu müssen, würdest du das kleinere nehmen. Wenn ich dir jedoch die Wahl lasse, musst du diese Entscheidung nicht treffen. Komm zu mir oder bleibe bei den Menschen. Keine Zwänge, keine Manipulationen. Deine Entscheidung.«

»Selbst wenn ich wirklich dieses«, es kam ihr schon seltsam vor, das laut auszusprechen, »dieses Gefäß wäre, würde ich keinen Fay für Euch bestehlen und Euch seine oder ihre Magie überlassen. Niemand sollte so viel Macht besitzen.«

Er seufzte. »Ja, davon bin ich ausgegangen.«

»Und das wäre für Euch okay?«

»Mir ist es lieber, niemand hat diese Macht, als dass sie in die Hände der Seelie fällt. Indem wir miteinander verbunden wären, hätte ich zumindest eine gewisse Kontrolle. Denn in einem kannst du dir sicher sein, *mo chroí:* Selbst wenn du mein Angebot ablehnen solltest, werde ich dich für den Rest deines Lebens beobachten und sicherstellen, dass du dich von den Feenhügeln fernhältst und mit niemand anderem einen Pakt eingehst. Wenn du bei deinem gewohnten Leben und den Menschen bleiben möchtest, in Ordnung. Doch in den Síd kehrst du entweder mit mir zurück oder gar nicht. *Nessya*«, betonte er bedeutungsvoll, »du bist gefährlich und die Fay werden dich fürchten, wenn sie die Wahrheit über dich erfahren. Selbst ohne Übung konntest du die Magie aus mir heraussaugen.« Stolz richtete er sich auf und schwellte die Brust. »Mir, dem Heerführer der *Wilden Jagd!* Du scheinst intuitiv zu wissen, was du tun musst.«

Also war das passiert, als sie das Gefühl gehabt hatte, ein dunkler Bann würde in sie fließen. Aus diesem Grund war er – mächtiger Sluagh-Fürst, der er war – so furchtbar wütend geworden und deshalb hatte sie die Magie problemlos in ihn zurückfließen lassen können.

Moment mal … was dachte sie da überhaupt? Sie zog seine Hypothese doch nicht ernsthaft in Betracht?

»Okay, und was, wenn ich jetzt ablehnen würde, um dann hinter Eurem Rücken zu den Seelie zu gehen? Ihr könnt mich nicht twenty-four-seven beobachten und Ihr behauptet, dass sie mich mit offenen Armen empfangen würden. Das heißt, dass ich vor ihnen nichts mehr zu befürchten hätte und die Seelie wüssten sicherlich, wie sie mich beschützen könnten.« Sie knabberte an ihrer Unterlippe herum und fügte gedankenverloren hinzu: »Ich wäre resozialisiert und könnte in Ehre zurückkehren. Vielleicht würde mir Mutter sogar vergeben.«

Er seufzte. »Ich hoffe wirklich, dass du das nicht tust. Ich habe bei den Seelie – wie nennt ihr es? – Connections. Ich würde deinen Verrat herausfinden und die Jagd auf dich eröffnen. Das Heer würde dich jagen. Nessya«, eindringlich sah er ihr in die Augen, »nicht einmal die Seelie könnten dich vor der Herde und ihren Heerführer beschützen, wenn wir dich im Visier hätten. Es wäre magisch unmöglich, das weißt du, oder?«

Schwer schluckend nickte sie.

»Ich würde dich umbringen. Das will ich nicht. Doch in dem Fall wäre ich dazu gezwungen.«

Sie lächelte traurig. »Ehrlichkeit bei einem Fay. Welch eine seltene Eigenschaft.«

»Ich habe Täuschungen und Lügen nicht nötig«, erwiderte er schulterzuckend. »Du hast dich noch immer nicht zu meinem Vorschlag geäußert.«

Das war nicht sein Ernst. Nach dieser Aussage hielt er an seinem Angebot immer noch fest? Pragmatisch war der Junge, das musste sie ihm lassen. Draußen war es inzwischen hell geworden. Sie war erschöpft, müde, gestresst und mit allem überfordert. Sie wollte nach Hause, ein warmes Bad nehmen, heißen Tee trinken und ins Bett. Sie wollte eine Toilette benutzen. Sie wollte alles, nur nicht länger in dieser Kirche sitzen.

Je länger sie sich Zeit für die Antwort ließ, desto verschlossener wurde seine Miene, bis sein Gesicht wieder zu jener ausdruckslosen Maske wurde, die der Síd einen zu tragen lehrte. Nur keine Schwäche zeigen. Hauptsache, sich so unzugänglich wie möglich geben. Wie sie dieses Gebaren hasste. Das war etwas, das sie definitiv nicht vermisst hatte. Die unbekümmerte Stimmung, die sich kurz zwischen ihnen gebildet hatte, löste sich auf wie Morgennebel in der Sonne.

Er saß noch immer sehr gerade da, doch sein Oberkörper war ein wenig nach hinten geneigt, als versuchte er Abstand zu ihr zu gewinnen. Seine Hände waren so fest zu Fäusten geballt, dass sie fleckig geworden waren. Sie ruhten auf seiner Hose, verkrallt in das Leder.

Sie schüttelte den Kopf. »Ich … ich brauche Zeit, um darüber nachzudenken.«

»Drei Tage«, beschloss er nickend.

Was tat sie da? Weshalb sagte sie ihm nicht, dass niemals etwas daraus werden würde, dass er sich diesen abstrusen Pakt lieber jetzt als später aus dem Kopf schlagen sollte?

Als sie aufstand, erhob er sich ebenfalls rasch, wie ein Gentleman. Ihr Blick verweilte einen Moment auf seiner Brust und wanderte dann zu seinem Gesicht hinauf. Er war zweifellos gut aussehend.

Nicht herzzerreißend schön wie das ätherische Aussehen der Elfen. Dafür waren seine Züge zu kantig, das Kinn zu markant, die Wangenknochen zu ausgeprägt. Für ihren Geschmack waren seine Lippen etwas zu schmal, doch sie waren sinnlich geschwungen und das machte es wieder wett. Er war eine Augenweide, anders konnte man es nicht sagen. Breite Schultern, ein glatter, muskulöser Oberkörper, langes silbriges Haar. Im Halblicht schimmerte selbst seine Haut silbern, als hätte er Mondlicht verschluckt. Mit seinen Zügen und dem Körper gehörte er zu der Sorte Mann, bei dem jeder verstummen, sich nach ihm umdrehen und ihn anerkennend mustern würde, sobald er einen Raum betrat.

Wie würde es sein, ihrer Mutter nach all den Jahren zu begegnen? Ja, sie wollte zurück in ihre Heimat, zurück in den Síd, und sei es nur für einen Tag.

Aber das … das konnte sie nicht.

Mehr über sich selbst und ihre Gedanken schüttelte sie den Kopf. Für eine Sekunde hatte sie es tatsächlich in Erwägung gezogen.

»Bis bald, Nessya«, sagte er und verbeugte sich knapp, bevor er an ihr vorbei durch den Gang ans andere Ende der Kirche zum Ausgang ging. Hinter ihm fiel die Tür ins Schloss. Es dauerte einen Moment, bis sie aus einem tranceartigen Zustand erwachte und begriff, dass sie allein war.

Und noch am Leben.

Eilig begab sie sich zur Tür und spähte hinaus. Vom Sluagh-Fürsten fehlte jede Spur. Er war bereits fort.

Sie brauchte einen Moment, um sich auf dem Vorplatz zu orientieren. Das Tor zum Parkplatz stand offen, sodass sie wenigstens nicht über den Zaun klettern musste. Um die Uhrzeit waren die Straßen leer, bisher hatte niemand sie gesehen, es sei denn, irgendeine Oma lauerte hinter einer Gardine und beobachtete sie. Doch das war ihr egal. Als sie die Straße überquerte und ein Stückchen hinunterlief, fand sie einen Hinweis auf ihren Aufenthaltsort. Sie stand vor dem Post Office Louisburgh, das ab neun Uhr öffnete und noch geschlossen hatte. Also war es noch vor neun Uhr morgens. Wo um alles in der Welt lag Louisburgh? Statt der Straße weiter zu folgen, drehte sie sich um und lief zurück, vorbei an der Kirche. In einiger Entfernung sah sie ein B&B-Schild und beschloss, dort um Hilfe zu bitten. Jetzt musste sie sich nur noch eine überzeugende Story ausdenken, die den Inhaber nicht umgehend dazu bringen würde, die Gardaì zu rufen.

Nach dem ersten Klingeln öffnete eine schlanke Frau, ungefähr Mitte vierzig. Sie musterte Nessya einen Augenblick mit einem seltsamen Ausdruck – halb fragend, halb schockiert –, ließ sie aber ins Haus.

Nessya erzählte ihr, dass sie sich in der Nacht zuvor von einem Typen hatte abschleppen lassen und sich an so gut wie nichts erinnern könne, weil sie so betrunken gewesen war. Die dunklen Flecken auf ihrer Jeans? Ach, das musste Sangría sein oder so. Heute früh war sie Hals über Kopf abgehauen, bevor er aufgewacht war.

Die verurteilenden Blicke, die sie daraufhin erntete, waren ihr zwar furchtbar peinlich, aber besser als die, die sie für die Wahrheit kassiert hätte. Nachdem sie die Toilette benutzt hatte, erzählte ihr die Frau bei einer Tasse heißen Earl Grey von einem Pärchen, das heute nach Athlone fuhr und sie fragen könne, ob sie sie bis dorthin mitnehmen würden. Von dort aus wären es nur noch ungefähr hundertfünfundzwanzig Kilometer bis zur Hauptstadt.

Louisburgh befand sich auf der anderen Seite der Insel, ungefähr drei Fahrtstunden von Dublin entfernt. Der Frau schien die Frage auf der Zunge zu liegen, war jedoch offenbar zu höflich, um sich zu erkundigen, wie Nessya wegen eines One-Night-Stands von Dublin nach Louisburgh gekommen war.

Bis das Pärchen zum Frühstücken in die Wohnstube kam, versorgte die Frau Nessya mit mehr Tee und Scones samt Clotted Cream und Konfitüre. Erst jetzt fiel ihr auf, wie hungrig sie war. Normalerweise hatte sie für Süßes nicht viel übrig, doch sie aß gleich vier dick mit Creme und Erdbeermarmelade bestrichene Scones.

Zum Glück war das Pärchen damit einverstanden, sie mitzunehmen, sodass sie keine Stunde später bei ihnen im Auto saß und die Graslandschaft an ihrem Fenster vorbeiziehen sah. Sie redeten nicht viel mit ihr, was Nessya recht war. Vermutlich weil sie so aussah, wie sie sich fühlte. Aber die Frau ließ sie kurz ihr Handy benutzen, damit sie Emma anrufen und mit ihr eine Uhrzeit ausmachen konnte, ab der sie zu Hause wäre. Sie erzählte Emma, dass sie ihren Schlüssel verloren hatte. Kurz nachdem sie das Handy zurückgegeben hatte, fiel sie in einen tiefen Schlaf und schlug die Augen erst wieder auf, als die Frau sie auf einem Rastplatz nahe Athlone wach rüttelte.

9

»Wie siehst du denn aus?« Emma musterte Nessya von Kopf bis Fuß. Nachdem sie eine Stunde auf dem Rastplatz gewartet hatte, bevor ein älteres Ehepaar bereit gewesen war, sie nach Dublin mitzunehmen, stand sie gegen halb vier an der Schwelle zu ihrer Wohnung. Hurra!

»Bitte frag nicht«, antwortete sie, als sie an Emma vorbei die Wohnung betrat, ihre Schuhe auszog und sie in die Ecke pfefferte. Unschlüssig blieb sie mitten im Raum stehen. Was jetzt? Bett? Nein, erst duschen. »Hab eine ziemlich üble Nacht gehabt.«

»Ja, das sieht man.« Emma schloss die Wohnungstür. »Kann ich etwas für dich tun? Wo ist denn eigentlich deine Tasche?«

»Nö, aber danke«, erwiderte Nessya und ging geradewegs ins Bad. »Hab sie verloren.«

»Du hast deine *Tasche* verloren?«

Vor dem Waschbecken blieb sie stehen, um sich die Hände zu waschen. Sie zitterten. Sie konnte sich nicht dazu überwinden, den Hahn zu öffnen. Warum nicht? Als sie aufsah, blickte sie in ihr Spiegelbild. Etwas daran stimmte nicht. Es war, als würde eine fremde Person sie durch ihre Augen hindurch anstarren. Sie waren riesig und finster und irgendwie … anders. Dunkle Schatten unter ihnen ließen den Rest der Haut bleich aussehen. Bleicher als sonst. Sie war von Natur aus blass, aber heute war es noch schlimmer. Kalkweiß. Ausgehangene Locken umrahmten ihr Gesicht. Sie wirkten in dem matten Licht der Badezimmerlampe und verglichen mit ihrer Haut tiefschwarz statt dunkelbraun.

Erschrocken, das war es. Sie sah erschrocken aus. Wie ein Gespenst, das gerade von seinem Tod erfahren hatte.

Gefäß der Macht? Sie? Konnte es noch abwegiger werden?

»Ich bin nur ein Mensch, ich bin nur ein Mensch, ich bin nur ein Mensch«, murmelte sie mit geschlossenen Augen leise vor sich hin. Vielleicht wurde es wieder zur absoluten, unbezweifelbaren Realität, wenn sie es nur oft genug wiederholte.

Als Emma die Hand auf Nessyas Schulter legte, zuckte sie zusammen und schnappte nach Luft. Sie hatte nicht bemerkt, dass ihre Freundin ins Bad gekommen war. Im Spiegel sah sie Emma neben sich stehen.

»Bist du sicher, dass alles in Ordnung ist?«, fragte Emma.

Sie drehte sich ihr zu. Ganz gleich, wie gut sie meinte, sich zu fühlen, der Ausdruck auf ihrem Gesicht zeigte, was wirklich in ihr vorging. Sie fühlte sich nicht wirklich schlecht, mehr … irritiert. Vielleicht. Unter Schock? War es das? Ihr Gehirn hatte noch keine Zeit gehabt, die Ereignisse zu verarbeiten. Sie war dem Heerführer der *Wilden Jagd* begegnet und hatte überlebt. Nachdem einer seiner Sluaghs sie angegriffen hatte, war der Heerführer in den Síd gegangen und hatte unvorstellbare Anstrengungen genommen, um sie zu retten. Weil er dachte, sie hätte ihm seine Magie gestohlen.

Erst wollte er sie deswegen umbringen, dann machte er ihr das Angebot, sie als seine Geliebte in den Síd zurückzubringen. *Gefäß der Macht.* Vielleicht sollte sie den Begriff mal googlen.

»Was?« Sie sah zu Emma. »Hast du mich etwas gefragt?«

»Nessi … du machst mir Angst.« Ihre Freundin nahm die Hand von ihrer Schulter und trat einen Schritt zurück. »Weshalb bist du unter der Jacke nackt, wo ist dein T-Shirt hin und was sind das für dunkle Flecken auf deiner Jeans? Blut?«

Perplex sah sie an sich herunter und bemerkte erst jetzt, dass sie irgendwann ihre Jacke ausgezogen und zu Boden hatte fallen lassen.

»Nein, das ist Rotwein«, antwortete sie automatisch. Emma war nicht die Erste, die diese Frage stellte. Die Frau aus dem B&B, das Pärchen, das sie bis nach Athlon mitgenommen hatte, sowie das ältere Ehepaar hatten ebenfalls gefragt.

»Soll ich die Garda rufen? Oder ein Krankenhaus. Ich könnte dich in ein Krankenhaus fahren, Nessi.« Emma war bereits dabei, aus dem Bad zu stürmen und sie am Arm hinter sich herzuziehen, als sie sich gegen den Griff stemmte und ihre Freundin aufhielt.

»Nein!«, platzte es aus ihr heraus. »Keine Garda und ein Krankenhaus brauche ich auch nicht. Ich bin okay, wirklich.«

»Bist du sicher?«, fragte Emma, wirkte jedoch keineswegs beruhigt. Im Gegenteil. Von Sekunde zu Sekunde schien sie panischer zu werden. Nessya musste dringend einen Weg finden, ihre Freundin davon zu überzeugen, dass alles in Ordnung war.

»Pass auf …« Sie ließ ihr weitestes Lächeln erstrahlen, doch die erhoffte Wirkung schien leider auszubleiben. Emma wirkte dadurch nur noch alarmierter. »Ich bin einfach nur etwas durch den Wind, mehr nicht. Ansonsten ist alles palletti. Wie wäre es, wenn du mich kurz verschnaufen lässt und danach reden wir in Ruhe, okay?«

»Nessi«, Emma musterte sie von Kopf bis Fuß, »du bist nackt, du hast deine Tasche und deine Schlüssel verloren und sagst mir, dass alles okay ist? Ich denke, ich sollte doch die Garda rufen und …«

»Emma!«, rief sie etwas zu laut, sodass diese zusammenzuckte. Ruhiger fuhr sie fort: »Ich habe gesagt, dass ich das nicht will. Respektiere das bitte und gib mir einen Moment. Jetzt brauche ich erst einmal Ruhe.«

Nickend seufzte Emma. »Gut. Dann lass mich dir wenigstens ein heißes Bad einlassen, aber danach erzählst du mir, was passiert ist, okay?«

»Was passiert ist?« Hysterie drohte sie zu übermannen, und sie begann zu kichern.

Emma sah sie mit ihren großen grünen Augen entgeistert an. Es war seltsam, sie so zu sehen. Diese Besorgnis passte nicht zu ihrem sanften und süßen Gesicht. Normalerweise war Nessya die Stimme der Vernunft. Diejenige, die alles im Griff hatte, nicht umgekehrt. Verdammt, sie musste sich dringend am Riemen reißen, sonst kontaktierte Emma am Ende doch noch die Polizei oder eine psychiatrische Anstalt.

»Nichts weiter, ich bin nur furchtbar müde«, erwiderte Nessya, nachdem sie aufgehört hatte zu kichern. »Ein Bad klingt gut. Und mach dir keine Sorgen. Ich komme schon zurecht.«

Emma wirkte zwar noch immer nicht überzeugt, ließ das Thema aber fallen und bereitete alles für ein heißes Bad vor. Nessya war klar, dass sie im Weg stand – ihr Badezimmer war von der Marke vorwärts hinein- und rückwärts wieder herauslaufen –, aber sie schaffte es nicht, eine Entscheidung zu treffen, die Emma Platz verschaffen würde. Der Geruch von Eukalyptus holte sie in die Realität zurück.

»Ich habe nur noch Erkältungsbadeschaum gefunden«, sagte Emma entschuldigend, bevor sie sie in dem kleinen Raum allein ließ.

»Erkältungsbadeschaum klingt doch prima«, sagte Nessya zum Rauschen des Wassers und merkte erst dann, dass sich außer ihr niemand mehr im Bad befand. Nachdem die Wanne vollgelaufen war, drehte sie den Hahn zu, zog ihre restliche Kleidung aus und stieg ins Wasser. Allein für dieses wunderbare Gefühl – das heiße Wasser, in dem sich ihre Muskeln entspannten, der Duft, der ihre Gedanken klärte, und der Schaum, der ihre Haut säuberte –, hatten sich die Strapazen der vergangenen Nacht fast gelohnt.

Nachdem sie sich abgeduscht und ihre Haare gewaschen hatte, ging sie in ihr Zimmer und zog sich frische Sachen an. Ihre Hose war vom getrockneten Blut dunkel verfärbt und fühlte sich steif an. Vielleicht bekäme sie das Blut herausgewaschen, vielleicht auch nicht. Wenn nicht, würde sie dem Seelenfänger die Rechnung für eine neue Jeans schicken. Der Gedanke ließ sie lächeln.

Körperlich ging es ihr fantastisch. Wahrscheinlich, weil sie bis oben hin voll mit Heilmagie war. Das Döschen mit Suzniis Heilsalbe, das sie in der Tasche fand, hatte sie glatt vergessen. Sie nahm es heraus und stellte es auf die Kommode neben ihr Bett.

Auf der Bettkannte sitzend, seufzte sie laut und wickelte ihre feuchten Haare aus dem Handtuch. Es reichte aus, die Haare mit etwas Lockenschaum an der Luft trocknen zu lassen, sie würden sich von allein in Form kringeln, also hielt sie sich nicht lange mit Stylen und Föhnen auf. Bis sie mit allem fertig war und ihr Zimmer verließ, war es draußen dunkel. Im Wohnzimmer saßen Emma und Jada und tranken heißen Tee. Eine dritte Tasse stand für sie bereit, in die Emma das duftende Gebräu goss, sobald sie auftauchte. Sogar an Kekse hatte Emma gedacht, die in einem Schälchen auf dem Tisch standen.

»Ich habe Jada angerufen«, teilte ihr Emma mit, »und sie gefragt, ob sie kurz rüberkommen könnte.«

Jada lachte. »Als ob ich eine Wahl gehabt hätte. Der kleine Rotschopf klang geradezu hysterisch, was hast du mit ihr gemacht?«

»Stimmt doch gar nicht«, grummelte Emma leise vor sich hin.

Jada sprach in feinstem Cockney-Englisch. Ihre Eltern stammten aus Kenia und waren nach London, in die Cheapside, gezogen, als Jada drei Jahre alt gewesen war. Jada war groß, dunkelhäutig, sah aus wie eine Diva und benahm sich manchmal auch so. Doch gleichzeitig hatte sie die Fähigkeit, sich selbst nicht allzu ernst zu nehmen und über sich lachen zu können. Jada vertrat die Einstellung, dass niemand ihr etwas konnte und die Welt ihr gefälligst zu Füßen zu liegen hatte. Im Gegensatz zu Emma, die eher aus einer unbeschwerten Naivität heraus glaubte, ihr würde nie etwas zustoßen, kaufte Nessya Jada ihr Selbstbewusstsein ab. Sie konnte sich nicht so recht erklären, woher dieses Gefühl stammte, aber Jada schien irgendwie zu wissen, wie die Dinge liefen. Vielleicht, weil sie aus einer nicht so guten Ecke in London stammte. Oder aus irgendwelchen anderen Gründen, die Nessya nicht kannte.

Wie so ziemlich jedes Möbelstück in dieser Wohnung, passte die Couchgarnitur nicht zusammen. Sie hatten die einzelnen Teile nach und nach gekauft und einiges von Emmas Großeltern geschenkt bekommen, aber sie waren gemütlich. Da sich die beiden schon auf dem Sofa breitgemacht hatten, nahm Nessya die Tasse und ließ sich in den Sessel fallen.

»Kekse!«, bemerkte sie erfreut.

»Selbst gebacken. Greif ruhig zu, in der Küche steht eine ganze Kiste voll«, erwiderte Emma.

Das ließ sie sich nicht zweimal sagen. Sie nahm sich einen, tunkte ihn in ihren Tee und biss ab. Göttlich, es gab kaum etwas Besseres als einen mit Kaffee oder Tee vollgesogenen Keks.

»Habe ich dir schon mal gesagt, dass ich dich über alles liebe, Emma?«

Emma und Jada warfen sich einen Blick zu.

»Was meinst du?«, fragte Jada. »Aliens?«

Emma zuckte mit den Schultern. »Vielleicht auch ein ernster Fall von Persönlichkeitsspaltung?«

»Wirklich sehr geistreich«, erwiderte Nessya und trank einen Schluck.

»Gut.« Emma beugte sich vor, stellte ihre Tasse auf den Tisch und sah sie ernst an. »Witze beiseite. Nessi, was genau ist auf Clare Island passiert?«

»Nichts weiter.« Auf dieses Gespräch hatte sie so was von keine Lust.

»Das sah aber nicht wie nichts aus.«

»Es war aber nichts. Und selbst wenn, bin ich nicht verpflichtet, dir Rapport zu erstatten«, erwiderte sie genervt.

Emma starrte sie so schockiert an, dass es ihr etwas leidtat, ihre Freundin angeschnauzt zu haben. Emma saß in ihrer weißen Hose und einem Shirt, auf dem mit Glitzer ›Princess‹ stand, neben Jada auf der Couch, die Füße unter ihre Beine gezogen, und sah furchtbar ahnungslos und unschuldig aus. Sie wollte Emma nicht in eine Welt – ihre Welt – reinziehen, die voller Finsternis und Boshaftigkeit steckte.

»Lass das Thema einfach fallen, okay?«, sagte sie eine Spur milder. »Ich will nicht drüber sprechen. Mir geht es gut, alles okay. Mehr müsst ihr nicht wissen.«

Jada schwieg, betrachtete sie aber skeptisch. Das war erfahrungsgemäß schlimmer, als wenn sie ebenfalls ein paar Fragen gestellt hätte. So benahm sie sich für gewöhnlich nur, wenn ihr etwas nicht koscher vorkam.

»Fallen lassen? Alles okay?«, stieß Emma aus. »Nichts ist okay, Nessi. Du bist halb nackt hier aufgetaucht, deine Hose war blutgetränkt und du …«

»Das war Rotwein.«

»Das war *kein* Rotwein!«, rief Emma wütend, stand auf und ging in Nessyas Zimmer. Bevor sie deswegen protestieren konnte, kam Emma mit ihrer Hose, die auf dem Boden gelegen hatte, herausgestürmt und warf sie ihr vor die Füße. »Verkauf mich nicht für dumm, Nessi!«

»Tu ich nicht, Emma«, rief sie zurück. Langsam bekam sie Kopfschmerzen. Weshalb konnte man sie nicht einfach in Ruhe lassen? »Ich will nicht darüber reden.«

Aus dem Augenwinkel bemerkte sie, dass Jada sich vorbeugte, nach der Jeans griff und sie sich genauer ansah. Doch Emma lenkte ihre Aufmerksamkeit zurück zu sich.

»Okay«, sagte sie knapp, ging zum Beistelltisch neben der Küchentür und griff nach dem Telefon. »Ich werde die Garda anrufen.«

Nessya schnappte erschrocken nach Luft, während Jada die Ruhe bewahrte und in entschärfendem Tonfall sagte: »Also, Emma. Nun mach aber mal halblang. Wenn Nessi nicht drüber reden will, ist das ja wohl ihre Sache.«

»Klar, aber dann fange ich eben an, mir meine eigenen Gedanken zu machen«, entgegnete Emma wild gestikulierend, das Telefon in der Hand haltend. »Soll ich euch mal sagen, was ich denke? Ich denke, dass jemand versucht hat, dich zu vergewaltigen und du ihn umgebracht hast. Daher das viele Blut auf deiner Jeans. Du selbst scheinst nämlich nicht verletzt zu sein, jedenfalls ist mir vorhin nichts aufgefallen.«

»*Was?*«, rief Nessya empört. »Das … das ist ja wohl … wie kannst du nur so etwas von mir denken, Emma?«

»Was soll ich denn sonst denken, wenn du halb nackt, komplett neben der Spur und blutbesudelt hier auftauchst?«, rief sie. »Ohne Tasche, Schlüssel und sonst was!«

»Oooookay«, ging Jada beschwichtigend dazwischen, bevor Nessya etwas darauf erwidern konnte. »Wie wär's, wenn wir uns alle wieder beruhigen. Emma, leg erst einmal das Telefon wieder zurück.«

»Nein, wenn Nessi nicht sofort sagt, was …«

»Emma! Nessi muss gar nichts. Komm mal wieder runter!«

»Wenn es Notwehr war, dann hat sie doch überhaupt nichts zu …«

»Leg es zurück!«, befahl Jada streng und stand auf. Mit ihren imposanten eins dreiundachtzig – barfuß – brauchte sie sich nicht einmal besonders vor Emma aufzubauen, damit sie einknickte.

»Ich versuche doch nur zu helfen!«, grummelte Emma, legte das Telefon aber mit einem frustrierten Schnaufen zurück auf die Ladeschale und ließ sich mit verschränkten Armen auf die Couch fallen.

Jada blickte streng zwischen Emma und Nessya hin und her. »Habt ihr jetzt wieder einen Gang runtergefahren? Ja? Gut. Erst einmal eins nach dem anderen«, sie sah Nessya an, »hast du jemanden umgebracht?«

»Natürlich nicht!«, erwiderte sie aufgebracht. »Ich …«

»Hat jemand versucht, dich zu vergewaltigen?«

Sie seufzte genervt. »Nein.«

»Ist es nötig, die Garda anzurufen? Aus welchen Gründen auch immer?«

»Nein«, sagte sie etwas ruhiger.

»Gut.« Jetzt schaute sie zu Emma. »Pass auf, ich verstehe ja, dass du dir Sorgen machst. Da tue ich auch«, ein rascher, skeptischer Blick zu Nessya, »aber ich glaube nicht, dass es viel bringt, wenn du sie bedrängst. Lass ihr etwas Zeit und dann wird sie vielleicht von alleine auf uns …«

»Sie hatte fünf Jahre lang Zeit!«, unterbrach Emma frustriert. »Seit fünf Jahren kennen wir uns, Nessi! Seit vier wohnen wir zusammen und im Grunde weiß ich *nichts* über dich. Ich könnte mit einer psychopathischen Mörderin zusammenwohnen, ohne eine Ahnung davon zu haben. Und irgendwann, wenn du austickst oder man hinterm Haus verscharrte Leichen findet oder was weiß ich, dann werde ich eine von diesen Mitbewohnerinnen sein, die etwas dümmlich in die Kamera sagt: ›Och, sie war immer ganz freundlich, hat nett gegrüßt und so. Na ja, sie war etwas verschlossen, aber wer hätte denn ahnen können, dass sie jungfräuliche Männer für Satan opfert?‹«

Trotz der Ernsthaftigkeit der Lage, konnte sich Nessya ein Grinsen nicht verkneifen und auch Jada sah so aus, als würde sie jeden Moment loslachen.

»Jungfräuliche Männer? Dem Satan?«, fragte Jada.

»Na ja«, verlegen zuckte Emma mit den Schultern, »oder irgendetwas anderes eben. Was weiß denn ich.« Emma sah wieder zu ihr. »Genau das ist der Punkt. Ich weiß es halt nicht! Vertraust du mir denn überhaupt nicht?«

Sie hatte keine Ahnung gehabt, wie es Emma mit der Geheimnistuerei ging, die sie um sich und ihre Vergangenheit herum machte. Ihren Freundinnen hatte sie erzählt, dass sie als Teenage-Runaway von einer Einrichtung in die nächste geschoben worden war. Die offizielle Version lautete, dass sie mit fünfzehn von zu Hause weggelaufen war, statt aus dem Síd. Ansonsten war es bisher nie wirklich zum Thema geworden und das wollte sie eigentlich auch so lassen. Was sollte sie ihnen denn erzählen? Dass sie in Wahrheit aus der Welt der Feen stammte? Wenn sie sie nicht spätestens dann einwiesen, würden sie sich aber bestimmt von ihr distanzieren und davor hatte sie eine Scheißangst. Emma und Jada waren so etwas wie ihre Familie. Ihr Zufluchtsort. Ihre absolut menschlichen Menschen, die keine Pläne, Intrigen oder Verschwörungen gegen sie spönnen. Wer hätte gedacht, dass sich ihre unbeschwerte, lebensfrohe Freundin doch ein paar Gedanken mehr über sie machte als vermutet?

»Ich bin keine psychopathische Mörderin, Emma«, versicherte sie ihr sehr ernst.

Liebe Güte, sie benahm sich selbst schon fast wie ein Fay. Statt Fragen zu beantworten, wich sie aus oder wiederholte einfach nur eine Aussage. Eine wirkliche Erklärung lieferte das aber nicht. Sie war oft genug die betroffene Partei einer solchen frustrierenden Konversation gewesen und konnte genau nachvollziehen, wie Emma sich jetzt fühlte.

Aber Nessya wusste, was da draußen abging. Die Welt war kein rosaroter Ort voller Schmetterlinge und Regenbogen. Sie war dunkel und grausam. Man musste sich schützen, um zu überleben. Die einzige Person, der man vertrauen konnte, war man selbst und sonst niemand.

Schon gar nicht irgendwelche Fay-A-Löcher, die zuerst die Sterne versprachen und einen anschließend fallen ließen, nachdem sie einen entjungfert hatten und man magielos geblieben war. Ja, auch sie war mal so naiv gewesen. Die Zeiten waren vorbei. Aber das war noch mal ein anderes Thema.

»Was ist denn dann auf Clare Island passiert?«, fragte Emma und klang richtig verzweifelt. Sie tat ihr etwas leid.

Nickend holte Nessya tief Luft und starrte in ihren inzwischen lauwarmen Tee. »Ich … ich habe dort jemanden getroffen, der mich«, wie sollte sie das nur ausdrücken, »an meine Vergangenheit erinnert hat. Es tut mir leid, aber mehr kann ich euch dazu im Moment nicht sagen.«

Als sie wieder aufsah, schauten ihre Freundinnen sprachlos zu ihr zurück. Emma wirkte alles andere als zufrieden und setzte schon an, etwas zu erwidern, als Jada schnell dazwischenging.

»Was hältst du von einem Deal?«

»Ich hasse Deals.« Fay liebten Deals. Also war sie praktisch dazu vorprogrammiert, sie zu hassen.

Jada ignorierte das. »Wir lassen dir jetzt etwas Freiraum und haken nicht weiter nach. Aber irgendwann erzählst du uns, was los ist, okay? Und zwar alles.« Den letzten Satz betonte Jada für ihren Geschmack zu nachdrücklich.

»Klingt fair«, stimmte sie trotzdem zu.

Jada wandte sich Emma zu. »Auch für dich okay?«

Emma stieß unzufrieden Luft aus, grummelte aber eine Zustimmung.

»Gut.« Jada seufzte erleichtert. »Jetzt lasst uns zum wichtigen Teil des Abends kommen: Wenn du so mitkommen willst, Nessi, läufst du zehn Meter hinter uns. Oder willst du uns mit dem Outfit mitteilen, dass du keine Lust hast auszugehen?«

Emma lachte und in dem Lachen lag jene Unbeschwertheit, die man von ihr kannte. Es war so beruhigend normal, dass auch Nessya schmunzeln musste. Offenbar spielte Jada auf die bequemen Joggingsachen an, die sie trug. Ein Bein zog sie in einem halben Schneidersitz auf den Sessel, das andere ruhte auf dem Kaffeetisch.

Im Gegensatz zu ihr sahen Emma und Jada ausgehfertig aus. Emma hatte ihr Haar geglättet, sodass es sich wie feuerroter Samt über ihren Rücken ergoss. Die hellen Hosen und das pastellrosa Shirt vermittelten Unschuld, ein scharfer Kontrast zu den grünen Augen und der roten Mähne. Jada hingegen trug viel Leder und Fünfzehn-Zentimeter-Plateaupumps in Schlangenoptik.

»Heute bringen mich keine zehn Pferde mehr dazu, auszugehen. Wenn ich mich bewege, dann höchstens auf mein Bett zu«, erwiderte Nessya, kuschelte sich in den Sessel und kassierte von Jada einen missbilligenden Blick.

»Heute akzeptiere ich das gerade noch, auch wenn Shot-Night ist«, sagte Jada. »Eigentlich solltest du dir gerade die Kante geben, nach dem, was dir passiert ist. Was auch immer es war.«

Nessya sah von ihrer Tasse auf. »Vielleicht morgen.«

»Abgemacht.«

»Hey, ich sagte ›vielleicht‹.«

»Ach, Süße. Wie willst du so je einen Mann kennenlernen?«

»Davon habe ich erst einmal genug, vielen Dank«, murmelte Nessya, beugte sich vor und nahm einen Keks. Während sie ihn in ihren Tee tunkte, fiel ihr auf, dass es plötzlich still geworden war. Sie sah auf und fühlte sich unter den Blicken ihrer Freundinnen wie ein Vögelchen mit gebrochenem Flügel, das von zwei Katzen beobachtet wird.

»Was?«, fragte sie.

Emma richtete sich interessiert auf, Jada grinste.

»Was?«, verlangte sie erneut, schärfer dieses Mal. Ihr Keks brach in der Mitte ab und plumpste in den Tee. Na klasse!

»Also hast du auf der Insel einen … Mann kennengelernt?«, fragte Jada schelmisch. »Jemand, der dich an dein früheres Leben erinnert hat?«

Hatte Jada vor dem Wort ›Mann‹ bewusst eine Pause gemacht? Oder hatte sie sich das nur eingebildet? Ach, wie sollte Jada etwas ahnen können. Wahrscheinlich war sie nur etwas paranoid.

»So etwas in der Art.«

»›So etwas in der Art‹ du hast ihn kennengelernt, oder dass er für den Flashback verantwortlich ist oder ›so etwas in der Art‹ ein Mann?«

Nessyas Herz fing an zu rasen. Auf einmal kam sie sich gar nicht mehr so paranoid vor. Oder versuchte Jada nur, sie ein bisschen aus der Reserve zu locken? Unwillkürlich musste sie daran denken, dass der Heerführer das ganz genauso ausgedrückt hatte. *Nur die Ruhe! Jada kann nichts wissen. Woher auch?*

»Damit habe ich auf das ›kennengelernt‹ angespielt, denn so kann man das nicht wirklich ausdrücken«, antwortete sie, als wäre nichts. Mit dem Teelöffel, der neben Emmas Tasse lag, versuchte sie den zerbröselten Keks aus dem Tee zu fischen. »Eigentlich haben wir nur ein bisschen miteinander geredet, das ist alles. Am Strand«, fügte sie spontan hinzu, »wir waren am Strand schwimmen. Dort habe ich meinen BH und das Shirt liegen lassen. Er hat Erinnerungen zurück an die Oberfläche geholt, die ich lieber in der Vergangenheit gelassen hätte.«

Auf Emmas Gesicht erschien ein breites Lächeln. Jenes, bei dem sich Grübchen bildeten, nur dass bei Emma lediglich eines erschien. Auf der rechten Seite. Nessya fand immer, dass nur ein Grübchen ein wenig freakig aussah. Aber das würde sie ihr nie sagen.

»Wie heißt er, wie sieht er aus?«, plapperte Emma aufgeregt drauflos. »Habt ihr Nummern ausgetauscht?«

»Cathal«, antwortete Nessya und dachte kurz über die zweite Frage nach und wie sie die beantworten sollte. »Badboy-mäßig. Und, du liebe Güte, nein!« Dann warf sie Jada einen misstrauischen Blick zu. »Wieso habe ich das Gefühl, gerade von dir ausgetrickst worden zu sein?«

Unschuldig lächelnd zuckte Jada mit den Schultern und schaute dann auf eine imaginäre Armbanduhr. »Es wird langsam spät«, sagte sie und stand auf. Sie warf Emma einen ungeduldigen Blick zu, bis sie sich ebenfalls erhob.

»Bist du sicher, dass du alleine zurechtkommst? Ich kann auch hierbleiben und …«

»Untersteh dich«, warnte Jada.

Nessya lächelte. »Geh nur. Ich werde sowieso bald ins Bett gehen. Viel Spaß!«

Emma wirkte noch immer etwas besorgt, doch Jada schaffte es, sie davon zu überzeugen, trotzdem mit ihr auszugehen. Sobald ihre Freundinnen die Wohnung verlassen hatten und sie alleine war, ging sie herum und zog alle Gardinen zu, selbst die im Bad. In den Überlieferungen heißt es, man müsse die nach Westen gerichteten Fenster und Türen schließen, damit die Sluaghs nicht hereinkommen konnten.

Das war völliger Quatsch. Sie konnten von überall her eindringen, es war lediglich eine Spur wahrscheinlicher, dass sie durch die Westfront eines Hauses kamen. Aber auch nur, wenn man sich im Síd befand. Der Unseelie-Hof lag im Westen und sie nahmen einfach den erstbesten Eingang. War dieser verschlossen, stellte es für sie kein Problem dar, einmal um das Haus herumzufliegen.

Auch wenn sie sich nicht vorstellen konnte, dass der Seelenfänger sie auf Dublin loslassen würde. Aber was wusste sie schon von ihm? Nichts. Wenn sie ehrlich war, konnte sie ihn überhaupt nicht einschätzen. Sie knipste alle Lichter an, bis die Wohnung so hell leuchtete wie ein Weihnachtsbaum in einem amerikanischen Vorgarten. Sluaghs sind Kreaturen der Nacht und vermeiden nach Möglichkeit jedes Licht. Würden hell erleuchtete Räume sie aufhalten? Wahrscheinlich nicht. Würde das Licht sie blenden und verlangsamen? Vielleicht. Wie auch immer, sie fühlte sich wohler, wenn die dunklen Ecken und Schatten ausgeleuchtet wurden.

Nachdem sie sich Rühreier mit Toast zu essen gemacht hatte, schlief sie irgendwann vor dem Fernseher ein. Obwohl Emma versuchte, leise zu sein, weckte sie sie, als sie vom Feiern zurückkam, und Nessya schleppte sich ins Bad, putzte sich die Zähne und fiel dann ins Bett.

10

Den Freitag verbrachte sie mit einigen Dingen, die sie schon viel zu lange aufgeschoben hatte. Sie rief bei Starbucks an, um mit ihrem Chef die Mittagspausen für den Montag zu besprechen, was sich als Fehler herausstellte. Er bestellte sie fürs Wochenende ein, da zwei Kolleginnen krank geworden waren. »Dein freies Wochenende kannst du ein andermal nachholen«, sagte er großzügigerweise. Sowohl für morgen als auch für den Sonntag hatte sie sich für eine Doppelschicht bis dreiundzwanzig Uhr mit nur einer Stunde Mittagspause verpflichtet.

Bei der Pension auf Clare Island erreichte sie nur den Anrufbeantworter, also hinterließ sie der Inhaberin eine Nachricht mit ihrer Adresse und der Bitte, ihre Tasche per Post zu senden. Für das Porto könne sie, wie auch für den Aufenthalt, die Kreditkarte belasten.

Am Abend stand sie mit Emma im Bad und stylte sich auf, entgegen ihres Vorhabens, den letzten freien Abend ihres Urlaubs mit Faulenzen zu verbringen. Niemand hätte ahnen können, dass ihr Urlaub ein solch jähes Ende finden würde. Außerdem hatte sie es den beiden versprochen. Na ja, so mehr oder weniger.

»Meinst du, Jada bringt mich um, wenn ich in letzter Sekunde abspringe?«, fragte sie, während sie sich zum Spiegel vorbeugte und den Mund öffnete, um ihre Wimpern besser tuschen zu können. Manche Dinge sind überall auf der Welt gleich. Zum Beispiel das lustige Gesicht, das man als Frau beim Schminken macht.

»Nein«, erwiderte Emma. »Ich denke sie wird dich so übel quälen, dass du dir wünschst, tot zu sein. Und dich dann eine Woche später umbringen.«

Darüber musste sie lachen. »Du ruinierst mir mein Make-up, Emma. Wenn wir zu spät kommen, schiebe ich es auf dich.«

Emma lachte ebenfalls, bevor sie auf einmal wieder ungewöhnlich ernst wurde. Sie packte den Lidschatten zurück in ihren Schminkkorb und hielt dann kurz inne, als würde sie sich darauf vorbereiten, etwas zu sagen.

»Als du vorhin kurz einkaufen warst, hat die Frau aus der Pension auf Clare Island angerufen. Sie meinte, dass sie deine Tasche heute losgeschickt hätte.« Emma zögerte, doch ihr schien etwas auf dem Herzen zu liegen. »Sie hat außerdem gefragt, wie es dir geht und ob du den Schrecken gut überstanden hättest. Ich sagte nur, dass es dir gut zu gehen scheint, du aber etwas durcheinander wirkst. Da sagte sie, dass das völlig verständlich sei und man ja nicht jeden Tag über eine Leiche stolpert. Dann hat sie irgendetwas davon erzählt, dass die Frau wohl erfroren wäre. Nessi«, Emma sah sie mit großen Augen an, »du hättest uns doch erzählen können, dass du eine Leiche gefunden hast. Jetzt kann ich auch verstehen, weshalb du Hals über Kopf hier aufgetaucht bist.«

Richtig! Innerlich schlug sie sich gegen die Stirn. So viel war vorgefallen, dass sie die Leiche am Strand völlig vergessen hatte. Wie hatte ihr das nur entfallen können? Inzwischen wusste sie auch, wer für den Tod der Frau verantwortlich war. Schließlich hatte sie den Verantwortlichen getroffen. Sie hatte die ganze verfluchte Nacht mit ihm in einer Kirche verbracht.

Mein Gott, wenn sie bedachte, dass sie tatsächlich kurz in Erwägung gezogen hatte, sein Angebot anzunehmen. Also nicht wirklich. Eigentlich war es nie infrage gekommen. Aber uneigentlich … mit einem ganz kleinen Teil ihres Herzens, das sich so sehr wünschte, in den Síd zurückzukehren, hatte sie doch darüber nachgedacht.

»Wie schrecklich«, murmelte Emma vor sich hin und schminkte sich weiter. »Du meintest, das hätte dich an deine Vergangenheit erinnert. Ich mag mir gar nicht vorstellen, was du schon alles erlebt hast. Wahrscheinlich hattest du eine Art posttraumatischen Stress, oder so.«

»Vielleicht so was in der Art«, erwiderte sie gedankenverloren. Wobei es nicht wirklich posttraumatisch, sondern aktuell-traumatisch gewesen war.

Vielleicht täte es ihr gut, mit ihren Freundinnen auszugehen und unter Menschen zu kommen. Ganz normale Menschen. Wenn sie den Kunden morgen krümeligen Kaffee servierte, würde ihr Chef ihr vielleicht nie wieder eine Doppelschicht aufbrummen.

Gegen zehn Uhr abends gingen sie zu dritt los in Richtung Fleet Street. Emma sah wie immer hinreißend aus in ihrem weißen Kleid und den zartrosa Pumps. Ihre Haare hatte sie sich zu einer romantischen Audrey-Hepburn-Frisur hochgesteckt, die sie vorsichtig mit einer Kapuze vor dem Regen zu schützen versuchte.

Jada trug extravagantes Neongelb. Die einzige Person aus Nessyas Bekanntenkreis, die das tragen konnte und trotzdem fantastisch aussah. Ihrer Meinung nach hätten alle Neonfarben in den Achtzigern bleiben und das Jahrzehnt in die Luft gesprengt werden können. Jada und ihr machte das typisch nasskalte Herbstwetter frisurentechnisch nichts aus. Jada mit ihrer glatten Langhaarperücke sowieso nicht und Nessya würde die Feuchtigkeit höchstens zu noch kringeligeren Locken verhelfen.

Sie hatte sich ihre Jeans in kniehohe schwarze Lederstiefel gesteckt und dazu eine langärmlige rote Bluse angezogen. Zu ihrem dunklen Haar und der hellen Haut sah das Rot herrlich dramatisch aus. Jada beschwerte sich, dass es mehr nach einem Büro- statt einem Club-Outfit aussah, kannte sie aber gut genug, um sie nicht weiter zu bedrängen.

Im Club war es laut, stickig und heiß. Dröhnende Beats machten eine Unterhaltung fast unmöglich, solange man sich nicht gegenseitig anschrie. Menschen tanzten eng umschlungen auf der Tanzfläche oder schoben sich auf dem Weg zur Bar aneinander vorbei.

Über der Tanzfläche hingen vier Käfige. In zwei davon verrenkten sich weibliche und in den beiden anderen männliche Go-go-Tänzer zu den Rhythmen. Die Enge und das ständige Angerempeltwerden nervten, sodass sie sich schnell zu einer der noch wenigen freien Sitznischen auf einer kleinen Anhöhe begaben.

Das Leder der Sessel fühlte sich in der Hitze des Clubs kühl an, außerdem konnte sie von hier aus das Geschehen im Auge behalten. Der Notausgang befand sich ebenfalls in unmittelbarer Nähe. Zwar rechnete sie nicht damit, dass der Abend dermaßen aus dem Ruder laufen würde, doch es gab ihr Sicherheit, einen Fluchtweg in der Nähe zu wissen. Sie legte ihre Hand in den Nacken, verrieb den Schweiß auf ihrer Haut und beneidete jeden Kerl um seine Kurzhaarfrisur. Das nächste Mal würde sie sich die Haare hochstecken. Seufzend ließ sie sich in den Sessel sinken, während sich Emma mit zwei Gläsern zu ihr gesellte. Emmas Drink sah nach einem Gin Tonic aus, ihrer schien Tequila Sunrise zu sein.

»Willst du mich abfüllen, Süße?« Lächelnd zwinkerte sie ihr zu und hielt das Glas an ihre glühende Wange. Die Kühle tat gut und verschaffte etwas Linderung. Emma lächelte verschwörerisch zurück.

Sie vertrug nicht so viel, hatte sie noch nie, das wusste Emma. Emma wusste auch, dass sie gerne einen klaren Kopf behielt. Die Begegnung mit dem Seelenfänger im Pub auf Clare Island hatte ihr deutlich vor Augen geführt, wie wichtig das war. Es hätte verdammt schiefgehen können. Doch ein Drink würde sie nicht umbringen und sie wollte keine Spielverderberin sein. Das hatten Emma und Jada nicht verdient.

Sie entdeckte Jada in dem kunstvollen, psychedelischen Leuchten der Tanzfläche zwischen anderen Tanzenden. Manche von ihnen wirkten vollkommen neben sich, als wären sie die Einzigen hier und lebten in einer Welt ohne Sorgen. Andere schienen sich ihrer Umgebung durchaus bewusst zu sein und legten einen Balztanz hin, der jeden Pfau stolz gemacht hätte.

»Sieht aus, als hätte sie schon jemanden an der Angel«, rief Emma.

»Hä? Was hast du gesagt?«, rief Nessya zurück.

Emma deutete mit dem Kinn auf die Tanzfläche. »Jada scheint sich gut zu amüsieren«, sagte sie.

Emmas Blick folgend, sah sie, wie Jada mit einem gut aussehenden Typen tanzte. Die Tür des Clubs öffnete sich. Eine Gruppe Leute trat ein und brachte einen Schwall kühler Nachtluft mit sich. Der Windstoß streifte Nessyas Gesicht und kitzelte in ihrem Nacken. Die wohltuende Frische hielt jedoch nur kurz an. Sobald sich die Tür wieder schloss, kehrte die drückende Hitze zurück. Jada quetschte sich an den Menschen vorbei und kam zu ihnen, nachdem sie einem der herumlaufenden Kellner ein Zeichen gegeben hatte.

»Und?«, fragte Jada, als sie neben ihnen saß. »Was hältst du von dem neuen Club?«

»Ist ganz okay hier«, antwortete Nessya und ließ ihren Blick über die Masse schweifen.

»Oh, bitte. Doch nicht solche Begeisterungsstürme …« Jada rollte mit den Augen, lächelte sie dabei aber an.

Wie gern hätte sie sich fallen lassen, ohne das Bedürfnis zu verspüren, fremde Gesichter zu inspizieren und in ständiger Alarmbereitschaft zu stehen. Vielleicht hätte sie dann sogar unverfänglich flirten können, wie Emma es gerade mit dem Kellner tat, während sie neue Cocktails bestellte. Sich einfach zurücklehnen und alle Sorgen vergessen. Sie sank tiefer in den Sessel und versuchte sich zu entspannen, tat so, als ob es nichts gab, vor dem es sich zu fürchten galt. Als würde das größte Risiko darin bestehen, von jemandem angegraben zu werden, den man für blöd hielt. Einen Augenblick lang gab sie sich dieser Illusion hin.

Vielleicht war das der Grund, weshalb sie das verräterische Kribbeln nicht sofort bemerkte. Fay-Magie. Augenblicklich richtete sie sich auf und suchte nach dem Ursprung, statt ihren Blick weiter wahllos umherschweifen zu lassen. Ob ihr der Heerführer gefolgt war?

Was sie stattdessen entdeckte, schnürte ihr die Kehle zu. Ihre Bauchmuskeln zogen sich schmerzhaft zusammen.

Er hatte sich in einen äußerst attraktiven Blendzauber gehüllt, sodass das Mädchen, das neben ihm stand und ihn anhimmelte, nicht bemerkte, an was für ein Scheusal es sich schmiegte. Für menschliche Augen sah er wie ein junger Mann Mitte bis Ende zwanzig aus. Dunkle Haare, perfekt geschnittenes Gesicht, verruchtes Lächeln. Bloß ein heißer Typ mit Badboy-Charme.

Er war ein Unseelie. Dessen war sie sich absolut sicher, und er war bei Weitem nicht so talentiert wie der Seelenfänger, was Blendzauber betraf.

Ihr bereitete es keinerlei Schwierigkeiten, durch die Magie hindurchzusehen. Mit etwas Konzentration begann die äußere Hülle zu flimmern. Das Gesicht wirkte für einen Moment hager und fahl statt attraktiv, das Lächeln wie eine verzerrte Fratze und die Augen kalt und tödlich. Seine wahre Erscheinung trat nur kurz hervor. Es war wie bei einem dieser Hologramm-Bilder, bei denen man ein wenig die Blickrichtung ändern muss, um den 3-D-Effekt zu entdecken.

Sie blinzelte und rieb sich die Augen. Wenn sie es einmal geschafft hatte, durch den Zauber hindurchzusehen, wurde es beim nächsten Mal leichter. Als sie die Augen wieder öffnete, hatte sie seine Illusion vollends durchbrochen.

Seine Haut war gelblich, fahl und ledrig. Hinter einem dünnen schwarzen Mund, der mehr wie die Lefzen eines Hundes denn menschliche Lippen aussah, kamen mehrere zentimeterlange, säbelartige Zähne zum Vorschein. Sie waren so lang und scharf, dass er seinen Mund nicht um sie herum schließen konnte, und dadurch ein furchterregendes Dauergrinsen auf dem Gesicht trug. Die Augen wirkten milchig und farblos, spiegelglatt. Sie waren so leer und kalt wie die eines Hais.

Das Monster sah auf und erwiderte ihren Blick. Es sah sie an, als würde es sich fragen, ob sie es als das erkannt hatte, was es war.

Auf einmal tauchte Emma neben ihm auf und verschwand auf die Tanzfläche. Emma musste aufgestanden und dorthin gegangen sein, während sie abgelenkt gewesen war.

Das Monster löste seinen Blick von ihr und folgte Emma. Lachend ließ sie sich von ihm antanzen. Sie sah nicht, was er wirklich war. Sie sah nur den gut aussehenden Typ in der coolen Bikerjacke.

Emma mit diesem Monster tanzen zu sehen, ließ Nessya das Blut in den Adern gefrieren.

11

»Alles okay?«, fragte Jada und folgte ihrem Blick zur Tanzfläche. »Du siehst aus, als hättest du ein Gespenst geseh… oh. Der Typ, der da gerade mit Emma tanzt, kommt mir irgendwie komisch vor. Nessi? Du siehst so blass aus. Nessi?«

»Was?«, fragte sie geistesabwesend. »Ja. Ich habe bei dem auch kein gutes Gefühl.« Ohne Jadas Antwort abzuwarten, stand sie auf und begab sich runter auf die Tanzfläche zu Emma.

Je näher sie ihr und somit auch dem gruseligen Fay kam, desto stärker flammten ihre Überlebensinstinkte auf. Wie eine entzündete Wunde. Alles in ihr schrie danach, umzukehren, doch sie zwang sich dazu, weiterzugehen. Emma schien bei ihm – anders als Jada – kein mulmiges Gefühl zu bekommen. Sie musste es schaffen, ihre Freundin unauffällig von ihm wegzulotsen. Bei Emma angekommen, packte sie sie am Arm und zog sie ein Stück von dem Fay weg.

»Hey«, rief sie ihr über den Lärm hinweg zu, »mir geht's nicht besonders gut, ich habe irgendwie irre Kopfschmerzen. Was dagegen, wenn wir gehen?«

»Oh, echt?« Emma sah enttäuscht aus. »Ich würde gerne noch etwas bleiben.«

»Jada hat angeboten, mit mir zusammen nach Hause zu gehen. Willst du ganz alleine hierbleiben?« Das mit Jada war geflunkert, doch auf die Schnelle fiel ihr nichts Besseres ein.

»Sie ist nicht allein«, mischte sich das Ekelpaket ein und legte seinen Arm um Emma. Emma kicherte, offenbar war sie von dem einen Gin Tonic schon etwas beschwipst. Himmel, wenn sie doch nur sähe, was Nessya sah. Doch für Emma musste der Typ bloß wie ein verdammt heißer Kerl mit Badboy-Charme wirken. *Denk nach, Nessi. Er weiß nicht, dass du weißt, was er ist.*

Das hatte sie sich beim Heerführer auch eingeredet. Aber sie durfte sich nicht selbst entmutigen.

»Äh, ja … und du bist?«, fragte sie mit leicht schnippischem Unterton, wie man sich eben verhalten würde, wenn die Freundin von irgendeinem dahergelaufenen Kerl angemacht wurde.

Sie setzte all ihre Hoffnung darauf, dass er die strengen Síd-Gesetze respektieren und sich vor Menschen bedeckt halten würde. Wenn nicht, hätte sie ein echtes Problem. Ihre Mutter hatte immer gesagt, dass Tapferkeit eine edle Eigenschaft bei einer Frau sei, Dummheit jedoch nicht. Als noble Seelie wäre ihre Mutter vermutlich in der Lage gewesen, dem Unseelie auf magische Weise in den Hintern zu treten. Es kam nicht sehr oft vor, aber manchmal vermisste sie ihre Mutter.

»Prince Charming«, antwortete er. In Anbetracht dessen, dass Fay nicht lügen konnten, war sie sich nicht sicher, wie sie diese Aussage interpretieren sollte. Spielte er damit auf das Feenreich an – das für die meisten Menschen aus der Welt der Märchen stammte? Somit hätte er indirekt zugegeben, ein Fay zu sein, ohne wirklich zuzugeben, ein Fay zu sein. Über eines war sie sich jedoch im Klaren: Ein *Prince Charming* im landläufigen Verständnis war dieses Unseelie-Scheusal definitiv nicht.

»Sorry«, sagte Emma zu dem Fay, da sie die negativen Schwingungen inzwischen offenbar ebenfalls aufschnappte. Sie löste sich aus seiner Umarmung und stellte sich neben Nessya. »Aber Freundinnen gehen vor. Ein andermal vielleicht.«

Mit den Worten drehte sie sich wie eine Diva um, ging zu Jada und bekam den tödlichen Blick, den der Fay Nessya zuwarf, nicht mehr mit. Rasch drehte sie sich ebenfalls um und folgte Emma, deren Abgang sehr viel gekonnter abgelaufen war.

Bei der Couchecke angekommen, teilte Emma ihnen mit, dass sie noch rasch zur Toilette müsste und sie dann gemeinsam gehen könnten.

Nessya wollte zwar nichts mehr, als den Club so schnell wie möglich zu verlassen, doch jetzt deswegen zu quengeln und Druck zu machen, wäre auffällig gewesen.

Sie wusste nicht, woher dieser Gedanke kam, doch falls der Fay vorhatte, Unruhe zu stiften, könnte Jada bestimmt selbst auf sich aufpassen. Bei Emma war sie sich nicht so sicher, daher begleitete sie Emma zu den Toiletten, während sich Jada schon mal um ihre Mäntel an der Garderobe kümmerte.

»Ich warte draußen auf dich«, teilte sie Emma mit, nachdem sie unten, bei den Toiletten, angekommen waren.

»Okay«, flötete Emma, bevor sie in die überfüllten Kabinen verschwand. Immer wenn die Tür aufschwang und jemand herauskam, konnte Nessya in den Waschraum blicken, in dem sich Frauen vor den Spiegeln pferchten, ihr Make-up auffrischten oder den Sitz des Busens korrigierten. Neidisch spähte sie zu den nicht ganz so vollen Männerklos hinüber. Sie lehnte sich mit dem Rücken gegen die Wand, um niemandem im Weg zu stehen. Hier unten herrschte ein reges Treiben. Leute kamen die Treppen herunter oder liefen aus den Kabinen wieder nach oben in den Club. Wartend hing sie ihren Gedanken nach.

War es den Unseelie nicht verboten, den Síd zu verlassen? Da der Heerführer ein Mischling war und für ihn aufgrund des Sluagh-Erbes und der Verbindung zum Heer ohnehin andere Regeln galten, zählte der nicht. Doch was machte das Scheusal hier? Ob sie das den Seelie irgendwie melden könnte, ohne sich zu offenbaren?

Über ihren Rücken fuhr plötzlich ein eiskalter Schauer. Die Haut über ihren Armen zwickte, als hätten sich unzählige Termiten daran festgebissen. Beklommen rieb sie sich die Unterarme, um die unangenehme Empfindung zu vertreiben, als sich jemand vor sie stellte. Abrupt sah sie auf. Und blickte dem Unseelie-Monster direkt ins Gesicht.

Er lächelte. Es sah falsch aus, da er aufgrund seiner Anatomie ein gruseliges Dauergrinsen auf dem Gesicht trug, das selbst die Illusion nicht so recht zu verbergen vermochte. Jedenfalls nicht für sie.

»Hallo, Schönheit«, sagte er.

Um ein Haar hätte sie geschrien. Sie japste nach Luft. *Er-denkt-du-denkst-dass-er-wie-ein-Sexgott-aussieht-er-denkt-du-denkst-dass-er-wie-ein-Sexgott-aussieht-er-denkt-du-denkst …*

Er sah nicht aus wie ein Sexgott, ganz gleich, wie oft sie es wiederholte. Er war ein grauenhaftes Unseelie-Monster mit fahlgelber Haut, mit Krallen besetzten Händen und den trüben Augen einer Leiche. Sie versuchte wieder die Illusion des Schönlings zu erspähen, doch es gelang ihr nicht. Nachdem sie einmal die Fratze des Scheusals gesehen hatte, konnte sie es nicht rückgängig machen.

Zwei Mädchen drängten sich im Vorbeigehen an ihm vorbei und schubsten ihn näher zu ihr. Kichernd warfen sie ihm verstohlene Blicke zu und tuschelten, während sie in die Toilettenräume gingen. Sie sahen nichts weiter als einen heißen Typen. Die messerscharfen Säbelzähne befanden sich keine Handbreit vor Nessyas Augen. Sie roch seinen fauligen Atem.

Wie würde sie reagieren, wenn das ein stinknormaler Typ wäre? *Konzentrier dich, Nessi!*

»Kann ich dir irgendwie helfen?«, fragte sie genervt. Ihre Stimme zitterte. Verflucht.

»Du hast mich vorhin beobachtet.«

»Nein, habe ich nicht.«

»Doch. Hast du.«

Ahnte er etwas? Aber woher? Schweiß brach in ihrem Nacken aus. Unwillkürlich schlang sie die Arme um sich. Zu spät bemerkte sie, dass es sich dabei um eine Schutzreaktion handelte und verfluchte sich innerlich dafür. Der Síd hatte sie gelehrt, ihre wahren Gefühle nicht durch ihre Mimik oder ihr Auftreten zu verraten. Aber jetzt die Arme wieder zu öffnen und locker neben dem Körper hängen zu lassen, könnte zu auffällig sein.

Während er sie mit diesen milchigen leeren Augen musterte, versuchte sie zu erahnen, wie er sie ansehen würde, wenn sie ihn noch in der Gestalt des Schönlings sehen könnte. Seine Augen waren wie die eines Raubtieres, das Blut gewittert hatte.

»Liebe Güte!« Sie rollte mit den Augen. »Ich habe eine Menge Leute beobachtet. Wie man das eben macht, wenn man den Blick über eine Menschenmenge schweifen lässt. Hatte nichts mit dir speziell zu tun, also bilde dir nichts drauf ein!«

»Nein. Dein Blick war anders. Du hast mich angesehen, als hättest du Angst vor mir.«

Sie war vorher schon verunsichert gewesen. Jetzt wurde sie panisch. Hinter gespielter Wut versuchte sie es zu verstecken. »Okay, willst du die Wahrheit wissen? Für einen kurzen Augenblick habe ich gedacht, du wärst mein Exfreund. Aber zum Glück bist du es doch nicht. Allerdings scheinst du ein ebenso arroganter Kotzbrocken zu sein wie er. Also lass mich endlich in Ruhe!«

Das war nicht mal ganz gelogen. Der Blödmann, in den sie sich mit fünfzehn verliebt und mit dem sie ihr erstes Mal gehabt hatte, war schließlich auch ein Fay gewesen. Insofern entsprach das, was sie eben gesagt hatte, im weitesten Sinne der Wahrheit.

In seinen milchigen Fay-Augen blitzte ein zorniges Zucken auf. »Du bist sowieso nicht mein Typ.«

»Sehr schön, dann sind wir uns ja einig.« Genervt wandte sie sich ab, in der Hoffnung, er würde endlich abhauen.

»Aber deine Freundin, die Rothaarige, gefällt mir.«

Er hätte ihr auch einen Kübel Eiswasser über den Kopf gießen können, der Effekt wäre derselbe gewesen. Langsam sah sie wieder zu ihm und bemühte sich darum, ihren Schock nicht allzu offen zur Schau zu stellen. Im selben Moment verlor sie den Boden unter den Füßen.

Er hatte sie am Hals gepackt, drängte sie um die Ecke und stieß sie gegen einen Zigarettenautomaten, der in einer Nische stand. Der Aufprall trieb ihr die Luft aus den Lungen. Das alles ging zu schnell, sie hatte keine Chance gehabt, um zu reagieren. Nur wenn jemand einen Blick um den Wandvorsprung warf, würde man sie sehen. Ansonsten war sie hier vor den Blicken anderer verborgen und dem Unseelie hilflos ausgeliefert.

Röchelnd griff sie nach seinen Armen und versuchte seine Hände von ihrer Kehle zu lösen. Doch nach einem weiteren Stoß gegen den Automaten rutschten ihre Hände von ihm ab.

Sein Blick wanderte von ihrem Gesicht über den Hals und hinunter zu ihrer Brust, die sich angestrengt hob und senkte. Seinem Ausdruck nach machte ihn das gerade unglaublich an. Als er grinste, entblößte er den Rest seiner abartigen Fangzähne. Die ganze Reihe kam zum Vorschein.

Zappelnd versuchte sie sich zu wehren, doch er war zu kräftig, seine langen, knorrigen Finger drückten ihr die Kehle zu. Sie bekam kaum noch Luft. Er presste sich mit seinem Gewicht gegen sie.

»Du weißt, was ich bin.«

Der Gestank von Fäulnis traf sie mitten ins Gesicht. Ihr Magen rebellierte. Der Tequila Sunrise kroch ihr die Kehle hinauf und mischte sich mit dem bitteren Geschmack der Angst. Ihr Herz schlug ihr bis zum Hals, schwarze Flecken erschienen vor ihren Augen. Sie versuchte wieder die Hände zu heben, wohl wissend, dass sie seine Hände nicht von sich lösen könnte. Doch selbst dafür fehlte ihr die Kraft. Was immer er war, er konnte sie hier umbringen, mitten in einem Club voller Leute, und niemand würde es merken, bis man ihre Leiche in dieser Nische fand.

»Aus dir ist nicht sehr viel herauszuholen«, sagte er, »aber es wird mir trotzdem Spaß machen, mit dir zu spielen. Und dann werde ich mich der Rothaarigen widmen. Oder ich werde mich erst um sie kümmern und dich dabei zusehen lassen. Ja, so mache ich es. Wenn ich es mir recht überlege, wäre es eine Verschwendung, sie gleich zu töten. Ich denke, ich werde sie erst vögeln. Wenn ich damit durch bin, werde ich die andere vögeln. Und am Ende, wenn ich so lange mit ihnen gespielt habe, bis mir langweilig wird, werde ich dich vögeln. Aber keine Sorge, ich werde euch nicht töten. Nachdem ich mit euch fertig bin, werdet ihr das schon selbst übernehmen.« Er lachte. Seine Finger schlossen sich fester um ihre Kehle, schnürten ihr die Luftzufuhr ab.

»Ich … Heer …«, presste sie angestrengt heraus. Mit den Fußspitzen versuchte sie zappelnd Halt zu finden, doch er hielt sie zu hoch über dem Boden. »Cathal … Schutz.«

»Was?«, fragte er und ließ sie schlagartig los. Sie landete auf ihren Füßen, krümmte sich und hustete sich die Seele aus dem Leib. Ihre Kehle schmerzte, es fühlte sich nach einer ernsten Verletzung an.

»Ich stehe unter Cathals Schutz. Leg dich mit mir an und du legst dich mit ihm an«, keuchte sie mit letzter Kraft. Die Schmerzen ließen etwas nach. Fast konnte sie spüren, wie Energie durch ihren Körper floss und sie heilte.

Sie hatte es gesagt, ohne darüber nachzudenken. Obwohl es leichtsinnig war, den Seelenfänger als Trumpf auszuspielen, war es das Erste, das ihr in den Sinn gekommen war. Woher wollte sie wissen, dass er ihr helfen würde? Oder vielleicht ließ sich der perverse Widerling davon überhaupt nicht beeindrucken? Möglicherweise waren sie im Síd beste Kumpel. Oder Todfeinde und ihm würde es umso mehr Freude bereiten, sie zu quälen.

»*Der* Cathal? Heerführer der Sluaghs?«, fragte der Unseelie und sah sie skeptisch an.

Sie hustete und rieb sich vorsichtig den geschundenen Hals. »Genau der. Oder kennst du noch einen anderen?«

»Ich habe dir nicht das Du angeboten, *Mensch!«*, grollte er. »Allerdings kennen *Menschen* ihn nicht unter diesem Namen. Woher kennst du ihn? Was bist du?«

Sie sah ihm fest in die Augen. »Woher ich ihn kenne, ist irrelevant. Ich stehe unter seinem Schutz. Mehr müsst Ihr nicht wissen, Unseelie.« Sie hatte die höfliche Anrede gewählt, um ihn nicht weiter zu verärgern. Er gehörte offenbar zur jähzornigen, impulsiven Sorte. Obwohl sie sich innerlich dagegen sträubte, ihm Respekt entgegenzubringen, wäre es das nicht wert, um am Ende doch noch getötet zu werden.

Das Monster wirkte nicht vollständig überzeugt, dennoch schien es abzuwägen, was es tun sollte, als hinter ihm auf einmal Emmas rote Haare auftauchten.

»Nessi?« Der Unseelie trat von ihr weg, sodass Emma vollständig ins Sichtfeld kam. Auch das noch. Unsicher schaute Emma zwischen dem Fay und ihr hin und her. »Ich habe hier unten überall nach dir gesucht. Was macht ihr beide hier hinten?«

»Nur etwas Spaß haben«, antwortete der Unseelie grinsend. Keine Lüge aus seiner Sicht. Zum Teufel mit ihm. Emma sah natürlich nur den Blendzauber, unter dem er seine wahre Gestalt verbarg.

»Komm, Emma. Lass uns gehen.« Rasch schob sich Nessya an ihm vorbei, packte Emma am Handgelenk und zog sie hinter sich die Stufen hoch. Oben angekommen, entriss sich Emma ihrem Griff. Als sie an Emma vorbei die Stufen hinabschaute, sah das Monster locker gegen die Wand gelehnt zu ihr auf, zwinkerte ihr zu und leckte sich über die dünnen Lefzen. *Nur weg, nur weg!* Das war alles, was sie wollte.

»Kannst du mir bitte mal erklären, was passiert ist, während ich auf dem Klo war?«, fragte Emma und lenkte ihre Aufmerksamkeit zurück zu ihr.

Erst jetzt fing ihr Hirn an, alles zu verarbeiten. Ihre Knie zitterten, sie schaffte es kaum noch, sich auf den Beinen zu halten. *Schock. Du stehst unter Schock.* Sie schloss die Augen und versuchte ruhig ein- und auszuatmen. *Komm schon, reiß dich zusammen. Du hast doch nicht zum ersten Mal mit den Fay zu tun. Hat dich die Menschenwelt dermaßen verweichlicht?*

»I-Ich glaube, der Typ war einfach sauer, weil ich dich vorhin von ihm weggezogen habe«, erwiderte sie und öffnete die Augen wieder. Ein kurzer Blick an Emma vorbei verriet ihr, dass der Unseelie inzwischen verschwunden war.

»Das war's?«, fragte Emma skeptisch. »Das sah aber alles ein bisschen ernster aus, Nessi.«

»Ist doch völlig egal, was war. Der Typ ist ganz offenbar betrunken oder nicht normal im Kopf. Lass uns einfach gehen, okay?« Sie drehte sich um und lief durch den Club zu den Garderoben, wo Jada hoffentlich schon mit den Mänteln auf sie wartete. Emma folgte ihr.

Emma war sein Typ, hatte er gesagt. *Was* war sein Typ? Emma war es, sie selbst war es nicht. Was unterschied sie voneinander? Die Haarfarbe? Nein, das Mädchen, das sie am Anfang bei ihm gesehen hatte, war ebenfalls dunkelhaarig gewesen und entgegen der Annahme von vielen Frauen, scherten sich die meisten Männer keinen Deut um die Haarfarbe. Und Fay sowieso nicht, ihnen waren andere Kriterien wichtiger. Aber was?

Während ihr diese Fragen durch den Kopf gingen, entdeckte sie Jada abseits der Schlange bei der Wand wartend. Ihren eigenen Mantel hatte sie schon an, die von Emma und Nessya trug sie über dem Arm.

»Ist irgendwas passiert?«, fragte Jada, als sie bei ihr angekommen waren.

»Nein«, antwortete Nessya. »Nur ein kleiner Zusammenstoß mit dem Idioten, der vorhin Emma angetanzt hat, das ist alles. Lasst uns von hier verschwinden.«

»Okaaay …?«, erwiderte Jada wenig überzeugt, bohrte jedoch nicht weiter nach. Sie nahmen ihr die Mäntel ab und schlüpften hinein, bevor sie gemeinsam den Club verließen.

Die dröhnenden Beats drangen nur noch gedämpft nach draußen und ließen die Wände regelrecht erzittern. Drinnen war es ihr gar nicht so laut vorgekommen, aber der Unterschied zu jetzt war gewaltig. Vor dem Club stand noch immer eine lange Schlange von Leuten, die hineingehen wollten. Würde das Monster später einen von ihnen wählen? Daran durfte sie nicht denken. Sie *musste* einen Weg finden, die Seelie darüber zu unterrichten. Dieser Unseelie brach eindeutig Síd-Gesetze.

Es regnete, sodass sie sich ihre Kapuze über den Kopf zog, aber die kühle Nachtluft tat gut. Emma sprach nicht, was ungewöhnlich war. Ob sie sauer war? Aber vielleicht hing sie auch einfach nur ihren eigenen Gedanken nach. Eine Weile liefen sie schweigend durch den Temple Bar District, bis Jada die angespannte Stille brach.

»Habt ihr euch gestritten oder warum verhaltet ihr euch so, als wäre jemand gestorben?«

Aus den Pubs, an denen sie vorbeiliefen, drangen Musik und Gelächter. Das Licht, das durch die Fenster nach draußen schien, erhellte die Straßen. Sie waren voller junger Menschen. Leute wie sie, die ausgehen und Spaß haben wollten. Wie gern würde sie dazugehören.

Nachdem sich Emma weiter in Schweigen hüllte, zuckte Nessya mit den Schultern. »Nö, eigentlich ist alles okay. Ich bin nur etwas müde, das ist alles.«

Emma gab ein verächtliches Schnauben von sich. »Ich fände es nett, wenn du die Güte hättest, mir zu erzählen, was vorhin da unten los war, *Vanessa.*«

Oh, oh, Emma benutzte ihren langen Alias, von dem sie dachten, das wäre ihr richtiger Name. Dann schien sie wohl doch ziemlich verärgert zu sein.

»Hab ich dir doch schon erzählt. Der Freak hat sich darüber geärgert, dass ich ihm die Tour mit dir vermasselt habe.«

Emma blieb stehen und verschränkte die Arme vor der Brust. »Schon mal dran gedacht, dass ich ihn weder für einen *Idioten* noch einen *Freak* halten könnte?«

»Und genau *das* ist das Problem, Emma. Ich hatte ein wirklich schlechtes Gefühl bei dem Typ. So richtig schlecht.«

»Nur zu deiner Information: Ich brauche keine Aufpasserin. Ich bin alt genug, um auf mich selbst aufzupassen. Und wenn ich Bock auf einen Typen habe, brauche ich keine neidische Freundin, die mir die Tour vermiest.«

»Neidisch? Ich?« Sie war fassungslos. »Denkst du etwa, ich wollte was von dem Idioten?«

Jada war ebenfalls stehen geblieben und beobachtete sie beide erstaunt, mischte sich aber nicht ein.

»Erstens: Vielleicht war er ja gar kein Idiot«, erwiderte Emma verärgert. »Zweitens: Nein, aber nur weil du es nicht schaffst, jemand Nettes kennenzulernen oder länger zu halten, heißt das nicht, dass jeder andere um dich herum auch Single bleiben muss.«

»Du denkst, ich würde es dir nicht gönnen, jemanden kennenzulernen?«

»Keine Ahnung. Offenbar. Hast ja sonst niemanden außer uns.«

Sprachlos sah sie Emma an. Ihre Worte fühlten sich wie eine Pfeilspitze an, die direkt durch ihr Herz ging. Heute Abend hatte sic richtig gehandelt – was Emma natürlich nicht wissen konnte –, aber ob in dem Vorwurf nicht doch ein bisschen Wahrheit steckte? Wie wäre es, wenn ihre Freundinnen wirklich jemanden kennenlernen würden? Hatte sie Angst, sie zu verlieren, weil sie dann wieder ganz alleine wäre?

»Das war ziemlich gemein, Emma«, mischte sich Jada nun doch ein.

Emma seufzte und sah kopfschüttelnd zu Boden. »So war das eigentlich auch gar nicht gemeint. Tut mir leid, das war echt nicht sehr nett von mir.«

»Wie war es dann gemeint?«, fragte Nessya leise.

Emma sah wieder auf. »Mich stören diese ewigen Lügen, das frustriert mich unheimlich. Das habe ich dir gestern schon gesagt.«

Als Nessya Jada einen hilflosen Blick zuwarf, zuckte die nur mit den Schultern. »Aber … ich lüge doch nicht.«

»Und trotzdem habe ich immer noch den Eindruck, dass da mehr ist.«

»Sie hat doch schon versprochen, uns irgendwann einzuweihen, Süße«, sagte Jada. »Und jetzt lasst uns weitergehen, ich bekomme nasse Füße. Mir war der Typ übrigens auch unheimlich.«

Emma schnaubte unzufrieden. »Nur zu eurer Info, ich fand ihn auch nicht so toll«, sagte sie, als sie wieder gemeinsam losliefen. »Irgendwie voll arrogant und … keine Ahnung. Blöd eben.«

»Das freut mich zu hören, Emma«, erwiderte Nessya. »Das zeigt, dass dein Gespür für Gefahr doch ein kleines bisschen funktioniert.« Dafür fing sie sich einen Stoß mit dem Ellenbogen in die Seite ein. »Au.«

Emma lachte, bevor sie wieder ernst wurde und Nessya zerknirscht ansah. »Tut mir übrigens wirklich leid, was ich vorhin gesagt habe. Das war unfair von mir.«

»Schon okay. Vielleicht hast du nicht mal ganz unrecht. Außer euch habe ich tatsächlich niemanden.«

»Aber das wird sich auch nicht ändern, wenn ich mal jemanden kennenlernen sollte, Nessi. Versprochen.«

Nessya lächelte zurück und versuchte sich von ihrer Sorge nichts anmerken zu lassen. Doch auf dem ganzen Heimweg wurde sie das unheimliche Kribbelgefühl nicht los, ihr hauseigenes Fay-Warnsignal. Mehrmals drehte sie sich um und überprüfte die Dunkelheit nach dem Monster oder einem anderen Fay. Selbst als sie in einem Taxi saßen, spürte sie es noch. Sie erklärte es sich damit, dass der Schock dafür verantwortlich sein musste oder die Fay-Überdosis, die sie in den letzten Tagen abbekommen hatte. Eine Art Phantomkribbeln. Vergleichbar damit, dass der Kopf anfängt zu jucken, wenn jemand über Läuse spricht. Was immer es war, es schnürte ihr die Kehle zu.

Den traditionellen Nach-Mitternachts-Cheeseburger musste Jada heute alleine essen.

12

Früher an diesem Abend

Cathal saß in der Bibliothek des Trinity College an einem der Studententische und versuchte sich in den elektronischen Datenbanken zurechtzufinden. Wie er an den verzweifelten Gesichtern der Studenten um sich herum erkannte, schien nicht nur er das Onlinesystem unübersichtlich und benutzerunfreundlich zu finden.

Am Tisch gegenüber saß ein Mädchen, das schon seit geraumer Zeit versuchte, seine Aufmerksamkeit zu erregen. Sie warf ihm Blicke zu, lächelte und zwirbelte eine Haarsträhne um den Finger. Unwillkürlich tastete er ihre Aura mit seinen magischen Sinnen ab, doch die Signatur ihrer Seele schien unauffällig zu sein. Eine ganz normale junge Studentin auf der Suche nach einem kleinen Flirt. Wie so viele andere hier.

Was sein Aussehen betraf, fügte er sich gut ein. Mit derselben Illusion, die er bereits auf Clare Island benutzt hatte, verschwand er im Meer aus jungen Gesichtern. Nur ein weiterer Student von Anfang bis Mitte zwanzig mit verwuscheltem blondem Haar und einer schlaksigen Figur.

Für einen Fay wäre die hiesige Bibliothek ein gefundenes Fressen. Selten kamen so viele junge Menschen, die voller Sehnsüchte, Träume und der Lust nach Abenteuer steckten, auf einmal an einen Ort zusammen.

Doch heute war er nicht hergekommen, um mit einem Menschen die Nacht zu verbringen, daher widmete er sich gleich wieder seiner Recherche, statt das Mädchen zu ermutigen.

Solange keine Halb-Elfe hier herumrannte, die eine Affinität für Magie besaß – wovon er nicht ausging, Nessya stellte eine Ausnahme dar –, war seine Tarnung perfekt.

Nessya war jedoch mehr als nur eine Halb-Elfe. Sie selbst hielt sich für einen Menschen, für die Tochter einer Fay, die ohne magische Begabungen zur Welt gekommen war.

Mit dieser Annahme hätte sie nicht falscher liegen können.

Das *Gefäß der Macht*. Ausgerechnet. Wer hätte das gedacht?

Das könnte das Mächteverhältnis im Feenreich völlig verändern, je nachdem, wer es – oder vielmehr, wer *sie* – in die Hände bekam. Sie war gefährlich, das hatte er am eigenen Leib zu spüren bekommen. Solange sie keine Kontrolle über diese uralte Magie besaß, würde er aufpassen müssen, wenn sie ihn mit den Händen berührte.

Neben ihm stapelten sich Kopien aus Büchern des irischen Volksglaubens und der Mythologie. Vielleicht könnte er sie besser verstehen, wenn er herausfand, was Menschen über die Sluaghs zu wissen glaubten. Früher, lange vor seiner Geburt, waren die Bewohner der Feenhügel als Götter verehrt worden, als die Magie des Síd noch bedeutend mächtiger und zwischen Seelie und Unseelie gerecht verteilt gewesen war. Doch diese Zeiten waren lange vorbei.

Nessyas Wissen unterschied sich allerdings von dem der anderen Menschen. Sie hatte ihre Kindheit hinter den Mauern des leuchtenden Hofes verbracht. Er ging davon aus, dass die Seelie ihr ein, um es milde auszudrücken, verzerrtes Bild des Unseelie-Hofes vermittelt hatten. Die Geschöpfe von Licht und Illusion stellten den Westen gerne als dunklen, grausamen Ort voller Monster dar. Für Menschen waren auch die Seelie grausame Monster, jedoch versteckte sich die Grausamkeit hinter liebreizenden Erscheinungen. Hatte man es mit einem Unseelie zu tun, wusste man immerhin recht schnell, woran man war. Je mehr er wusste, was sie über ihn zu wissen glaubte, desto besser.

Cathal …

Sein Name wehte geisterhaft durch seinen Kopf, begleitet von leichten Schmerzen und Kälte, die sich wie Nadelstiche in sein Gehirn bohrten. Er las gerade einen völlig irreführenden und falsch wiedergebenden Artikel über das Wilde Heer und ignorierte Zrayhx.

Cathal …

Der Sluagh schien ungeduldig zu werden. Nun rieb sich Cathal die Stirn und versuchte Zrayhx aus seinen Gedanken zu blockieren.

Wir sind hungrig …, wehte das Wispern durch die Geräusche der Bibliotheksbesucher hindurch. *X'aerty wird unruhig …*

Das konnte er nicht länger als unwichtig abtun. Mit geschlossenen Augen konzentrierte er sich auf die Verbindung.

Später.

Ihr habt es versprochen, Anführer. Als Ersatz für das Mädchen …

Richtig. Er hatte ihnen eine Seele versprochen, nachdem er mit ihnen ausgemacht hatte, Nessya zu verschonen. Im Síd bricht man keine Versprechen. Sluaghs gegenüber schon gar nicht. Er sendete dem Heer einen raschen Eindruck seiner Gedanken, dass er sich sogleich darum kümmern würde. Dann packte er die Kataloge zusammen und loggte sich aus dem Gast-Account des Universitätssystems aus. Die Recherche konnte er ein anderes Mal weiterführen.

Schon vor zwei Tagen, gleich nachdem er den Sluaghs den Vorschlag unterbreitet hatte, hatte er den perfekten Kandidaten ins Auge gefasst. Auf ihn aufmerksam geworden war er durch einen Zeitungsartikel. Die Freilassung des pädophilen Sexualstraftäters hatte in Dublin für viel Aufregung gesorgt. Obwohl zum Schutz des Mannes – angeblich galt er als geheilt – davon abgesehen wurde, seine neue Adresse zu veröffentlichen, war es für Cathal nicht schwer gewesen, sie herauszufinden.

Zu seinem Schutz. Geheilt. Innerlich verdrehte Cathal die Augen. *Menschen!*

Die zuständige Sozialarbeiterin war eine einsame Frau Ende vierzig, die, abgesehen von ihren drei Katzen, kaum Gesellschaft hatte. Schon gar keine männliche. Ein kleiner Flirt in der Bar, hier und da das richtige Kompliment und ehe er sichs versah, hatte sie ihn mit zu sich nach Hause genommen und die Kleider vom Leib gerissen. Nachdem er sie eine Viertelstunde lang beglückt hatte, war sie buchstäblich ins Koma gefallen. Und das, obwohl er sich aufgrund der Aufrechterhaltung seines Blendzaubers die ganze Zeit über zu stark konzentrieren musste, um zu seiner Höchstform auflaufen zu können. Während sie schlief, bekam er genügend Zeit, die Datenbanken in ihrem PC nach der Adresse seines Opfers zu durchforsten. *Berry Whelan, 3 Dolphin's Barn, Dublin.*

Als Cathal die Bibliothek verließ, dämmerte es bereits. Es war ein bedrückender Nachmittag, der Himmel mit schweren Wolken verhangen.

Nebel kroch durch die Straßen und benetzte Haut und Haare mit Feuchtigkeit.

Zwischen der Universität und dem Dolphin's Barn lagen gute zwanzig Minuten Fußweg. Eiligen Schrittes machte sich Cathal auf dem Weg zu der Adresse. Fliegen ginge schneller, doch um die Uhrzeit wäre das zu auffällig. Die modernen Transportmöglichkeiten der Menschen verabscheute er. Er hasste alle kleinen, engen Räume, in denen er sich mit seinen Flügeln reinquetschen musste.

Je weiter er in die schlechtere Gegend Dublins kam, desto trostloser schien sowohl die Umgebung als auch die Stimmung der Menschen zu werden. Die Leute liefen mit tief in die Taschen gesteckten Händen an ihm vorbei, verbargen ihre Köpfe unter Kapuzen und starrten zu Boden. Der Ort wirkte wie in ein monotones Grau getaucht. Die Farbe des dunkler werdenden Himmels unterschied sich kaum von den Betonhäusern und asphaltierten Straßen. Von dem leuchtenden Smaragdgrün, für das diese Insel so berühmt war, sah man hier nichts.

Cathal überquerte die große Hauptverkehrsstraße und ging in ein Wohngebiet. Die Adresse seines Opfers befand sich in einem offenen Hinterhof, über den sich von links nach rechts Wäscheleinen spannten. Im Augenblick waren sie leer, vermutlich aufgrund des Wetters. Sie wirkten verwahrlost und nackt, wie der Rest dieser Betonwüste.

Vor der Haustür schloss Cathal die Augen und konzentrierte sich auf die Seelen, die sich in dem Wohnkomplex befanden, tastete Wohnung für Wohnung und Zimmer für Zimmer mit seinen metaphysischen Sinnen ab. Auf der Suche nach der Dunkelheit.

Es dauerte nicht lang, bis er sie spürte. Jedoch nicht in dem Gebäude. Wie das Flüstern eines Geistes, der hinter ihm schwebte. Der Schatten einer Seele. Er hauchte ihm Geheimnisse ins Ohr, so dunkel und kalt, dass sich Cathal unwillkürlich nach dem Flüstern umdrehte. Es rief ihn zu sich, lockte ihn wie an einer unsichtbaren Schnur. Der Sog ging von einem weiter entfernten Bereich aus, der etwas hinter ihm lag.

Sobald er sich in die Richtung begab, wurde das Flüstern lauter, drängender. Nachdem er um das Gebäude herumgegangen war, erreichte er einen kleinen Platz, in dessen Mitte ein mit Sand gefüllter Bereich lag. Wo wohl normalerweise Kinder herumtollen und spielen sollten, befanden sich nun leere Schaukeln, eine kaputte Kletterspinne und wenig zum Spielen einladender, schmutziger Sand. Kippen, Unrat und benutzte Kanülen verschmutzten dieses ›Paradies‹ für Kinder. Auf einer der Bänke saß ein Mann und las in einem Buch. Was machte er bei dem ungemütlichen Wetter hier draußen? Die Schatten seiner Seele umgaben ihn wie eine dunkle Rußwolke.

Abgesehen von der durchschnittlichen Größe und dem normalem Gewicht, hatte er zudem ein alltägliches Gesicht. Einer dieser Leute, die man nach einer Begegnung sofort wieder vergaß, weil sie wie tausend andere aussahen. Halblange hellbraune Locken und eine knubbelige Kartoffelnase gaben seinen Zügen etwas Gnomartiges. Tiefe Furchen, die von den Nasenflügeln zu den Mundwinkeln reichten, ließen vermuten, dass er viel lächelte. Wie trügerisch ein unscheinbares Äußeres doch sein konnte.

Der perfekte Jäger.

Er hatte keine Ahnung, dass er längst zur Beute geworden war.

Der Mann bemerkte nicht, dass Cathal ihn beobachtete. Um seine Erscheinung unbemerkt verändern zu können, sah sich Cathal nach einem Versteck um und wurde schnell fündig. Beim Haus führten einige Stufen in ein Untergeschoss. Die Tür war verschlossen, doch es kostete ihn kaum Kraft, die rostige Kette auseinanderzureißen. Im Keller war er vor den Blicken der Menschen geschützt und erneuerte seinen Blendzauber. Dann trat er wieder ins Freie und ging zurück zu dem Spielplatz.

Die neue Form würde ihm mehr Konzentration abverlangen. Beim Studenten stimmte die Statur der Illusion mit seiner wahren Erscheinung überein. Lediglich Haut-, Haar- und Augenfarbe und einige Details hatte er abändern müssen. Nichts weiter als ein Trick. Für die neue Gestalt bedurfte es handfester Magie.

Sobald er an dem Mann vorbeilief, nahm er eine Anspannung wahr, die plötzlich von dem Mann ausging. Ohne auf ihn zu achten, ging er zu einer der Schaukeln, setzte sich vorsichtig drauf – damit sich die Flügel nicht in den Ketten verhedderten und sichtbar wurden – und schwang langsam vor und zurück. Als er aufsah, begegnete er dem Blick des Mannes.

Der Mann lächelte, packte sein Buch in eine Tasche und winkte ihm zu. Kleine Schweißperlen glitzerten auf seiner Stirn, das erkannte

Cathal selbst auf die Entfernung. Der Köder hatte angebissen. Geheilt! Dass er nicht lachte. Vielleicht sollte er den Psychologen, der das Gutachten erstellt hatte, gleich mit an das Heer verfüttern.

Während der Mann auf ihn zukam, sah er rasch zu Boden, wie es ein Kind vermutlich tun würde. Bei ihm angekommen, stellte sich der Mann vor ihn, starrte auf Cathals Brust und lächelte freundlich. Offenbar hielt der Zauber. Es waren nicht seine Muskeln, die den Mann so erfreuten. Dort, wo er hinsah, befanden sich die Augen des Kindes.

»Na?«, fragte der Mann freundlich, »soll ich dich mal anschupsen?«

Die Illusion, in die sich Cathal hüllte, zuckte mit den Schultern.

Der Mann beugte sich hinunter und stützte seine Hände auf den Oberschenkeln ab. »Bist du ganz alleine hier? Wo sind denn deine Eltern?«

»Zu Hause«, antwortete Cathal in kindlichem Tonfall. Auch diese Täuschung gelang. Es wäre bedauerlich gewesen, wenn der Plan aufgrund seiner tiefen Stimme gescheitert wäre.

»Wo ist denn dein Zuhause?«

Wieder zuckte er mit den Schultern. »Da drüben, ein paar Blocks von hier entfernt. Aber meine Mami will nicht, dass ich mit Fremden spreche.«

»Ah, ich werde ihr nichts verraten, versprochen. Das bleibt einfach unter uns. Wie ein Geheimnis. Okay?«

Weiterhin zu Boden blickend, ließ er die Illusion schüchtern nicken.

»Willst du mein Geheimnis wissen? Ich kenne einen Ort, wo es ganz viele leckere Süßigkeiten und Schokolade gibt. Den Ort kennt sonst niemand. Wenn du versprichst, es keinem zu verraten, bringe ich dich dorthin. Einverstanden?« Die einladend geöffnete Hand des Mannes kam in sein Sichtfeld.

Mit großen Augen sah er auf, nickte und zögerte dann. »Aber … meine Mami hat gesagt, ich soll nicht mit Fremden mitgehen.«

»Ach, papperlapapp. Sie wird davon nichts erfahren. Aber wenn du zu große Angst hast, teile ich die ganzen leckeren Süßigkeiten eben mit einem anderen Kind.«

»Nein, nein, Mister. Bitte bringen Sie mich dorthin«, erwiderte er hastig.

»Aber du musst versprechen, niemandem von dem geheimen Versteck zu verraten, ja?«

Cathal nickte mit der Eifrigkeit eines aufgeregten Kindes.

»Sehr gut, dann komm mal mit, mein Kleiner.« Rote Flecken erschienen auf seinen Wangen, während sich dicke Schweißperlen auf der Stirn bildeten. Das scheue Verhalten, das Cathal mimte, schien ihn zu reizen. Das Flüstern der Schatten wurde lauter und ungeduldiger. Es klang, als stünde er in einem Raum voller Geister, die ihm alle dringend etwas mitteilen wollten.

Er legte seine Hand in die des Mannes und ließ sich von ihm von der Schaukel ziehen. Berührbarer Blendzauber war schwieriger als rein sichtbarer, doch es gelang ihm für den Augenblick. Der Mann zerrte Cathal hinter sich her.

»Bringen Sie mich zu den Süßigkeiten, Sir?«

»Ja. Da, wo wir jetzt hingehen, wird es was ganz Süßes geben«, erwiderte der Mann atemlos. Es schien ihn Kraft zu kosten, geduldig zu bleiben und das falsche Spiel noch länger aufrechtzuerhalten. Nicht, dass es Cathal leichterfiel.

Zusammen bogen sie in eine Sackgasse. Von den wenigen Leuten, die sich auf den Straßen befanden, hielt niemand sie auf oder stellte Fragen. Warum auch? Es musste so aussehen, als würde ein Erwachsener mit seinem Kind eilig durch den leichten Nieselregen laufen, um nach Hause zu kommen.

Sie hielten vor einem Gebäude, das wie ein verlassenes Lagerhaus aussah. Mit eingeschlagenen Fensterscheiben und windschiefen Türen. Auf dem Bürgersteig sammelten sich Abfall und Unrat. Keine Menschenseele befand sich hier in der Nähe. Keine, außer der finsteren Seele neben ihm.

»Wo sind denn jetzt die Süßigkeiten?«, fragte Cathal kleinlaut.

»Sei still.« Der Druck der Hand verstärkte sich, Cathal musste noch mehr Kraft aufwenden, um den Blendzauber zu halten.

»Au. Sie tun mir weh.«

»Schnauze halten, du freches Gör.«

Cathal fühlte sich kaum noch imstande das Spiel länger mitzuspielen. Zu groß war seine Wut. Hätte er nicht den Köder gespielt, befände sich ein echtes Kind hier. Die Straße stank nach Kanalisation und Urin.

»Stell dich mit dem Gesicht zum Gebäude. Los!«, befahl der Mann. »Leg die Hände an die Wand! Wenn du artig bist, muss niemand etwas davon erfahren. Kapiert?«

Cathals kooperatives Verhalten, ganz ohne zu weinen oder sich zu wehren, hätte den Kerl misstrauisch machen müssen. Doch seine Erregung machte ihn offenbar für alles andere blind. Cathal bahnte sich einen Weg durch alte Zeitungen und herumliegenden Müll. Wie befohlen stellte er sich an die Wand. Oh, wie er diesen Augenblick der Vorfreude liebte, das gespannte Kribbeln, die Aufregung, den Nervenkitzel. Er kostete ihn voll und ganz aus.

Die roten Backsteine waren kalt und durchnässt. Der feine Sprühregen hatte sich inzwischen in dicke Tropfen verwandelt, die sich aus dem Himmel lösten und auf sie hinabfielen. Aus einer kaputten Regenrinne tropfte nicht weit entfernt Wasser in eine Pfütze. Der Laut hallte durch die Einsamkeit der Straße.

Der Kerl stellte sich dicht hinter Cathal. Sein Atem roch nach kalten Zigaretten. »Ich habe dich gefragt, ob du das kapiert hast. Antworte mir. Ja oder Nein?«

»Ja.« Er klang längst nicht mehr wie ein verängstigtes Kind, das hörte Cathal selbst. Der Kerl schien es nicht zu bemerken und packte ihn dort, wo er die Hose des Kindes vermutete. Mit einem kräftigen Ruck wollte er sie nach unten ziehen, als Cathal seinen Blendzauber von sich warf und seine wahre Gestalt zeigte. Er machte sich nicht mal die Mühe, seine Flügel und den Schwanz zu verbergen.

»Was zum …?«

Mehr brachte der Mann nicht heraus, bevor Cathal sich umdrehte, ihn packte und gegen die gegenüberliegende Wand schmetterte. Der Kerl unternahm einen lächerlichen Versuch, sich zu wehren. Doch gegen ihn, Heerführer der Sluaghs, hatte dieser kleine, unbedeutende Wurm keine Chance.

Sobald der Kerl realisierte, dass nicht mehr er die Situation kontrollierte, drang erbärmlich stinkender Angstschweiß aus den Poren seiner Haut.

Im Gegensatz zu vorher überragte Cathal den Mann. Als der Typ zu ihm aufsah, war in seinen vor Angst geweiteten Augen zu viel vom Weiß zu sehen. Wie bei einem Gaul, der kurz davorstand, durchzugehen. Cathal zermürbte ihn mit seinem Blick, weichte seinen Willen auf. Über die beiden kleinen Spiegel zu seiner dunklen Seele drang Cathal in den Verstand des Mannes und betrat jenen Ort, an dem sich die dunkelsten Geheimnisse befanden. Bei den Bildern, die sich ihm offenbarten, erschauerte er. Als Machthaber der entsetzlichsten Monster des Unseelie-Hofes kannte er sich mit Grausamkeiten aus, doch was er in der Vergangenheit des Mannes erblickte, verstörte sogar ihn. Selbst Fay vergriffen sich nicht an Kindern. Die kleinen Geschöpfe waren dem Síd, und jedem seiner Bewohner, heilig.

Umso mehr genoss er die Furcht dieses Monsters, das Entsetzen, das mit jedem Tropfen Schweiß aus dessen Poren drang. Cathal drückte dieses ach so unscheinbare Gesicht zur Seite, schnupperte am Hals und nahm einen tiefen, genüsslichen Atemzug. Dann leckte er ihm über die Wange, wie ein Raubtier über das Fleisch seiner Beute. Leise Wimmerlaute drangen aus der Kehle des Mannes, als dieser zu weinen begann.

Während er seine Sluaghs mittels Gedankenkraft zu sich rief, ließ er seine Zähne über die Kehle seines Opfers kratzen. Der Mann schluchzte laut und durchnässte seine Hose. Bis die Sluaghs den Weg aus dem Síd hierher gefunden hatten, blieb Cathal Zeit zum Spielen.

»Das … das kann nicht sein. Das ist unmöglich. Das passiert alles nicht! Es gibt keine Dämonen, es gibt keine Dämonen!«, murmelte der Mann und schloss die Augen, als würde das Ungeheuer verschwinden, wenn er es nicht sah.

»Kein Dämon. Fay. Herrscher über die *Wilde Jagd.*« Cathal ließ von ihm ab, trat zurück und machte eine galante Verbeugung. »Sammler dunkler Seelen. Davon hast du sicher schon gehört.«

»Nein. Das sind nur Volksglauben und Ammenmärchen. Das … das kann nicht sein. Nein!«

Statt etwas darauf zu erwidern, lächelte Cathal nur boshaft.

»Oh Gott …«, wimmerte der Mann. Ihm versagte die Stimme. »Das kann alles nicht wahr …«

Weiter kam der Kerl nicht. Ein schriller Schrei gellte durch die Nachtluft. Kylmoure landete mit einem dumpfen Aufprall neben ihnen, schüttelte seine Flügel aus und reckte den Hals, um die Gerüche der Luft wahrzunehmen. Sobald er fertig geschnuppert hatte, legte er den Kopf in den Nacken und entließ einen hohen Ruf in den Nachthimmel.

»Grundgütiger!« Der Mann sackte vor Cathal auf die Knie und faltete flehend die Hände. »Erbarmen … bitte, hab Erbarmen!«

In der Ferne hörte Cathal, dass sich der Rest des Heeres näherte. Er überlagerte das Heer mit einem Blendzauber. Die Gegend war zwar ohnehin verlassen, doch sollte sich jemand in der Nähe befinden, würde er nichts weiter als einen Schwarm schwarzer Vögel sehen und das Tosen des Windes hören.

»*Hilfe … Hilfe!*«, brüllte der Mann, während der Sluagh auf seinen muskulösen Armen langsam auf ihn zugekrochen kam. Der Mann krabbelte durch den Dreck rückwärts von ihm weg.

Als das Geschöpf bei Cathal angekommen war, tätschelte er den sichelförmigen Schädel des Sluaghs. Inzwischen hatte sich auch der Rest des Heeres eingefunden und tummelte sich wie eine riesige Gewitterwolke über der Straße, bereit für den ersten Schlag.

Der Kerl versuchte aufzustehen und wegzurennen, stolperte über seine eigenen Füße und fiel wieder zu Boden. Vor Angst gelähmt, rührte er sich nicht von der Stelle. Den Blick gen Himmel gerichtet, hielt er die Schar im Auge, doch seine Zeit war längst abgelaufen. Niemand entkam dem Heer.

Es erfüllte Cathal mit Stolz. Er verzichtete darauf, die Seele mithilfe seiner Magie aus dem Körper des Mannes zu ziehen. Dieses Mal überließ er das Vergnügen seinen Sluaghs. Nachdem er ihnen Nessya weggenommen hatte, schuldete er ihnen einen kleinen Gefallen.

Die Methode der niederen Unseelie-Fay, an Seelen zu gelangen, war anders als seine. Sie bedienten sich einer älteren, wilderen und ursprünglicheren Magie.

Nachdem sich der zweite Sluagh aus dem Knäuel der dunklen Körper gelöst und auf das Opfer geworfen hatte, begann es. Die Herde befand sich im Blutrausch. Hohe Schreie zerrissen die Luft.

Die Sluagh drückte den Mann zu Boden, bäumte sich auf und holte mit ihrem Schädel zum Schlag aus. Die scharfe Kante der Stirnpartie schlug durch das Brustbein. Knochen barsten und splitterten zu unzähligen Stückchen. Mit letzten Atemzügen versuchte der Kerl zu schreien, bekam jedoch keinen Ton über die Lippen.

Sury hob erneut den Kopf, um den Oberkörper ihres Opfers zu spalten. Sie wiederholte das so oft, bis sie den Brustkorb des Menschen geknackt hatte wie eine Walnuss. In dem blutigen, von Knochensplittern übersäten Fleischklumpen schlug das Herz weiter, pumpte unaufhörlich den kostbaren Lebenssaft durch die Adern und ließ den Mann nicht sterben. Genüsslich leckte sich Sury über das blutverschmierte Kinn und die rasiermesserscharfen Zähne. Die anderen Sluaghs krochen herbei, angelockt vom Duft des rohen Fleisches, und rissen Stücke aus dem zuckenden Körper. Verwässert durch den Regen, floss ein hellrotes Rinnsal die Straße hinab und sickerte in einen Abfluss.

Bis die Sluaghs die Seele freigelegt und gewaltsam aus dem Körper gezerrt hatten, bekam der Mann jeden Augenblick mit. Dafür sorgte die Magie der Herde.

Gegen die Hauswand gelehnt und mit vor der Brust verschränkten Armen sah Cathal zu und genoss die Show.

13

Um sechs klingelte der Wecker. Das wäre selbst dann noch zu früh gewesen, wenn Nessya gestern Abend nicht mit Emma und Jada ausgegangen wäre. Vor allem bei der Doppelschicht, die ihr bevorstand. Von sieben Uhr früh bis dreiundzwanzig Uhr nachts Kunden bedienen. Sie drehte sich in die Kissen und stöhnte laut, doch es half nichts. Es war ihre eigene Schuld. Sie hätte sich von ihrem Chef nicht dazu breitschlagen lassen sollen. Während des Tages würde sie sich die Arbeit mit einigen studentischen Aushilfen teilen, doch die letzten zwei Stunden arbeitete sie allein. Wenigstens bekam sie auf diese Weise das Geld für ihre Reise wieder rein.

Nachdem sie aus den warmen Decken gekrochen und ins Bad geschlurft war, erledigte sie ihre Morgenroutine – duschen, Zähne putzen, Zunge schrubben, Zahnseide und Mundwasser benutzen.

Als Nessya sich genauer im Spiegel betrachtete, fielen ihr dunkle Flecken am Hals auf, ansonsten ging es ihr erstaunlich gut. Sie hätte schwören können, dass ihr der Unseelie gestern den Kehlkopf gebrochen oder zumindest gequetscht hatte. Aber daran wäre sie vermutlich gestorben.

Leise fluchend untersuchte sie die Würgemale. Sie erkannte deutlich die Quetschungsspuren seiner Finger, dort, wo er ihre Kehle zusammengedrückt hatte.

Nachdem sie die Male fertig untersucht hatte, trug sie ein wenig Make-up auf, tuschte sich die Wimpern und knetete Lockenschaum in ihre feuchten Haare. Um Zeit dafür zu haben, war sie extra etwas früher aufgestanden. Sie war eindeutig zu eitel, um das Haus zerknautscht und verschlafen zu verlassen.

Sie überprüfte ihr Make-up, wickelte sich einen leichten Stoffschal um die noch durchschimmernden dunklen Flecken und sah sich im

Spiegel schmunzeln. Anscheinend steckte in ihr mehr Elfe, als sie es sich eingestehen wollte.

Und wenn sie dem Heerführer glaubte, sogar sehr viel mehr.

Eine Viertelstunde vor Ladenöffnung machte sie sich mit dem Bus auf den Weg in die Westmoreland Street. Sie kam gerade rechtzeitig, um aufzuschließen und die Maschinen anzuschmeißen, bevor die ersten Morgenleichen reinkamen und nach Kaffee verlangten.

Zur Abwechslung begegnete sie heute keinem Fay. Die schaurigste Begegnung war eine Kundin, die eine halbe Stunde für die Beratung und Aufzählung ihrer Extrawünsche brauchte und dann nur fünfzig Cent Trickgeld gab. Die Kundin war allerdings nur ein Mensch, wenn auch ein nerviger. Vielleicht würde der Tag doch nicht so übel werden. Wie sehr ihre Ansprüche doch gesunken waren …

Gegen sieben Uhr abends belagerte eine Gruppe Teenies den Laden. Sie fielen im weitesten Sinne auch unter die Definition Mensch. Zehn Minuten später wollte Nessya ihren ersten Mord begehen. Diese nicht sehr netten Fantasien halfen ihr durch den Rest der zweiten Schicht hindurch.

Es wurde besser, als gegen Ende nicht mehr so viele Kunden kamen. Weshalb der Laden täglich bis dreiundzwanzig Uhr geöffnet hatte, war ihr schleierhaft.

Nachdem sich die letzte Aushilfe verabschiedet hatte, kam Emma in den Laden und leistete ihr Gesellschaft. Nur noch zwei Stunden, der Countdown lief. Ihre Laune besserte sich mit jeder Minute, die auf Feierabend zuging. Normalerweise war es gegen die Vorschrift, allein zu arbeiten, doch im Augenblick waren sie knapp an Arbeitskräften. Was nach Handbuch gemacht werden sollte und was oft in vielen Betrieben wirklich vor sich ging, waren zwei Paar Schuhe. Sie musste ihren Chef unbedingt daran erinnern, sich um die Bewerbungen zu kümmern und neue Leute einzustellen.

»Hast du schon die Nachrichten gehört?«, fragte Emma, als sie gerade allein im Laden waren.

»Nein.« Das Radio lief zwar leise im Hintergrund, bei Werbung oder den Nachrichten hatte sie jedoch nicht bewusst zugehört. Während sie die Tische abräumte, holte Emma ihr Smartphone aus der Tasche, wischte mit den Fingern darauf herum und las ihr einen Artikel aus der *Irish Times* vor.

Nur wenige Blocks von ihrer Wohnung entfernt, nahe dem Dolphin´s Park, hatte ein grausamer Mord an einem bisher nicht identifizierten Mann stattgefunden. Anscheinend war zur Identifikation nicht genügend übrig geblieben.

Als Emma die Einzelheiten vorlas, fiel Nessya die Wanne mit den schmutzigen Tassen aus der Hand, die sie gerade dabei gewesen war, von den Tischen zu sammeln. Laut klirrend zerbrachen sie auf dem Boden.

Emma hörte auf zu lesen und sah auf. »Alles okay?«

»Wie – sagtest du – ist der Mann umgekommen?«

»Moment …«, Emma senkte ihren Blick auf das Smartphone und scrollte im Artikel nach oben. Das Display leuchtete ihr Gesicht weiß an. Es ließ sie unheimlich und geisterhaft aussehen. »Hier steht, dass jemand ihm vermutlich mit einer Axt oder einer Kettensäge den Brustkorb gespalten hat. Ich meine, wie krass! Das klingt wie aus ›Texas Chain Saw Massacre‹. Die Gardaì vermutet irgendwelche rivalisierende Banden oder den Mob dahinter. Vielleicht auch eine Motorrad-Gang. Wir sollten echt aus der Gegend wegziehen.«

Während Nessya einen Besen holte und die Scherben auffegte, dachte sie darüber nach. Es waren keine Bandenrivalitäten. Sie wusste genau, wie solche Wunden entstanden. Als Teenager hatte sie sich einmal nachts in die Menschenwelt hinausgeschlichen. Als sie wiederkam, hatte ihr der Síd einen Streich gespielt und sie statt vor den östlichen, vor den westlichen Toren herausgelassen. Auf dem Weg zurück zum Seelie-Hof war sie der Herde begegnet. Den Sluaghs. Sie hatte nur überlebt, weil die Söldner des Unseelie-Hofes bereits mit einem Opfer beschäftigt gewesen waren und sie einen Unterschlupf fand, in dem sie sich vor ihnen verstecken konnte. Bis zum Morgengrauen hatte sie dort gekauert und ausgeharrt, jede Sekunde mit der entsetzlichen Angst, sie würden sie doch noch entdecken. Von dem Fay war, nachdem die Seelenfresser mit ihm fertig waren, kaum etwas übrig geblieben. So einen Tod hatte niemand verdient, nicht mal ein Unseelie.

Seither hatten die Ungeheuer des Unseelie-Hofes und deren Anführer Nessya in ihren Albträumen heimgesucht. In ihrer Erinnerung war Cathal, der Heerführer der Sluaghs, eine in einen schwarzen Umhang vermummte Kreatur gewesen. Ihre Fantasie hatte den Rest getan und ihn zu dem entstellten Scheusal gemacht, für das sie ihn gehalten hatte.

Wie sie nun wusste, gehörte er eher zu der Art Männer, von denen man die Finger lassen sollte, wenn man sich nicht an ihnen verbrennen wollte. Trotzdem machte er ihr Angst.

»Ich glaube nicht, dass wegziehen etwas hilft«, murmelte sie vor sich hin und brachte die Wanne mit den Scherben hinter die Theke. »Die können dich überall erwischen, wenn sie wollen.«

Emma zuckte mit den Schultern. »Ja, vermutlich hast du recht. Hey, Jada und ich gehen nachher übrigens noch aus. Nichts Großes, nur in einen Pub, was trinken. Du kannst ja nach der Arbeit dazukommen, wenn du noch den Nerv dazu hast.«

»Mal schauen, eher nicht«, erwiderte sie und begann schon mal, einige der Maschinen zu putzen, nachdem sie die Scherben weggeworfen hatte. Da draußen rannte noch ein Monster herum, das es auf Emma abgesehen hatte. »Könntest du mir einen Gefallen tun? Bitte bleibt immer unter Leuten und geht bloß nicht mit irgendeinem Kerl mit, bis der Mörder gefasst ist, okay?«

»Klar, ich bin doch nicht bescheuert«, erwiderte Emma gedankenverloren, während sie mit ihrem Smartphone herumspielte. Als sich die Tür öffnete, drang kurz der Straßenlärm in den Laden.

»Einen Moment bitte«, rief Nessya, während sie die Düse des Milchaufschäumers abwischte. Sie legte den Lappen zur Seite und drehte sich zu ihrem neuen Kunden um.

»Guten Abend, Gefäß«, grüßte der Seelenfänger und lächelte. »Ich hätte gerne einen überteuerten *Vanilla Latte to go* mit entkoffeiniertem Kaffee und fettreduzierter Sojamilch. Und deine Entscheidung.«

14

Nessyas Herz raste. Sein Kunden-Bashing hätte lustig sein können, wenn er kein psychopathischer Serienkiller wäre. Sie hatte keine eindeutigen Beweise, dass er letzte Nacht den Mann auf bestialische Weise ermordet hatte. Neben dem anderen Unseelie von gestern war er jedoch ihr Hauptverdächtiger Nummer eins.

Er hatte sich in die Illusion gehüllt, die er auch auf Clare Island benutzt hatte. Wuscheliges blondes Haar, Babygesicht, Calvin-Klein-Model. Dazu seine elektrisierende Stimme mit dem exotischen Akzent. Sie brauchte nicht einmal das verräterische Kribbeln auf ihrer Haut zu spüren, um sich sicher zu sein, dass vor ihr ein Fay stand. Emma, die hinten bei der Wand saß, starrte ihn mit offenem Mund an. Wer auch immer diesen Quatsch mit den Scherben und dem Glück in die Welt gesetzt hatte, gehörte geteert und gefedert.

»Hallo. K-Kann ich irgendwie helfen?«, fragte sie vorsichtig.

Das Lächeln des Seelenfängers verschwand. »Ob du mir irgendwie helfen kannst? Wir hatten eine Abmachung. Die drei Tage sind um. Und wenn du unsere Abmachung nicht entehren willst, schuldest du mir eine Entscheidung.«

Nessya senkte die Stimme, damit Emma nicht zu viel mitbekam. »Ihr habt versprochen, mir kein Leid zuzufügen, ganz gleich, wie meine Entscheidung ausfällt, richtig?«

»Du musst mich nicht daran erinnern. Ich weiß, was ich versprochen habe.«

»Das ist keine Antwort auf meine Frage.«

»Und ich wiederhole mich nicht gerne. Wenn dein Gedächtnis Lücken aufweist, ist das nicht mein Problem.«

»Nessi?«, fragte Emma alarmiert, als sie mit ihrem Smartphone zu ihr hinter die Theke kam. »Ist hier alles okay? Soll ich jemanden anrufen?«

»Nicht nötig. Es ist alles in Ordnung, Emma. Ich komme klar.« Dessen war sie sich nicht sicher, aber sie musste Emma irgendwie abschütteln. »Wann triffst du dich mit Jada?«

Emma blickte besorgt zwischen ihr und dem Seelenfänger hin und her. »Sie hat mir gerade eine Message geschrieben. Ich müsste dann jetzt los, aber …«

»Nein, geh ruhig. Ist wirklich okay.«

Emma schien nicht glücklich zu sein, sie mit diesem Typ allein zu lassen. Das spiegelte sich deutlich in ihren Zügen wider. Während sie ihn verstohlen musterte, lehnte er sich locker gegen die Theke, legte den Kopf schief und schenkte ihr ein absolut entwaffnendes Lächeln.

Selbst Nessya ließ sich davon blenden, obwohl sie wusste, dass das alles nur Illusion und Fake war. Sie schüttelte den Kopf und damit den Gedanken buchstäblich ab, bis ihr die Locken ins Gesicht fielen.

»Gut, in Ordnung«, stimmte Emma schließlich zu. »Ich habe mein Phone dabei. Falls was ist, kannst du ja anrufen.«

»Mach ich. Und ihr seid da draußen vorsichtig, okay? Ich habe das Gefühl, dass zurzeit ein Haufen seltsamer Typen hier herumrennt.«

Emma lachte. »Nicht mehr als sonst auch. Erhole dich von der Doppelschicht. Im Kühlschrank stehen noch Spaghetti mit Bolognesesauce, wenn du magst.«

»Klingt super. Danke, Emma.«

Bevor Emma den Laden verließ, hielt sie die Hand mit gespreiztem Daumen und kleinem Finger an ihr Ohr und formte mit den Lippen die Worte: *Melde dich!*

Dann war Nessya mit dem Sluagh-Fürst allein und es war an der Zeit, ihm ihre Entscheidung mitzuteilen. Hoffentlich unterzeichnete sie dadurch nicht ihr Todesurteil.

Sie schloss die Augen, holte tief Luft und wappnete sich auf seine Reaktion. Dann öffnete sie die Augen wieder und sah ihn an. »Die Antwort lautet: Nein.«

»Du schlägst mein Angebot aus?«, fragte er überrascht, als hätte er fest mit dem Gegenteil gerechnet. Wenn sie ehrlich sein sollte, hatte sie es während der letzten paar Tage tatsächlich mehrmals in Erwägung gezogen, bevor sie den Gedanken kurz darauf immer wieder verwarf. Einfach nur, um in ihre Heimat zurückkehren zu dürfen. Doch die

Meldung aus der Zeitung hatte sie glücklicherweise rechtzeitig wachgerüttelt.

Nervös nickte sie. »Ich fürchte ja.«

Er gab ein abschätziges Schnauben von sich. »Jemand, der sich für den magielosen Abkömmling einer Seelie hält – sozusagen den Bodensatz des Síd –, erteilt mir eine Abfuhr. Ich muss zugeben, dass ich das nicht habe kommen sehen.«

In ihrem Herzen spürte sie einen schmerzhaften Stich und Ärger wallte in ihr auf. »Eure Reaktion bestätigt mich in meiner Entscheidung. Hier kann ich wenigstens mein eigenes, selbstbestimmtes Leben leben und muss nicht unter der verachtenden Überheblichkeit der Fay leiden. Das hatte ich die ersten fünfzehn Jahre meines Lebens. Danke, da verzichte ich.«

»Ich würde dir nichts als Respekt entgegenbringen, Nessya.«

»Das habe ich eben bemerkt. Ihr habt mich den ›Bodensatz des Síd‹ genannt. Wenn das Euer Verständnis von Respekt ist, möchte ich nicht wissen, wie Eure Geringschätzung aussieht.«

»Ich habe dich nicht den Bodensatz des Síd genannt. Ich habe gesagt, dass *du* dich dafür hältst. *Ich* betrachte dich als uraltes, mächtiges Síd-Relikt.«

»Mit Verlaub, aber wenn Ihr davon wirklich so felsenfest überzeugt seid, seid Ihr verrückt. Ein Grund mehr, nicht auf das Angebot einzugehen.«

»Was war denn dein ursprünglicher Grund?«, fragte er kühl.

Sie befeuchtete ihre trockenen Lippen. »Ihr seid der Heerführer der *Wilden Jagd.* Ich … ich kann das einfach nicht.«

»Ich verstehe. Du machst dir um deinen Ruf Sorgen, wenn du mit mir zurückkehrst. Du fürchtest dich davor, was die Seelie von dir denken könnten. Ich verstehe sehr gut, Nessya. Ich habe versprochen, dir – ganz gleich, wie du dich entscheidest – kein Leid anzutun und ich halte meine Versprechen. Doch sei dir über eines gewiss …«, er beugte sich über die Theke zu ihr. Wut färbte seinen Tonfall einige Stufen tiefer. »Sollte ich je erfahren, dass du vorhast, in den Síd zurückzukehren, dass du dich auch nur in der Nähe eines Portals befindest mit der Absicht, es zu betreten, werde ich die Herde auf dich hetzen. Und wie du sicher weißt, entkommt niemand den Sluaghs. Hast du das verstanden?«

Bei seinem Tonfall durchfuhr sie ein Schauer und sie atmete unwillkürlich in kurzen, flachen Zügen. Dennoch wollte sie das nicht einfach so auf sich sitzen lassen. Wenn er seinen Eid nicht brechen wollte, durfte er ihr nichts tun.

»Keine Sorge. Ihr habt die langsam aufsteigende Sehnsucht nach den Feenhügeln soeben im Keim erstickt.«

»Glaub mir, die Sehnsucht wird zurückkehren und stärker werden. Irgendwann wirst du das Gefühl bekommen, an ihr zu ersticken. Etwas ist mit dir passiert, Nessya. Ich weiß nicht genau was, aber irgendein Ereignis hat offenbar dazu geführt, dass dein Erbe, deine Bestimmung aktiviert wurde. Der Síd scheint seine Finger nach dir auszustrecken und öffnet die Portale, die sich in deiner Nähe befinden.«

»Woher wisst Ihr das?«

»Erst Claire Island, jetzt Dublin? Es hat mich keinerlei Mühen gekostet, dich zu finden. Der Síd hat mich praktisch vor deiner Haustür in die Menschenwelt entlassen. Was ist geschehen, Nessya? Was könnte die Veränderung bewirkt haben?«

»Keine Ahnung«, antwortete sie knapp. Sie hatte keine Lust mehr, sich mit ihm zu unterhalten. Sie wollte nur noch, dass diese arrogante Mischlingsbrut endlich verschwand.

»Was immer es war, ich bin überzeugt, dass sich der Zug des Síd auf dich verstärken wird. Mein Angebot steht, *Gefäß der Macht.* Überlege es dir gut.« Sein Tonfall klang hart und unfreundlich. Er passte nicht zu dem vermeintlich romantischen Angebot, das er ihr unterbreitete.

Sie verschränkte die Arme vor der Brust. »Erst droht Ihr mir damit, die *Wilde Jagd* auf mich zu hetzen, und jetzt versucht Ihr mich zu erpressen. Die Antwort lautet nein. Nicht in tausend Jahren. Niemals. Eher würde ich mich dem Heerführer der …« Mist. Macht der Gewohnheit.

Er beugte sich über die Theke. »Ja? Sprich ruhig weiter, *mo chroí.*«

»Ich denke, Ihr wisst, worauf ich hinauswollte. An der Tatsache, dass ›nie‹ weder ›vielleicht‹ noch ›irgendwann‹ und ganz sicher nicht ›ja‹ bedeutet, ändert das nichts.«

Er trat von der Theke einen Schritt nach hinten, vollführte eine leichte Verbeugung und erwiderte pikiert: »Gut. Du hast deine Entscheidung getroffen und das respektiere ich. Lebe wohl, Gefäß. Bete zu den Göttern, dass sich unsere Wege kein zweites Mal kreuzen.« Er wandte sich um und ging auf die Tür zu.

»Ich muss schon sagen, dass Ihr ein erbärmlicher Verlierer seid.«

Als er stehen blieb, verfluchte sie sich dafür, nicht einfach mal ihre Klappe gehalten zu haben. Wo blieben die Kunden, wenn man sie brauchte? Seit ungefähr fünfundvierzig Minuten hatte sich keiner mehr in den Laden verirrt. Sicher, es war spät. Doch der eine oder andere kam um die Uhrzeit für gewöhnlich trotzdem noch rein. Ob seine Anwesenheit die Leute unbewusst abschreckte?

Langsam drehte er sich um und bedachte sie mit einem eiskalten Blick. »Vorsicht. Mein Versprechen, dir nichts zu tun, bezog sich nur auf deine Entscheidung. *Nicht* für Demütigungen, die du mir an den Kopf wirfst. An deiner Stelle würde ich es unterlassen, mich weiterhin zu kränken.«

Mit geschlossenen Augen atmete sie tief durch und besann sich auf Zurückhaltung. Aber auch er hatte ihren Stolz verletzt. Sie sollte ihm die Wahrheit sagen, damit er begriff, weshalb sie sein Angebot abgelehnt hatte. Die blasierten Seelie hatten nichts damit zu tun und sie verbat es sich, mit ihnen in eine Schublade gesteckt zu werden.

Als sie wieder die Augen öffnete, stand er noch immer an derselben Stelle wie eben, auf dem Gesicht ein unnahbarer Ausdruck.

»Ich würde gerne erklären, weshalb ich Euer Angebot nicht annehmen kann. Es hat nichts mit den Seelie und was sie von mir denken könnten zu tun. Das Problem seid *Ihr,* Heerführer. Ihr macht mir Angst. Ihr tut Dinge, die mich zutiefst verstören. Um sich für längere Zeit auf jemanden einzulassen, muss man sich aber bei demjenigen wohlfühlen. Zumindest sollte man keine Angst vor ihm haben oder ihn verabscheuen. Bei Euch könnte ich mich niemals wohlfühlen. Das ist der wahre Grund. Möchte ich zurück in den Síd? Nichts wünsche ich mir mehr. Aber … aber nicht mit Euch. Lieber friste ich den Rest meines Lebens bei den Menschen im Exil, als die Alternative anzunehmen, die Ihr mir anbietet.«

Langsam kam er wieder auf sie zu und blieb vor der Theke stehen. »Weshalb mache ich dir Angst? Ich sagte doch, dass du von mir nichts zu befürchten hast.«

»Weil Ihr ein Monster seid«, sagte sie leise.

»Hättest du die Güte, das zu spezifizieren?«

»Hm, okay, mal sehen … wo fange ich an? Ihr habt mich eine ganze Nacht lang in einer Kirche festgehalten. Nackt. Ihr habt mich gefoltert, gefesselt und am Ende einfach so dort zurückgelassen.«

»Du warst bewusstlos und verletzt. Ich musste eine Entscheidung treffen, die nicht zu viel Aufsehen erregen würde, ergo die Kirche. Deine Kleidung war zerstört und die wenigen Reste habe ich dir abgenommen, um mich um deine Wunden kümmern zu können. Aber meine Fähigkeiten reichten nicht aus, deshalb musste ich jemanden holen, der über die entsprechende Magie verfügt. Wäre es dir lieber gewesen, ich hätte dich in der Gasse krepieren lassen?«

»Nein, aber …«

»Das habe ich mir gedacht. Selbst wenn du gefunden und in ein Krankenhaus gebracht worden wärst, hätten Menschen dich nicht retten können, richtig?«

Sie holte tief Luft. »Ja, aber …«

»Um dich zu heilen, musste ich mich sogar auf einen Deal mit Königin Siobhánn einlassen. Du bräuchtest Zeit zum Nachdenken, hast du am Ende gesagt. Die habe ich dir gegeben. Hätte ich mich dir weiter aufgedrängt, hätte ich mein Wort gebrochen. Und ich kann mich nicht daran erinnern, dich gefoltert zu haben.«

Das war unglaublich. Er hatte sich alles so zurechtgebogen, dass er in einem völlig reinen Licht dastand.

»Ach nein? Und was war das bitte, als Ihr mich gefesselt und mir mein Leben aus dem Körper gezogen habt?«

»Ich habe dir nicht dein Leben aus dem Körper gezogen, sondern nach deiner Seele getastet.«

»Das macht es natürlich besser!«

»Das tut es. Ich wollte wissen, welches Geheimnis du verbirgst und das ist nun einmal … wie könnte ich es beschreiben? Die Standardprozedur. Doch ich habe dir bereits versichert, dass deine Seele keinen Schaden davontragen wird. Abgesehen davon war das, als ich noch annahm, du hättest mir meine Magie geraubt und bevor ich dir mein Wort gegeben hatte, dir kein Leid zuzufügen.« Auf einmal wurde sein Blick sanft. »Habe ich dir denn Schmerzen zugefügt?« Seine Stimme klang leise und tief. Eine Stimme, die sie erzittern ließ.

Nur eine Illusion, nur eine Illusion. Lass dich davon nicht manipulieren. Sie atmete tief durch und versuchte die Effekte seiner Stimme von ihrer Haut zu streifen.

»Auf alle Fälle habt Ihr mir Todesangst eingejagt«, antwortete sie ausweichend, bevor sie einen Blick auf die Wanduhr warf, hinter der Theke hervorkam und anfing, die Stühle auf die Tische zu stellen. Noch eine Viertelstunde, dann hatte sie Feierabend.

»Wie gesagt, ich war erbost, weil ich dachte, du hättest mir meine Magie geraubt. In dem Kontext kannst du meine Reaktion doch sicher nachvollziehen, nicht wahr?«

Sicher konnte sie das nachvollziehen. In der Tat war sie im Nachhinein sogar überrascht gewesen, dass er – für einen Fay, dessen Magie sie gestohlen hatte – relativ human mit ihr umgegangen war. Dennoch zuckte sie als Antwort nur mit den Schultern, für alles andere war sie zu stolz.

»Hast du weitere Fragen oder konnte ich alle Missverständnisse aus der Welt räumen?«

Missverständnisse nannte er das.

»Eine noch«, sagte sie, als sie den letzten Stuhl über Kopf auf den Tisch stellte. »Wart Ihr das gestern Nacht? Der bestialische Mord, von dem alle Zeitungen berichten?«

»Ja.«

Sie hielt inne und drehte sich zu ihm um. Ihr Herz schlug etwas schneller. »Und da wundert Ihr Euch noch, weshalb es zwischen uns niemals funktionieren könnte?«

»Was ist mit deinem Hals passiert?«, fragte er, locker gegen den Tresen gelehnt.

Automatisch wanderte ihre Hand zu dem Schal. Er musste etwas verrutscht sein. »Nichts.«

»Das sieht nicht nach nichts aus. Das sieht aus, als hätte dir jemand die Kehle zugedrückt. Ein … etwas zu forscher Liebhaber?«

»Liebe Güte, nein.« Sie ging wieder hinter die Theke. »Ich … wir wurden gestern Nacht angegriffen.«

»Von wem?« Er richtete sich gerade auf. Seine Stimme klang nicht länger wie heißes, sündiges Karamell, sondern ernst und besorgt.

Das nicht verkaufte Gebäck und die belegten Bagels mussten weggeworfen und die Maschinen noch gereinigt werden. Auf keinen Fall würde sie eine Sekunde länger als nötig hierbleiben. Nach sechzehn Stunden mit nur einer Stunde Pause sehnte sie sich danach, nach Hause zu gehen, zu duschen und die Beine hochzulegen.

»Von wem, *Nessya*?« Ein kalter Schauer rann entlang ihrer Wirbelsäule, als er ihren Namen mit diesem exotischen Akzent aussprach.

»Wir sind gestern in einem Club einem von deinen Leuten begegnet«, antworte sie nebenher, während sie die Maschinen auseinanderbaute und säuberte.

»Einen von meinen Leuten?«

»Einem Fay.« Er würde vermutlich sowieso nicht lockerlassen, bis sie ihm die Wahrheit erzählte. Sie zuckte mit den Schultern, ließ es so aussehen, als wäre es keine große Sache. »Er hat Emma bedroht und ich musste etwas tun. Er muss gemerkt haben, dass ich ihn als das sehen konnte, was er wirklich war, und hat dann mich bedroht. Das ist alles.«

»Seelie oder Unseelie?«

Zynisch schnaubte sie. »Unseelie.«

»Wie hat er ausgesehen?«

Sie hörte auf zu putzen und zögerte mit der Antwort. Ob der Seelenfänger ihn kannte? Auf wessen Seite würde er stehen? Auf der des Fay oder ihrer? Oder keiner? Nach einem kurzen Moment des Zögerns beschrieb sie ihm das Aussehen des Unseelie. Berichtete von den langen, messerscharfen Fangzähnen, um die er die Lippen nicht schließen konnte, die trüben Augen und ledrige Haut.

»Habt Ihr etwas mit ihm zu tun?«, fragte sie, nachdem sie fertig war. »Kennt Ihr ihn? Seid Ihr mit ihm befreundet?«

»Das war einer der Prinzen.«

Ihr fiel fast der Kaffeepulveraufsatz der Maschine aus der Hand. »E-Einer der Prinzen?«, fragte sie.

Prince Charming, hatte er auf die Frage, wer er war, geantwortet. Stöhnend hielt sie sich die Stirn. Dass sie nicht selbst draufgekommen war. Ihn den Seelie zu melden, hätte nichts gebracht, außer sich selbst zu verraten. Die Prinzen genossen ein paar Sonderregelungen, die Königin Siobhánn ihnen gewährte, um das Unseelie-Volk ruhigzustellen.

Dem angewiderten Gesichtsausdruck nach zu urteilen, schien auch der Heerführer nicht viel von ihm zu halten. »Was zum Teufel macht dieser Idiot außerhalb vom Síd?«

Nope, keine Freunde. Der Seelenfänger langte mit langen, eleganten Fingern über die Theke und berührte ihren Schal, schob den Stoff nach unten. Das passierte so schnell und unerwartet, dass ihr keine Zeit blieb, zurückzuweichen. Seine Präsenz drückte wie ein schweres Gewicht gegen sie, als stünde er direkt vor ihr, ohne schützenden Tresen, der sie voneinander trennte. Die Luft im gesamten Laden lud sich mit seiner Energie auf. Dunkel, männlich, herrisch. Seine Gegenwart schien jedes Molekül im Raum auszufüllen.

Sie bekam eine Ahnung davon, was für eine Art Mann – nicht Fay, sondern *Mann* – er wäre, wenn sie sich auf ihn einließ. Besitzergreifend und vielleicht, obwohl das für einen Fay ungewöhnlich wäre, eifersüchtig. Ein Grund mehr, ihn nicht zu nah an sich heranzulassen.

»Dafür wird er bezahlen.«

Trotz der harmlos wirkenden Fassade des Blendzaubers schimmerte der dunkle Blick eines Raubtiers durch seine Augen hindurch. Ein Blick, der niemals von einem Menschen stammen konnte. Die Illusion begann zu bröckeln. Aus Anspannung? Wut?

»Wie bist du ihm entwischt? Die Prinzen lassen ihre Opfer für gewöhnlich nicht entkommen.«

Diese Frage hatte sie befürchtet. Was hatte sie getan, als sie ihn vor dem Prinzen als ihren Beschützer bezeichnet hatte? Sie wollte nicht, dass die Wut, die er offenbar so angestrengt in Schach zu halten versuchte, überschäumte und sich über sie ergoss.

»Er sagte, aus mir wäre kaum etwas rauszuholen. Was meinte er? Blut?«

»Nein. Prinz Uisdean hat eine sehr destruktive Magie. Er entzieht einem die Lebensfreude.«

»Oh.« Sollte sie gekränkt sein? »Deshalb Emma.«

»Die Rothaarige von vorhin? Ja, deine Freundin scheint ein kleiner Sonnenschein zu sein.«

War ihm das während der kurzen Begegnung bereits aufgefallen? Oder klang da ein Hauch von Ironie durch? Waren Fay zur Ironie fähig? Elfen jedenfalls nicht, das würde ein Mindestmaß an Humor voraussetzen.

Sie nahm ein Tuch in die Hand, trocknete die einzelnen Teile der Maschinen ab und baute sie wieder zusammen.

»Du hast meine Frage aber nicht beantwortet. Wie bist du ihm entkommen?«

»Ich, ähm …« Hitze staute sich in ihrem Nacken. Die folgenden Worte nuschelte sie schnell in ihren nicht vorhandenen Bart. »Es könnte möglicherweise sein, dass ich ihm so etwas Ähnliches gesagt habe wie, dass ich unter Eurem Schutz stehe.«

Auf einmal wurde es ganz ruhig. Unnatürlich ruhig. Sie hatte mal von einem Raum gehört, der akustisch absolut isoliert war. Nur der eigene Herzschlag und das Rauschen des Blutes waren darin zu hören. Angeblich hielt man es dort nicht länger als eine Dreiviertelstunde aus, weil man ansonsten verrückt wurde. Das hier fühlte sich so an.

Sie schaute von der Kaffeemaschine auf, um sich zu vergewissern, dass der Sluagh-Fürst noch da stand, oder ob er nicht durch ein plötzlich erschaffenes Portal verschwunden war.

Er stand noch da. Und auf seinem Gesicht erschien ein Lächeln, das langsam immer breiter wurde.

»Du hast ihm gesagt, dass du unter meinem Schutz stehst?«

Er klang genau so, wie er aussah. Selbstgefällig und siegessicher.

15

Nessya knipste alle Lichter aus und schloss den Laden ab. Da stand sie nun, allein im Dunkeln mit dem Seelenfänger. Abgesehen davon, dass es nicht wirklich dunkel und sie nicht so allein war, weil auf der Westmoreland Street das blühende Leben pulsierte und die umliegenden Pubs und Läden mit ihren Leuchtreklamen an dieser Samstagnacht die Straße erhellten. Es war einer dieser peinlichen Momente, in denen man nicht wusste, wie man sich verabschieden sollte. Wie nach einer ersten Verabredung, die so lala gelaufen war. Nicht wirklich gut, aber auch nicht wirklich schlecht. Wie sollte man das Date auf elegante Weise loswerden?

Er gab sich jedenfalls keine große Mühe und stand nur da. Wartend. Aber worauf? Einen Gutenachtkuss? Einen Kaffee? Zu dir oder zu mir? Sie war davon ausgegangen, dass sie getrennte Wege gingen, sobald sie ihm ihre Entscheidung mitgeteilt hatte. Hätte sie vorhin doch nur ihre vorlaute Klappe gehalten, dann wäre er einfach gegangen. Zwar äußerst wütend, aber sie wäre ihn jetzt los. Der einzige Vorteil war, dass sie im Moment wenigstens nicht mehr auf seiner Schwarzen Liste zu stehen schien.

»Also …«, zu Boden sehend, scharte sie verlegen mit den Füßen, »war sehr … interessant, Eure Bekanntschaft gemacht zu haben.«

Nachdem er nichts erwiderte, nickte sie ihm knapp zu und machte sich auf den Weg zur Bushaltestelle.

Er folgte ihr.

»Was macht Ihr?«, fragte sie, als sie gemeinsam an der Station warteten. Einige vorbeigehende Frauen drehten sich nach ihm um und checkten bei der Gelegenheit auch sie mit ab. Sie konnten ihn alle haben, wenn sie wollten. Bitte, greift zu. Viel Glück.

»Ich werde dich nach Hause geleiten«, antwortete er förmlich.

»Nein, das werdet Ihr nicht!«

»Du hast herumerzählt, dass du unter meinem Schutz stehst. Unter den Feenhügeln reisen Worte schnell. Wenn ich dich alleine, ohne jegliche Sicherheiten lasse, werden jedem Fay da draußen, der von deiner Behauptung erfahren hat, zwei Möglichkeiten vermittelt: entweder dass du gelogen hast und mitnichten unter meinem Schutz stehst. Das würde dich für den Prinzen und jeden anderen vogelfrei machen.« Er zwinkerte ihr zu. »Keine Option. Oder dass du nicht gelogen hast, ich jedoch nicht fähig bin, die meinen zu beschützen. Das kann ich noch weniger zulassen, schließlich habe ich einen Ruf zu pflegen. Das verstehst du doch, oder?«

»Ja«, antwortete sie resigniert. Um sich noch gute Gegenargumente einfallen zu lassen, war sie zu müde. Weshalb hatte sie sich auch verplappern müssen? Damit hatte sie sich in eine echt dämliche Lage katapultiert. Andererseits hätte er es früher oder später ohnehin herausgefunden.

Vorsicht, ihr Taschendiebe und Gangmitglieder, ich bringe den Heerführer der Sluaghs mit in die Nachbarschaft. Das war in etwa so, als würde man versuchen, einen Termitenhaufen mit einer Atombombe zu vernichten.

Der Nachtbus fuhr ein. Sie zeigte dem Busfahrer ihre Karte. Der Seelenfänger zeigte auch eine. Eine hübsche kleine Illusion. Gemeinsam liefen sie nach hinten und setzten sich auf die hinterste Bank. Er wirkte etwas unzufrieden und als sie angestrengt durch den Blendzauber hindurch seine wahre Gestalt sah, erahnte sie den Grund dafür. Die Flügel fanden, obwohl er sie eng an den Körper schmiegte, in dem engen Raum und mit der tief herabhängenden Decke kaum Platz.

Während der Fahrt wanderten ihre Gedanken zu dem Gespräch, das sie miteinander geführt hatten. Er hatte erzählt, dass der Síd ihn zweimal in ihrer Nähe in die Welt der Menschen entlassen hatte, als streckten die Feenhügel ihre metaphysischen Finger nach ihr aus. Aber warum? Was hatte sich in letzter Zeit verändert?

»Fünfundzwanzig«, sagte sie nach einem Moment gedankenverloren. »Ich hatte vor Kurzem meinen fünfundzwanzigsten Geburtstag.«

Aus dem Augenwinkel sah sie, dass er ihr einen skeptischen Blick zuwarf.

»Herzlichen Glückwunsch?«, erwiderte er in einem Tonfall, als fragte er sich, weshalb sie ihm eine dermaßen belanglose Information gab.

»Ihr habt vorhin gefragt, weshalb Euch der Síd immer in meiner Nähe entlässt, wenn Ihr die Welt der Menschen besucht. Außer dass ich fünfundzwanzig geworden bin, ist nichts Weltbewegendes in meinem Leben passiert. Ein anderes Ereignis fällt mir nicht ein.«

»Ah. Ein Vierteljahrhundert«, sagte er nachdenklich. »Möglicherweise könnte die Macht darauf gewartet haben, bis du so weit bist, sie zu beherrschen.«

»Ein Vierteljahrhundert«, wiederholte sie. »Das lässt mich irgendwie furchtbar alt klingen.«

Er lachte. Besser gesagt, er lachte sie aus. Auf der anderen Seite empfanden Feenwesen alles, was jünger als ein paar Jahrhunderte war, als Kleinkinder. In deren Augen war man erst ab ungefähr tausend Jahren ›alt‹.

Für den Rest der Fahrt schwiegen sie, doch die Stille war weder angespannt noch unangenehm.

Vor ihrer Wohnungstür angekommen, betrachtete er interessiert den Rahmen. Nachdem sie eingezogen war, hatte sie irgendwann Schutzrunen in das Holz geritzt, wusste aber nicht, was sie bedeuteten und ob sie zu etwas taugten. Da sie keine Magie wirken konnte, waren es vermutlich nur mehr oder weniger hübsche Schnitzereien.

»Du hast deine Wohnung vor Höhlentrollen und Wiesenschraten geschützt. Interessant. Und wann genau erwartest du den Besuch eines Höhlentrolls, vor allem, da sie ausgestorben sind?«

»Sie würden tatsächlich helfen?« Sie kramte ihren Schlüssel aus der Tasche. »Dabei dachte ich, dass ich keine Fähigkeit für Magie habe.«

»Runen sind magische Zeichen in sich, sie enthalten ihre eigene Magie«, erwiderte er, während er mit schlanken, eleganten Fingern über die Kratzer strich. »Jeder Mensch kann sie benutzen, wenn er die richtigen Zeichnungen kennt.«

»Aha, das wusste ich nicht.«

»Die Elfen haben dir keine Schutzrunen beigebracht?«

„Nein, als Magielose war ich es ja nicht wert, welche zu erlernen. Ich habe sie in Mutters Büchern gesehen und ein paar auswendig gelernt, bevor ich geflohen bin.« Sie schloss die Wohnungstür auf. Es war dunkel, Emma war offenbar noch aus. »Ich wusste nicht, dass sie tatsächlich wirken, wenn ich es bin, die sie zeichnet. Wie schauen die Runen gegen Sluaghs aus?«

Als er nicht antwortete, konnte sie sich vorstellen, welchen Ausdruck er auf dem Gesicht trug. Eine hochgezogene Augenbraue, leicht genervter, düsterer Blick, zusammengepresste Lippen. Sie drehte sich um und ihr Verdacht wurde bestätigt.

Auf einmal zog ein leichtes Prickeln über ihre Haut. Er war ein Fay und die Nähe zu ihm gab ihr einen kleinen Vorgeschmack auf die Feenhügel, auf Magie. Auf ihre Heimat. Kurz schloss sie die Augen und genoss das vertraute Gefühl, badete in der Empfindung und ließ seine Magie ihren Körper einhüllen. Es kostete sie Kraft, nicht näher auf ihn zuzugehen und ihre Hände über seine Haut gleiten zu lassen.

»Tja, also … danke fürs Heimbringen«, sagte sie, nachdem sie die Augen wieder geöffnet hatte.

Er stand vor der Schwelle. »Wirst du mich nicht hereinbitten?«

Eigentlich hatte sie das nicht vorgehabt. Sonst konnte sie für nichts garantieren. Schon jetzt übte er einen starken Sog auf sie aus, doch beim Heerführer der Sluaghs schwach zu werden – einfach nur, weil er ein magisches Geschöpf war –, wäre so ziemlich das Dümmste, was sie tun konnte.

Faysüchtig, huschte durch ihren Kopf. Ob das die ersten Anzeichen waren?

»Braucht Ihr erst eine Einladung, bevor Ihr reinkönnt?«

»Ich bin kein Vampir, Nessya. Abgesehen davon gilt mein Angebot noch, mich zu duzen. Allmählich ist es mehr als angebracht, findest du nicht?«, erwiderte er freundlich, doch mit Nachdruck.

Unschlüssig drehte sie den Schlüssel in der Hand, musterte ihn und war sich nicht sicher, ob sie widersprechen sollte. Ohne seinen Blendzauber, das hieß mit der hellen, nahezu weiß schimmernden Haut, dem langen silbrigen Haar, der unterkühlten Art und, nicht zu vergessen, den riesigen Dämonenflügeln, erinnerte er entfernt an den bösen Obervampir aus Underworld. Natürlich viel attraktiver. Im Moment, mit Blendzauber, war er aber einfach nur ein junger Mann.

»Das war keine Antwort auf meine Frage«, sagte sie stattdessen. »Wenn ich Euch …« Sie hielt inne. So schwer es ihr auch fiel, aber ihm seine Bitte erneut auszuschlagen, wäre unhöflich. »Wenn ich dich nicht hereinbitte, kannst du dann nicht rein?«

»Doch, aber ich dachte, es wäre höflicher, zu fragen.«

»Schade.«

»Sehr charmant.« Er betrat an ihr vorbei die Wohnung. »Da ich nicht immerzu an deiner Seite bleiben kann – und ich annehme, dass du das auch nicht möchtest –, muss ich dafür sorgen, dass du auch dann geschützt bist, wenn ich woanders bin.«

Kaum war er drinnen, fühlte es sich wieder an, als würde sich die Luft mit elektrischen Partikeln aufladen, als würde mitten im Raum ein pulsierendes Kraftfeld entstehen. Die kleine Wohnung, die sie sich mit Emma teilte, war ihre persönliche Oase der Ruhe und des Wohlbehagens. Ein sicherer, gemütlicher Ort, an dem sie sich vor der Welt zurückziehen konnte. Jetzt beherrschte der Seelenfänger den gesamten Raum.

»Ich habe nicht zugestimmt«, sagte sie. »Das weißt du, oder?«

»Ich weiß. Aber das eine hat mit dem anderen nichts zu tun.«

Mit einem lauten Seufzen schloss sie die Tür, zog sich die Jacke aus und hängte sie neben der Tür an den alten Holzkleiderständer, der Emmas Oma gehört hatte.

Es war seltsam. Sie konnte sich nicht richtig erklären, wieso, aber irgendwie war die ganze Situation merkwürdig. Er hier. In ihrer Wohnung. Sie rieb sich die Augen. Als sie sie wieder öffnete, stand er mit dem Rücken zu ihr vor dem Bücherregal und sah sich die Titel an.

Noch immer stand sie mitten im Raum und wusste nicht so recht, was sie mit sich oder ihm anfangen sollte.

»Kann ich Euch etwas anbieten, Fürst?«

Er wandte sich um und bedachte sie mit einem missbilligenden Blick, bevor er sich wieder die Bücher ansah. »Wie oft muss ich noch wiederholen, dass Formalitäten zwischen uns unnötig sind?«

Noch mindestens fünfundzwanzig Jahre, dachte sie, würde aber einen Teufel tun, den Gedanken laut auszusprechen. Da sie ihn ihr ganzes

Leben lang als den Herrscher über die *Wilde Jagd*, Fürst der Sluaghs und somit als einen der gefährlichsten Fay im Síd angesehen hatte, bräuchte sie mindestens die gleiche Zeit, um sich umzustellen. Obwohl er ihr eine persönlichere, vertrautere Ebene anbot, hatte sie weiterhin einen enormen Respekt vor ihm.

»Daran muss ich mich erst gewöhnen. Darf ich *dir* etwas anbieten, Fürst?«

»Hast du Gin?«, fragte er, ohne sich zu ihr umzudrehen, während er ein Buch herauszog und interessiert den Buchrücken las. Stephen Kings *Christine.* Als benötigte einer wie er weitere Inspirationen.

»Keine Ahnung, kann gut sein.«

»Und Tonic Water?«

»Ich denke schon.«

»Limetten?«

»Weiß nicht. Vielleicht.«

»Dann einen Gin Tonic für mich.«

»*Du* trinkst Gin Tonic?«

Nun drehte er sich mit dem Buch in der Hand herum. »Warum nicht?«

Ja, warum eigentlich nicht? Weshalb sollte das Sluagh-Monster nicht das gleiche Getränk mögen wie Emma? Vielleicht, weil es eigenartig war, dass ein psychopathischer Serienkiller und ihre nette Freundin eine Gemeinsamkeit hatten. Es verwässerte die Grenzen. Sie wollte nicht, dass die Grenzen verwässert wurden. Sie wollte ihn als das sehen, was er war. Ein Sluagh-Monster, eine Ausgeburt der Hölle, ein düsterer Unseelie. Die Schlagzeile der *Irish Times* erschien vor ihrem inneren Auge. Und gleichzeitig mochte er Gin Tonic und interessierte sich für ihre Bücher. Sie rieb sich die Stirn. Das passte alles nicht zusammen.

»Keine Ahnung. Deine Antwort hat mich einfach etwas überrascht.«

»Was wäre denn deiner Meinung nach angemessen gewesen?«

Sie zuckte mit den Schultern. »Vielleicht das Blut deiner Feinde?«

Er stellte das Buch ins Regal zurück. »Es sind gerade keine Feinde anwesend. Daher bin ich gezwungen, mit etwas anderem vorliebzunehmen.«

»Gibt es sie eigentlich? Vampire meine ich.« Im selben Moment bereute sie ihre Frage. Was, wenn er bejahte? Sie hatte doch den ganzen magischen Quatsch von sich schieben und ein durchschnittliches, langweiliges Leben führen wollen. Ahnungslosigkeit konnte in manchen Fällen ein Segen sein. Die Wahrheit war, dass sie eigentlich nicht wissen wollte, ob es sie gab oder nicht.

Er dachte einen Augenblick darüber nach. »Das kommt drauf an, wie du einen Vampir definierst. Wenn du dich an den aktuellen romantischen Darstellungen orientierst, dann nicht.«

Sie seufzte. »Hättest du nicht einfach Nein sagen können?«

»Nein.«

»War das jetzt eine Antwort auf meine Frage oder bist du einfach nur meinem Wunsch nachgekommen?«

Er drehte sich ihr zu und lächelte. »Ich glaube, mir wurde ein Gin Tonic versprochen.«

»Ich habe überhaupt nichts versprochen«, murmelte sie, da sie wusste, wie gefährlich Sätze wie *Ich wünsche mir* oder *Ich verspreche* in Gegenwart eines Fay sein konnten. »Aber ich kann mal schauen, ob wir wirklich alles dafür dahaben.«

Das hatten sie, auf Emma war Verlass. Wäre blöd gewesen, nicht dem Wunsch des Heerführers der Sluaghs nachkommen zu können, weil sie vergessen hatte, shoppen zu gehen. Sie machte sich auch einen, in der Hoffnung, der Alkohol würde sie etwas beruhigen. Emmas Spaghetti und die Sauce befanden sich in zwei getrennten Tupperdosen im Kühlschrank, doch sie hatte keinen Hunger. Auf der Arbeit hatte sie schon genug Bagels, Wraps und Kekse gegessen.

Als sie mit den Getränken zurück ins Wohnzimmer kam, hatte er seinen Blendzauber abgestreift. Komplett. Abrupt blieb sie stehen.

Seine Haut schimmerte im sanften Licht der Deckenlampe weiß, wie Mondlicht in einer wolkenlosen Nacht. Langes, dichtes silbriges Haar lag über seinem nackten Rücken und bedeckte die Stellen, aus denen die hellgrauen, ledrigen Flügel wuchsen. Im Augenblick waren sie zusammengeklappt und schmiegten sich eng an seinen Körper.

Ihr Herz schlug schneller. Obwohl er ein Unseelie war, war er überhaupt nicht mit den Monstern der anderen Seite zu vergleichen. Das machte ihn nicht weniger tödlich, im Gegenteil. Man würde mit einem seligen Lächeln in seinen Armen sterben.

Doch er hatte recht, als Seelie könnte er auch nicht durchgehen. Seine Haut und sein Haar waren zu unmenschlich, zu einzigartig. Wie

Metall, das zu dünnen Fäden gesponnen worden war. Tief auf seinen schmalen Hüften saß eine schwarze, seitlich geschnürte Lederhose, der glatte Oberkörper war unbekleidet. Selbst das Hemd war nur eine Illusion gewesen. Mit den Flügeln war es vermutlich bequemer, ›oben ohne‹ herumzulaufen.

Breite Schultern und gewölbte Brustmuskeln ließen ihn gefährlich und Furcht einflößend aussehen – wenn man ihn zum Feind hatte. War man mit ihm verbündet, war der Anblick auf düstere Weise erregend. Er sah aus wie etwas, das man hätte schmelzen und zu Silbergeschmeide verarbeiten können.

»Verstört dich mein Anblick?«, fragte er. Überrascht blinzelte sie. Seine Haltung war sehr gerade, die Augen wachsam.

»Nein, du hast mich nur … kalt erwischt, das ist alles.« Sie stand noch immer mit den Gläsern in der Hand in der Tür.

»Du siehst bedrückt aus.«

Sie lächelte freudlos. »Mir ist nur gerade aufgefallen, wie ähnlich du dem Volk siehst, von dem ich als Kind dachte, dazuzugehören. Und gleichzeitig, dass du auch sehr wie ein Unseelie aussiehst.«

Er kam auf sie zu. Langsam. Mit den geschmeidigen Bewegungen eines Raubtiers. Sie wusste, sie sollte zurückweichen, den Abstand zwischen ihnen vergrößern. Doch sie blieb wie ein Reh im Scheinwerferlicht eines herannahenden Autos stehen, vermochte sich nicht von der Stelle zu rühren. Angestrengt atmete sie ein und aus.

»Du glaubst es noch immer nicht, oder?«, fragte er.

Sie blinzelte, versuchte einen klaren Gedanken zu fassen. Ihre Haut stand in Flammen, Hitze rauschte durch ihren Körper, Magie brandete über sie wie tosende Wellen über Felsen.

»Was meinst du?« Ihre Stimme klang heiser.

Inzwischen stand er direkt vor ihr. Sein Blick fing den ihren ein, als könne er direkt in ihre Seele schauen. »Deine Formulierung. Dem Volk, von dem du als Kind dachtest, dazuzugehören. Du *gehörst* dazu, Nessya. Siehst du das denn nicht?«

»Hübscher Gedanke.« Sie spürte den verdammten Stich. Kälte kroch wie ein Geschwür durch ihren Körper und vertrieb die Hitze.

»Ich weiß«, sagte er und nahm ihr eines der Gläser aus der Hand. »Sie lassen einen nicht dazugehören, wenn man ein bisschen anders ist.«

Durch den einen Satz spürte sie plötzlich eine tiefe Vertrautheit zu ihm. Lächelnd stieß er sein Glas sanft gegen ihres, prostete ihr zu und trank einen Schluck. Sie erwachte wie aus einem Traum und schüttelte leicht den Kopf, um wieder klar zu werden. Sein Glas beschlug, nachdem er es ihr abgenommen hatte. An den Rändern bildeten sich Kondenstropfen. Leute einfrieren. Drinks kühlen. Wozu er seine Magie so alles gebrauchen konnte …

»Wenn du mich entschuldigen würdest. Ich würde mich gerne frisch machen.« Mit diesen Worten schob sie sich an ihm vorbei, penibel darauf bedacht, ihn nicht zu berühren, und machte sich auf den Weg ins Bad.

Dort lehnte sie sich mit dem Rücken gegen die verriegelte Tür, schloss die Augen und versuchte sich zu sammeln. Den Gin Tonic hatte sie mitgenommen.

Nachdem sie geduscht, sich abgeschminkt und den Drink in einem Zug runtergestürzt hatte, fühlte sie sich besser. Sauber und erfrischt und ein wenig beschwipst. Von einem Haken an der Tür nahm sie ihren flauschigen Morgenmantel und zog ihn an. Als sie ins Wohnzimmer trat, saß der Seelenfänger auf der Couch – die Flügel über die Rückenlehne gebreitet – und blätterte in dem Buch, das auf dem Couchtisch gelegen hatte. Sein Drink war noch halb voll.

Das Buch mit der grauen Krawatte auf dem Cover und den fünfzig verschiedenen Grauschattierungen im Titel legte er zurück auf den Tisch. »Deins?«

»Emmas«, erwiderte sie etwas zu rasch.

Er lächelte und sie spürte, dass ihre Wangen heiß wurden. Aber vielleicht lag das auch nur am Alkohol. Unsicher setzte sie sich neben ihn auf die Couch und zog die Beine auf den Sitz.

»Du siehst aus, als wäre dir unbehaglich zumute«, sagte er nach einem Moment. »Liegt es an mir?«

»Ein wenig.«

»Du musst keine Angst vor mir haben, Nessya. Ich möchte, dass wir ehrlich zueinander sind und einander vertrauen.«

»Gut. Dann werde ich ehrlich sein.« Sie holte tief Luft. »Es tut mir leid, deine Seifenblase platzen lassen zu müssen, aber man kann psychopathischen Serienkillern nicht vertrauen.«

»Ich wusste bisher nicht, dass du ein psychopathischer Serienkiller bist, aber so eng sehe ich das nicht.«

»Sehr witzig.«

»Danke.«

Sie seufzte. »Ich verstehe, dass du als Fay – als Unseelie-Fay – andere moralische Vorstellungen hast als ich. Aber … bereust du die Morde denn nicht?«

»Nein.«

»Nicht mal ein bisschen?«

Sein dunkler Blick bohrte sich in ihren. »Nein.«

Einen Moment lang sah sie ihn fassungslos an und fragte sich plötzlich, wie viele Seelen er wohl benötigte. Eine im Monat? In der Woche? Am Tag? Bei dem Gedanken wurde ihr übel.

»Deswegen würde es nie funktionieren, Cathal. Ich kann nicht darüber hinwegsehen, dass du Menschen brutal tötest, ohne auch nur den Hauch von Reue zu spüren oder dein Handeln infrage zu stellen.«

»Du hast mich bei meinem Namen genannt«, sagte er erfreut.

»Was spielt das denn jetzt für eine Rolle?«, erwiderte sie scharf. »Ich finde nicht einmal Worte für die Abscheulichkeit deiner Taten. Erst die Frau am Strand, dann der Mann gestern und …«

»Der Mann gestern«, unterbrach er sie und die Kälte kehrte in seinen Ausdruck zurück. »Möchtest du wissen, in welcher Gestalt ich mich befunden habe, als *der Mann gestern* und ich uns kennengelernt haben?«

»Ist doch völlig egal.«

»In der Gestalt eines kleinen Jungen.«

Überrascht sah sie ihn an. »Aber seine Leiche wurde in der Nähe des Dolphin Parks in einer Gasse gefunden. Was zum Teufel habt ihr beide dort gemacht?«

»Er hat mich dort hingeführt.«

»Warum?« Im selben Moment begriff sie und sah ihn entsetzt an.

»Wäre ich ein echtes Kind gewesen, wäre ich sein sechstes Opfer geworden, Nessya. Sein *sechstes.* Vor zehn Jahren ist ein Kleinkind an den inneren Blutungen gestorben. Aber dafür saß er nicht mal im Knast, weil man damals keine Verbindung zu ihm herstellen konnte. Er saß wegen eines anderen Kindes, für das sie ihn erwischt hatten.«

Jetzt war ihr richtig übel. »Trotzdem kannst du das nicht einfach … man muss die Gardaí informieren. Ich meine …«, sie hörte selbst, dass sie nicht hundertprozentig überzeugt klang, »… schließlich sind wir ein Rechtsstaat.«

»Sie haben ihn nach neun Jahren Haft entlassen, weil ein psychiatrisches Gutachten entschieden hat, er wäre geheilt. Wie du siehst, wähle ich keine zufälligen Seelen aus, sondern recherchiere meine Opfer. Die Gardaí weiß über ihn Bescheid und eigentlich hätte er ohne Aufsicht nicht das Haus verlassen dürfen, aber ich habe ihn gestern trotzdem bei einem Spielplatz in der Nähe seiner Wohnung gefunden. Allein. Wenn es um Kinder geht, kann ich kein Erbarmen zeigen. Du siehst blass aus. Ist alles in Ordnung?«

»Ich bin mir nicht sicher, um ehrlich zu sein«, antwortete sie tonlos.

In ihr kämpften zwei Persönlichkeiten. Die eine, die strikt gegen Selbstjustiz, grausame Vergeltungen oder Racheakte war, und die andere, die sich freute, dass der Kerl bekommen hatte, was er verdiente. Aber war das tatsächlich so, durfte sie so denken? Eines der Dinge, die sie an der menschlichen Gesellschaft schätzte, war die Rechtspflege.

Das System der Fay war grausamer.

Der Typ war jetzt von den Straßen und würde nie wieder ein Kind quälen. Das war eine gute Sache, das war besser als ein neues Gerichtsverfahren mit so und so vielen Jahren Haft, aus der er sowieso vielleicht irgendwann wieder entlassen worden wäre. Oder? Sie fand darauf keine eindeutige Antwort.

»Ich fürchte, dass es noch etwas anderes gibt, das wir besprechen müssen«, sagte er und holte sie aus der Welt ihrer Gedanken zurück ins Wohnzimmer.

Sie schaute zu ihm auf.

»Dir ist bewusst, dass den anderen Fay klar sein muss, dass du mir gehörst, richtig?«

»Ich gehöre dir nicht.«

»Doch. Seitdem du beschlossen hast, dass ich für deinen Schutz verantwortlich bin.«

Sie versuchte sich noch weiter in die Lehne zu drücken, doch zwischen ihnen bestand bereits der größtmögliche Abstand, den die Couch bot. Vorhin, als er in die Wohnung getreten war und sie mit seiner Gegenwart ausgefüllt hatte, da hatte die Luft geknistert. Jetzt meinte sie an der Spannung zu ersticken. Als Kind war sie im Síd menschlichen Sklaven begegnet. Menschen, die ihrem Meister oder ihrer Meisterin treu ergeben waren, ohne zu hinterfragen weshalb, ihres freien Willens beraubt.

Sie schüttelte heftig den Kopf. »Nein.«

»Ich fürchte, du hast keine Wahl.«

»Ich gehöre dir nicht«, wiederholte sie vehement. »Ich werde mich nicht von dir zu einem Sklaven machen lassen.«

Genervt stieß er Luft aus. »Was haben die Seelie nur mit dir gemacht? Du scheinst vollkommen traumatisiert zu sein. Von versklaven war nie die Rede, Nessya.«

»Dann meinst du, dass ich keine andere Wahl habe, als deinem Angebot zuzustimmen?«

»Nein. Das musst du freiwillig tun. Ich möchte keine Frau in meinem Bett, die aus Zwang bei mir liegt.«

»Was genau meinst du dann?«

»Ich würde dir mein Zeichen geben und jeder Fay würde es sehen und erkennen. Es kann ein äußeres Zeichen sein, an deinem Körper. Oder ein magisches Zeichen, dass man von außen nicht sieht, das aber von Feenwesen gespürt werden kann. Die Entscheidung überlasse ich dir.«

Ihr wurde schwindelig. Sie wäre von einem Unseelie-Fay markiert. Das war ja doch fast so, als wäre sie der Besitz von jemandem.

»Und … was für Auswirkungen hätte das unsichtbare Zeichen?«

Einen Arm locker über der Rückenlehne gebreitet, sah er sie an. Dass er sich nicht auf sie gestürzt und ihr sein Zeichen bereits aufgezwungen hatte, gab ihr Hoffnung, dass man mit ihm darüber diskutieren konnte.

»Ich wäre fähig, zu wissen, wie du dich fühlst. Ob dich jemand zum Beispiel bedroht und wo du dich befindest.«

»Jederzeit?«

»Jederzeit.«

»Nope.« Sie schüttelte mit dem Kopf. »Was für Möglichkeiten gibt es noch?«

»Du trägst ein sichtbares Zeichen. Glaub mir, dann wirst du von anderen Fay automatisch in Ruhe gelassen.«

»Auf keinen Fall. Das ist ja fast wie ein Brandzeichen, wobei wieder die Assoziation von Versklaven in mir wach wird.«

»Du weißt, dass ich dich nicht um Erlaubnis bitten muss. Ich könnte es dir einfach aufzwingen«, erwiderte er.

»Ja, aber dann könntest du dir den ganzen Vertrauensquatsch gleich aus dem Kopf schlagen.«

Hoffentlich legte er darauf noch Wert. Nachdem sie bereits klargemacht hatte, dass sie auf sein Abkommen nicht eingehen würde, hatte sie im Grunde nichts gegen ihn in der Hand.

»Du verhältst dich äußerst schwierig.« Genervt sah er zur Seite. Nach einer Weile sagte er: »Es gäbe noch eine andere Möglichkeit.«

Sie verschränkte die Arme vor der Brust. »Ach.«

Er sah wieder zu ihr, doch sein Blick war nicht besonders freundlich. »Ich könnte dir etwas von meinem Blut dalassen.«

»Igitt.«

Noch während sie das Wort sagte, wusste sie, dass es einem Fay gegenüber keine größere Kränkung gab. Doch da hatte sie es schon ausgesprochen. Verdammter Alkohol.

»Ist dir bewusst, wie sehr ich mit diesem Angebot über meinen Schatten springe?«, fragte er und bei seinem Tonfall überzog Gänsehaut ihre Arme. »Hast du auch nur die geringste Ahnung, was du alles mit meinem Blut anstellen könntest? Ich habe dir vorhin gesagt, dass du mir vertrauen kannst, und es wäre verlogen, etwas zu verlangen, dass ich nicht selbst bereit bin zu tun. Indem ich dir mein Blut überlasse, beweise ich dir, wie sehr ich bereit bin, *dir* zu vertrauen, *Elfenkind.*« Er betonte das Wort, als wäre es eine Beleidigung. »Entweder du nimmst mein Blut an oder ich werde dir mein Zeichen aufzwingen, Nessya, und – darauf kannst du *vertrauen* – ich werde es tun.«

Sie schluckte schwer. Es fiel ihr nicht leicht seinem Blick standzuhalten. »Es war nicht meine Absicht, dich zu kränken. Es ist nur so, dass ich, gerade was das Thema Vertrauen betrifft, so meine Probleme habe.«

»Habe *ich* bisher etwas getan, um es zu brechen?«

Im Grunde war er bislang nur ehrlich mit ihr gewesen. Selbst kompromittierende Informationen über sich hatte er vor ihr preisgegeben.

»Eigentlich nicht.«

Sie dachte an das Gespräch mit Emma und Jada zurück, als die beiden sagten, sie dürfe sich nicht hinter einer eisigen Wand aus Misstrauen verstecken. Ob die beiden möglicherweise recht hatten? Aber wie konnte irgendwer von ihr erwarten, von einem Extrem ins andere zu rutschen? Sie könnte klein anfangen, erst mit Menschen, und dann weitersehen. Aber einem Fay?

Schweigend starrten sie einander an. Sie könnte sein Blut annehmen, doch dann stünde sie in seiner Schuld. Ein Fay gab nie etwas, ohne etwas dafür einzufordern. Er würde von ihr erwarten, dass auch sie ihm Vertrauen entgegenbrachte. Besser als von ihm gezeichnet zu werden, war es aber allemal.

»Ich muss es aber nicht trinken, oder?«

Er lächelte. »So langsam bekomme ich den Eindruck, dass du eine Art Vampirfetisch hast.«

»Habe ich nicht. Bitte beantworte meine Frage.«

»Nein, du musst mein Blut nicht trinken«, erwiderte er amüsiert. »Es reicht, wenn du mir eine Glasphiole gibst.«

Erleichtert atmete sie durch, auf diesen Kompromiss konnte sie sich einlassen. Sie stand auf und machte sich in der Wohnung auf die Suche nach etwas Geeignetem. Im Bad zwischen Emmas und ihrem Make-up fand sie ein Glasfläschchen mit einem winzigen Korkenverschluss, in dem sich Goldstaub für die Augenlider befand. Sie kippte die Partikel ins Waschbecken, spülte das Behältnis aus und ging ins Wohnzimmer zurück. Als sie das Fläschchen Cathal gab und sich neben ihn setzte, zog er sein Hosenbein hoch und holte einen Dolch hervor, den er in einem Fußgelenkholster trug.

Sie sog scharf Luft ein, als er sich die Klinge über die Handfläche zog. Während er seine Hand zu einer Faust schloss, ließ er hellrote Tropfen in das Fläschchen träufeln und murmelte mit geschlossenen Augen lautlos Worte in einer Sprache, die sie nicht verstand. Noch bevor es ganz voll war, versiegte das Blut, offenbar war die Verletzung wieder verheilt.

Nachdem er das Fläschchen zugekorkt hatte, öffnete er die Augen und gab es ihr. »Falls irgendwer einen Beweis für meinen Schutz verlangen sollte, zeigst du demjenigen das Fläschchen. Es gibt kein mächtigeres Gut bei uns Unseelie.«

»Bei den Seelie auch nicht«, erwiderte sie leise. *Außer Sex,* fügte sie in Gedanken hinzu, als sie ihm die kleine Flasche abnahm. Doch den Gedanken behielt sie für sich.

»Und ich erwarte, dass du mir unverzüglich Bericht erstattest, damit ich mich desjenigen annehmen kann.«

Was das bedeutete, wollte sie lieber nicht wissen, aber bei seinen Worten lief es ihr eiskalt den Rücken runter. So harmlos sich ›jemandes annehmen‹ anhören mochte, bei den Fay hatte so etwas fatale Auswirkungen. Was Folter betraf, konnten die magischen Geschöpfe sehr kreativ werden.

»Und wenn mir derjenige das Fläschchen abnimmt?«

»Ich habe einen Zauber gesprochen, dass nur du, und du allein, es benutzen kannst. Sollte die Warnung nicht ausreichen und du wirst angegriffen, zerstöre die Phiole. Wenn jemand anderes die Flasche berührt, zerplatzt das Glas. Ich werde sofort erfahren, was passiert ist und wo ihr euch befindet.«

»Ich werde darauf achten, es immer bei mir zu tragen, aber was, wenn Emma es aus Versehen berührt?«

»Der Zauber reagiert nicht auf Menschen. Es würde nichts passieren, es sei denn, sie wirft es zu Boden und das Glas zerplatzt. Noch etwas. Hast du Papier und Stift?«

Sie brachte ihm beides und setzte sich wieder neben ihn. »Wieso hat der Prinz gestern nicht nach einem Beweis verlangt?«, fragte sie, während sie ihn dabei beobachtete, wie er vier Symbole auf das Blatt zeichnete.

Sie saß ihm so nahe, dass sie den Duft seiner Haut einatmen konnte. Wieder knisterte Magie zwischen ihnen und sie fragte sich, ob nur sie das wahrnahm oder ob er es auch spüren konnte. Mit jeder Sekunde schien sich das Knistern zu verstärken, bis es ihre Haut prickeln ließ. Sie schloss die Augen und genoss die Empfindung. Wie sehr hatte sie es vermisst, einem Fay nahe zu sein.

Vielleicht könnte sie es sich doch vorstellen, sein Angebot anzunehmen. Vielleicht nicht sofort, aber irgendwann. Bei dem Gedanken fuhr ein Schauer durch ihren Körper. Langsam entließ sie den Atem aus ihren Lungen.

»Als ihr den Prinzen getroffen habt, wart ihr da unter vielen Menschen?«

»Ja«, erwiderte sie verträumt. *Faysüchtig ...*

»Er wollte wohl kein Risiko eingehen und Aufsehen erregen. Hätte er im Nachhinein herausgefunden, dass du gelogen hast, hätte er wieder nach dir gesucht.«

Sie öffnete die Augen und betrachtete über seinen Arm hinweg die vier Symbole, die er auf dem Blatt kreisförmig angeordnet hatte. Er hatte breite, muskulöse Schultern und einen wohlgeformten Bizeps. Sie seufzte.

»Das sind Schutzrunen gegen Unseelie. Gegen jeden Unseelie, auch gegen mich. Um ein Zimmer oder eine Wohnung zu sichern, bringst du sie in der Formation, wie ich sie dir aufgezeichnet habe, an den Tür- oder Fensterrahmen an. Das letzte Symbol ist unvollständig, du musst hier«, er zeigte auf das Zeichen, »noch einen Strich hinzufügen.«

»Wieso hast du es unvollständig gelassen?«

Er warf ihr einen Blick zu, der wohl aussagte, dass sie ihr Hirn anwerfen solle, wobei er sich vermutlich für eine höflichere Wortwahl entschieden hätte.

»Habe ich etwas Dummes gefragt?«

»Ich bin zur Hälfte Unseelie, Nessya, ich kann keine Schutzrunen gegen Unseelie zeichnen.«

Zu ihrer Verteidigung konnte sie anbringen, dass sie sehr müde war. »Und was würde passieren, wenn ich die Runen an der Eingangstür anbringe, während du noch hier bist?«

Er lächelte, der Ausdruck auf seinem Gesicht wirkte amüsiert. »Bei den Mächten des Síd, tu das nicht.«

»Okay, und was, wenn ich draußen bin?«

»Befindest du dich im Freien, ziehst du einen Kreis um dich und orientierst dich an den Himmelsrichtungen.«

»Also, das hier«, sie zeigte auf das obere, »oben im Rahmen oder in Richtung Norden, das hier«, ihr Finger rutschte zum linken Symbol auf dem Blatt, »links oder in Richtung Westen und so weiter.«

»Exakt«, sagte er und sah sie an. In dem Moment sah sie ebenfalls auf, sodass ihre Gesichter nur wenige Zentimeter voneinander entfernt waren.

Als sie sich über die Lippen leckte, war es, als würde die Berührung ihrer Zunge Tausende kleine Stromschläge über die empfindliche Haut senden. Sein Blick wanderte zu ihrem Mund und in seinen Augen flackerte dunkle Begierde auf. Offenbar beschränkten sich die Auswirkungen der Magie doch nicht nur auf sie. Nie zuvor war sie von jemandem mit solch einem Hunger betrachtet worden.

Ihr Herz raste. Eine Stimme in ihrem Kopf, die menschliche, warnte sie davor, nachzugeben, doch eine andere – jene, die die Verbindung zu den Hügeln niemals aufgegeben hatte – drängte sie, gierte danach, die Lippen eines anderen Feenwesens zu berühren.

Er ist dein Untergang, Nessi, schrie der Mensch in ihr. *Ja,* flüsterte der elfische Part, *aber es fühlt sich verdammt gut an.*

Die Sehnsucht dieses Geschöpfes nach der Magie siegte. Sie schloss die Augen, während Cathal seine Hand in ihrem Haar vergrub und sie näher zu sich zog. Im Schloss drehte sich ein Schlüssel. Als ihre Lippen sich berührten, schoss ein Stromschlag durch ihren gesamten Körper.

Im Schloss drehte sich ein Schlüssel? Abrupt löste sie sich von ihm und sah erschrocken zur Tür. Im Eingang standen Emma und Jada und starrten mit weit aufgerissenen Augen zurück.

16

»Aha!«, sagte Jada und lächelte. »›Nein, Jada, ich bin sicher, sie ist nach Hause gegangen, weil sie müde ist‹.« Sie imitierte Emma recht gut.

»Pfff.« Emma rollte mit den Augen und grinste ebenfalls verschmitzt.

Waren sie den Anblick von Dämonen derart gewohnt? Als Nessya sich Cathal zuwandte, saß neben ihr das Calvin-Klein-Model, adrett gekleidet in Jeans und Hemd. Der Anblick enttäuschte sie. Ohne Blendzauber gefiel er ihr besser.

»Ist das der Hottie aus dem Starbucks?«, fragte Jada und kam auf sie zu.

»Jepp«, bestätigte Emma und schloss die Tür.

Cathal erhob sich, während Nessya das Gesicht in den Händen vergrub. Forsch wie sie war, hielt Jada ihm die Hand entgegen, als sie vor ihm stand. Mit ihrer natürlichen Größe von ein Meter dreiundachtzig und den Zwölfzentimeterabsätzen war sie so groß wie er in seiner wahren Gestalt. »Hi, ich bin Jada. Vanessas Freundin.«

»Vanessa, soso. Ich bin Cathal«, erwiderte er und ergriff ihre Hand. »Sehr erfreut.«

Auf einmal verrutschten Jadas Gesichtszüge. Sie schnappte nach Luft und starrte Cathal entgeistert an.

Seltsam, sie war doch sonst nicht auf den Mund gefallen. Normalerweise wäre das der Zeitpunkt gewesen, wo sie mit einem flotten Spruch gekontert hätte.

»Ja, mich … auch«, erwiderte sie stattdessen zögerlich und entzog ihm ihre Hand, nachdem sie sich wieder halbwegs gefangen hatte.

»Alles okay, Jada?«, fragte Nessya. Unauffällig faltete sie das auf dem Tisch liegende Blatt mit den Runen und steckte es in die Tasche des Morgenmantels.

»Ja, er hat mir mit der Hand nur einen elektrischen Schlag verpasst, das ist alles. Kein sehr guter Start, würde ich mal sagen«, erwiderte sie und betrachtete ihn misstrauisch.

»Jadaaaaa«, warnte Nessya.

»Es ist in Ordnung, *mo chroí*, es wird ohnehin Zeit für mich, zu gehen.« Zu Emma und Jada sagte er: »Es hat mich sehr gefreut, euch kennengelernt zu haben, das war recht aufschlussreich.«

An Cathal vorbei warf Jada ihr einen skeptischen Blick zu. Wahrscheinlich wegen dieser dubiosen Aussage, die er sich auch hätte sparen können. Nessya verspürte das plötzliche Bedürfnis, ihm dafür in den Hintern zu treten. Allerdings könnte er ihr dann mit seinem Flügel eine Schelle verpassen, der Blendzauber würde in sich zusammenfallen, großes Gekreische und so weiter. Also lieber nicht. Ihren Freundinnen würde sie zu viel zu erklären haben.

Sie stand auf und brachte Cathal zur Tür.

»Versprich mir, dass du auf dich aufpasst, in Ordnung?«, sagte er.

»Ich verspreche nichts vor einem Fay«, flüsterte sie. Dabei lehnte sie sich etwas vor und atmete durch den Blendzauber hindurch den Duft seiner Haut ein. »Aber ich werde mein Bestes tun, um mich aus Ärger rauszuhalten. Das heißt auch, mich von *dir* fernzuhalten.«

Er zwinkerte ihr zu. »Viel Glück dabei. Gute Nacht, *mo sídhe dorcha.*«

»Kein Wort!«, warnte sie ihre Freundinnen, nachdem sie die Tür geschlossen hatte. Wie ein grinsender Aasgeier schien Emma nur darauf zu warten, sie auseinanderzunehmen. »Ich bin müde und gehe jetzt ins Bett. Gute Nacht.«

»Aber sicher. Gute Nacht, meine dunkle Fee«, flötete Emma, bevor sie in albernes Gelächter ausbrach. Nur Jada blieb ungewöhnlich ruhig und wirkte nachdenklich, statt mit einzusteigen. Wäre sie nicht so kaputt, wäre sie dem nachgegangen. Da Cathal aber nicht misstrauisch gewirkt hatte, bezweifelte sie, dass Jada ihn durch seinen Blendzauber hindurch in seiner wahren Gestalt gesehen hatte. Außerdem wäre sie sonst bestimmt viel mehr ausgetickt. Es musste einen anderen Grund für ihr Verhalten geben, doch alle weiteren Fragen mussten bis morgen warten.

Emmas Gekicher hörte sie noch, nachdem sie die Schlafzimmertür hinter sich zugezogen hatte. Die Phiole mit dem Blut stellte sie zu

Suzniis Kupferdöschen neben eine Schmuckhand, an der unzählige Ketten, Modearmreifen und Ohrringe hingen. Ihre Kette mit einem Mondsteinanhänger hängte sie dazu, fiel dann wie eine Tote ins Bett und schlief sofort ein.

Sie war fünfzehn. Der Sommer neigte sich dem Ende zu und der Síd erstrahlte in goldenen, kupfernen und leuchtend roten Herbsttönen. Sie hatte den Herbst immer am liebsten gemocht. Er hatte etwas Schönes und zugleich Melancholisches an sich.

In der Morgendämmerung rannte sie mit ausgebreiteten Armen über die Hügel durch das hohe, von der Sonne getrocknete Gras. Unter ihren Fingern raschelten die Halme wie die Blätter eines alten Buches im Wind.

Die Zeremonie zum Erwecken ihrer Magie war heute Nacht. Endlich würde sie dazugehören. Glücklich legte sie sich inmitten der Ähren auf den Boden und sah zum heller werdenden Himmel hinauf.

Ein Elf namens Tuor würde ihr die Ehre erweisen und sie durch die Zeremonie führen, hatte man ihr erzählt. Ein gut aussehender, erfahrener Krieger mit langen blonden Haaren und leuchtend blauen Augen. Ihr Herz hüpfte bei der Vorstellung. Seit sie seinen Namen kannte, hatte sie ihn bei jeder sich ihr bietenden Gelegenheit verstohlen beobachtet. Obwohl sie noch nie ein Wort mit ihm gewechselt hatte, hatte sie sich ihre gemeinsame Liebesnacht in Gedanken schon so oft ausgemalt, dass sie meinte, ihn zu kennen.

Heute Nacht würde sie ihm endlich in Fleisch und Blut begegnen. Sie war furchtbar aufgeregt.

Die Stunden des Tages vergingen aufgrund all der Vorbereitungen wie im Flug. Inzwischen war die Nacht bereits einige Stunden alt.

Sie lag auf einem Podest in einem Haufen von Fellen und Decken und wartete auf ihren Krieger. Kerzen flackerten im Kreis angeordnet um sie herum und heizten die schon feurige Atmosphäre noch weiter an. Bis auf die kunstvollen, mit öliger Paste gefertigten Ritual-Zeichnungen auf ihrer Haut und eine Halbmaske, die die obere Hälfte ihres Gesichts bedeckte, war sie nackt. Lange Federn, die am Rand der Maske befestigt waren, schmückten ihren Kopf. Sie fühlte sich schön und begehrenswert. Hoffentlich würde Tuor bei ihrem Anblick ebenso in Erregung verfallen, wie sie bei seinem.

Zur Aufregung mischte sich Nervosität. Doch Tuor würde sicher sanft mit ihr umgehen.

Ein Mann, der bis auf eine Halbmaske ebenfalls nichts trug, betrat den Raum. Hitze prickelte auf ihrer Haut, die Nervosität, gemischt mit freudiger Erwartung, stieg. Hinter ihm ragten riesige Flügel empor, ein langer Schwanz schlängelte bei jedem Schritt hinter ihm her.

Sie war keine fünfzehn mehr. Sie war erwachsen und Tuor nichts weiter als eine verblassende Erinnerung.

Der Fay kam auf sie zu und stieg zu ihr auf die Felle. Durch die Löcher der Maske hindurch erkannte sie metallisch graue Augen. Während er jeden Zentimeter ihres Körpers musterte, lag rohes Verlangen in seinem Blick.

Zischend sog sie den Atem ein. Er sah furchterregend und gleichzeitig wunderschön aus. Im sanften Kerzenschein schimmerte seine Haut wie warmes Silber. Darunter wölbten sich starke, athletische Muskeln.

Sanft drückte er sie in das Fell und zog ihr die Maske vom Gesicht. Er sah ihr tief in die Augen und legte sich zwischen ihre Beine. Hitze schoss in ihren Schoß, ließ sie erzittern und nach Luft schnappen. Eine Spannung in ihr löste sich und sie sank entspannt in die Laken.

Dann fing er an, ihren Körper mit kleinen Küssen zu bedecken, liebkoste sie zwischen den Brüsten und umkreiste mit der Zunge deren Spitzen. Mit geschlossenen Augen stöhnte sie und wölbte sich hoch. Langsam bahnte er sich mit seinen weichen Lippen einen Weg hinauf zu ihrem Hals, bis er ihren Mund mit einem elektrisierenden Kuss verschloss. Mit den Händen fuhr sie durch sein langes Haar, während er sie am ganzen Körper streichelte.

»Das ist Seelie-Magie«, flüsterte sie, während er sie in seine Arme schloss und seine Hüften in die richtige Position brachte. »Cathal, das ist doch Seelie-Magie …«

Seelie … Magie …, hallte es wie ein Echo in ihrem Kopf nach, als sie in ihrem Bett erwachte. Nach einem Moment der Orientierungslosigkeit begriff sie, dass es sich nur um einen Traum gehandelt hatte. Ihr Herz donnerte in ihrer Brust. Sie legte einen Unterarm über ihre Augen.

»Na klasse«, flüsterte sie in die Dunkelheit hinein. Nachdem sie sich aufgerichtet und auf die digitalen Ziffern ihres Weckers gesehen hatte, ließ sie sich laut stöhnend in die Kissen zurückfallen. Die rot leuchtenden Zahlen zeigten Viertel vor drei Uhr morgens an. Sie war am ganzen Körper nass geschwitzt, ihre Brüste fühlten sich empfindlich und geschwollen an.

Sie versuchte wieder einzuschlafen, schaffe es aber nicht. Der Traum hatte sie zu sehr aufgewühlt und sie bekam die Bilder nicht mehr aus dem Kopf. Nachdem sie genervt aus dem Bett gestiegen war, ging sie ins Bad und duschte eiskalt.

Kurz darauf gelang es ihr, wieder einzuschlafen.

17

Trotz der stillen Hoffnung, ihr Chef würde sie anrufen und ihr mitteilen, dass er einen Ersatz organisiert hatte, klingelte der Wecker um kurz vor sechs. Wäre auch zu schön gewesen.

Das Sonntagsgeschäft war lahm, was vermutlich zum größten Teil am Wetter lag. Wie es aussah, war der Sommer endgültig vorbei. Dicke Wolken, aus denen es unaufhörlich regnete, bedeckten den Himmel. Der Regen spülte die Menschen von den Straßen in die Pubs hinein, der Weg vor dem Starbucks wirkte wie ausgestorben. Während des ganzen Tages wurde es nie richtig hell. Die Dunkelheit des Morgens wich einem diffusen Halbdunkel, das wieder zur Finsternis der Nacht wurde.

Während der Arbeit dachte sie viel über ihren Traum nach und beschloss, dass sich alte Erinnerungen mit den jüngsten Ereignissen mischten, das war alles. Kein Grund zur Panik.

Emma kam irgendwann am späten Vormittag in den Laden, um sie zu besuchen und einen Vanilla Latte mit Sojamilch zu trinken – sie und Cathal schienen wirklich den gleichen Geschmack zu haben –, verließ sie aber nach zwei Stunden wieder, um sich für den morgigen Semesterbeginn vorzubereiten. Nachdem Emma gegangen war, vertrieb sich Nessya die Zeit, in der es keine Kunden zu bedienen gab, damit, die Runen auswendig zu lernen.

Es half, um nicht immerzu an Sex zu denken. Und Cathal. Und an Sex mit Cathal. Mehrmals erwischte sie sich dabei, wie sie während der Bestellung eines Kunden abdriftete und wieder Bilder des Traumes in ihrem Kopf aufflackerten.

Am Ende der zweiten Doppelschicht war sie völlig fertig. Immerhin hatte die Übermüdung den Vorteil, dass ihr kaum auszuhaltendes Bedürfnis nach Sex deutlich abgeflaut war.

Bevor sie das Café abschloss und sich auf den Weg zum Bus machte, brachte sie die Runen – in der Hoffnung, sie halfen wirklich – mit einem wasserfesten Edding versteckt im Türrahmen und den Fenstern an, damit ihre Kollegen wenigstens während der Arbeit vor diesem grausamen Prinzen – oder sonst einem Unseelie – geschützt waren.

Zu Hause angekommen, nahm sie sich vor, ihre Wohnung ebenfalls zu schützen. Das würde auch Cathal ausschließen, was ihr nach dem Traum als sehr gute Idee erschien. Doch zunächst brauchte sie etwas Warmes zu essen. Sie fror und die Kälte steckte ihr tief in den Knochen, die nur durch eine heiße Suppe, ein paar warme Decken und dicke Socken vertrieben werden konnte. Die paar belegten Bagels, mit denen sie sich während des Tages über Wasser gehalten hatte, waren nicht genug. Bisher war sie in ihrem Viertel keinem Fay begegnet, also hatte sie für die Wohnung noch etwas Zeit.

In der Küche wartete sie darauf, dass das Wasser kochte, um das Instant-Suppenpulver dazuzumischen. Yummy! In der Zwischenzeit füllte sie schon mal etwas Reis ab.

Als sie sich umdrehte, stand Emma plötzlich hinter ihr. Vor Schreck stieß sie einen schrillen Schrei aus. Offenbar war sie so müde, dass sie nicht bemerkt hatte, wie Emma in die Küche gekommen war. Ihre Freundin gehörte normalerweise nicht zu der leisen, sich anschleichenden, sondern mehr zur trampelnden Sorte.

»Hey, Emma.« Lächelnd hielt sie sich die Hand übers Herz. »Sorry, hast mich erschreckt.«

Emma lächelte so breit, dass ihr Grübchen erschien, dabei bedachte sie sie mit einem merkwürdigen Blick.

»Jetzt schau nicht so«, sagte Nessya. »Mir geht es gut, ich bin nur müde.«

Hatte das Grübchen die Seite gewechselt? Sie hätte schwören können, dass es sich sonst auf der rechten Seite befand.

»Ich werde ins Bett gehen«, sagte Emma.

»Mach das«, erwiderte sie, holte den Reis aus dem Schrank und gab eine Tasse davon ins kochende Wasser. Sie verließ die Küche und während Nessya auf ihr Essen wartete, blätterte sie gelangweilt in einer Modezeitschrift.

Sollte sie Emma fragen, ob alles in Ordnung war? Je länger sie darüber nachdachte, desto seltsamer erschien ihr Emmas Verhalten. Außerdem hatte sie merkwürdig ausgesehen. Wie Emma, aber auch wieder nicht wie sie. Anders eben. Irgendwie. Und für gewöhnlich ging sie nie so früh ins Bett.

Aber vielleicht war sie nur überarbeitet und machte sich zu viele Gedanken. Typisch. Männer mussten sich mit solchen Sorgen meist nicht herumschlagen. Diese zwischenmenschlichen Nuancen verpufften bei ihnen unter der nächsten Woge ihrer Grundbedürfnisse. Essen, schlafen, Sex. Und Sex. Und, ach ja, noch mehr Sex. Im Grunde wusste sie, dass es sich dabei nur um dumme Vorurteile handelte. Aber ihr war gerade danach, vor sich hin zu grummeln. Zum Teufel mit der Magie des Síd und mit magischen Männern sowieso.

Nicht dass sie Männer grundsätzlich für gefühlskalte Tiere hielt. Die meisten, die sie kannte, waren bloß Trottel. Auf die Kerle, mit denen sie in der Vergangenheit ausgegangen war, traf eher das zu. Außer auf einen. Tuor, der Elfenmann, der sie mit fünfzehn im Síd entjungfert hatte, war tatsächlich ein eiskaltes Schwein gewesen. Sicher war der Traum letzte Nacht eine Warnung, eine Erinnerung an die seelischen Schmerzen, die er ihr zugefügt hatte.

Faysüchtig, schoss es ihr wieder durch den Kopf. Wie stellte sich Cathal das vor? Wie konnte er versprechen, ihr keinen Schaden zuzufügen und sie gleichzeitig diesem Risiko auszusetzen? Nach Tuor hatte es lange gedauert, bis ihr gebrochenes Herz verheilt war, und zurückgeblieben war eine lange, harte Narbe.

Nachdem sie gegessen hatte, stellte sie ihren Teller mit einem Seufzen in die Spüle und ging ins Bad. Als sie ihr Spiegelbild sah, rollte sie mit den Augen. Die zwei Tage Arbeit schienen die Erholung des Urlaubs völlig zunichte gemacht zu haben. Immerhin konnte sie morgen ausschlafen, das würde wieder einiges geradebiegen. Im Augenblick wirkte ihr Gesicht fahl und bleich, die Augen blutunterlaufen, die Lippen ungesund blass. Sie öffnete das Schränkchen neben dem Spiegel, nahm Zahnbürste und Zahnpasta heraus und drehte den Wasserhahn auf, als sie mit Entsetzen wieder aufschaute. War ihr Spiegelbild tatsächlich eingefroren, während sie sich bewegt hatte, oder war sie dermaßen übermüdet, dass sie schon halluzinierte?

Im Spiegel sah sie sich breit lächeln.

Das Problem war … sie lächelte nicht.

Schreiend strauchelte sie zurück und fiel zu Boden. Keuchend sah sie zum Spiegel hoch. Ihr Spiegelbild war Gott sei Dank verschwunden, wäre es noch da gewesen und hätte es auf sie heruntergeschaut, hätte sie einen Herzinfarkt bekommen. Langsam stand sie auf und ging auf den Spiegel zu. Sie traute sich kaum hineinzublicken.

»Was zum Teufel passiert mit mir?«, flüsterte sie, während sie nun doch zögerlich in den Spiegel starrte und mit den Fingern vorsichtig entlang der Oberfläche tastete. Alles war normal, der Spiegel warf ihre eigene Reflexion zu ihr zurück.

Dann zerrte auf einmal Magie an der Festigkeit des Spiegels und das Glas begann zu vibrieren. Sie fürchtete, dass die Macht einen Sprung verursachen würde, der sich splitternd über die gesamte Fläche ziehen und ihr die Scherben ins Gesicht schleudern würde. Doch stattdessen zerfaserten die Ränder im Zentrum des Spiegels wie heiß gewordener Zucker und zogen lange Fäden wie Karamell. Von der Mitte strahlte Hitze aus und vergrößerte das entstandene Loch. Das ging so schnell, dass ihr kaum Zeit blieb zu reagieren, bis die Reflexion ihrer Finger zu ihr hinauslangte und nach ihrer Hand griff.

Sie schrie, etwas haftete an ihr, hatte ihre Aura, ihre Schutzschilde durchstoßen, wie ein Wespenstachel die Haut. Von außen war nichts zu sehen, doch das magische Gift schoss in ihren Körper und versuchte ihren Arm hinaufzufließen. Unseelie-Magie. Sie floss weiter über ihre Hand zum Ellenbogen bis zur Schulter, und je weiter sie nach oben kam, je mehr Zentimeter ihres Körpers sie eroberte, desto mehr geriet sie in Panik. Es war nicht wie bei Cathal, als die Magie in sie hineingeflossen war. Jetzt überzog sie sie wie eine Lackschicht.

In der Kirche hatte Cathal gesagt, sie könne Magie abwehren. Mit aller Kraft konzentrierte sie sich auf den dunklen Bann. Sie stellte sich einen schwarzen Lackhandschuh vor, der bis zu den Achseln reichte, wie Dominas sie trugen. Sobald sie dieses Bild vor Augen hatte, begann sie ihn sich in Gedanken langsam abzuschälen, Stück für Stück, Zentimeter für Zentimeter. Die Finger, die aus dem Spiegel reichten und sie festhielten, versuchten sich zurückzuziehen, doch sie hielt mit aller Kraft an ihnen fest. Sie wollte sie nicht eher loslassen, bis sie den Zauber völlig zurückgedrängt hatte. Ihr Spiegelbild zog eine groteske Maske, Zähne blitzten zwischen den Lippen hervor, menschliche Zähne, ihre Zähne. Doch es war nicht sie, die diese Grimasse zog.

Das Spiegelwesen hatte versucht, sie mit seinem Gift zu bedecken, sie mit seiner Magie zu galvanisieren. Panik wich dem Gefühl der Wut, und je weiter sie den Bann zurückdrängte, desto selbstbewusster wurde sie. Es funktionierte. Fast hatte sie es geschafft, ihn komplett von sich zu streifen. Das Wesen kämpfte dagegen an und öffnete den Mund zum Schrei, doch kein Ton drang aus dessen Kehle. Es war noch auf der anderen Seite im Spiegel gefangen und nicht Teil dieser Welt. Das einzige Geräusch kam vom Rauschen des noch laufenden Wassers. Die letzten paar metaphysischen Zentimeter waren am schwierigsten. Die Magie haftete wie Teer an ihren Fingern. Sie klebte dort und ließ sich kaum loslösen, doch schließlich hatte sie den Bann von sich geschält. Sie drängte die Magie des Wesens zurück. Mit einem Ruck entzog sie ihm ihre Finger. Sofort fühlte sie sich rein und sauber an. Als wäre ein Geschwür aus ihrem Körper entfernt worden. Das Loch in der Mitte des Spiegels begann sich zu schließen, die Ränder flossen aufeinander zu und wurden wieder zu einer glatten, harten Fläche.

Durch den Spiegel hindurch sah es sie in ihrer eigenen Gestalt zornig an, fletschte die Zähne und fauchte lautlos. Es war noch da, befand sich auf der anderen Seite und hätte seinen dunklen Zauber jederzeit wiederholen können. Das nächste Mal vielleicht, wenn Emma vor dem Spiegel stand.

Ohne einen weiteren Gedanken zu verschwenden, schlug Nessya mit der Faust gegen das Glas, Schmerzen schossen durch ihre Hand. Wieder sprang die Fläche, doch dieses Mal handelte es sich um keinen metaphysischen, sondern einen echten Bruch. Sie schlug erneut zu und spürte, wie sich die Magie endgültig auflöste und in sich zusammenfiel. In den splitternden Scherben warf ihr das Spiegelwesen einen letzten tödlichen Blick zu, bevor nicht mehr genug Spiegel übrig war, um ein einheitliches Bild zu zeigen. Nessya schlug so oft darauf ein, bis sie keine Schmerzen mehr spürte und die Fläche vollkommen zerbrochen war.

Schwer atmend stützte sie sich am Waschbecken ab und beobachtete ihr Blut, das sich mit dem Wasser mischte. An der Wand vor ihr prangten unzählige kleine rote Spritzer und das Waschbecken war von tiefroten Flecken und Schlieren übersät, als hätte sich jemand die Pulsadern aufgeschnitten. Mit zittrigen Bewegungen drehte sie den Hahn zu. Die tiefen Schnittwunden in ihrer Hand sah sie erst jetzt. Doch sie spürte sie nicht. Vielleicht waren die Wunden nur oberflächlich und nicht so schlimm, wie sie aussahen?

»Alles in Ordnung da drin?« Ein Klopfen riss sie aus ihrer Trance.

»Ähm, ja, alles okay!« Ihre Stimme klang überraschend fest.

Die Klinke wurde heruntergedrückt, aber sie hatte abgeschlossen und Emma konnte nicht herein.

»Ich habe Lärm gehört. Ist dir etwas kaputt gegangen? Mach bitte auf.«

»Ja«, rief sie. »Ja, Moment.«

Schnellen Schrittes ging sie zur Tür und tastete ihre Hose ab. Stift … hatte sie hier einen Stift? Lippenstift, Kajal? Sie rannte zum Schrank, fand dort aber in ihrem Schminkzeug auf die Schnelle nichts. Verdammt, wahrscheinlich lag ihr Kajal im Schlafzimmer oder weiß der Henker, wohin sie ihn verschleppt hatte. Ein Bauchgefühl drängte sie dazu, die Schutzrunen in den Rahmen zu malen, und zwar schnell.

Wieder das drängende Klopfen. »Mach die Tür auf.« Emma klang ungeduldig. Ihr kam ein schrecklicher Gedanke.

Was, wenn das nicht der erste Angriff gewesen war?

Was, wenn Emma bereits erwischt worden war und es sich bei der Person hinter der Tür nicht um Emma handelte, sondern nur um … Emmas Spiegelbild? Sie erinnerte sich an das Grübchen, das die Seite gewechselt hatte.

Ohne weiter darüber nachzudenken, malte sie die vier Symbole mit ihrem eigenen Blut in den Rahmen. Dann öffnete sie die Tür. Emma riss die Augen auf und wich mit einem schockierten Ausdruck zurück. Inzwischen waren auch die Fliesen mit Blut verschmiert, dort, wo es auf den Boden getropft und sie hindurchgelaufen war.

»Ich glaube, ich könnte doch etwas Hilfe gebrauchen«, sagte Nessya und trat zurück. Wäre es ein Unseelie, könnte er nicht ins Bad, wäre es doch Emma, könnte sie. Der Adrenalinrausch klang langsam ab und die Schmerzen schossen in ihre Glieder. Ihre Hand zitterte unkontrolliert.

Emma schüttelte heftig den Kopf. »Du weißt doch, dass ich kein Blut sehen kann.«

Das wusste sie nicht, aber eigentlich war es nie thematisiert worden. Sie tastete nach dem Fläschchen mit Cathals Blut und war erleichtert, es in ihrer Hosentasche zu spüren.

»Hey, Emma«, sagte sie und zog es heraus. »Fang!«

Wenn jemand einem etwas zuwirft und ›Fang!‹ ruft, fängt man den Gegenstand. Aus Reflex. Dann sieht man ihn sich an und das Gehirn braucht einige Millisekunden, um zu verarbeiten, was man da in der Hand hält. Selbst wenn es sich um eine Handgranate handelt. Das war jedenfalls bei Menschen so und schien bei Feenwesen nicht anders zu sein. In dem Fall war es keine Handgranate. Es war viel schlimmer.

Sobald Emma erkannte, was sie gefangen hatte, riss sie vor Schreck die Augen auf und ließ die Phiole fallen. Doch es war zu spät. Das Fläschchen explodierte in der Luft.

Das Feenwesen, das wie Emma aussah, fauchte.

Nessya wusste, dass der Unseelie nicht zu ihr durchkonnte, weil sie das Bad mit Schutzrunen aus ihrem Blut versiegelt hatte. »Herzlichen Glückwunsch. Du hast gerade das Heer gerufen.«

Es fauchte erneut. Die menschliche Mimik, die es vorher imitiert hatte, verschwand. Es zeigte sich als das, was es wirklich war. Kaum hatte sie den Gedanken zu Ende gedacht, fiel der Druck im Raum schlagartig ab. Ihre Beine gaben nach, sie stürzte zu Boden. In ihren Ohren vernahm sie ein Rauschen, gefolgt von einem langen Fiepton. Sie versuchte durch Schlucken ihre Ohren freizubekommen und ihren Gleichgewichtssinn zu stabilisieren.

Im Wohnzimmer ging etwas in die Luft, als wäre eine Bombe explodiert. Ein lauter Knall, berstendes Holz, splitterndes Glas. Sie duckte sich und presste die Hände auf die Ohren.

Es war keine Bombe. Der erste Sluagh war durch das Fenster geprescht und stürzte sich auf das Emmawesen. Ein zweiter kam und ein dritter. Innerhalb weniger Sekunden wimmelte es in ihrer Wohnung vor Seelenfressern. Sie hörte ein Kreischen, das wie Emmas Stimme klang, und schlug die Tür zu.

Das ist nicht Emma, das ist nicht Emma. Immer wieder murmelte sie diesen Satz wie ein Mantra auf dem Boden kauernd vor sich hin. Ein weiterer lauter Knall schreckte sie auf. Die Tür des Badezimmers zerbarst durch den Zusammenstoß mit einem Sluagh. Er versuchte ins Bad zu kommen. Mit Grauen sah sie, wie er, nachdem er die Tür zerstört hatte, Anlauf nahm, um sich auf sie zu stürzen. Doch er prallte an der Magie ab wie an einer bruchsicheren Glasscheibe. Der Zauber hielt, oh Gott, er hielt. Im selben Moment tauchte ein anderer Gedanke in ihrem Kopf auf: das Fenster!

Rasch erhob sie sich und malte mit zittrigen Fingern die Schutzrunen in den Fensterrahmen, gerade rechtzeitig, bevor einer der Seelenfresser von außen dagegenprallte. Das Glas zersprang, Scherben flogen ihr ins Gesicht, doch er konnte nicht herein. Frustriert kreischend flog er mit einem lauten *wusch-wusch-wusch* seiner ledernen Flügel in die Nacht zurück. Ob Menschen nur das Pfeifen des Windes vernahmen?

In dem Moment hörte sie, dass jemand die Wohnungstür aufschloss. Mist, Jada besaß doch einen Ersatzschlüssel. Offenbar hatte der Lärm sie angelockt.

Jada betrat die Wohnung. »Nessi, was … verflucht!«

»Geh zurück in deine Wohnung«, schrie Nessya.

»Verdammte scheiße, nur zehn Minuten früher und ich hä…« Weiter kam sie nicht. Einer der Seelenfresser drehte sich zu ihr herum, fauchte und riss sie zu Boden.

»Jada!«, schrie Nessya vom Bad aus. Vor ihr bot sich ein Bild der Zerstörung. Wind und Regen peitschten durch das in die Wand gerissene Loch. Dinge, die einst Möbel gewesen waren, lagen kreuz und quer im Zimmer verstreut, aus der Couch quoll die Innenpolsterung, als hingen Gedärme heraus. Den Sessel konnte sie von ihrer Position aus gar nicht mehr sehen und der kleine Kaffeetisch war nichts weiter als ein Häufchen aus Holzstücken und Splittern. Hätten sich verfeindete Gangmitglieder eine wilde Schießerei hier drin geliefert, hätte es nicht schlimmer ausgesehen.

Und inmitten dieses Chaos drückte ein Sluagh ihre Freundin gegen den Boden und holte mit seinem säbelscharfen Schädel zum Schlag aus.

Es gab nur eine Möglichkeit, Jada zu helfen. Sie musste ihren sicheren Unterschlupf verlassen und hinaus in die Kampfzone. Zwei verschiedene Arten Unseelie gierten darauf, dass sie jenseits der Schutzrunen trat. Das Spiegelwesen und die Sluaghs. Natürlich waren die Sluaghs gerade mit dem Spiegelwesen und Jada beschäftigt, doch würden sich die Unseelie zusammenrotten und sich gemeinsam auf sie stürzen?

Es spielte keine Rolle, irgendwie musste sie es schaffen, Jada aus den Klauen des Sluaghs zu befreien, und versuchen, sie in die Sicherheit des Bades zu bringen.

Wie so oft in letzter Zeit, blieb ihr nicht die Zeit, um sich eine ausgefeilte Strategie zu überlegen. Sie rannte einfach los.

18

Nessya packte den Sluagh, der sich über Jada beugte, an dem langen Schwanz, zog kräftig und hoffte, damit seine Aufmerksamkeit zu erregen. Es funktionierte. Er drehte sich nach ihr um und funkelte sie mit seinen schwarzen Augen zornig an. Unter ihm kreischte Jada sich die Seele aus dem Leib. Doch seine Aufmerksamkeit galt nicht länger ihr.

Er legte den Kopf schief und öffnete das Maul mit den unzähligen Fangzähnen. Es sah aus, als würde er sie höhnisch angrinsen. Verfügten diese Wesen über genügend Intelligenz für Emotionen und Spott?

Während sie langsam zurücktrat, erfasste sie rasch die Situation im Raum. Jada hatte aufgehört zu schreien und lag nun regungslos da, flach atmend. Das Spiegelwesen hingegen versuchte die Gelegenheit zu nutzen, um wegzukriechen, doch ein Sluagh legte eine kräftige Klaue auf dessen Brust und drückte es zu Boden.

Die anderen Sluaghs rotteten sich um Nessya, griffen jedoch nicht an. Es war dieser Moment tödlicher Stille, wenn die Meute darauf wartete, dass einer den Startschuss gab. Der metallische Geruch von Blut lag in der Luft, es roch nach alten Kupferpennys. Warme Flüssigkeit kroch an ihrem Hosenbein entlang über ihr Bein, als würde sich eine Schlange daran entlangwinden. Sie schaute an sich hinab und entdeckte eine Glasscherbe, die aus der Jeans ragte und ziemlich weit oben in ihrem Oberschenkel steckte. Wieso hatte sie die nicht vorher gespürt?

Als sich der Sluagh mit einem Ruck umdrehte, riss er ihr den Schwanz, den sie noch festhielt, aus den Händen. Dieser peitschte gegen die Deckenlampe und schlug sie aus der Verankerung, das Licht erlosch. Einen Augenblick lang war sie blind, ihre Augen mussten sich erst an die Dunkelheit gewöhnen. Sie stolperte unbeholfen zurück. Aus dem offenen Bad schien jedoch genug Helligkeit zu ihnen ins Zimmer. Sobald sich ihre Augen den neuen Lichtverhältnissen angepasst hatten, befand sich der riesige Schädel des Sluaghs nur wenige Zentimeter vor ihren Augen. Sie spürte ihn mehr, als dass sie ihn sah.

Mit der matten schwarzen Lederhaut schienen die Sluaghs alles Licht zu absorbieren und eins mit der Dunkelheit zu werden. Schwarze Drachen, unsichtbar im Nachthimmel. Er sprang sie an und riss sie mit sich zu Boden. Gegen seine Kraft hatte sie keine Chance. Starke Arme mit gigantischen Pranken hielten sie nieder, pressten sie gegen die Dielen. Als er an ihrem Hals schnupperte und tief in seinem Rachen leise knurrte, mit einer langen, schmalen Zunge über ihren Hals leckte, erstarrte sie.

Willkommen zurück, Gefäß der Macht.

Die Worte bohrten sich wie Eispickel schmerzhaft in ihr Gehirn. Es handelte sich nicht um gesprochene Worte, es war mehr wie ein Sinneseindruck, dessen Bedeutung ein Teil ihres Kopfes erfasste.

Sie schloss die Augen, dachte nur noch wirres Zeug, und nichts davon war hilfreich. Dann kratzten messerscharfe Zähne über die Haut ihres Halses, und nur ein einziger Gedanke beherrschte ihren Verstand. *Das war's, jetzt packt er zu und reißt mir die Kehle heraus.*

Doch nichts dergleichen geschah. Stattdessen trat er einfach zurück und entließ sie aus seinem Griff. Leben regte sich in ihr, Überlebenswillen, und die Starre ihres Körpers löste sich auf. Während sie aufsprang, sich Jada schnappte und sie hinter sich herzerrte, sah sie aus dem Augenwinkel, dass Cathal inzwischen ebenfalls eingetroffen war und die restlichen Sluaghs mit einer simplen Geste in Schach hielt. Ein groteskes Bild, da die schwarzen drachenartigen Geschöpfe größer waren und kräftiger wirkten als er.

Mit Jada zusammen rannte sie ins Bad. Erst als sie sich jenseits der Runen befanden, gestattete sie es sich, zusammenzubrechen. Rasch zog Jada sie an die am weitesten von der Tür entfernte Wand, damit sie sich aufsetzen konnte.

»Bleib hier sitzen, ich hole Emma«, teilte Jada ihr mit und wollte aufstehen, um das Badezimmer wieder zu verlassen.

»Nein!« Im letzten Moment packte Nessya ihr Handgelenk und hielt sie auf. »Das ist nicht Emma, Jada. Das ist nicht Emma.«

»Was meinst du damit? Ich kann sie doch sehen. Sie ist da draußen bei diesen … diesen Monstern.«

Nessya schüttelte den Kopf. »Das ist ein Gestaltwandler, ein Spiegelwesen. Es hat nur Emmas Aussehen angenommen, durch einen Spiegel hindurch.« Sie rechnete damit, dass darauf eine längere Diskussion folgen würde, dass Jada die Erklärung nicht verstand und darauf bestand, Emma zu ihnen ins Bad zu holen.

Stattdessen rief sie aufgebracht: »Verflucht. Ich bin zu spät!«

»Was meinst du, du bist zu spät? Zu spät wofür?«

»Ach, nichts.« Jada seufzte und hockte sich vor sie. »Dann kann ich wenigstens deine Wunden versorgen. Mist, in deinem Oberschenkel steckt eine Glasscherbe. Ich würde die lieber nicht einfach herausziehen, das könnte noch mehr Schaden verursachen und du könntest verbluten.«

Jada zog sich den Gürtel aus der Hose und band den Oberschenkel oberhalb der Wunde ab. Vor Schmerzen zuckte Nessya zusammen und zischte.

»Entschuldige«, murmelte Jada, stand dann auf und holte ein paar saubere Handtücher aus dem Schrank. Einige machte sie nass und fing an, die kleineren Schnitte und Wunden abzutupfen. Dadurch bekam Nessya Zeit, sich Jada genauer anzusehen. Heute trug sie wilde Locken, die als Afro um ihren Kopf standen.

»Neue Perücke?«, fragte sie. Sie wusste, wie belanglos das im Augenblick war, doch manchmal musste man sich in all dem Chaos ein bisschen Normalität bewahren, um den Verstand nicht zu verlieren.

»Nein, das ist mein Naturhaar«, erwiderte Jada geistesabwesend, da sie damit beschäftigt war, vorsichtig Nessyas Gesicht abzutupfen.

»Sieht viel besser aus, Jada. Ich verstehe nicht, weshalb du deine Haare nicht öfter so trägst, sondern immer diese … au.«

»Tut mir leid. Und danke. Ich werde in den nächsten ein bis zwei Jahren darüber nachdenken.«

Das Geräusch von schweren Stiefelschritten auf den Dielen ließ Nessya aufblicken. Cathal ging an einem der Sluaghs vorbei zu dem Spiegelwesen. Der Sluagh fauchte das Wesen an, das wie Emma aussah. Es war verstörend. Auch Jada hatte aufgehört ihre Wunden abzutupfen, und beobachtete die Fay. Sie schien erstaunlich gut mit all dem umzugehen.

Von ihrer Position aus konnte Nessya sehen, wie ein anderer Sluagh das Emmawesen zu Boden drückte. Sie befanden sich in dem Lichtkegel, der vom Bad aus in den Raum schien. Als Cathal vor ihm in die Knie ging, machte der Sluagh Platz für seinen Befehlshaber. Das Heer respektierte ihn. Was hatte er in der Vergangenheit getan und was war er fähig zu tun, dass ihm selbst die *Wilde Jagd* Achtung entgegenbrachte?

»Wer hat dich geschickt, Gwrach?«

Das Spiegelwesen verzog den Mund zu einem verzerrten Grinsen. »Ihr dürft mir nicht schaden. Ich stehe unter dem Schutz der Prinzen.«

Es sah für dieses Wesen nicht so aus, als wäre es etwas Neues, in einem menschlichen Körper zu stecken, was bedeutete, dass es schon sehr, sehr alt sein musste. Älter als zum Zeitpunkt der Schlacht, nach der die Unseelie ihre Magie verloren hatten. Weshalb besaß es seine Magie wieder? Wie oft hatte er bereits Körper geraubt? Wechselte er sie, wenn sie anfingen zu altern? Was passierte mit der Person, der jener Körper vorher gehört hatte? Was war mit Emma passiert?

Ohne sich von seinen Worten beirren zu lassen, legte Cathal die Hand auf die Brust des Spiegelwesens und schloss die Augen. Zwischen seinen Brauen erschienen Zornesfalten.

Es war nicht ihr eigener Körper, der zwischen den Dielen und seiner Hand festsaß, aber die Erinnerungen an die Prozedur waren frisch genug, dass sie sich unwillkürlich über die Brust rieb.

Als das Wesen einen Schmerzensschrei ausstieß und sich aufbäumte, sog Jada scharf die Luft ein.

»Und du bist *sicher,* dass das nicht Emma ist?«, fragte sie.

»Hundertprozentig.«

Unzufrieden schnaubte Jada, lehnte sich aber schließlich neben sie an die Wand. In der Zwischenzeit war die Temperatur in der Wohnung deutlich gesunken. Wölkchen bildeten sich aus dem Atem, und Kälte überzog ihre Haut.

Offenbar hatte Cathal in der Kirche nur einen kleinen Bruchteil seiner Magie benutzt, um sie etwas einzuschüchtern. Das, was er hier tat, war von einem ganz anderen Kaliber. Frost bedeckte die Wangen des Spiegelwesens. Es hatte aufgehört zu schreien und schnitt eine verzerrte Grimasse. Dabei bildeten sich Risse in der Haut, wie auf einem zugefrorenen See, der gerade dabei ist, einzubrechen.

»Uisdean«, sagte Cathal finster.

»*Prinz* Uisdean«, spie ihm das Emmawesen entgegen. Cathal stieß es hart gegen die Dielen, als es versuchte, sich unter seinem Griff hindurchzuwinden. Mehr Risse überzogen die Haut am Hals, dem Kopf und den Armen. Jedes Mal klang es, als würde Glas einen Sprung bekommen.

»Hat er dir verschwiegen, dass das Mädchen unter *meinem* Schutz steht, oder war die Aussicht auf einen Körper Anreiz genug, um das Risiko meines Zorns einzugehen?«

Das Spiegelwesen lag auf einmal ganz still da, rührte keinen einzigen Muskel.

Jada sah sie von der Seite an. »Ach?«

Um sich zu wärmen, blies sich Nessya in die Hände und rieb sich die Oberarme. »Erklär ich dir später.«

»Nicht nötig. Ich bin nur überrascht, wie weit deine Verbindung zu ihm schon zurückreicht.«

»Was meinst du damit?«

Statt zu antworten, sah Jada wieder nach vorne und beobachtete Cathal und den Gwrach.

»Ich habe sie nicht angerührt, Fürst«, verteidigte es sich. »Und Uisdean hat Euch nicht erwähnt. Er versprach uns lediglich Freiheit, dass wir unsere Mächte wiederbekommen und die Identität der Körper behalten dürften, wenn wir die Menschen in den Síd bringen.«

»Dann hättest du dich besser informieren müssen, Gwrach.«

»Habt Erbarmen, Fürst. Ich flehe Euch an.«

»Möglicherweise verschone ich dich, wenn du mir eine Frage beantwortest: Wohin hat der andere Gwrach das Mädchen gebracht?«

»D-Das weiß ich nicht. Prinz Uisdean hat die Spiegel für uns organisiert. Doch wohin der Weg durch die Spiegel führt, hat er uns nicht mitgeteilt.«

»Wie überaus bedauerlich für dich.« Cathal nahm die Hand vom Körper des Wesens, stand auf und trat zur Seite, damit der Sluagh, der die ganze Zeit über geduldig neben ihm gewartet hatte, an Cathals Stelle treten konnte.

Das Wesen riss die Augen auf und schüttelte heftig den Kopf.

Nessya versuchte Mitleid zu empfinden – niemand sollte das Opfer eines Sluaghs werden –, dennoch fühlte sie lediglich Abscheu für dieses Wesen. Es hatte Emma mit Magie angegriffen und nun befand sie sich im Síd, am Unseelie-Hof, und war einem Fay schutzlos ausgeliefert, der …

Den Gedanken konnte sie nicht einmal zu Ende führen. Der Prinz hatte eindrücklich beschrieben, was er zu tun gedachte. Ihre einzige Hoffnung bestand darin, dass er noch ihre Ankunft abwartete, bevor er sich an Emma verging.

Cathal sah mit kaltem Blick auf das Wesen hinab, stand auf und nickte. Offenbar war das das Zeichen, denn der Sluagh holte mit seinem sichelförmig geformten Schädel aus und ließ die scharfe Kante wie ein Beil auf die Brust des Spiegelwesens niederschmettern.

Neben ihr gab Jada ein schrilles Kreischen von sich.

19

Nachdem Nessya beobachten musste, wie die Sluaghs die Seele, oder was auch immer das wabernde, amöbenartige Zeug gewesen war, aus Emmas Spiegelkörper gerissen und verschlungen hatten, schickte Cathal die Herde zurück in den Síd.

Er wollte zu Jada und ihr ins Bad und brachte sie nach kurzer Diskussion dazu, die Schutzrunen für ihn zu zerstören. Sein Argument, dass sie zu viel Blut verlor und dringend Hilfe benötigte, war irgendwie nicht von der Hand zu weisen. Die Wunde an ihrem Oberschenkel schmerzte höllisch, nachdem Jada das Bein abgebunden hatte. Aber immerhin schien sie dadurch die Blutung gestoppt zu haben. Trotzdem brauchte sie Hilfe, und zwar schnell, wenn sie nicht in ihrem Badezimmer sterben wollte.

Seinen Blendzauber hatte Cathal komplett fallen lassen. Wegen Jada jetzt noch einen zu wirken, wäre auch irgendwie witzlos gewesen. Er hob Nessya hoch und trug sie in seinen Armen aus dem Badezimmer, während Jada dort zurückblieb.

»Jada, alles okay?«, rief sie über Cathals Schulter hinweg. »Kommst du klar?«

Sie bekam keine Antwort. Vermutlich musste Jada die ganzen Ereignisse selbst erst verarbeiten und Ordnung in ihrem Hirn schaffen. Die Sluaghs waren brachial durch die Wohnzimmerwand in die Wohnung gekommen, wo sich nun ein riesiges Loch auftat. Ihr angrenzendes Schlafzimmer war wie durch ein Wunder intakt geblieben.

Vor Schmerzen stöhnend sank sie in die Kissen, nachdem Cathal sie aufs Bett gelegt hatte. Jeder Muskel in ihrem Körper schmerzte. Als er sich zu ihr auf die Bettkante setzte, legte er eine Hand auf ihre Stirn.

»Du bist eiskalt«, sagte er.

»Sagt der Richtige«, flüsterte sie.

Der Anflug eines Lächelns huschte über sein Gesicht. »Ich werde Handtücher holen.«

»Okay.« Ihre Stimme klang rau, ihr wurde schwindelig. Es dauerte nicht lang, bis er mit einem Stapel weißer Handtücher zurückkam.

»Wie kommt Jada mit allem zurecht?«

»Deine Freundin war schon weg.«

»Echt?« Sie hatte überhaupt nicht gehört, wie Jada die Wohnung verlassen hatte. Stöhnend legte sie einen Unterarm über ihre Augen. »Wie soll ich ihr das alles nur erklären, ohne Síd-Gesetze zu brechen?«

»Ich denke, du musst dir diesbezüglich keine Sorgen machen. Ich glaube nicht, dass sie herumrennen und jedem von den Fay erzählen wird.«

»Vermutlich nicht«, murmelte sie. Bei Emma hätte dieses Risiko bestanden. Aber Jada gehörte mehr zur analysierenden Sorte und behielt Dinge für sich. Jetzt war erst einmal wichtiger, Emma aus dem Síd zu retten. Mit Jada konnte sie später noch reden.

Nachdem er die Handtücher auf das Bett gelegt hatte, setzte er sich auf die Kante und fing an, ihre Wunden zu säubern.

»Hast du Suzniis Heilpaste noch?«

»Daran kannst du dich erinnern?«, fragte sie überrascht.

Kurz unterbrach er es, die Schnitte abzutupfen, und warf ihr einen missfälligen Blick zu. »Selbstverständlich kann ich mich daran erinnern. Mir entgeht nichts, Nessya.«

Unwillkürlich bildete sich auf ihren Armen eine Gänsehaut. Auch wenn er ihr wohlgesonnen zu sein schien, war nicht von der Hand zu weisen, dass es sich bei ihm um einen der gefährlichsten Fay des Síd handelte.

»Auf meinem Nachtisch neben der Schmuckhand«, erwiderte sie leise. Statt aufzustehen und um das Bett herumzulaufen, beugte er sich einfach über sie und griff nach dem Kupferdöschen, das sich auf der anderen Seite des Bettes befand. Dadurch kam er ihr sehr nahe. Zu nahe. Ihre Körper berührten sich zwar nicht, doch viel fehlte nicht mehr. Sie spürte seine elektrisierende Aura gegen ihre Schutzschilde drücken und sog scharf Luft ein. Verdammter Halb-Seelie.

Bei seiner Größe bereitete es ihm keinerlei Schwierigkeiten, das Döschen zu erreichen. Dann trug er ein wenig auf seine Fingerspitzen auf und rieb die Salbe sanft auf ihre Wunden. Ein wenig gab er auch ihr und bat sie, ihre geschundenen Hände damit einzureiben. Wie von selbst erwärmte sich die Paste und kroch von den Fingern über ihre Hand. Fasziniert sah sie dabei zu, wie sich die feinen Wunden auf ihren Handrücken schlossen. Auch ihr Gesicht, um das sich Cathal kümmerte, fühlte sich wohlig warm an. Allmählich verschwand die Kälte, die in ihre Knochen gekrochen war.

»Die feinen Schnitte heilen sehr gut. Suzniis Magie muss noch wirken, sonst wären deine Verletzungen schlimmer«, sagte er geistesabwesend, während er konzentriert jeden einzelnen Schnitt behandelte.

Innerlich musste sie darüber schmunzeln.

»Was ist so lustig?«, fragte er.

»Es ist nur … hätte mir jemand vor einer Woche erzählt, dass sich der Heerführer der *Wilden Jagd*, sozusagen der größte *Bad-ass* des Síd, mit mir in meinem Schlafzimmer befinden und meine Wunden versorgen würde, hätte ich denjenigen in eine psychiatrische Anstalt einweisen lassen.«

»Ah. Das nennt man rationalen Egoismus, Nessya. Schließlich habe ich ein Interesse daran, dass du überlebst und es dir gut geht.«

»Nein. Nicht wirklich.«

Er unterbrach sich, lehnte sich zurück und sah sie fragend an.

»Du hättest ein Interesse daran, wenn ich dem Abkommen zugestimmt hätte«, erklärte sie. »So mache ich dir aber lediglich mehr Arbeit, weil du mein Leben lang darauf aufpassen musst, dass ich nicht hinter deinem Rücken zu den Seelie zurückkehre. Nicht dass ich mich beschwere. Im Moment bin ich über deinen sogenannten rationalen Egoismus sehr froh.«

Lächelnd fuhr er damit fort, die Salbe aufzutragen. Mit dem Gesicht schien er fertig zu sein, jetzt kümmerte er sich um ihren Hals. »Ich fürchte, du unterschätzt meine Geduld und deine Intelligenz, *mo chroí.* Ich denke nicht, dass du dein Vertrauen ein zweites Mal in die Seelie legen wirst. So, mit den kleinen Wunden bin ich fertig. Sehen wir uns jetzt dein Bein an.«

Inzwischen fühlte sich ihr Oberschenkel taub an und pochte. Sie hatte Angst davor, etwas anzufassen und womöglich noch schlimmer zu machen. »Vielleicht sollten wir in ein Krankenhaus fahren?«

»Wenn du das wünschst, bringe ich dich hin.«

Kurz zog sie es ernsthaft in Erwägung. Auf der anderen Seite hatte sie weder Lust noch Zeit, den Rest der Nacht und vermutlich den ganzen Tag in einer Klinik zu verbringen. Emma brauchte Hilfe.

»Nein, dafür ist keine Zeit. Walte deines Amtes«, forderte sie ihn auf, bevor ihr die ungeschickte Wortwahl auffiel. »Oder … vielleicht besser nicht. Aber wenn du das auch so hinbekommst, wäre ich dir sehr dankbar.«

Auf einmal versteifte er sich, sein dunkler Blick bohrte sich in ihren und seine Augen bekamen jenen metallischen Glanz, der ihn so unmenschlich, so nach Fay aussehen ließ.

»*Wie* dankbar?, fragte er mit rauer Stimme.

Verflucht, das war ihr so herausgerutscht. Vor einem Fay sprach man keinen Dank aus. Niemals. Es kam dem Eingeständnis einer Schuld gleich, die es einzulösen galt.

»Cathal …«, sagte sie und stöhnte. »Bitte keine Spielchen. Bringen wir es einfach hinter uns. Es war … ein Versehen. Eine Redewendung. Was ich sagen wollte, war, dass es mir lieber wäre, wir kriegen es hier hin, als wenn ich in ein Krankenhaus eingeliefert werden muss.«

Seinem Blick nach schien er damit unzufrieden zu sein, erwiderte jedoch: »Du bist verletzt und hast lange unter Menschen gelebt. Deshalb lasse ich dir den Lapsus ausnahmsweise durchgehen. Doch pass in Zukunft besser auf, wie du die Dinge in meiner Gegenwart, oder die eines anderen Fay ausdrückst.«

»Mach ich. Dank… ähm, ich meine, das rechne ich dir hoch an.«

Augenrollend seufzte er, stand dann auf und holte eine große Schere, die auf ihrem Schreibtisch lag. Als er wieder bei ihr saß, schnitt er vorsichtig das Hosenbein oberhalb der Scherbe ab und entfernte den Stoff schließlich ganz. Dunkelrote Ränder hatten sich um die Verletzung herum gebildet, der Rest des Beins sah blass und blau unterlaufen aus. In jedem Fall wirkte es sehr ungesund.

In dem Moment wurde ihr etwas klar. Wahrscheinlich hatte Suzniis Magie dafür gesorgt, dass sie sich vom Angriff des Prinzen so schnell erholt hatte. Wären sie nicht einandergeraten, hätte sie jetzt sicher noch mehr von dem Heilzauber in ihrem Körper, um die ganzen Wunden zu heilen. Abgesehen davon, dass sie sich überhaupt nicht in dieser Lage befände, wenn sie dem Prinzen nicht begegnet wäre.

»Ich fürchte, ich könnte zu viel Schaden verursachen, wenn ich versuche, die Scherbe aus dieser Position herauszuziehen. Es wäre besser, wenn ich mich zwischen deine Beine knien kann. Würdest du sie bitte auseinanderspreizen?« Mit einem Lächeln sah er auf sie herab. »Und ich versichere, dass meine Absichten höchst ehrenhafter Natur sind.«

»Sicher«, murmelte sie und verschaffte ihm Platz.

Während er sich zwischen ihre Beine positionierte, raschelten nur die Laken in der Stille des Zimmers und die ganze Situation bekam auf einmal etwas furchtbar Intimes. Dann ging alles sehr schnell und tat höllisch weh, und ehe sie sichs versah, hatte er die Scherbe aus ihrem Schenkel gezogen. Ein Schwall dunkelroten Blutes quoll aus der Wunde, bevor er rasch eines der Handtücher auf die Wunde presste.

»Halt das fest. Ich denke, deine Freundin hat dir vorhin das Leben gerettet, als sie dein Bein abgebunden hat. Dafür hat sie etwas gut.«

Angestrengt nickte sie und drückte das Handtuch fest auf die Wunde. Vor Schmerzen war sie nicht fähig, klare Worte zu sprechen. Sie war am ganzen Körper nass geschwitzt und der Schwindel kehrte zurück.

Als er das Handtuch wieder entfernte und um den Schnitt herum die Salbe auftrug, zerrissen neue Schmerzen ihre Haut und ließen sie in die Höhe fahren.

Wie ein glühendes Insekt bahnten sie sich einen Weg an den Rändern entlang bis tief in die Wunde hinein. Ihr Bein begann unkontrolliert zu zittern. Sie bekam kaum mit, wie Cathal es mit kräftigen Händen niederdrückte. Vor lauter Qualen kniff sie die Augen fest zusammen, hörte ihre eigenen Schreie und begann zu hyperventilieren. Ihre Stimme wurde heiser, aber sie konnte nicht aufhören zu schreien, konnte sich seinem festen Griff nicht entziehen. Von innen heraus goss die Hitze die Wunde aus wie flüssiges Metall. Ihr kam es wie eine halbe Ewigkeit vor, bevor die Schmerzen so weit nachließen, dass sie wieder halbwegs klar denken konnte.

»I-Ist es vorbei?«, fragte sie hoffnungsvoll.

»Das war leider erst der Anfang.«

Stöhnend fiel sie in die Kissen zurück. Aber es führte kein Weg dran vorbei. Da musste sie jetzt durch.

Cathal räusperte sich. »Es gäbe eine Möglichkeit, dich zu betäuben.«

»Ja«, stimmte sie zu, ohne weiter darüber nachzudenken. Dann: »Wie?«

»Seelie-Magie.«

»Oh.«

»Ich besitze nicht sehr viel, doch solange du sie nicht abwehrst, könnte es deine Schmerzen dämmen. Wenn du einverstanden bist.«

Nachdem sie kurz darüber nachgedacht hatte, nickte sie schließlich und hoffte, dass sie keinen Fehler beging. Doch sie bezweifelte, dass ihr in dem Zustand danach wäre, sich mit ihm wild in den Laken zu wälzen, ganz gleich, wie viel Seelie-Magie er einsetzte. Sie wollte nur gesund werden und sich dann sofort auf die Suche nach Emma begeben. Und vorher vielleicht kurz duschen.

»Bereit?«, fragte er.

Sie nickte, setzte sich auf und beugte sich etwas zu ihm vor. Er befand sich immer noch zwischen ihren Beinen, wodurch sie sich sehr nahe kamen. Auffordernd hielt er ihr die geöffneten Hände entgegen. Zögerlich legte sie ihre in seine und schloss die Augen.

»Achte darauf, mir die Magie nicht zu entreißen, Gefäß«, warnte er. »Lass dich lediglich auf sie ein.«

Durch seine Hände hindurch pulsierte Wärme und kroch langsam in sie hinein, während sich tief in ihrem Innern ebenfalls ein warmer Kern bildete. Es fühlte sich an wie ein warmer See, der vom Zentrum aus nach außen schwappte, sich vergrößerte, bis er auf Cathals Magie traf. Ihr wurde wieder schwindelig, doch dieses Mal lag es nicht am Blutverlust. Es war kein unangenehmer Schwindel, der wie vorhin Übelkeit verursacht hatte, sondern vielmehr wie eine leichte Trunkenheit, als stünde sie unter euphorisierenden Drogen.

Seufzend sank sie in die Kissen zurück und genoss den Rausch, ließ die Magie ihr Gehirn vernebeln. Ihr Bein tat noch weh, doch es war aushaltbar und keinesfalls mit den Schmerzen von vorhin zu vergleichen.

Einen Herzschlag lang tanzten beide metaphysische Seen – seine Magie und ihre Wärme – in ihrem Körper umeinander, bevor sie sich plötzlich miteinander vermischten.

Die Wärme wuchs zu einer glühenden Hitze heran, als würde ihre Haut von innen heraus versengen. Eine Schockwelle stieß durch ihren

Körper, die sie nach Luft schnappen ließ. Ihr Körper stand in Flammen. Die Hitze schoss durch ihre Adern, ließ ihre Knochen schmelzen und riss ihre Schutzschilde nieder.

Sie öffnete die Augen. Cathal kniete noch immer zwischen ihren Beinen und betrachtete sie fasziniert. Der Blick aus seinen metallisch grauen Augen versprach wilde, rohe, pure Lust und gab ihr das Gefühl, das betörendste Geschöpf auf Erden zu sein. Sie badete in der Empfindung.

Genau danach hatte sie sich all die einsamen Jahre in ihrem Exil gesehnt. Nach einem Fay und dessen Magie. Sie füllte sie aus, lieferte das fehlende Teil in ihrer Seele, von dem ihr nicht bewusst gewesen war, wie viel davon sie eigentlich im Síd zurückgelassen hatte. Die Magie machte sie wieder vollkommen. Sie brauchte sie, verzehrte sich danach.

Die Macht brandete mit solch einer Kraft über sie hinweg, dass sich ihr Rücken durchbog und ihr die Luft wegblieb. Dann entlud sie sich in einer gewaltigen Explosion, in der alle weiteren Gedanken hinter einem gleißenden Lichtstrahl verschwanden. Keuchend sank sie in die Laken zurück, während die Hitze noch in ihrem Unterleib pulsierte.

Cathal hatte sich auf die Knie erhoben, der Oberkörper durchgestreckt, die Flügel entfaltet und das Gesicht mit geschlossenen Augen zur Zimmerdecke gerichtet.

Er war wunderschön. Ein magisches Wesen, strotzend vor Kraft. Ein dunkler Dämon, schön wie ein Engel. Fasziniert streckte sie die Hand nach ihm aus, denn sie wollte nichts weiter, als ihre Finger über diese perfekten Muskeln gleiten zu lassen und in seine Magie abzutauchen. Das Einzige, das sie jetzt noch wollte, war, ihn zu fühlen.

Auch wenn da noch etwas war … etwas, das sie ganz dringend und unbedingt tun musste … was war es noch gleich?

Die Magie vernebelte ihr Hirn, verhinderte, dass sie noch einen klaren Gedanken zu fassen vermochte. Nichts war mehr von Bedeutung. Ihr Kopf wurde leer, bis auf einen letzten Gedanken. *Er.*

Und doch …

Etwas Wichtiges …

Konzentrier dich, Nessya …

Auf einmal riss sie die Augen auf, versteifte sich und rief laut: »Emma!«

20

Sie erinnerte sich. Emma war von einem Fay entführt und in den Síd verschleppt worden. Nein, nicht von irgendeinem Fay. Es war viel schlimmer. Einer der Unseelie-Prinzen hatte sie. Ein widerliches, sadistisches Scheusal, das vorhatte, ihr Schreckliches anzutun. Schließlich hatte er Nessya eindrücklich und detailliert beschrieben, was er mit ihren Freundinnen und ihr zu tun gedachte.

Faysüchtig. Das Wort schlich sich in ihren Kopf und ließ den Sog der Magie augenblicklich abflauen. Vehement schob sie Cathal von sich und stieg aus dem Bett. Ihre Knie waren wackelig, ein leichter Schwindel vernebelte noch ihr Gehirn, doch sie kämpfte mit aller Kraft gegen die Effekte seines Zaubers an.

»Du gottverdammter Schuft! Ich wusste, dass ich dir nicht vertrauen kann. Ich *wusste* es! Von wegen nur ein bisschen Magie.«

Im ersten Moment wirkte er perplex, dann änderte sich sein Ausdruck und er warf ihr einen eiskalten Blick zu. »Was unterstellst du mir?«

Den Heerführer der Sluaghs ärgern. Noch immer nicht die beste Idee, doch sie hatte ein für alle Mal genug davon, zum Spielball der Fay gemacht zu werden.

»Hast du mich manipuliert, indem du dir meine Zustimmung dafür erschlichen hast, Magie gegen mich zu benutzen?«

»Ich habe nichts anderes getan als das, was ich angekündigt hatte.«

Immerhin war von der tiefen Wunde an ihrem Bein nichts mehr zu sehen oder zu spüren. Sie war völlig verheilt.

»Wie konnte ich nur so dumm sein? Ich sollte es besser wissen, als einem Fay zu vertrauen. Du hast behauptet, du hättest kaum Seelie-Magie und dass ich mich deiner angeblich so wenigen Magie nur zu öffnen brauche, um ein bisschen – ein kleines bisschen – betäubt zu werden. Stattdessen warst du gerade dabei, mich faysüchtig zu machen.«

»Faysüchtig?«, wiederholte er, während er aus dem Bett stieg und sich vor sie stellte. Um ihm weiterhin in die Augen sehen zu können, musste sie ihren Kopf in den Nacken legen und zu ihm hochschauen. »Das ist der größte Schwachsinn, den ich je gehört habe, Nessya. Wenn du die Wahrheit wissen willst, war ich selbst überrascht, denn auch für mich hat es sich noch nie so angefühlt. Abgesehen davon kannst du als Halb-Seelie nicht faysüchtig werden.«

»Ich hatte einen Orgasmus, du Bastard!«

»Vorsicht, Nessya. Ich würde dir stark davon abraten, mir weiterhin Beleidigungen an den Kopf zu ...« Auf einmal blinzelte er verwundert, bevor sich ein selbstgefälliges Grinsen auf seinem Gesicht ausbreitete. »Wirklich?«

Augenrollend schnaubte sie.

Sein Lächeln wurde noch breiter. »Dabei habe ich dich nicht einmal berührt. Da schein aber jemand ausgehungert zu sein.« Er lachte. »Mein Angebot steht noch, Elfenkind, überlege es dir.«

Sie verschränkte die Arme vor der Brust und funkelte ihn genervt an. »Für dich ist das alles wohl ein riesengroßer Spaß?«

»Ich muss zugeben, dass ich anfange, mich zu amüsieren.«

»Ja. Was für ein Heidenspaß es doch wäre, mich zu einer dir hörigen Sexsklavin zu machen.«

»Wie gesagt, ich denke nicht, dass das möglich ist.«

»Warum nicht?«

»Du hattest bereits Sex mit einem Fay, oder nicht? Während der Zeremonie. Und in meinen Augen wirkst du – abgesehen von der einen oder anderen Stimmungsschwankung, die bei weiblichen Wesen jedoch normal sind – geistig völlig gesund. Der Verstand eines normalen Menschen würde nach all den Jahren ohne die Zuneigung eines Fay jedoch zerbrechen.«

»Es hat lange gedauert, bis ich mich erholt habe«, murmelte sie und vermied seinen Blick. Sie wollte nicht an die Zeit zurückerinnert werden. Im Nachhinein schämte sie sich dafür, Tuor so lange angehimmelt zu haben.

»Doch du hast dich erholt, und von einer Fay-Sucht erholen sich Menschen nicht, im Gegenteil, mit der Zeit wird es immer schlimmer. Möchtest du wissen, was ich denke?«

»Eigentlich nicht.«

»Ich denke, dass du einfach den ganz normalen Liebeskummer eines fünfzehnjährigen Mädchens hattest.«

Seufzend kniff sie sich den Nasenrücken. »Okay, eine letzte Frage, rein hypothetisch: Würde es dich stören, wenn ich faysüchtig werden würde?«

Er sah zur Seite und schwieg.

»Aha«, sagte sie, weil sie bereits davon ausgegangen war.

»Zwing mich nicht, darauf zu antworten.«

»Und warum nicht?«

»Weil ich darauf keine eindeutige Antwort geben kann.«

»Willst du eine eindeutige Antwort von mir? NEIN!« Sie bezog sich auf sein bescheuertes Angebot.

»Du willst eine Antwort?«, fragte er und sah sie mit zu Schlitzen verengten Augen an. »In Ordnung. Nein, es würde mich nicht stören. Dann hätte ich deutlich weniger Arbeit mit dir und du wärst zur Abwechslung mal nicht ein so nervtötendes Biest.«

Innerlich kochte sie vor Wut. »*Danke*. Ja, ich spreche es aus: Ich *danke* dir, dass du mich daran erinnert hast, weshalb es besser ist, hier zu wohnen und nicht in dieser menschenverachtenden Gesellschaft der Fay. Gott, bin ich froh, dass ich damals hierher geflüchtet bin. Ich bin stolz darauf, ein Mensch zu sein.«

Mit einem triumphierenden Lächeln setzte er sich zurück auf das Bett und lehnte sich auf seinen aufgestützten Armen nach hinten. »Und als solcher willst du in den Síd gehen, um deine Freundin zu retten, verstehe ich das richtig?«

Diese Konversation schlug eine extrem falsche Richtung ein. Ohne ihn konnte sie nicht in den Síd, schon gar nicht an den Unseelie-Hof. Sie war auf ihn angewiesen, und das wusste er. Sie hatte vorgehabt, ihn um Hilfe zu bitten, wenn sie sich gerade nicht stritten. Verdammt, wann würde zur Abwechslung mal etwas nach Plan verlaufen?

»Ich muss duschen. Kalt.« Mit den Worten rauschte sie an ihm vorbei in Richtung Badezimmer.

Stolz. Ihre große Schwäche. Am Seelie-Hof hatte dieser Charakterzug sie mehr als einmal in Schwierigkeiten gebracht. Als untergeordnetes Wesen, als Mensch, hatte man vor den Elfen keinen Stolz zu empfinden. Man war es schlicht nicht wert. Nur sie hatten das Recht darauf, stolz zu sein. Mutter hatte immer gesagt, dass ihrer sie eines Tages umbringen würde. Das war, bevor ihre Mutter versucht hatte, sie zu vergiften.

Während sie unter der Dusche stand, hätte sie sich selbst ohrfeigen können. Nach dem Streit und weil sie ihn einfach stehen gelassen hatte, war er vermutlich abgehauen. Aber Emma brauchte Hilfe. So schnell wie möglich. Und nun würde sie noch länger in dieser Hölle ausharren müssen, weil sie sich nicht hatte auf die Zunge beißen und ihren Stolz herunterschlucken können.

Von Jada fehlte jede Spur. War sie nach der ganzen Sache wirklich einfach so in ihre Wohnung zurückgekehrt? Es sähe Jada überhaupt nicht ähnlich, dass sie sie mit der schlimmen Verletzung und einem dämonisch aussehenden Geschöpf einfach so allein gelassen hätte. Vielmehr wäre sie ihr ins Schlafzimmer gefolgt, hätte sich vergewissert, dass alles halbwegs in Ordnung war, und sie währenddessen mit Fragen bombardiert und keine Ruhe gegeben, bis sie plausible Antworten bekommen hätte. Sobald sie den Kopf und die Zeit dafür hätte, würde sie mit Jada über alles reden.

Sie verließ die Wanne erst, als das getrocknete Blut vollständig abgewaschen war und das Wasser aufhörte, sich pink zu färben. Beim Verlassen der Wanne achtete sie darauf, sich nicht an den Scherben, die den Boden übersäten, zu schneiden. Dann wickelte sie sich in ein großes flauschiges Handtuch und ging in ihr Zimmer zurück.

Cathal stand mit dem Rücken zu ihr am Fenster und starrte hinaus. Er war noch da. Sie schloss die Augen, atmete tief durch und dankte innerlich allen Mächten des Universums.

Während sie sich unbeholfen, mit dem Handtuch um den Körper gewickelt, abtrocknete und eincremte, blieb er die ganze Zeit über mit dem Rücken zu ihr stehen. Sein langes, dichtes silbriges Haar klemmte hinter den Ohren, sodass die spitzen Ohrmuscheln zu sehen waren. Es ergoss sich über seinen kräftigen Rücken und reichte ihm fast bis zur Taille. Bis in die Spitzen war es gesund und glänzend, von Spliss keine

Spur. Sie betrachtete die Spitzen ihrer eigenen Locken. Das Leben konnte manchmal ungerecht sein. Auf seinen schmalen Hüften saß die enge, schwarze Lederhose, ansonsten war er unbekleidet. Die Lederstiefel standen neben dem Bett. Aufgrund der Erschöpfung verschwammen die Konturen seines Körpers vor ihren Augen. Sie war todmüde.

Bis Cathal die Worte aussprach, die sie mit einem Ruck hellwach werden ließen.

»Im Síd geht bereits das Gerücht herum, dass sich Prinz Uisdean ein nettes kleines Spielzeug aus der Menschenwelt mitgebracht hat. Königin Siobhánn interveniert für gewöhnlich nicht. Du weißt, was das bedeutet?«

Ein kalter Schauer lief ihr über den Rücken. »Dass der Prinz seine Opfer nie wieder gehen lässt.«

»Genau.«

Rasch streifte sie sich ein T-Shirt über und schlüpfte in eine Jeans und Socken. »Wo befindet sich das nächste Portal zum Síd?«

»Du kannst sie nicht spüren?«

Einen Augenblick dachte sie darüber nach. Theoretisch konnte sie das, wenn sie sich in der Nähe von einem befand. Aber sie wusste nicht, wo sie anfangen sollte zu suchen.

»Doch, aber nur, wenn ich schon weiß, wo es ist oder zufällig an einem vorbeilaufe.«

»Ich will nicht, dass du nach ihm jagst. Du bist ihm in keiner Hinsicht gewachsen.«

»Ist mir egal. Ich werde in den Síd gehen, um Emma da herauszuholen.«

»Nein.« Das eine Wort betonte er so harsch, dass sie zusammenzuckte. »Ohne mich betrittst du den Síd nicht. Du kennst die Bedingungen, die ich dir gestellt habe.«

»Dann werde ich deine Bedingungen einfach übergehen. Du kannst mir das nicht verbieten, Sluagh-Fürst. Schließlich falle ich dir nicht in den Rücken.«

»Ich kann es dir nicht verbieten, das ist richtig. Doch in dem Fall würde mein Schutz für dich entfallen.«

»Auch damit kann ich leben.« Die Frage war, für wie lange? Jeder würde davon erfahren, sobald sie wieder vogelfrei wäre. Der Prinz.

Die Sluaghs. Jeder gottverdammte Unseelie. Die Seelie. Und, nicht zu vergessen, natürlich der Heerführer der *Wilden Jagd* höchstpersönlich. Der Prinz würde wahrscheinlich nicht einmal Gelegenheit bekommen sie in die Finger zu kriegen. Cathal wäre schneller.

»Ich habe eine bessere Idee«, sagte er und beobachtete sie in der Spiegelung des Fensters, hinter der die Finsternis der Stadt lag. »Schreibe dir mit einem Filzstift ›frische Seele‹ auf den Bauch und warte einen Moment, bis ich meine Sluaghs zurückrufe. Du hättest dann das gleiche Resultat und müsstest dafür nicht einmal die Wohnung verlassen.«

»Sehr witzig!«

Er drehte sich um und warf ihr einen kalten Blick zu. »Glaube mir, ich scherze nicht. Du würdest keine fünf Minuten am Unseelie-Hof überdauern, Elfchen. Sie würden dich nicht gleich töten. Erst würden sie sich mit dir vergnügen. So lange, bis sie dein Innerstes nach außen gekehrt, deine Seele zerfetzt und deinen Körper gebrochen hätten. Und dann – wenn du Glück hast – würde dich einer von ihnen umbringen.« Er wandte sich wieder dem Fenster zu.

»Aber bin ich nicht angeblich dieses *Gefäß der Macht*?«

»Welches sie zutiefst hassen, weil es ihnen seinerzeit ihre Magie geraubt hat. Sei froh, dass man es nicht wirklich spüren kann. Ich habe es eher durch einen – wie soll ich es nennen? – dummen Zufall herausgefunden. Wenn du jedoch damit hausieren gehst, ohne Schutz, werden sie ihre Rache an dir auslassen.«

»Okay«, sie seufzte, »wenn es unbedingt sein muss, kannst du mich gerne begleiten.«

»Wie großzügig.«

»Bitte, Cathal.«

»Ich fürchte, dass ich das nicht kann.«

Er war wieder ganz verschlossene Miene und höfische Galanterie. Wie sie dieses Gebaren der Fay hasste. Ob er hin und wieder Emotionen durchschimmern ließ, weil er viel Zeit unter Menschen verbrachte, wusste sie nicht, doch es gefiel ihr besser. Selbst wenn es sich um Wut handelte. Dann konnte sie ihn einschätzen. Jetzt waren all die Gefühle unter einer Lawine aufgesetzter Arroganz verschüttet. Ihr war klar, dass das im Síd den Unterschied zwischen Leben und Tod bedeuten konnte. Hier nervte es.

»Kannst du nicht oder willst du nicht, Cathal?«

Er drehte sich um und sah sie an. »Ich kann deiner Freundin nicht helfen, Nessya.«

»Warum nicht?«

»Politik. Prinz Uisdean gehört mit seinen zwei Brüdern zur Königsfamilie. Ihnen wurde die Magie nie genommen und im Síd genießen sie eine Sonderstellung. Ich kann ihn nicht herausfordern, da ich in keiner persönlichen Beziehung zu deiner Freundin stehe. Ich kenne sie nicht einmal, und am Ende – so sehr du es auch hasst, wenn ich so argumentiere – ist sie nur ein Mensch. Nichts, wofür es sich lohnen würde, einen Krieg anzufangen.«

»Falls es dir entgangen sein sollte: Ich bin auch nur Mensch.«

»Mir ist nicht entgangen, dass du diese Ansicht vertrittst. Du wiederholst sie oft genug.«

Sie schloss die Augen, legte ihren Kopf in den Nacken und atmete mehrmals tief durch. Für ihre nächste Frage musste sie Mut sammeln.

»Und wenn der Freundin deiner … ähm, Geliebten etwas passiert und deine … deine Geliebte wünscht, sie zu retten, hättest du dann einen Grund, den du, politisch gesehen, rechtfertigen könntest?«

»Nessya«, sagte er sanft.

»Beantworte einfach meine Frage.«

»Ja, dann hätte ich einen Grund.«

Das war alles, was sie wissen musste. »Gut. Ich mach's.«

Sie starrten einander lange an und in seinem Blick sah sie erst Zweifel, dann Erleichterung und schließlich eine ganze Menge dunkler Fantasien, die er wohl auszuleben gedachte.

»Dann ist es besiegelt?«

»Es ist besiegelt«, bestätigte sie mit fester Stimme.

Ein dunkles, verheißungsvolles Lächeln umspielte seine Lippen und erzeugte Gänsehaut in ihrem Nacken. »Wunderbar.«

Seine Stimme war wie Pelz auf nackter Haut. Warm, weich, ein wenig unanständig und mit einem Hauch von Tod, der sie umgab.

21

Unsicher schlang Nessya die Arme um den Körper. »Wie genau läuft das jetzt ab?«, fragte sie und schluckte schwer. Im Grunde kannte sie die Antwort schon. Verträge und Abkommen unterlagen bei den Fay einer strengen Bürokratie. Erst hieß es die Bezahlung zu entrichten, dann wurden die daran geknüpften Bedingungen erfüllt. Aber vielleicht könnte sie Sonderkonditionen aushandeln. »Machen wir uns gleich auf den Weg in den Síd, oder …?«

»Zunächst einmal sollte unser Pakt offiziell in Kraft treten.« Er klang sehr förmlich, stand noch immer beim Fenster und machte keinerlei Anzeichen, sie zu bedrängen. Doch was seine Worte ausdrückten, war klar.

»Das heißt, dass wir erst Sex miteinander haben müssen?«

»›Müssen‹. Bei dir klingt es, als wäre es eine lästige Pflicht«, erwiderte er.

Aufgewühlt rieb sie sich die Oberarme und vermied seinen Blick. Sie hatte keine Ahnung, was sie tun oder sagen sollte, damit die ganze Situation nicht noch peinlicher wurde, als sie ohnehin schon war.

»Um ehrlich zu sein, fällt es mir etwas schwer, in die entsprechende Stimmung zu kommen, wenn meine Freundin von einem der Unseelie-Prinzen entführt wurde und von ihm gefangen gehalten wird.«

Er nickte langsam, offenbar konnte er das nachvollziehen. Dann schloss er die Augen und schien sich auf irgendetwas zu konzentrieren.

Als er sie nach einem kurzen Moment wieder öffnete, erklärte er: »Ich habe meinen Sluaghs eben aufgetragen, nach deiner Freundin zu suchen, mir unverzüglich mitzuteilen, wenn sie sie gefunden haben, und ihr kein Leid anzutun. Solange wir nicht wissen, wohin Uisdean sie verschleppt hat, können wir ohnehin nichts für sie tun. Sobald wir ihren Aufenthaltsort kennen, machen wir uns gleich auf den Weg, um sie zu retten. Einverstanden?«

Nickend blies sie langsam Luft aus. Wäre er kein Fay, hätte sie sich bedankt. Für einen Fay brachte er ihr damit einen immensen Vertrauensbeweis entgegen, da er damit sozusagen in Vorkasse ging. Das war nicht nur ungewöhnlich, das war ein Entgegenkommen von geradezu epochalem Ausmaß. Außerdem hatte er recht. Solange sie keine Ahnung hatte, wo genau Emma steckte, wäre es verschwendete Zeit und Energie, nach ihr zu suchen. Schließlich konnten sie nicht den gesamten Síd durchkämmen. Sie brauchten wenigstens einen Anhaltspunkt.

»Du wirkst noch immer äußerst angespannt«, stellte er fest, während er langsam auf sie zukam. »Was kann ich tun, damit du dich wohler fühlst?«

»Lass es uns einfach hinter uns bringen, okay?«, schlug sie leise vor. Sie fürchtete sich. Aus ihrer Erinnerung wusste sie, dass der Sex mit einem Fay zu etwas Besonderem, Magischem, Elektrisierendem werden konnte. Wie ein Rausch mit harten Drogen. Zwischen der richtigen Menge und einer Überdosis bestand ein schmaler Grat. Entweder stand ihr die beste Nacht des Lebens bevor oder ein Horrortrip, der sich gewaschen hatte.

»Hinter uns bringen?«, wiederholte er und seufzte. »Hast du dermaßen große Angst vor mir?«

Ja. Allein schon aufgrund der Tatsache, dass du ein Fay bist.

Sie sah ihn an und lächelte freudlos. »Nein, nicht wirklich. Es ist nur … ich bin etwas aufgeregt, das ist alles.«

Er blieb vor ihr stehen. Behutsam streckte er eine Hand nach ihr aus und strich eine Locke aus ihrem Gesicht. Eine äußerst sanfte Geste und sie ertappte sich dabei, wie sie die leichte Berührung genoss.

»Nessya, nenne mir deine Bedingungen und ich werde dir den Wunsch erfüllen.«

Überrascht sah sie zu ihm auf. Auch hierbei handelte es sich um einen Vertrauensbeweis der höchsten Kategorie. Theoretisch könnte sie nun alles von ihm verlangen, da er sein Wort nicht brechen durfte. Sie könnte ihn bitten, es langsam angehen zu lassen, und ihm versprechen, dass sie ihre Schuld später begleichen würde. Irgendwann, wenn sie so weit war. Da sie jetzt jedoch die Wahl hatte, kribbelte die Haut in ihrem Nacken. Sie *wollte* ihn berühren, sehen, riechen und schmecken. Sie wollte in der Macht eines Fay – seiner Macht – ertrinken, sie durch ihren Körper branden lassen, auf ihr reiten. Seit Jahren verzehrte sie sich danach, hatte die Sehnsucht jedoch immer zu unterdrücken versucht. All das könnte sie jetzt haben, es befand sich innerhalb ihrer Reichweite. Sie musste nur die Hand ausstrecken und die Magie pflücken, wie einen reifen roten Apfel von einem Baum.

Einen Moment lang überlegte sie, was ihr Sicherheit geben könnte. Durch sein Versprechen standen ihr alle Möglichkeiten offen. Ausgiebig betrachtete sie ihn von Kopf bis Fuß. Unter normalen Umständen hätte sie sich nie getraut, eine solche Forderung zu stellen, doch jetzt hatte er keine Wahl, als sich ihrem Wunsch zu beugen. Das musste sie ausnutzen. Zum Teufel mit den Konsequenzen.

Sie löste ihre Arme aus der Verschränkung, fuhr mit ihrem Blick über seinen Körper und leckte sich über die Lippen. »Ich möchte, dass du dich ausziehst. Komplett. Dann will ich mir Zeit nehmen und deinen Körper erforschen, aber du darfst nicht reagieren.« An ihrer Unterlippe knabbernd, sah sie ihm in die Augen. »Zumindest nicht aktiv. Du darfst mich währenddessen nicht berühren oder die Initiative ergreifen.«

Nachdem sie die kühnen Worte ausgesprochen hatte, raste ihr Puls wie ein dahinjagendes Lebewesen.

Eine seiner Augenbrauen verzog sich nach oben. »Für wie lange?«

»So lange wie nötig.«

Ein verschlagenes Lächeln weitete sich auf seinem Gesicht. »Netter Versuch, Kleines. Für zwei Minuten gehöre ich ganz dir. Danach …« Statt den Satz zu beenden, ließ er ihn unvollständig in der Luft hängen. Das war auch nicht nötig. Sie konnte sich vorstellen, was er ›danach‹ mit ihr zu tun gedachte.

»Gut. Aber dann für mindestens eine halbe Stunde.«

Die Verhandlungen hatten begonnen. In der Feenwelt wurde über jedes Detail gefeilscht. Selbst wenn es um psychologisches Armdrücken oder Vorspiel ging. Leider war sie darin nie besonders gut gewesen.

»Fünf Minuten«, konterte er.

»Treffen wir uns in der Mitte. Fünfzehn.«

»Zehn. Und keine Minute länger.«

»Einverstanden.«

Nachdem er zustimmend genickt hatte, besiegelten sie die Abmachung per Handschlag. Außerdem bestand er romantischerweise auf einen Timer mit Countdown nach unten, den sie auf ihrem Handy einstellte. Dann setzte sie sich aufs Bett, lehnte sich entspannt zurück und stützte sich auf den Händen auf.

Auffordernd nickte sie ihm zu. »So, dann lasst mal die Hüllen fallen, Heerführer.«

Ein selbstzufriedenes Lächeln umspielte seine Lippen. Während er ihr tief in die Augen sah, öffnete er den obersten Knopf seiner Lederhose. Dann den zweiten. Und schließlich den dritten. Ihr Herz flatterte aufgeregt in ihrem Brustkorb, wie ein in Panik geratenes Vögelchen in einem Käfig. Langsam atmete sie durch den Mund ein und aus. Er schien den Striptease voll und ganz zu genießen und beobachtete genau jede ihrer Reaktionen.

Nachdem er die Hose ganz aufgeknöpft hatte, streifte er das Leder langsam über seine Beine, bis er vollkommen nackt vor ihr stand. Unter der Hose trug er nichts.

Mit dem Blick fuhr sie über jeden Zentimeter seiner silbern schimmernden Haut. Mit den riesigen Schwingen, die er in dem kleinen Zimmer so weit er konnte ausgebreitet hatte, präsentierte er sich vor ihr, als wäre sie seine Herrin. Und für die nächsten – sie sah zum Handy – acht Minuten und dreißig Sekunden entsprach genau das den Machtverhältnissen zwischen ihnen.

Zitterige Aufregung breitete sich in der Mitte ihres Körpers aus. Nie hätte sie gedacht, dass der Inbegriff des Todes so schön sein konnte. Nach außen hin war er Silber, Kristall, Platin, Sturmwolken. Doch seine Natur war die Dunkelheit, eine finstere Seele. Er sah dämonenhaft und furchterregend aus. Und perfekt.

Ein dunkles Lachen drang aus seiner Kehle. »Deinem Blick nach zu urteilen, gefällt dir, was du siehst.«

Als sie wieder zu seinem Gesicht aufsah, stand sie langsam auf und ging auf ihn zu. Dann löste sie ihren Blick, betrachtete den atemberaubenden Körper und stellte sich so dicht vor ihn, bis sie seinen Duft einatmen und mit den Lippen seine Haut berühren konnte. Auch er atmete tief durch.

Mit den Fingerspitzen fuhr sie über die Wölbungen seiner Brust, die Bauchmuskeln, bis hinunter zu seinen Hüften. Zischend sog er den Atem ein. Langsam glitt sie mit ihren Fingern zu seinem Rücken, ließ sie über die festen Wölbungen seines Hinterns tanzen und erforschte jeden Zentimeter seiner warmen Haut. Als sie über die Wurzel seines rückwärtigen Schwanzes strich, sog er erneut scharf Luft ein und versteifte sich.

»Empfindliche Stelle?«, fragte sie leise, ohne zu ihm aufzusehen. Sie fuhr mit der Hand um die dicke Wurzel.

»Gewissermaßen«, erwiderte er angestrengt.

Sie wollte schon fragen, ob es unangenehm war, als sie an ihrem Bauch eine Regung spürte und hinabsah. Nicht nur seine Körperhaltung hatte sich versteift. Offenbar war die Berührung alles andere als unangenehm. Mit festem Griff schloss sie die Hand um den rückwärtigen Schwanz und strich an ihm entlang. Während seine Augen in die Höhlen rollten, atmete er angestrengt ein und aus.

»Ist das eine erogene Zone?«

Er räusperte sich. »Eine was?«

»Eine erogene Zone.«

»Ich … ich kann gerade nicht denken«, presste er heraus.

Sie lachte leise. »Das bedeutet wohl Ja. Als ich einen der Sluaghs vorhin am Schwanz gepackt habe, hat der anders reagiert.«

»Es«, er schluckte schwer, »es kommt auf die Situation und Stimmung an. Wenn dir ein Fremder auf der Straße an die Brust packen würde, fändest du das sicher auch nicht angenehm.«

»Stimmt.«

Nun sah sie zu ihm hoch und bemerkte, dass er zum Countdown ihres Handys schielte.

»Sechs Minuten habe ich noch«, ermahnte sie ihn.

Anstatt zu antworten, blies er langsam Luft aus. Sie löste ihre Hand von dem Schwanz und fuhr mit den Fingern über die starken Muskeln seines Rückens. Seine Haltung entspannte sich wieder etwas, als hätte sie ihn gerade der schlimmsten Folter ausgesetzt. Als sie um ihn herumlief und hinter ihm den Ansatz seiner Flügel berührte, strich sie über dünne, empfindliche, samtweiche Haut. Eigentlich hatte sie erwartet, dass sich die Flügel rau, fest und ledrig anfühlen würden.

Wieder bemerkte sie, dass er sich versteifte. Dieses Mal jedoch nicht, weil sie ihn an einer empfindlichen Stelle berührte, sondern weil er – Raubtier, das er war – offenbar nicht gerne jemanden im Rücken hatte. So weit er konnte, versuchte er den Kopf nach ihr zu verdrehen, um sie im Blick zu behalten. Doch wie gefordert, blieb er an Ort und Stelle stehen, ohne sie bei der Erforschung seines Körpers zu unterbrechen. Er tat genau das, was sie von ihm verlangt hatte. Das bescherte ihr einen kleinen Machtrausch.

Einer der gefährlichsten Fay des Síd lag ihr zu Füßen. Das war verflucht heiß. Sie bedeckte die Vertiefung seiner Wirbelsäule mit kleinen Küssen, leckte über die Haut bis zum Ansatz seines Schwanzes hinunter und atmete den Duft seines Körpers ein. Seine Haut schmeckte nach der Weite des Himmels und der Kühle der Nacht, darunter lag sein eigener Geschmack. Süß, glatt und frisch. Als Reaktion seufzte er wohlig. Über seinen Rücken und der starken Schulter streichend, ging sie weiter um ihn herum, bis sie ihm wieder von Angesicht zu Angesicht gegenüberstand.

Der Timer verriet, dass ihr noch drei Minuten blieben und die wollte sie nutzen. Während sie ihm tief in die Augen sah, nahm sie seinen Penis in die Hand. Er war so gewaltig, dass sie sich ernsthafte Sorgen gemacht hätte, wenn *er* sie damals durch die Zeremonie begleitet hätte. Sie war keine Jungfrau mehr, ein bisschen nervös wurde sie in Anbetracht dieser Maße aber dennoch.

Vorhin schon war er steif gewesen, jetzt pulsierte das feste Fleisch wie ein lebendiges Wesen in ihrer Hand. Wie Stahl unter seidenzartem Stoff.

»Ich hoffe, du weißt damit umzugehen.« Sie hatte einen kleinen Scherz machen wollen, dafür klang ihre Stimme jedoch zu rau und leise.

»Sei unbesorgt, Nessya«, flüsterte er ebenso rau. »Ich werde sanft mit dir umgehen.«

Langsam ging sie in die Knie, dabei hielt sie die ganze Zeit über seinen Blick. In seinen Augen lag ein fiebriger Glanz. Mit einem kurzen Zungenschlag fuhr sie über die Spitze, bevor sie die Lippen ganz um ihn herum schloss.

Laut stöhnend legte er den Kopf in den Nacken, während sich seine Hände neben seinem Körper zu Fäusten ballten. Es schien ihm

Schwierigkeiten zu bereiten, die Abmachung einzuhalten und sie nicht zu berühren. Immer wieder öffneten sich seine Hände, während sie ihn mit dem Mund liebkoste. Er schien nach ihr tasten zu wollen, schloss die Hände aber wieder.

»Nessya …«, stöhnte er. »Genug, hör auf. Sonst …« Weiter kam er nicht. Das gab ihr ein unglaublich berauschendes Gefühl. Sie saugte an ihm und erzeugte einen leichten Unterdruck, bevor sie ihn kurz entließ.

»Bettle darum, flehe mich an, und vielleicht erlöse ich dich.« Dann nahm sie ihn wieder in den Mund. Seine Bauchmuskeln zogen sich heftig zusammen.

»Das wirst … du … bereuen«, presste er atemlos hervor.

Mit den Händen packte sie seine Pobacken und bewegte ihren Kopf schneller vor und zurück. Er schob die Hüften etwas vor, ließ sie jedoch den Rhythmus bestimmen und bewegte sich ansonsten nicht. Sie mochte es, wenn ein Mann ihr in der richtigen Situation die Führung überließ. Genauso genoss sie es, wenn der Mann die Kontrolle übernahm, aber solange sie an der Reihe war, wollte sie das voll und ganz auskosten. Er tat genau das, was sie verlangt hatte, nicht mehr und nicht weniger. Das gefiel ihr.

Der Timer ihres Handys unterbrach sie mit einem lauten Klingeln und ehe sie sichs versah, zog er sich aus ihrem Mund zurück, packte sie an den Oberarmen und warf sie auf das Bett.

»Jetzt bin ich dran«, sagte er dunkel, bevor er ihre Lippen mit einem Kuss verschloss, der ihr die Sinne raubte. Sie konnte keinen klaren Gedanken mehr fassen. Alles, was sie in diesem Moment noch wahrnahm, war sein Duft, sein Geschmack und das Gefühl seines Körpers, der sich als schweres Gewicht gegen ihren drückte.

Kurz löste er sich von ihr, um ihr das T-Shirt über den Kopf zu ziehen. In einem bebenden Atemzug schnappte sie nach Luft, bevor er seine Lippen erneut auf ihre presste und sich mit geübten Griffen an ihrem BH zu schaffen machte. Dann streifte er ihr die Hose herunter.

»Ich werde mich ein anderes Mal revanchieren. Doch jetzt kann ich nicht länger warten. Ich will dich, Nessya. Ich will dich jetzt«, flüsterte er gegen ihre Lippen und bedeckte schließlich ihren Hals mit kleinen Küssen, knabberte an ihrem Ohrläppchen und liebkoste ihre Brüste. Sanft nahm er die Spitzen in den Mund und saugte an ihnen.

Stöhnend bäumte sie sich auf. Jegliches Blut schien aus ihrem Gehirn gewichen zu sein und sich woanders, in tiefere Körperregionen, gesammelt zu haben. Sie merkte nicht einmal, dass er ihr die Unterhose abgestreift hatte, auf einmal lag sie nackt unter ihm und jede Berührung fühlte sich auf ihrem Körper wie eine Vielzahl von kleinen, elektrisierenden Stromschlägen an.

Sie schlang die Beine um seine Hüften, fuhr dabei mit den Händen über die starken Muskeln seines Rückens, streichelte den Ansatz der Flügel und wieder zurück. Das schien für Cathal Aufforderung genug zu sein. Er positionierte sich zwischen ihre Beine und glitt langsam in sie hinein. Sie war mehr als bereit für ihn, dennoch füllte er sie vollkommen aus. Vorsichtig schob er sich Stück für Stück vor, um ihr nicht wehzutun.

Wärme breitete sich von der Körpermitte in ihren Körper bis in die Finger- und Zehenspitzen aus. Als sie zu ihm aufsah, lag sein Gesicht nur wenige Zentimeter über ihren. Seine Flügel waren ausgebreitet und umschlossen sie wie ein schützendes Zelt. Die Welt bestand nur noch aus dem Bett und ihren vor Schweiß glänzenden Leibern, die ineinander verschlungen waren.

Er betrachtete ihr Gesicht, musterte sie mit sanftem Blick, während er immer und immer wieder sanft in sie stieß. Sobald sich zwischen ihren Körpern ein Rhythmus entwickelt hatte, fing er an, das Tempo zu erhöhen. Stöhnend bäumte sie sich auf, bog den Rücken durch, während sie gleichzeitig die Arme um ihn schlang und ihn näher an sich zog. Inzwischen stieß er so schnell und heftig in sie, dass sich zu ihrem lauten Stöhnen das Geräusch von aufeinandertreffendem Fleisch mischte.

Genau danach hatte sie sich gesehnt. Sie fühlte die erste Woge der Lust in sich aufsteigen und schrie seinen Namen, während er in einen noch harscheren Rhythmus verfiel. So nah beieinander spürte sie das Donnern seines Herzens gegen ihre Brust, fühlte das Blut durch seine Adern rauschen, als wäre es ihr eigenes, und das Anschwellen seiner Magie, die sich in einem gewaltigen Stromschlag über ihr zu entladen drohte. Kurz geriet sie in Panik, fürchtete, in der Magie zu ertrinken. Doch dann beschloss sie, nicht länger dagegen anzukämpfen. Sie senkte ihre Schutzschilde, öffnete sich der Macht und ließ seine Aura in ihre sinken. Es fühlte sich an, als würden ihre Körper zu einer wahren Einheit werden und miteinander verschmelzen, bis ihre Herzen synchron schlugen, als gäbe es nur noch ein einziges, das sie sich teilten.

Jede Bewegung seiner Hüften stieß neue Wärme in sie, die sich über ihre Haut, in ihrem Blut, ihren Muskeln und Knochen ausbreitete, sie voll und ganz einnahm. Aus der Wärme wurde eine sengende Hitze und sie rauschte in einer gewaltigen Welle durch jede Zelle ihres Körpers. Schreie erfüllten den Raum, sie konnte nicht länger still liegen, musste sich bewegen, ihm ihr Becken entgegenheben, bis sich die Hitze, seine Magie und ihre Lust in einer gewaltigen Explosion in ihrem Unterleib entluden. Sie schrie, während er sich aufrichtete und sie mit sich hochzog, sodass sie auf seinem Schoß saß, während er heftig in sie drang. Nachdem auch er laut stöhnend gekommen war, brachte er sie wieder in eine liegende Position und brach schließlich über ihr zusammen.

Da er größer war, ruhte sein Hals an ihrem Gesicht. An ihrer Wange spürte sie seinen rasenden Puls. Eine halbe Ewigkeit lagen sie so da, bis sich ihre Herzen wieder beruhigten und sie sich traute, ihre Stimme zu benutzen.

»Cathal« stöhnte sie angestrengt. »Du wiegst eine Tonne.«

Missmutig brummend rollte er von ihr herunter und zog sie gleich darauf in seine Arme. Ein leises Lachen drang aus seiner Kehle.

»Was ist so lustig?«, murmelte sie, während sie sich an ihn kuschelte.

»Dass du glaubst, keine Seelie zu sein.«

»Die Seelie glauben, dass ich keine Seelie bin.«

Er hob den Kopf, um auf sie hinabzublicken. »Was ist aus ›ich bin nur ein ganz normaler, durchschnittlicher Mensch‹ geworden?«

»Der hat den Kampf gegen den elfischen Part vor circa fünf Minuten verloren.«

»Fünf Minuten?«, fragte er empört und legte sich wieder hin. »Das ging ja wohl sehr viel länger.«

Auf ihrem Gesicht breitete sich ein Lächeln aus, was er nicht sah, weil ihr Kopf auf seiner Brust lag. Mit dem Finger fuhr sie über die Wölbungen seiner Bauchmuskeln. Sie hätte ewig so daliegen können, verschlungen in seinen Armen, und wünschte sich, dass dieser Moment nie aufhörte. Ein offizielles Bündnis band sie aneinander, was bedeutete, dass er sie nicht einfach so fallen lassen konnte, wie Tuor es getan hatte. Er gehörte ihr.

Als sie seinen Vorschlag die letzten Tage hin und wieder in Erwägung gezogen hatte, stellte sie sich den Sex mehr wie eine Pflicht vor, als Preis dafür, in ihre Heimat zurückkehren zu dürfen. Jetzt konnte sie kaum genug von ihm bekommen und wollte sich am liebsten gleich wieder mit ihm vereinen, sobald sie genug Kraft hätte. Wohlig seufzend atmete sie seinen Duft ein, als sie sich auf einmal versteifte.

War sie etwa gerade dabei, die Dummheit zu begehen, sich in ihn, Heerführer der Sluaghs, zu verlieben? In einen *Fay?*

»Stimmt etwas nicht?«, fragte er, da er ihre Verunsicherung offenbar bemerkt hatte.

»Ich … ich bin mir nicht sicher«, erwiderte sie ausweichend.

»Wenn du es bereust, dann …«, kurz schien er über eine geeignete Drohung nachzudenken, »lege ich dich übers Knie und versohle dir den Hintern.«

Darüber musste sie schmunzeln. »Du kannst es gerne versuchen. Dann würde ich dir aber raten, nur noch mit offenen Augen zu schlafen, wenn dir deine Magie lieb ist.«

Unzufrieden grummelte er leise vor sich hin.

Sie wurde wieder ernst. »Cathal, ich bereue es nicht. Absolut nicht.«

Während er sanft über ihren Oberarm strich und sie stärker an sich drückte, seufzte er erleichtert.

Offenbar hatte der hinterlistige Síd nie vorgehabt, ihr dieses Schicksal zu ersparen, ganz gleich, wie lang sie davongerannt wäre. Aber was, wenn es für Cathal etwas rein Körperliches blieb? Wie sollte sie mit ihm darüber sprechen oder ihn fragen, ohne vollkommen mitleiderregend zu klingen?

Und vielleicht lag es lediglich an den Nachwirkungen des Sex, dass sie dachte, Gefühle für ihn zu entwickeln. Möglicherweise bedeutete das gar nichts und sie wäre wieder klarer im Kopf, sobald die Woge der Glückseligkeit restlos durch sie hindurchgerauscht war. Vielleicht sollte sie etwas geduldig sein und abwarten, was die Zeit ergab.

Während ihr das durch den Kopf ging, besann sie sich darauf, fokussiert zu bleiben. Jetzt galt es sowieso, sich um wichtigere Dinge zu kümmern. Ihre persönlichen Gefühle mussten warten.

Als hätten diese Gedanken das Stichwort gegeben, löste sich Cathal plötzlich von ihr, setzte sich auf und schloss konzertiert die Augen. Nach einem Moment wandte er sich ihr wieder zu.

»Sie haben deine Freundin gefunden«, sagte er. »Bist du bereit, in den Síd aufzubrechen?«

Statt zu antworten, sprang sie aus den Laken – die Knie noch etwas wackelig – und zog sich rasch an.

Duschen konnten sie später noch, sobald sie Emma aus den Fängen des Prinzen gerettet hatten und sich ihre Freundin wieder zurück auf der anderen Seite befand.

22

Cathal wartete geduldig auf der Couch, bis Nessya sich fertig angezogen und eine – wie sie es nannte – Notfalltasche mit Wechselkleidung, Getränken und Proviant zusammengepackt hatte. Das Loch in der Wohnzimmerwand kaschierte er unter einem Blendzauber. Sich selbst anzuziehen, war eine Sache von einer Minute gewesen.

Während sie hektisch in der Wohnung auf und ab ging, erkundigte sie sich nach dem nächstgelegenen Portal.

»Normalerweise befindet sich eines hier ganz in der Nähe«, antwortete er, »doch im Moment kann ich es nicht spüren.«

»Was bedeutet das?«, rief sie aus dem Badezimmer zu ihm herüber.

»Dass es weitergewandert ist. Das nächste, das ich wahrnehmen kann, liegt in einiger Entfernung nördlich von hier.«

Sie trat aus dem Bad zu ihm ins Wohnzimmer. »Wahrscheinlich in der Nähe des Friedhofs. Das ist der einzige magische Knotenpunkt, der mir in der Richtung spontan einfällt«, erwiderte sie nachdenklich, bevor sie weitere Dinge zusammensuchte.

Offenbar bevorzugte Nessya es, ihre eigenen Lebensmittel mit in den Síd zu nehmen. Was genau war ihr nur widerfahren, um der magischen Welt gegenüber dermaßen misstrauisch geworden zu sein? Vielleicht würde er dem auf dem Grund gehen und ihre Verwandten zur Rede stellen, wenn sie etwas vertrauter miteinander waren. Allein der Schock, den er den noblen Seelie durch seinen Besuch bescheren würde, gäbe ihm eine tiefe Genugtuung.

Nachdem sie gemeinsam die Wohnung verlassen hatten, blieb Nessya bei einem kleinen roten Auto stehen, das nicht weit vom Haus entfernt stand, öffnete eine Wagentür und warf ihre Tasche hinein. Dann setzte sie sich hinter das Steuer.

»Worauf wartest du? Steig ein«, forderte sie ihn auf, nachdem er keinerlei Anzeichen machte, sich zu ihr zu setzen. Schon die normalen Autos hasste er, bei diesem Gefährt handelte es sich jedoch um ein uraltes, hässliches Exemplar in Spielzeuggröße.

Er verschränkte die Arme vor der Brust. »Du erwartest doch hoffentlich nicht, dass ich mich in diese Sardinendose quetsche. Aus welchem Jahrhundert stammt das Teil überhaupt?«

»Hey, das ist mein kleiner Renault 19, Baujahr 1987. Es ist vielleicht nicht das neueste Modell, aber es fährt. Ich habe keine Lust, bei der Kälte die fünf bis sechs Kilometer bis zum nächsten Portal zu laufen.«

»Die Betonung liegt wohl auf ›klein‹.«

»Jetzt stell dich nicht so an und steige ein. Verändere dein Aussehen, wenn es dir peinlich ist, in dem Auto gesehen zu werden. Abgesehen davon ist es stockdunkel und ich bezweifle, dass sich um die Uhrzeit überhaupt noch jemand auf den Straßen befindet.«

»Nessya«, betonte er nachdrücklich, »ich passe da schlicht nicht rein. Nur weil die Flügel unter dem Blendzauber nicht zu sehen sind, bedeutet es nicht, dass sie tatsächlich nicht mehr existieren.«

Sie stieg wieder aus, nahm die Tasche von der Rückbank und schloss den Wagen ab. »Was schlägst du vor?«

»Wir könnten fliegen. Wenn du dich gut festhältst, dann …«

»Auf keinen Fall«, erwiderte sie panisch.

»Es wäre nicht das erste Mal. Als du nach X'aertys Angriff bewusstlos warst, habe ich dich auf diese Weise in die Kirche gebracht.«

Ihre Augen weiteten sich etwas, jegliche Farbe wich aus ihrem Gesicht. Das erkannte er trotz der Dunkelheit. »Dann hattest du großes Glück, dass ich bewusstlos war!«

Er seufzte. »Gut. Alternativ könnte ich ein anderes, größeres Auto organisieren.«

»Wie?«, fragte sie misstrauisch.

»Das lass meine Sorge sein.«

Keine halbe Stunde später saßen sie in einem mattschwarzen, schwer getunten BMW SUV. Er hatte keine zwei Minuten gebraucht, um die Verkleidung um das Schloss herum wegzubrechen und das Zündschloss zu knacken. Ihren Protest wegen des Diebstahls überging er, schließlich liehen sie sich das Gefährt nur aus, für dieses Fortbewegungsmittel hätte er ohnehin keine weitere Verwendung. Das Argument, dass Fahrer getunter BMW meist sowieso Idioten wären, schien sie ebenfalls nicht zu überzeugen. Sei's drum, wenn sie nicht mit ihm fliegen oder laufen wollte, hatte sie keine andere Wahl. Hier drin war es immer noch verflucht eng und unangenehm, doch immerhin hatte er es geschafft, sich in das Auto zu quetschen. Beim Síd, wie er diese rollende Erfindung der Menschen verachtete.

Während Nessya fuhr, schien sie sich entweder auf die Straße zu konzentrieren oder ihren Gedanken nachzuhängen. Vielleicht dachte sie an die rothaarige Menschenfrau. Die harten Linien um ihren Mund und zwischen den Augenbrauen verrieten, wie besorgt sie war.

Seine zarte Halb-Elfe war nicht nur loyal und mutig. Obendrein sah sie atemberaubend aus. Eine dunkelhaarige Schönheit mit den strahlenden mitternachtsblauen Augen, die für die Elfen des Seelie-Hofes so typisch waren. Dennoch war die menschliche Tarnung, unter der sich das *Gefäß der Macht* verbarg, äußerst überzeugend. Raffiniertes Síd-Relikt, selbst er war zunächst darauf reingefallen.

Die Seelie waren Idioten. Aufgrund ihrer Arroganz hatten sie ein Juwel von unschätzbarem Wert aus ihrer Mitte vertrieben. Doch ihr Verlust war sein Gewinn. Nessya gehörte nun ihm. Mit Haut und Haaren.

Dass es sich bei ihr um eines der vier Heiligtümer handelte, stellte einen zusätzlichen Anreiz dar, doch das war längst nicht mehr der Hauptgrund, weshalb er sie für sich beanspruchen wollte. Inzwischen wollte er sie in erster Linie als seine Geliebte – seine Partnerin.

»Du machst mich nervös, wenn du mich so von der Seite beobachtest«, sagte sie auf einmal in die Stille hinein, während sie über eine Kreuzung fuhr. »Woran denkst du?«

»Sollte man vor Ampeln normalerweise nicht halten?«

»Nur wenn sie rot sind. Wenn sie orange blinken, bedeutet das, dass man aufpassen muss, aber über die Straße fahren kann, wenn sie frei ist. Woran hast du gerade gedacht?«

Er sah nach vorn. »Mir ist nur wieder aufgefallen, wie wunderschön du bist, dass du jedoch auch sehr besorgt wirkst.«

»Ich habe an Emma gedacht«, gestand sie und seufzte mutlos.

»Das habe ich vermutet.«

Wie gerne hätte er ihr versichert, dass alles gut werden und sie ihre Freundin retten würden. Doch er kannte die drei Prinzen. Nassaïr, Uisdean und Krystal verbreiteten Angst und Schrecken im Síd. Und manchmal auch unter den Menschen. Solange sie es nicht übertrieben, sah Siobhánn großzügig darüber hinweg.

Cathal war zu jung, um Aymon, Gott des Krieges, gekannt zu haben, doch man munkelte, dass die drei Prinzen ganz nach ihrem Vater schlugen. Sie waren grausam und genossen es, andere mit ihrer Magie zu quälen. Bis auf den jüngsten Prinzen, standen sie auf Folter. Und was Krystal betraf, der war verrückt. Zusammen mit seiner Fähigkeit, sich in die Urangst seiner Feinde verwandeln zu können, stellte das eine äußerst gefährliche Kombination dar.

Nessya schaltete einen Gang runter und fuhr langsamer. »Da vorne ist der Friedhof.«

Den Sog des Síd spürte er in jeder Faser seiner Muskeln und je näher sie dem Portal kamen, desto stärker wurde die Empfindung.

Inzwischen vermochte er genau auszumachen, wo sich der Eingang zum Síd befand. »Das Portal befindet sich in der Mitte dieses Areals.«

Als Nessya den Wagen parkte und die Fahrertür öffnete, stoppte er sie. »Wir sollten eine Strategie besprechen.«

Sie schloss die Tür wieder und sah etwas krank aus. Gerne würde er sie in die Arme schließen und alles Böse von ihr fernhalten. Nie zuvor hatte jemand seinen Beschützerinstinkt erweckt. Doch sie war nicht so zart, wie sie aussah. Mit fünfzehn hatte sie den Mut aufgebracht, in eine fremde Welt zu fliehen und sich dort durchzuschlagen, statt sich weiterhin den Demütigungen und Gefahren der Seelie auszusetzen. Nessya war unabhängig und stark. Eigenschaften, die er unheimlich schätzte.

Sie sah ihn an. In der Dunkelheit stach ihr helles Gesicht inmitten des Wusts an dunklen Locken geradezu leuchtend heraus. »Hast du denn eine Idee? Ich muss zugeben, dass ich mit meinem Latein am Ende bin.«

Er wandte den Blick ab und sah nach vorne aus dem Fenster. Mit der Strategie, die er vorzuschlagen gedachte, fühlte er sich nicht wohl, doch es war die einzige Möglichkeit. »Die Herde hat deine Freundin im Schloss der Prinzen entdeckt. Wir können dort nicht offiziell einfallen, ohne einen Krieg anzuzetteln, der nicht nur die Unseelie gegen uns aufbringen, sondern obendrein Königin Siobhánn erzürnen wird.«

»Verflucht«, murmelte sie und schloss gequält die Augen.

»Es gäbe jedoch eine andere Möglichkeit.«

Sie öffnete die Augen wieder und sah ihn erwartungsvoll an.

»Ich werde Prinz Uisdean zum Gespräch vorladen. Da er etwas angegriffen hat, dass mein ist …«, beschwichtigend hob er die Hände, als Nessya protestieren wollte, »… im Síd stehst du offiziell unter meinem Schutz, das macht dich zu einer der meinen und das ist allgemein bekannt«, erklärte er, was sie zu akzeptieren schien. »Also, da er jemanden angegriffen hat, der einer der meinen ist, ist ein solches *Gespräch* ohnehin unumgänglich. Zur Unterstützung bringt er mit Sicherheit seine beiden Brüder mit, da er sich nicht trauen wird, mir allein gegenüberzutreten. In dieser Zeit ist das Schloss dann leer. Während ich die drei Prinzen ablenke, könntest du unauffällig hineinschleichen und deine Freundin befreien. Meine Sluaghs werden dich dabei unterstützen und über gedanklichen Austausch mit mir in Kontakt stehen, sodass ich weiß, wie lange ich die Prinzen hinhalten muss.« Er sah sie an. »Traust du dir das zu?«

Unsicher rieb sie sich über die Oberarme. »Haben wir eine andere Wahl? Es *muss* klappen. Aber wie komme ich unbemerkt zum Schloss? Befindet es sich nicht im Herzen des Unseelie-Territoriums?«

»Ich fürchte, du wirst nicht darum herumkommen, dich von einem der Sluaghs fliegen zu lassen.«

Schockiert sah sie zu ihm auf. »S-Sind sie damit denn überhaupt einverstanden? Sind sie berechenbar? Ich meine, was, wenn sie plötzlich beschließen, dass ich ihnen als Snack besser gefalle?«

Das brachte ihn zum Lachen. »Sie mögen dich, Nessya. Nicht zum fressen, sondern, weil du wie sie gewissermaßen zum Inventar des Síd gehörst. Das erste Aufeinandertreffen mag vielleicht etwas holprig gewesen sein. Doch das lag nur daran, weil sie dachten, du würdest dich mit mir duellieren und mir meine Magie stehlen.« Er wurde wieder ernst. »Ich bin für dich da, Nessya, und werde alles in meiner Macht Stehende tun, um dir zu helfen. Darauf schwöre ich dir einen Eid.«

Lange sah sie ihn an, ohne etwas darauf zu erwidern. Er vermochte nicht abzuschätzen, was sie dachte oder was dieser sanfte, beinahe traurige Blick bedeutete. Bis sie sich zu ihm vorbeugte, ihre Hand um seinen Nacken legte und ihn küsste.

Ihr Kuss war vorsichtig, ein Vortasten, kaum mehr als ein Lufthauch, bevor sie ihre weichen Lippen teilte, fester auf seine drückte und sanft an ihnen knabberte. Ihre Zungen berührten sich, neckten einander. Eine kurze, feuchte Liebkosung. Sein Herz hämmerte in seiner Brust, das Blut in seinen Lenden geriet in Wallung. Sie drückte ihre Lippen noch fester auf seine. Er zog sie näher zu sich und hätte sie ganz auf seinen Schoß gezogen, wenn der enge Raum das zugelassen hätte. Was vorsichtig begonnen hatte, wurde zu einem wilden, leidenschaftlichen Kuss, der ihm die Sinne raubte. Bis sie sich plötzlich von ihm löste und tief durchatmete.

Mit geschlossenen Augen lehnten sie Stirn an Stirn aneinander. Sie leckte sich über die Unterlippe, als wollte sie sich seinen Geschmack bewahren. Auch er konnte sie noch auf seinen Lippen schmecken.

Und in dem Moment wurde ihm klar, dass er sie nie wieder gehen lassen könnte.

»Das gefällt mir sehr viel besser als ein einfaches ›Danke‹«, sagte er leise gegen ihre Lippen.

Sie kicherte. »Hab ich mir gedacht.«

Einige weitere Herzschläge verharrten sie in dieser Position, bevor sie sich seufzend in den Fahrersitz zurücklehnte.

»Wollen wir?«, fragte sie.

Gemeinsam stiegen sie aus und machten sich auf dem Weg zum Portal, das in den Síd führte.

Cathal bestand darauf, ihre schwere Tasche zu tragen. Theoretisch konnte sie sie auch selbst tragen, aber unter den Fay herrschte meist noch Alte Schule und sie war die Letzte, die sich darüber beschweren würde. Manchmal tat es gut, wie eine Lady behandelt zu werden.

Die Nacht tauchte die hellen Oberflächen der Grabsteine in einen bläulichen Schein. Als wäre die Welt von einem Pinselstrich Tinte überzogen worden. Schwere Wolkenungetüme, die den ganzen Tag über für Regen gesorgt hatten, zogen an dem silbern schimmernden Vollmond vorbei. Bis auf das Knirschen, das ihre Schritte auf dem Kies erzeugten, war es ruhig. Und auf erschreckende Weise wunderschön.

Auf der Suche nach dem Portal liefen sie durch die Reihen der Grabsteine. Magiegetränkte Stellen, wie die inneren Zirkel von Steinkreisen, bargen oft Pforten zur anderen Seite. Oder jene Orte, an denen die Grenzen zwischen Leben und Tod verschwammen und ineinander übergingen. Wie hier.

Sie passierten alte Gräber, weiße Kalksteine, auf denen man die Inschriften kaum noch lesen konnte, nachdem sie jahrzehntelang der Witterung ausgesetzt gewesen waren.

Erst fühlte sie nur ein leichtes Kribbeln wie ein eingeschlafenes Bein, wenn man zu lange im Schneidersitz sitzt. Dann biss die Magie stärker in ihre Haut, wie dünne Nadeln. Nicht schmerzhaft, mehr prickelnd, als wären ihre Arme mit Akupunkturnadeln übersäht. Selbst ohne Cathal könnte sie jetzt den exakten Standort des Síd-Eingangs festlegen. Als hätte sie ein inneres eingebautes Magie-Erfassungs-GPS. Je näher sie ihm kam, desto stärker wurden die Empfindungen. Gleichzeitig machte sich in ihrer Magengegend ein flaues Gefühl breit.

Sie war aufgeregt, freute sich sogar, aber gleichzeitig war ihr auch etwas mulmig zumute. Sie kehrte nach Hause zurück. Einem Ort, aus dem sie hatte fliehen müssen, weil sie dort über kurz oder lang umgebracht worden wäre. Während ihr dieser Gedanke durch den Kopf ging, liefen sie an einem weißen Steinengel vorbei, der mit traurigem Lächeln auf sie herabblickte.

Vor einem großen keltischen Kreuz mit unzähligen Namen und Daten blieben sie stehen. Ein Massengrab. Sie sah den Eingang zum Síd nicht wie eine Tür, doch sie fühlte, wie sich die pulsierende Energie der Feenhügel mit dieser Welt mischte. Was immer hinter dem Flimmern lag, erschien ihr wie ein Raubtier, das darauf wartete, aus seinem Käfig auszubrechen.

Waren die Grenzen schwächer als früher? Drohte sich die eine Welt in die andere zu ergießen? Oder war bloß ihr Misstrauen mit den Jahren gewachsen?

Auf einmal war sie sich nicht mehr sicher, ob sie das durchziehen wollte. Doch sie hatte keine Wahl.

Wenn Emma nicht entführt worden wäre, wenn sie gesund und munter zu Hause sitzen, ihren Hausfrauen-Soft-SM-Bestseller lesen und dabei heißen Tee trinken würde und Nessya trotzdem hier stünde, mit der Möglichkeit, in den Síd zu gehen, würde sie es tun?

Oder würde sie kneifen?

Sie wusste es nicht.

»Kalte Füße?«, fragte Cathal.

Sie lächelte leicht. »Kannst du etwa Gedanken lesen?«

»Nein, doch deine Gefühle stehen dir buchstäblich ins Gesicht geschrieben. Langsam verstehe ich, weshalb du im Síd nicht sehr gut zurechtgekommen bist, *mo chroí*. Du bist zu authentisch.«

»Das fasse ich mal als Kompliment auf.«

Lächelnd streckte er die Hand nach ihr aus. »Komm«, sagte er, und in seiner Stimme schwang eine dunkle, berauschend summende Melodie mit. »Du bist nicht allein, ich bleibe an deiner Seite. Komm, Nessya.«

Sie holte tief Luft, ergriff seine Hand und ließ sich von ihm vor die flimmernde Luft ziehen. Er stellte sich mit dem Rücken davor, sah ihr tief in die Augen und zog sie näher zu sich heran. Widerstrebend ließ sie es zu. Ihr Herz raste wild in ihrer Brust. Seine Arme und Flügel schlossen sich um sie, wie ein schützender Kokon. Mit den Händen stemmte sie sich gegen ihn, doch sie hätte genauso gut versuchen können, gegen einen Stahlpfeiler anzukämpfen.

Als sie zu ihm aufsah und seinen Blick erwiderte, fühlte sie den Sog, der von ihm ausging. Wärme breitete sich um ihr Herz herum aus und ließ es schneller schlagen. Er wurde sehr still. Seine quecksilberfarbenen Augen verdunkelten sich. Zwei fast schwarze Seen, die aufgeregt funkelten, wie Wasser in einer sternenklaren Nacht.

»Cathal, warte …«, flüsterte sie, doch es war zu spät. Er trat nach hinten, in die flimmernde Luft, in den Eingang zum Síd.

Wieso hatte sie auf einmal eine solche Angst? Wieso brannte jede Faser ihres Körpers in dem Bedürfnis, wieder zu fliehen?

Sie spürte den Moment genau, als sie sich in der Pforte zwischen Menschenwelt und Síd befand, als sie in beiden Welten und gleichzeitig in keiner von beiden war.

Um sie herum explodierte ein Feuerwerk an Blitzen und sie hörte leises Knistern, als würden Leitungen durchbrennen. Stromschläge zuckten durch ihren Körper, nahmen ihr die Luft zum Atmen. So schnell, wie es begonnen hatte, war es vorüber. Plötzlich befanden sie sich im freien Fall und schlugen hart auf. Sie blinzelte und setzte sich auf.

Wo auch immer sie sich befand, es war stockfinster. Selbst als sie versuchte, ihre Augen anzupassen, erkannte sie nichts, spürte aber, dass sie rittlings auf etwas saß. Etwas, das sich lebendig anfühlte, atmete. Ihre Hände erfühlten Muskeln unter warmer Haut. Cathals Griff legte sich um ihre Hüften, bevor er ihr aufhalf.

»Alles in Ordnung, *mo chroí?* Hast du dir wehgetan?«, erkundigte er sich.

»Nein, alles in Ordnung. Ich bin ja mehr oder weniger weich gefallen.«

»Weich? Ich?«

Ihre Anspannung löste sich etwas, sie musste lachen. »Auf jeden Fall hast du meinen Sturz gedämpft.«

Während sie ihre Jeans abklopfte, versuchte sie sich zu orientieren, in der Finsternis jedoch ein schier unmögliches Unterfangen. Es war kalt und roch nach noch kälterer Erde. Obwohl sie aufrecht stehen konnte, fühlte sie sich wie in einem Grab.

Über ihr lag der Friedhof. Es war ein gottverdammtes Grab, ob es sich um den Síd handelte oder nicht. Ihre Knie wurden weich. Wo war ihre Tasche? Auf einmal schlossen sich seine Hände um ihre Oberarme und zogen sie an seinen Körper. Dankbar lehnte sich in die Umarmung.

»Du wirkst angespannt«, flüsterte er neben ihrem Ohr. »Was auch immer du tust, zeige keine Schwäche im Síd.«

Er hatte recht, das hatte sie vergessen. Die Bewohner der Feenhügel hatten kein Erbarmen, sobald sie Schwäche aufschnappten.

Sie richtete sich in seiner Umarmung auf und atmete tief durch. »Es ist nur, weil es sich wie in einem Grab anfühlt. Ich mag Dunkelheit und Kälte in Kombination nicht besonders.«

Kaum hatte sie den Satz beendet, flammten Fackeln um sie herum auf, sodass sie die Augen abschirmen musste. Sie gewöhnte sich schnell an das Licht und sah, dass sie sich in einem Stollen befanden. Dem Vorplatz zum Síd. Dicke Holzpfeiler und Querbalken stützten die Decke, die wie die Wände aus schwarzem Stein mit funkelnden Partikeln bestand. Dunkler Granit? Über ihr bildete sich aus dem Nichts ein Kronleuchter. Vor ihren Augen wandelte sich der Stollen in ein erhabenes Eingangsfoyer um. Allerdings sah sie nirgendwo eine Tür oder einen Ausgang. Auch als sie nach oben zur Decke blickte, war dort nichts als der dunkle, glitzernde Stein.

Mit geschlossenen Augen konzentrierte sie sich auf ihren Extrasinn, tastete nach dem speziellen Ort in ihrem Kopf, wo ihr Magie-GPS lag, und erahnte die Stelle, durch die sie vermutlich wieder zurück in die Menschenwelt konnte. Sie lag tiefer im Gang, irgendwo weiter hinten. Wie leicht es doch für Menschen ohne dieses spezielle Gespür war, sich im Síd zu verirren.

Selbst sie konnte von einem Moment auf den anderen vom Gast zur Gefangenen werden, das war eine Tatsache, die sie niemals vergessen durfte.

Mit diesem äußerst beunruhigenden Gedanken löste sie sich aus Cathals Umarmung. Nachdem sie sich versichert hatte, dass er ihre Tasche trug und sie nicht noch auf der anderen Seite auf dem Friedhof lag, machten sie sich gemeinsam auf den Weg durch den langen Flur. An einer Gabelung, deren Wege entweder weiter geradeaus oder scharf nach rechts führten, folgten sie dem Weg nach vorn. Hier unten wusste sie nicht, wo sich die Himmelsrichtungen befanden, doch sie nahm an, dass sie gerade in Richtung Westen, zum Unseelie-Hof gingen. So hatte sie sich damals an den westlichen Hof verirrt. Sie war in dem ›Vor-Síd‹, der damals wie ein Wald ausgesehen hatte, gelandet und falsch abgebogen.

Es dauerte nicht lange, bis sie das Ende des Ganges erreicht hatten und auf einer verwahrlosten Einöde ankamen, die aus kahlen Klippen und einem kalksteinartigen Untergrund bestand. Hier hatte sich nichts geändert. Die Ebene, die sich vor ihnen erstreckte, war ebenso kalt und tot wie die Herzen der Kreaturen, die sie bewohnten. Kein Grashalm, kein Moos, nicht einmal Disteln kamen zwischen den Rissen der Steine hindurch. Der Ort war abgestorben.

Ein eisiger Wind blies ihr ins Gesicht und fühlte sich wie messerscharfe Rasierklingen an, die durch ihre Haut schnitten. Das Gebiet der Kälte und Finsternis liebenden Sluaghs. Während sie auf die in der Ferne liegenden Steinklippen zuliefen, warf sie Cathal einen Seitenblick zu. Obwohl er von der Hüfte aufwärts nackt war, schienen ihm Kälte und Wind nichts auszumachen.

Er hatte kein totes Herz, im Gegenteil. Cathal hatte kein Problem damit, seine Gefühle und Leidenschaft zu zeigen. Wie anders er doch war als das fürchterliche Bild, das die Seelie ihr in ihrer Kindheit von ihm vermittelt hatten. Zeichneten sich die Unseelie dadurch aus, dass sie leidenschaftlich waren? Waren die Seelie überhaupt die bessere der beiden Rassen? Und als was sollte sie sich selbst klassifizieren? Seelie? Mensch? Ein Mischmasch aus beidem? Sie hatte keine Ahnung.

Sie kamen an einem verdorrten Baum vorbei, der wie ein Skelett aus einer Ritze im Stein ragte, eine trübe Erinnerung an das, was er einst gewesen war. Ein starker Windstoß riss ihre Locken aus dem Gesicht und fegte durch die Äste des Baumes. Fast meinte Nessya, sie flüstern zu hören. Sie blieb stehen, versuchte den leisen Worten zwischen Wind und Baum zu lauschen und bemerkte im selben Moment, wie bescheuert das war. Bäume redeten nicht mit dem Wind und umgekehrt. Cathal war ebenfalls stehen geblieben und wandte sich mit einem fragenden Ausdruck nach ihr um.

Gerade als sie zu ihm aufholen wollte, umspielte eine Schar getrocknetes Laub ihre Füße, die der Wind über die kahlen Steine vor sich hertrieb. Das wirkte deshalb so faszinierend, weil sie nicht wusste, wo die toten Blätter herkamen. Das hieße doch, dass ein Baum irgendwann einmal hier geblüht haben musste. Die Blätterschar wurde in die Höhe gewirbelt und flog in einem kräftigen Luftzug an ihr vorbei. Die Böe war nicht mehr so kalt, dass die Haut ihrer Lippen aufplatzte. Der Wind war angenehm und roch nach Pappeln und Sandelholz.

Sie schloss die Augen, atmete tief durch und öffnete sich mit ausgebreiteten Armen der Nacht. Es fühlte sich richtig an, die laue Brise durch ihre Kleidung und über ihren Körper wehen zu lassen. Der Wind trug einen würzigen Duft mit sich. Magie lag darin. Gefährliche, rohe Magie. Aber sie umwehte sie nicht, um sie zu verletzen. Inzwischen verspürte sie keine Angst mehr. Zum ersten Mal in ihrem Leben bekam sie vom Síd so etwas wie ein Gefühl der Anerkennung. Sie war hier und es war in Ordnung.

Als die Brise nachließ, öffnete sie die Augen. Sie atmete tief durch und sah sich um.

Der steinerne Boden war mit Moos und Flechten bedeckt und im Baumgerippe neben ihr sprossen hellgrüne Knospen. Die erbarmungslos eisige Kälte hatte sich in eine Kühle gewandelt, die Hoffnung auf Veränderung gab. Wie der Übergang zwischen den letzten Atemzügen des Winters und den ersten des Frühlings, wenn es noch kalt war, man aber wusste, dass die Zeit der Entbehrungen bald vorüber wäre. Dieser Ort war immer noch kahl und grau, doch die Hoffnungslosigkeit wehte mit dem Wind davon. Es roch anders. Statt nach nacktem Stein und Schnee, duftete die Luft nach Wärme und Leben.

Cathal musterte sie mit ungläubigem Blick. »Ich fasse es nicht. Der Síd ist gerade das magische Band mit dir eingegangen.«

»*Das* magische Band?«, fragte sie fassungslos. »Aber das würde ja bedeuten, dass …«

»… es zwischen uns auf jeden Fall nicht mehr funktionieren wird. Mir ist bewusst, dass von Anfang an keine Garantie dafür bestand, doch nun besteht überhaupt keine Hoffnung mehr. Was hatte ich erwartet? Immerhin bist du einer der Schätze des Síd.«

»Es gibt viele Fay, die auch ohne Band sehr glücklich zusammen sind, Cathal.«

»Ich weiß. Vielleicht ist es besser so.«

Der Grund, weshalb zwei Fay, die aus persönlicher oder politischer Natur zusammen waren, auf das Band hofften, lag darin, dass es die Wahrscheinlichkeit auf Nachkommen stark erhöhte.

»Vergiss nicht, dass ich zur Hälfte Mensch bin. Und Fay können mit Menschen auch ohne die Wirkung des Bandes Kinder miteinander haben. Meine Mutter ist der lebende Beweis.«

Er warf ihr einen skeptischen Seitenblick zu. »Würdest du das denn überhaupt wollen?«

»Nicht sofort, aber – keine Ahnung – irgendwann vielleicht. Ich will es nicht ausschließen. Wenn ich bereit bin für Kinder«, sie zuckte mit den Schultern, »warum nicht mit dir, wenn wir uns in ein paar Jahren noch gut leiden können.«

»Ja, warum nicht mit mir? Charmant …«, erwiderte er amüsiert.

»Das liegt daran, weil ich mir über das Thema noch nie nähere Gedanken gemacht habe, Cathal. Bis vor einer Woche dachte ich noch, den Rest meines kümmerlichen Lebens im Exil verbringen zu müssen, und jetzt bin ich mit einem Fay zusammen und komme nach Hause zurück. Mein Hirn hinkt noch etwas hinterher.«

»Du musst dich nicht rechtfertigen, *mo chroí.* Und wir müssen nichts überstürzen.«

Erleichtert seufzte sie, während sie wieder über die Ebene losliefen. Die Distanz zu den Klippen erschien ihr kürzer als zuvor.

Er lächelte. »In jedem Fall kann ich mich nicht erinnern, wann ich das letzte Mal so herzlich begrüßt wurde. So viel dazu, dich unbemerkt hier einzuschmuggeln.«

Als sie über einen breiten Weg liefen, der zwischen den Klippen lag, war sie erstaunt, dass das so reibungslos verlief. Fast hatte sie mit einer Armee von Unseelie gerechnet, die sich meuchelnd auf sie stürzen würden. Doch der gewundene Pfad blieb leer und friedlich.

»Keine Runen?«, fragte sie.

»Nein, wozu?«

Sie zuckte mit den Schultern. »Bei den Seelie braucht man welche.«

Er seufzte. »Ich weiß.«

Der Plan sah so aus, Emma so schnell wie möglich zu finden, sie zu retten und zurück in die Menschenwelt zu gehen.

Aber … wenn sie schon einmal hier war und wenn das Land sie wirklich begrüßt hatte, wenn sie kein Eindringling war, sondern als Teil dessen anerkannt wurde, und wenn die Runen zum Betreten des Seelie-Hofes noch die gleichen waren wie damals vor ihrer Flucht, würde sie dann auch einen Abstecher zu den Seelie machen können? Abgesehen davon, dass das schrecklich viele ›wenn‹ waren, wollte sie das?

Sie würde ihre Mutter sehen, und sei es nur aus der Ferne. Würde sie sich einen Blick erlauben dürfen? Nur einmal, nur ganz kurz, bevor sie zurück ins Exil ging? Bei der Vorstellung flatterte ihr Herz.

Sie war derart in ihren Gedanken versunken, dass sie kaum bemerkte, wie Cathal sie in den Eingang einer Höhle führte.

»Wohin gehen wir eigentlich?«

»In mein Domizil.«

»Du wohnst zusammen mit den Sluaghs? Wieso wohnst du nicht am Hof?«

»Weil ich nicht will. In deren Augen bin ich nichts weiter als eine Sluagh-Seelie-Abscheulichkeit. Ich gehöre nicht dazu und fühle mich hier, unter den meinen, sehr wohl.«

»Lieber in der Hölle herrschen, als im Himmel dienen, hm?«

Ein boshaftes Lächeln weitete sich auf seinen Zügen. »Exakt.«

Zusammen gingen sie ins Innere der Höhle. An sich war sie froh, dass Cathal nicht am Hof wohnte. Dort lebte ein Haufen perverser und skrupelloser Sadisten, zumindest hatte sie dieses Vorurteil. Selbst gemeinsam mit dem Heerführer, hatte sie kein Interesse, die High Society des Unseelie-Hofes kennenzulernen.

Nach zwei Biegungen erreichten sie das Ende der Höhle. In der Mitte lag ein riesiger See und durch ein Loch, weit oben in der Decke, konnte sie Sterne funkeln sehen. Trotz der Öffnung war es auch hier angenehm warm. Im Raum standen ein großes Bett, Sitzmöbel, Regale mit Büchern und an einer Wand war eine Art riesiger Kamin eingelassen, in dem ein Feuer brannte. Überall hingen Fackeln, die warmes, gemütliches Licht spendeten.

Fasziniert ging Nessya herum und sah sich alles an. Sie hockte sich vor das friedlich ruhende Wasser und drehte sich zu Cathal herum. »Darf ich?«

Er nickte.

Mit der Hand fuhr sie über die glatte Oberfläche und erzeugte sanfte Wellen, die weiter hinten gegen die Wände schwappten. Selbst das Wasser war warm. Irgendwo in diesem unterirdischen See musste es eine Verbindung zur Erd- oder vielmehr Sídwärme geben.

»Jetzt verstehe ich, weshalb du in keinem der Königshäuser wohnen möchtest. Es ist atemberaubend hier.«

»Freut mich, dass es dir gefällt«, erwiderte er und stellte ihre Tasche neben das Bett. Sie stand auf, wischte sich die nasse Hand an der Jeans ab und ging zu ihrer Tasche, um eine Wasserflasche herauszunehmen. Nachdem sie einen Schluck getrunken hatte, setzte sie sich auf das Sofa.

Der Unseelie-Prinz hatte Emma aus persönlichen Gründen geraubt. Sie hatte sich mit ihm angelegt, an seinem Ego gekratzt, und nun rächte er sich dafür. Ihre einzige Hoffnung bestand darin, dass er seine Drohung wahr machen und sie zusehen lassen wollte, bevor er Emma etwas antat.

Cathal sagte irgendetwas, doch sie bekam davon nichts mehr mit. Für sie klang es wie eine sanfte Melodie im Hintergrund. Immer wieder fielen ihr die Augen zu, bis sie den Kampf gegen die Müdigkeit schließlich verlor und auf dem Sofa einschlief.

23

»Soll ich Prinz Uisdean gleich den Ruf schicken?«, fragte Cathal, als er aus dem hinteren Bereich nach vorne trat. Doch Nessya antwortete nicht, sie lag auf der Couch und schien tief und fest zu schlummern. Unter ihren Augen lagen dunkle Schatten, ihre Wangen waren eingefallen und die Haut wirkte so bleich wie die Kalksteinwände seiner Höhle. Sie schien die Ruhe bitter nötig zu haben.

Statt sie zu wecken, nahm er eine Decke vom Bett, legte sie vorsichtig über sie und strich sanft eine Strähne aus ihrer Stirn. Als er sich wieder aufrichtete, stieß er mit dem Fuß gegen einen metallenen Gegenstand, der neben der Couch lag. Er sah hinunter und erstarrte.

Dort lag *EaglaBás*, das leuchtende Schwert der Seelie, Eigentum von Königin Siobhánn und einzige Waffe, die einen Fay töten konnte. Zuletzt hatte er es vor einigen Tagen gesehen – in Lord Azariels Hand –, als er in den Síd gegangen war, um mit Königin Siobhánn das Bündnis zu schließen. Das einzige der vier Heiligtümer, das nicht verschollen war. Sein Blick fiel auf Nessya. Nein, nicht mehr. Jetzt fehlten nur noch zwei.

Schon auf den Diebstahl des Schwertes stand die Todesstrafe. Benutzte man es, um zu töten, wurde man vorher noch gefoltert.

Er hätte schwören können, dass die Waffe eben noch nicht neben der Couch gelegen hatte. Wie kam *EaglaBás* überhaupt in seine Höhle? Handelte es sich tatsächlich um das leuchtende Schwert? Doch die elfischen Verzierungen, die feinen Ornamente auf der Klinge und die ausgebreiten Engelsflügel, die den Griff bildeten, machten *EaglaBás* unverkennbar. In den Griff hatte Königin Siobhánn irgendwann den augapfelgroßen Saphir einfassen lassen. Das Hochzeitsgeschenk ihres als vermisst geltenden Gatten, so munkelte man.

Ehrfürchtig hob er es hoch und hielt es in die Höhe. Das schwere Gewicht fühlte sich gut an in seiner Hand, als wäre es eigens für ihn geschmiedet worden. Das Licht der Fackeln wurde von der spiegelglatten Klinge reflektiert, als bestünde sie aus Diamanten, statt aus Stahl. Eine eindrucksvolle Waffe. Sie könnte ihm zu noch größerer Macht verhelfen, durch sie wäre er unbesiegbar.

»*EaglaBás*«, murmelte er, nahm es wieder herunter und überprüfte achtungsvoll die Klinge. Jetzt befanden sich schon zwei der vier Heiligtümer in seinem Besitz. Wenn er noch die zwei anderen fand …

Cathal …

Er setzte sich zu Nessyas Füßen auf die Couch und legte das Schwert auf seinen Schoß.

Cathal. Fürst …

Angestrengt rieb er sich die Schläfen, um die Empfindung abzuschwächen, und sah auf. »Was willst du, Zrayhx?«, fragte er den Sluagh, der sich ihm genähert hatte.

EaglaBás ist nicht für Euch bestimmt …

»Wovon sprichst du? *EaglaBás* ist zu mir gekommen.«

EaglaBás kam wegen des Gefäßes der Macht. Die Heiligtümer fühlen sich zueinander hingezogen.

Langsam näherten sich ihm die anderen Sluaghs von allen Seiten. So sehr hatte er sich auf das Schwert konzentriert, dass ihm nicht aufgefallen war, dass sie einen Kreis um ihn herum gebildet hatten.

Legt das Schwert ab. Der Zauber des EaglaBás kann tückisch sein …, beharrte Zrayhx.

Der nächste Satz kam von Sury. *Wir haben mächtige Fay unter seiner Verführung fallen sehen, Heerführer.*

»Habt ihr eine Vorstellung davon, wie mächtig wir werden können, wenn wir …«

EaglaBás ist nicht für Euch bestimmt!

Ein gleißender Kopfschmerz zuckte durch Cathals Kopf. Die Sluaghs schickten eher Eindrücke statt Worte. Der Eindruck, den Zrayhx ihm gerade gesandt hatte, war äquivalent mit Brüllen. Vor Schmerz rieb sich Cathal die Stirn.

»In Ordnung, beruhigt euch. Ich lege das Schwert wieder ab.« Seufzend legte er *EaglaBás* auf den Boden neben die Couch zurück, wo er es gefunden hatte. »Zufrieden?«

Er klang genervt, das hörte er selbst. Seine Sluaghs hatten sich um ihn herum bereits in Angriffsposition begeben. Sie schienen sich jetzt etwas zu entspannen, ließen jedoch weder ihn noch das Schwert aus den Augen. Ihren entschlossenen Blicken sah er an, dass sie sich auf ihn gestürzt und ihm *EaglaBás* gewaltsam entrissen hätten. In dem Fall hätte er mit Sicherheit mehr als nur ein paar Schrammen davongetragen.

Cathal bezweifelte, dass der Sog der Schwertmagie ihn so stark beeinflussen würde. Doch mit der Herde wollte er sich nicht anlegen und wenn er ehrlich sein sollte, verfügten sie über mehr Erfahrung als er. Schließlich waren sie so alt wie der Síd selbst.

Verschlafen stöhnte Nessya und rieb sich die Augen. Verflucht, war sie etwa eingedöst? Ruckartig richtete sie sich auf.

»Wie lang habe ich geschlafen? Warum hast du mich nicht geweckt? Wir müssen Emma …«

»Für die Mission solltest du ausgeruht sein, *mo chroí*«, erwiderte Cathal. »Hast du dich erholt?«

»Ein bisschen. Auf jeden Fall kann ich jetzt sowieso nicht mehr schlafen. Nicht, solange Emma bei diesem Monsterprinzen ist.«

Sie schlug die Decke zurück, setzte sich auf die Kante und bemerkte ein wunderschönes, leuchtendes Schwert am Boden. Im selben Moment ahnte sie, um welche Waffe es sich handelte und erstarrte.

»Ist das etwa …«

»Ja.«

Erschrocken sah sie zu Cathal. »Das leuchtende Schwert Siobhánns?«

»Ja.«

Fassungslos starrte sie ihn an. Dann fiel ihr auf, dass ihr Mund offen stand und schloss ihn wieder.

Sie konnte sich noch ganz genau daran erinnern, als Lord Vhandor, kampferprobter Elfenkrieger und rechte Hand der Königin, einen Fay mit dem Schwert exekutiert hatte. Mit gerade mal sechs Jahren hatte sie der Hinrichtung beigewohnt. Nicht, dass irgendjemand damals eine Wahl gehabt hätte. Wenn jemand die Regeln der Königin brach, gab es weder einen fairen Prozess noch wurde Erbarmen gezeigt. Stattdessen veranstaltete Königin Siobhánn öffentliche Exekutionen mit Anwesenheitspflicht für alle Bewohner des Síd. Zur Abschreckung, was zu funktionieren schien. Es handelte sich um die erste und gleichzeitig letzte Hinrichtung, bei der sie dabei war. Doch das hatte ihr für ein ganzes Leben gereicht.

»Was macht es hier?«, fragte sie schließlich. »Hast du es der Königin gestohlen?«

»Ich bin geschmeichelt, was du mir alles zutraust. Nein, ich habe es nicht gestohlen. Es ist von allein hier aufgetaucht. Die Sluaghs behaupten, dass sich die Heiligtümer zueinander hingezogen fühlen. Sie denken, dass es deinetwegen hier ist.«

Ihr wurde eiskalt. »M-Meinetwegen? Auf den Diebstahl des Schwertes stehen Folter und die Todesstrafe.«

»Du hast es nicht gestohlen. Es ist zu dir gekommen.«

Heftig schüttelte sie mit dem Kopf. »Das wird die Königin anders sehen. Wir müssen es ihr zurückbringen.«

Nun stand er auf, der Ausdruck ernst. »Damit würden wir uns nur verdächtig machen. Was wir jetzt vor allem tun sollten, ist, deine Freundin retten. Um das Schwert können wir uns später kümmern.«

Unsicher schweifte ihr Blick wieder zu der Waffe. »Dann sollten wir es wenigstens verstecken und es später unauffällig irgendwo im Seelie-Territorium ablegen.«

»Nessya … es ist zu *dir* gekommen.«

Was wollte er ihr damit sagen? Fragend sah sie ihn an. Nachdem er ihr keine weitere Erklärung gab, sagte sie: »Wie auch immer, wir müssen es zurückbringen.«

»Ich denke nicht, dass es zurück ins Seelie-Territorium möchte. Du kannst es zurückbringen, doch wahrscheinlich wird es immer wieder bei dir auftauchen. Spar dir die Mühe und konzentriere dich auf die Aufgabe, die vor uns liegt.«

Nachdenklich betrachtete sie die am Boden liegende Waffe. Er hatte recht. Erst Emma. Danach alles Weitere.

Sie nickte. »Gut. Ruf den Prinzen.«

»Aus diplomatischen Gründen werde ich einen neutralen Ort für das Treffen vorschlagen. Nachdem ich aufgebrochen bin, wartest du auf das Zeichen der Sluaghs. Bist du bereit?«

Der Síd hatte sie begrüßt und nach zehn Jahren in seine wilde Umarmung geschlossen. *EaglaBás* – viertes Heiligtum und stärkste Waffe unter den Feenhügeln – war zu ihr gekommen und obendrein hätte sie nicht nur die Unterstützung von einem der gefährlichsten Fay überhaupt, sondern außerdem von der *Wilden Jagd.* Die Karten standen nicht nur gut. Sie standen perfekt. Es würde … es *musste* klappen. Sie hob *EaglaBás* vom Boden auf und wartete auf den Sog der Macht, vor dem so viele warnten. Doch auf sie schien die Waffe keinen Effekt zu haben. Sie fühlte sich leichter an, als sie aussah, und ihr würde es keinerlei Schwierigkeiten bereiten, sie zu benutzen. Aber das war es auch schon. Nichts, das sie blind, süchtig und machthungrig machen könnte. Vorsichtig legte sie das Schwert auf die Couch und wickelte es in die Decke.

»Ich bin bereit«, sagte sie schließlich.

Obwohl sie das Ritual kannte, das Feenwesen benutzten, um einander zu rufen, hatte es nie seine Faszination auf sie verloren. Als Magielose konnte sie selbst es nicht nutzen. In einer Welt, in der es weder Telefone noch Computer gab, ein wahres Handicap. Man konnte geschriebene Nachrichten durch einen Boten schicken lassen, doch meist hatte sich das nicht gelohnt und es ging schneller, die Person einfach aufzusuchen. Aber das hatte sie immer entlarvt und sie war mitleidig gefragt worden, ob denn ihre Magie noch immer nicht erwacht wäre. Daher hatte sie es irgendwann gelassen.

Doch eventuell hatte sie mittlerweile die Fähigkeit entwickelt. Bereits in der dreimaligen Wortabfolge steckte eine gewisse Magie. Vielleicht würde es nun klappen, seit dieses *Gefäß der Macht* in ihr erwacht war?

Cathal kniete vor dem See, schnitt sich in die Hand und sprach die magischen Worte, während ein paar Tropfen seines Blutes ins Wasser tropften. Über die ruhige Oberfläche zog sich eine Schockwelle, bevor sie sich zu einer eisigen, spiegelnden Fläche verhärtete.

Um von den Prinzen nicht gesehen zu werden, beobachtete sie alles aus sicherer Entfernung. Von der Couch aus erkannte sie, dass eine

Verbindung aufgebaut wurde. Es musste jemand den Ruf empfangen haben, sonst würde im spiegelglatten See nicht das Bild eines dunklen, leeren Zimmers erscheinen.

Feigling.

Auf einmal richtete sich Cathal kerzengerade auf und entfaltete seine majestätischen Schwingen. Noch ein Grund, weshalb er sich hier so wohlzufühlen schien. Der riesige Raum bot viel Platz.

»*Prinz Uisdean*«, rief er so laut, dass ein Rumpeln durch die Felsen ging und den Stein erzittern ließ. »*Wenn Ihr nicht antwortet, so schwöre ich beim Síd, dass ich mich an Euch rächen werde.*«

Es war nicht seine Stimme, sondern die Magie, die so viel Kraft erzeugte. Aus dem Boden stiegen Rauchschwaden empor, die Temperatur nahm empfindlich ab und um sie herum baute sich ein unangenehmer Druck auf.

Ein Anzeichen, dass die *Wilde Jagd* heraufbeschworen wurde. Die Sluaghs reagierten, indem sie aufgeregt fauchten und mit den Schwänzen schlugen.

Nessya wusste aus Legenden, was passierte, wenn die *Wilde Jagd* offiziell eröffnet wurde. Die Seelen der ehemals Gejagten wurden rekrutiert, für immer verdammt, sich der Jagd anzuschließen. Sah man zu lange hin, konnte es passieren, dass man ebenfalls von der Magie verschluckt und gezwungen wurde, sich dem tödlichen Ritt anzuschließen.

Die *Wilde Jagd* würde ihr Opfer so lange suchen, bis sie es fanden. Magie wies ihnen den Weg.

Niemand entkam dem Heer.

Unwillkürlich schloss sie die Augen und machte sich klein, obwohl sich der Zorn des Heerführers nicht gegen sie richtete und nicht sie als Opfer auserkoren worden war.

Dann schien es wieder wärmer zu werden und der Druck nahm ab. Vorsichtig öffnete sie die Augen. In der spiegelnden Fläche des Sees war das Scheusal erschienen, dem sie in dem Club begegnet war. Nur dass es seine Erscheinung dieses Mal nicht durch einen Blendzauber abschwächte. Bei seinem Anblick erschauerte sie. Mit seinen unzähligen, zentimeterlangen Fangzähnen, der fahlen gelblichen Haut und milchigen Augen war er noch viel abartiger, als sie unter dem Blendzauber erahnt hatte.

Und dieses Monster hielt ihre Emma gefangen.

»Heerführer Cathal, Fürst der Sluaghs, Lord aus den Ländern des Westens«, grüßte er. »Was kann ich für Euch tun?«

»Ihr habt eine der meinen angegriffen. Dafür fordere ich Vergeltung.«

»Ich habe niemanden angegriffen, der unter Eurer Obhut steht. Ich weiß nicht, wovon Ihr sprecht.«

»Trefft Euch mit mir und sagt es mir ins Gesicht. Ich werde mich auf den Weg ins Gebiet der Kobolde machen und rate Euch, ebenfalls gleich zur Straße zum Val Todir aufzubrechen.« Mit den Worten unterbrach er die Verbindung, sodass der See wieder zu normalem Wasser wurde.

Cathal kam auf sie zu und blieb vor ihr stehen. »Durch meine Formulierung habe ich ihm einen Weg offen gelassen, die Tat abzustreiten, und konnte ihn somit zu einem Treffen zwingen. Der gesamte Síd hat den Ruf mitbekommen, insofern muss er meiner Aufforderung folgen, wenn er nicht als Feigling dastehen und das Gesicht verlieren will. Ich breche gleich auf und gebe meinen Sluaghs Bescheid, sobald Uisdean auftaucht.« Sein Blick wurde sanft, als er ihr eine Locke hinter das Ohr klemmte. »Ist alles in Ordnung? Du siehst etwas blass aus.«

»Du warst gerade dabei, die *Wilde Jagd* heraufzubeschwören«, erwiderte sie leise.

Er lächelte mild. »Das war nichts weiter als etwas politisches Kräftemessen. Eine freundliche Erinnerung daran, was passiert, wenn man mich ärgert. Glaub mir, *mo chroí,* um die *Wilde Jagd* heraufzubeschwören und dazu die magische Zustimmung des Síd zu erhalten, bedarf es etwas mehr. Ich kann sie nicht wahllos auf jeden eröffnen.«

Langsam nickte sie, bevor sie näher an ihn herantrat und sich in seine Umarmung schmiegte. Sie legte das Gesicht an seine nackte Brust und atmete seinen Duft ein. Es half ihr, sich etwas zu beruhigen. Sie war nicht allein. Er war für sie da und würde sie nicht im Stich lassen. Sanft strich er ihr über den Rücken und legte sein Kinn auf ihren Kopf ab, bevor er ihren Scheitel küsste.

»Ich muss los«, flüsterte er.

Widerwillig löste sie sich aus seiner Umarmung und nickte. »Ich werde auf das Signal warten. Wünsch mir Glück.«

»Das wirst du nicht brauchen. Du hast das Heer und mich an deiner Seite.«

Zwei der Sluaghs begleiteten ihn. Drei ließ er bei ihr. Nachdem sie ihn zum Ausgang der Höhle begleitet hatte, erhob er sich gemeinsam mit den beiden Seelenfressern in die Lüfte und stieg mit gewaltigen Flügelschlägen in den nachtschwarzen Himmel hinauf. Es dauerte nicht lang, bis sie ihn in der Dunkelheit nur noch als diffusen hellen Punkt ausmachen konnte, bevor er schließlich ganz verschwand. Die Sluaghs hatte sie sofort aus den Augen verloren.

Sie ging in die Höhle zurück. Jetzt konnte sie nichts weiter tun, als auf das Signal zu warten und zu hoffen, dass es Emma den Umständen entsprechend gut ging.

Zwischen der Entführung und jetzt lagen nur wenige Stunden.

Was konnte ihr der Prinz bisher schon groß angetan haben?

24

Cathal nahm nur Zrayhx und Sury mit. X'aerty, Slyph und Kylmoure blieben bei Nessya.

Fliegend erreichte er den Val Todír innerhalb kürzester Zeit. Da er davon ausging, dass die Prinzen noch nicht angekommen waren, zog er gemeinsam mit seinen Sluaghs Kreise über die verlassene Straße und wartete auf deren Ankunft. In diesen Höhen war die Luft angenehm frisch und die Weite unendlich.

So sehr die erhabenen Seelie seine Auswüchse auch verpönen mochten, nichts war mit dem Gefühl der Unabhängigkeit vergleichbar. Sich vom Wind tragen zu lassen, die Grenzenlosigkeit des Himmels zu spüren und einfach frei zu sein. Nie würde er das gegen irgendetwas im Síd eintauschen, selbst wenn sie ihm dafür Zugang zum Hof gewähren würden. Durch ihre grenzenlose Arroganz verbauten sie sich etliche Möglichkeiten. Das Vertrauen des *Gefäßes der Macht* zum einen. Seine Loyalität zum anderen. Die Liste ließe sich endlos lang fortsetzen. Hätten sie seine Mutter und ihn nicht verstoßen, wäre er bereit gewesen, für den Seelie-Hof zu kämpfen, doch diese Option hatten sie damals nicht einmal in Betracht gezogen. Bisher gab es nur eine Person, für die er bereit war zu kämpfen: sich selbst. Jetzt kam noch Nessya hinzu. Durch den Pakt hatte sie ihm bedingungslose Treue geschworen und nichts Geringeres würde er ihr zurückgeben.

Zrayhx stieß einen spitzen Schrei aus, der selbst in seinen Ohren schmerzte. Der Schlachtruf eines Sluaghs, der den Beginn einer Jagd ankündigte. Als Cathal nach unten sah, entdeckte er eine Schar von Kobolden, die aus dem Berg kamen und wie eine Lawine aus Schlamm auf den Weg strömten.

Nachdem Zrayhx jedoch geschrien hatte, hielten die Kobolde an und sahen verunsichert in den Himmel hinauf. In der Dunkelheit würden sie die Sluaghs nicht sehen können, doch jeder wusste, was der Schrei bedeutete und dass es für eine Flucht bereits zu spät war, wenn man ihn hörte.

Ruhig, meine treuen Gefährten, schickte Cathal den Gedanken an die Sluaghs. *Wir sind nicht hier, um sie zu vernichten. Wir wollen ihnen nur drohen.*

Während Zrayhx mit gewaltigen, dumpf klingenden Flügelschlägen Kreise in der Luft zog, stieß er einen weiteren Schrei aus. Dieses Mal etwas weniger aggressiv.

Allmählich füllte sich der Weg. Trotz der Gefahr durch die Sluaghs, schien niemand die Konfrontation zwischen den Prinzen und ihm verpassen zu wollen. Es ging doch nichts über etwas gediegenen Síd-Tratsch.

In der Ferne, auf ungefähr gleicher Höhe mit ihm, entdeckte er ein anderes fliegendes Geschöpf. Krystal, jüngster der drei Prinzenbrüder und dritter Anwärter auf den dunklen Thron. Das hieß, dass auch Nassaïr und Uisdean nicht mehr weit sein konnten. Kaum hatte er den Gedanken zu Ende gebracht, entdeckte er zwei Reiter, die auf dunklen Streitrossen über den langen Weg näher kamen.

Dann konnte es losgehen.

Nachdem er die beiden Sluaghs rasch über seine Beobachtungen informierte, setzte er zum Sinkflug an und landete elegant auf dem Boden. Die Sluaghs zogen noch ein, zwei Kreise, bevor sie ihm folgten und sich neben ihm niederließen. Ausreichend Platz bot die Fläche. Die Schaulustigen wichen von selbst zurück und hielten einen beträchtlichen Sicherheitsabstand zu ihnen ein.

Der Weg vor ihm war noch leer, doch hinter der nächsten Hügelkuppe tauchten bereits die beiden Prinzen auf und kamen stetig näher. Krystal schien es zu bevorzugen, sich alles von oben aus anzusehen. Anders als Cathal, landete er nicht.

»Fürst Cathal, Heerführer der Sluaghs, Lord des Westens, Seelensammler«, hörte er eine kratzige Stimme hinter sich sagen. Der Klang sorgte dafür, dass er das Bedürfnis verspürte, sich selbst zu räuspern. Die Stimme gehörte zu K'vrogs, dem Herrscher über die Kobolde. »Welche

Ehre, dass Ihr mein Gebiet gewählt habt, um Eure Uneinigkeit mit Prinz Uisdean, Räuber der Freude, zu erläutern.«

Cathal drehte sich nach den Kobolden um. Dieses Volk war bekannt dafür, um alles und jeden zu feilschen. Vor allem um die Sicherung eigener Vorteile und Macht.

»K'vrogs, Koboldkönig. Seid gegrüßt.«

Begleitet wurde der König der Kobolde von seiner Gattin, die restlichen Kobolde bevorzugten es offenbar noch immer, den Sluaghs und ihm nicht näher zu kommen und blieben abseits stehen. Beulen und Warzen, mit denen die schwefelgelbe Haut der noblen Kobolde übersät war, galten als Schönheitsmerkmal. K'vrogs Gattin war amtierende Schönheitskönigin, hatte jedoch keinen eigenen Titel.

Die Kultur der Kobolde war recht patriarchisch geprägt. Daher erkannte Cathal ihre Anwesenheit nicht an und unterließ es auch, sie zu grüßen. Das wäre in K'vrogs' Augen einer unermesslichen Beleidigung gleichgekommen. Ihre einzige Aufgabe bestand darin, als Trophäe an der Seite ihres Mannes zu stehen und hübsch auszusehen.

K'vrogs legte den Kopf in den Nacken und sah zu ihm hoch, obwohl sie in einiger Entfernung zueinander standen. Auf die Kobolde traf der Ausdruck ›so breit wie hoch‹ buchstäblich zu. Sie waren von kleinem Wuchs und kompakter Statur.

»Findet Ihr es nicht entgegenkommend von mir, Euch mein Gebiet als neutralen Schauplatz zur Verfügung zu stellen?«

Nicht dass er die Kobolde um Erlaubnis gefragt oder ihnen eine Wahl gelassen hätte. Doch er würde nicht den gleichen Fehler begehen wie die Seelie und sich Chancen mit den anderen Völkern verbauen.

Er legte seine Hand an Surys Hals und streichelte sie sanft, was sie als Zeichen interpretierte, den Kobold anzufauchen. K'vrogs' Augen weiteten sich, nur ein bisschen, bevor er seine Züge wieder unter Kontrolle bekam. Ein harter Knochen, das musste Cathal ihm lassen. Doch schließlich war er nicht umsonst König von einem Volk, das vor roher Brutalität nicht zurückschreckte.

»Was verlangt Ihr dafür, König K'vrogs?«

Der Kobold öffnete seine fleischigen Lippen zu einem Grinsen. Seine froschartigen Glubschaugen lagen seitlich im Gesicht, auf Höhe der Schläfen, sodass er den Kopf etwas neigen musste, um ihn anzusehen. »Seid unbesorgt, Fürst. Nicht viel. Ich bin sicher, dass irgendwann die Zeit kommen wird, wo ich einen Gefallen von Euch benötigen werde.«

Cathal warf den Kopf in den Nacken und lachte laut. Er konnte nicht anders.

Das Dümmste, das man tun konnte, war, einem Kobold einen Gefallen zuzugestehen. Bei ihnen drehte sich alles um Macht, Gewalt und Sex. Am besten in Kombination. Sie könnten ihn zu Unterhaltungszwecken zum öffentlichen Gruppensex zwingen, an dem jeder Kobold, der wollte, teilnehmen durfte. Oder dazu, bis zum Umfallen ihre Weibchen zu befruchten, bis ein Kobold-Elfen-Sluagh-Hybrid dabei herauskam, was sehr lange dauern konnte. Wenn er Glück hatte, würden sie nur von ihm fordern, gegen die anderen Völker mit ihnen in die Schlacht zu ziehen. Doch er bezweifelte, dass sie so unkreativ wären.

»Was ist so lustig?«, wollte K'vrogs missmutig wissen.

Er wischte sich eine imaginäre Träne aus den Augen. »Dass Ihr mich für dermaßen naiv haltet, K'vrogs. Selbstverständlich hätte mich das kränken können, doch ich bevorzuge es, darüber zu lachen.«

Die unausgesprochene Warnung blieb dem König nicht verborgen. Während er nervös die Sluaghs beobachtete, die Cathal links und rechts flankierten, versteifte sich seine Haltung.

»Was also gesteht Ihr mir zu?«

»Ich werde Euch eine Aufmerksamkeit zukommen lassen. Glaubt mir, Ihr werdet nicht enttäuscht sein.« Eine weitere Eigenheit der Kobolde lag darin, dass sie feines Geschmeide, Gold und Edelsteine liebten. Da fand er sicher etwas Passendes.

Hinter sich vernahm Cathal lauter werdendes Hufklappern und schließlich leises Scharren, sodass er sich umdrehte und den Prinzen endlich gegenüberstand.

Statt abzusteigen, blieben sie auf den Rossen sitzen. Den Sluaghs könnten sie dennoch nicht entkommen, wenn sie beschließen sollten, anzugreifen. Selbst dann nicht, wenn die Pferde durch die Peitschen des Teufels angetrieben wurden.

Es war Nassaïr, Schlangenlord und direkter Anwärter auf den Thron, der als Erster das Wort ergriff. »Lasst uns diese leidige Angelegenheit schnell zu Ende bringen. Ich bin sicher, wir alle haben Wichtigeres zu tun.«

Seine Stimme passte zu seinem Erscheinungsbild. Ein trockenes, geflüstertes Zischeln. Wäre das Nest aus Schlangen nicht gewesen, das seinen Kopf umgab, und die violett-grün leuchtenden Schuppen, die Schultern und Teile des Gesichts bedeckten, hätte er von den Zügen und der Statur fast als Seelie durchgehen können. Doch seine Mutter war eine Gorgone gewesen, eine Flussdämonin, und das sah man ihm deutlich an.

»Prinz Nassaïr, ich werde versuchen, mich kurz zu fassen.« Cathal vollführte eine leichte Verbeugung und wandte sich dann an den anderen Prinzen. »Prinz Uisdean, zweiter Anwärter auf den dunklen Thron, Zehrer der Freude, Lord aus dem Westen. Ihr habt jemanden geschickt, der eine der meinen angegriffen hat, mit der Absicht, denjenigen in Euer Reich zu entführen. Dafür fordere ich Entschädigung.«

»Ich habe niemanden angegriffen, der unter Eurem Schutz steht, und ihn in mein Reich entführt!«, verteidigte sich Uisdean, womit Cathal gerechnet hatte.

»Habt Ihr nicht einen Gwrach geschickt, der in Eurem Auftrag gehandelt hat? Ja oder nein?«

»Nein.«

»Lasst mich umformulieren. Habt Ihr keine *zwei* Gwrachs geschickt, die für Euch die Drecksarbeit erledigen und zwei Menschen hinter die Spiegel zerren sollten?«

Uisdean zog die Zügel etwas an, sodass das Pferd schnaufte und einige Schritte rückwärtsging. »Ich habe einen Menschen, doch der befand sich nicht unter Eurem …«

»Ja oder nein, Prinz Uisdean?«, unterbrach er die Ausflüchte des Prinzen scharf.

Statt die Frage zu beantworten, stieß Uisdean nur laut Luft aus.

Mit einem missbilligenden Ausdruck auf dem Gesicht wandte sich Nassaïr Uisdean zu. Es war allgemein bekannt, wie genervt der älteste Prinz davon war, hinter den Eskapaden seiner beiden Halbbrüder aufräumen zu müssen.

Cathal bohrte weiter, was letztendlich nur dazu diente, genügend Zeit für Nessya zu schinden. »Und war Euch nicht bekannt, dass einer der Menschen, die Ihr rauben wolltet, unter meinem Schutz steht?«

Uisdean verengte die Augen zu schmalen Schlitzen. »Es sind doch nur Menschen«, sagte er, als könne er den Aufruhr, der darum gemacht wurde, nicht verstehen.

»Der wie gesagt unter meinem Schutz steht. Beantwortet die Frage mit ja oder nein.«

»Ich nahm nicht an, dass es Euch *so* wichtig ist.«

»Dann gebt Ihr das Vergehen zu.«

Wieder schwieg Uisdean zu der Anschuldigung, sah stattdessen genervt zur Seite und leckte sich über die langen Fangzähne.

Als sich Nassaïr Cathal zuwandte, war seine Miene wieder neutral und nichtssagend. »Verstehe ich es richtig, dass sich der Mensch, um den es geht, derzeit *nicht* bei meinem Bruder befindet?«

»Das ist korrekt.«

»Wo also ist das Problem, Fürst Cathal?«

»Dass er den Anschlag verübt hat, Prinz Nassaïr. Wären meine Sluaghs und ich nicht rechtzeitig zur Stelle gewesen, wäre es ihm möglicherweise gelungen.«

»Möglicherweise. Jedoch nicht sicher?«

»Ja. Auch dem muss ich zustimmen.«

»Dann begreife ich nicht, was Ihr von uns wollt, Sluagh-Fürst.«

»Eine Entschädigung dafür, dass er versucht hat, sich über meine Autorität hinwegzusetzen und rauben wollte, was *mein* ist.«

Nassaïr atmete tief durch. »Wie soll diese Entschädigung aussehen?«

»Ich wünsche, dass Prinz Uisdean den anderen Menschen, den er geraubt hat, wieder unversehrt herausrückt.«

Als Uisdean ihn ansah und breit grinste – breiter als aufgrund seiner Anatomie ohnehin schon –, ahnte er bereits, was das bedeutete.

»Dafür ist es zu spät«, bestätigte Uisdean seine Vermutung. »Ich hatte bereits meinen Spaß mit ihr. Sehr viel Spaß.«

»Dann fordere ich, dass Ihr den Menschen von jetzt an in Ruhe lasst. Zudem warne ich Euch und jeden anderen hier …«, als er das sagte, drehte er sich einmal um die eigene Achse, damit sich jeder angesprochen fühlte. »Sollte irgendwer erneut versuchen – nur versuchen – zu rauben, was mein ist, oder meine Autorität untergraben, so helfen mir die Götter, werde ich eine *Wilde Jagd* auf denjenigen eröffnen. Ist das klar?«

Durch die Masse ging ein entsetztes Raunen.

»Wir haben verstanden, Fürst Cathal«, bestätigte Nassaïr und blickte zu seinem Bruder. »Wirst du dich an die Forderung des Fürsten halten?« Er stellte eine Frage, doch sein Tonfall klang vielmehr wie ein Befehl, sodass Uisdean kaum etwas anderes übrig blieb, als zuzustimmen.

Dieser winkte genervt ab. »Von mir aus. Mit der Kleinen bin ich ohnehin durch.«

»Gut.« Nassaïr wandte sich Cathal zu. »Ich verstehe zwar nicht, weshalb Ihr dermaßen viel Wirbel um diese Sterblichen macht, doch sei's drum. Konnte nun alles nach Euren Wünschen geklärt werden?«

Cathal nickte. »Ich habe meinen Standpunkt hoffentlich deutlich genug dargestellt.«

»In Ordnung.« Bevor er die Zügel anzog und sich mitsamt dem Pferd umdrehte, nickte er seinem Bruder zu, der sein Pferd ebenfalls antrieb.

Sobald sie sich auf den Rückweg befanden und seine Sluaghs sich in die Lüfte erhoben, löste sich die Menge hinter ihm still und leise auf. Nach der Warnung strömte die Angst den Unseelie-Fay aus jeder Hautpore, vor allem denen aus den niederen Kasten. Obwohl seit seiner Herrschaft keine offizielle *Wilde Jagd* mehr eröffnet worden war, schienen sich die älteren Fay noch gut an die Zeiten zu erinnern, als die Sluaghs wahllos über jeden hergefallen waren, der ihnen in die Quere kam.

Er sendete Slyph einen Gedanken, dass sich die Prinzen auf dem Rückweg befanden und sie zusehen sollten, das Schloss schleunigst mit Nessya zu verlassen. Dann begab auch er sich auf den Rückweg.

Durch seine Forderung würde Uisdean zumindest nicht sofort merken, dass die Rothaarige fehlte, falls Nessya es geschafft hatte, sie zu befreien.

Dennoch würde er ihr die Nachricht übermitteln müssen, dass ihre Freundin nicht mehr gerettet werden konnte. Dafür war es zu spät. Sie könnten wenigstens dafür sorgen, ihr das Ende so angenehm wie möglich zu gestalten. Was nicht viel bedeutete, wenn Uisdean – wie er es ausgedrückt hatte – bereits mit ihr ›durch war‹. Und ob das Nessya würde trösten können, wagte er ebenfalls zu bezweifeln.

Unruhig lief Nessya auf und ab. Weshalb dauerte das nur so lange?

Nach einer gefühlten Ewigkeit, in der sie ziellos umhergetigert war, versuchte sie einen Gang herunterzufahren und sich in Geduld zu üben.

Die Schönheit dieses Ortes hatte sie bis jetzt nicht richtig wahrgenommen. Weiter hinten führte ein Pfad ins Freie, zu einem Ausgang in der Größe einer Tür. In der Ferne sah sie die Sterne, klarer und leuchtender, als sie es je bei den Menschen gesehen hatte. Und viel, viel mehr. Vielleicht lag es daran, weil es hier keine Stadtlichter gab, die die Nacht immerzu erhellten.

Als sie die Öffnung erreichte, erstreckte sich vor ihr ein endloses Tal. Sie stand an einer Klippe, die weit in die Tiefe zu reichen schien. Der Síd wirkte friedlich. Mit vor der Brust verschränkten Armen lehnte sie sich gegen die Felswand am Ausgang und genoss den Augenblick der Ruhe.

Die Sterne bewegten sich langsam halbkreisförmig von der einen zur anderen Seite, als befände man sich auf einer Welt, die sehr viel schneller rotierte als die Erde. So etwas kam im Síd nur selten vor. Jedenfalls hatte sie das als Kind nur zweimal beobachten können. Einmal mit vier und einmal mit elf. Es hatte sie wahnsinnig fasziniert. Daran hatte sich nichts geändert. Im Gegenteil, es weckte alte Erinnerungen in ihr. Sie seufzte geräuschvoll.

Ob Emma wohl auch gerade in den Himmel blickte und dieses Wunder betrachtete, wo auch immer sich ihre Freundin befand?

Einen Moment lang beobachtete sie das Schauspiel, bis sie beschloss, wieder reinzugehen. Bei den Bücherregalen blieb sie stehen und sah sich die Titel an. Einige waren in den Sprachen der Menschen verfasst, einige in Elfisch – das konnte sie zum Teil noch entziffern – und wieder einige in einer Sprache, die sie nicht kannte.

Als sie eines dieser Bücher herausnahm und fasziniert die fremdartige Sprache betrachtete, nahm sie aus dem Augenwinkel eine Bewegung wahr. Sie schaute auf. Und sah sich auf einmal mit drei Unseelie-Fay konfrontiert, die beinahe bewegungslos vor ihr standen und sie mit Gänsehaut verursachenden Blicken beobachteten.

Das Buch rutschte ihr aus den Händen und fiel zu Boden. Ihre Nackenhaare stellten sich auf.

In diesen Blicken steckten weder Gefühle noch Verständnis. Es waren die Augen von empathielosen Raubtieren, die töteten, um zu fressen.

Sie taxierten sie, als wäre sie Beute.

Die Hautfarbe der Unseelie war schwarz – kein dunkles Braun wie bei Jada, sondern richtig pechschwarz. Auch die Augen glänzten wie Vulkangestein durchgehend schwarz und die haarlosen Schädel verlängerten sich sichelförmig nach hinten. Hinter ihnen ragten riesige, dämonenartige Flügel in die Höhe. Die Tatsache, dass sie keine Kleidung trugen und völlig nackt vor ihr standen, ließ sie noch wilder und bestialischer wirken. Die beiden weiblichen Geschöpfe sahen durch ihre muskelbepackten Körper wie kriegerische Amazonen aus, während das männliche Exemplar noch kräftiger zu sein schien. Außerdem hielt er *EaglaBás*. Verflucht!

»Nehmt es, Gefäß«, sagte er und hielt ihr das Schwert mit dem Heft voran entgegen. Es steckte in einem schön verzierten Waffengürtel, der dem Schwert nachgefolgt sein musste. Der Fay sprach mit einem starken, fremdartig klingenden Akzent und seine Stimme war so tief, dass sie fast Vibrationen in ihr erzeugte.

Wie waren diese wilden Unseelie unbemerkt in die Höhle gekommen? Und wo steckten überhaupt die Sluaghs?

Sobald ihr dieser Gedanke durch den Kopf ging, machte es klick und sie begriff. Ungläubig musterte sie die drei Fay von oben bis unten.

Statt näherzutreten, blieben sie weiterhin reglos dort stehen. Es war ein bisschen nervenaufreibend, da sie nicht nur fremdartig aussahen, sondern sich auch so … anders benahmen, als Nessya es von sozialen Geschöpfen gewohnt war. Sie hatte keine Ahnung gehabt, dass die Sluaghs ihre Gestalt ändern konnten. Nie zuvor hatte sie etwas Derartiges über die Seelenfresser gehört und sie vermutete, dass sie dieses Wissen nicht mit jedem teilten. Ob Cathal seine Gestalt ebenfalls wandeln konnte?

Nessya schüttelte den Kopf. »Ich denke nicht, dass es eine gute Idee ist, im Síd mit dem Schwert herumzulaufen. Gibt es schon Neuigkeiten von Cathal?«

»Die Prinzen sind zu dritt aufgebrochen. Das Schloss ist jetzt leer. *EaglaBás* ist zu Euch gekommen, Ihr solltet es nicht zurücklassen.«

»Aber was, wenn mich jemand mit dem Schwert sieht?«

Statt zu antworten, starrten die Sluaghs sie nur an, als würde ihr Einwand überhaupt keinen Sinn ergeben. Als der männliche Sluagh einen Schritt auf sie zumachte, wich sie unwillkürlich nach hinten. Ein tief sitzender Instinkt oder Überlebenswille trieb sie dazu. Er sah sie an, als wäre er Diskussionen nicht gewohnt und als wöge er ab, ob er sie nicht einfach fressen sollte.

»Wir müssen aufbrechen, Gefäß«, sagte er scharf. Erst jetzt bemerkte sie die drachenartigen Schwänze, als sie anfingen, hinter ihnen nervös hin und her zu peitschen. Offenbar standen sie wirklich kurz davor, die wenige Geduld, die sie hatten, zu verlieren.

Da er ihr weiterhin das Schwert entgegenhielt, nahm sie es ihm ab und band sich den Gurt um die Hüften. Es schien nichts zu bringen, mit ihnen zu diskutieren, und sie durften keine Zeit vertrödeln.

»Dann lasst uns aufbrechen«, erwiderte sie.

Wie auf Knopfdruck erfüllte plötzlich Magie den Raum. Sie biss in ihre Haut, legte sich schwer auf ihre Zunge und brannte in der Nase. Fast fühlte es sich an, als würde ihr die Luft zum Atmen genommen werden. So ähnlich hatte sich auch die Magie auf Clare Island angefühlt, als sie in der Höhle am Strand über die Frauenleiche gestolpert war. Es kam ihr mittlerweile wie eine Ewigkeit vor.

Es handelte sich um die rohe, ursprüngliche, wilde Magie der Sluaghs, die sie jetzt offenbar dazu benutzten, um sich in ihre drachenartige Gestalt zurückzuverwandeln. Doch statt sich wie in einem typischen Werwolffilm langwierig und schmerzhaft zu verformen, erfolgte der Prozess schnell und fließend. Rauch bildete sich um ihre Körper, in dem kleine, knisternde Funken aufflackerten. Innerhalb des nebligen Schleiers dauerte es nicht lang, bis wieder die drachenartigen Geschöpfe vor ihr standen. Seltsamerweise jagten sie ihr in dieser Form weniger Angst ein als in der menschenartigen Gestalt. Und das sollte etwas heißen.

Ein Sluagh – sie glaubte, es war einer der weiblichen – kniete sich neben ihr nieder. Eine eindeutige Aufforderung, aufzusteigen. Erneut zögerte sie. Als der Sluagh jedoch den Kopf wendete und sie wieder mit diesem Gänsehaut verursachenden Blick musterte, kletterte sie auf den Rücken.

»Wie ist dein Name?«, fragte sie.

Slyph, antwortete die weibliche Sluagh. Das Wort zwackte unangenehm in Nessyas Geist. Slyphs Haut war schneidend kalt wie ein Eisblock. Hoffentlich würde der Ritt zum Schloss nicht allzu lange dauern. Außerdem gab es keine Möglichkeiten, sich festzuhalten. Den sichelförmigen Kopffortsatz konnte sie nicht anfassen, der war messerscharf wie eine geschliffene Axt. Schon als sich Slyph auf alle viere erhob, rutschte Nessya gefährlich auf ihrem Rücken herum. Himmel, das würde sie nie überleben.

»Warte!«, sagte sie panisch. »Bitte nicht losfliegen. Ich werde fallen.«

Ihr seid ein Angsthase, Gefäß, bohrten sich die Worte schmerzhaft in ihren Kopf. Und sie meinte, so etwas wie Belustigung mitschwingen zu hören.

»Nein, darum geht es nicht.« Natürlich hatte sie Angst. Todesangst.

Ihr könnt Euch an meinen Flügeln festhalten.

Kaum war Nessya der Aufforderung nachgekommen, fackelte Slyph nicht lang und trabte zum Ausgang der Höhle. Die beiden anderen Sluaghs waren bereits vorausgegangen, erhoben sich in den schwarzen Nachthimmel und waren gleich darauf nicht mehr zu sehen.

Mit geschlossenen Augen schickte Nessya ein Stoßgebet zu den Göttern, als Slyph ebenfalls abhob. Ob sie den spitzen Schrei tatsächlich ausstieß oder ihn nur still dachte, wusste sie nicht. Doch das Nächste, das sie mitbekam, war ein Ruck, eine steile Neigung nach oben und eiskalter Wind, der ihr ums Gesicht wehte. So nah wie möglich presste sie sich an den Körper des Sluaghs und verkrampfte ihre Hände um die Flügelansätze. Slyphs Haut war so kalt, dass sich Nessyas Finger versteiften und ihre Haut zu brennen anfing, als würde sie in ein Gefrierfach fassen. Trotz der Kleidung konnte sie die Kälte auch durch den Stoff hindurch spüren. So nah am Körper war die Auf- und Abbewegung der Schwingen zum Glück nicht so stark, dass sie sich nicht hätte festhalten können. Dennoch kam der Flug für sie einem Höllenritt gleich.

Ich werde sterben, kreiste der Gedanke während des gesamten Weges über wie in einer Endlosschleife durch ihren Kopf.

Erst als Slyph die Geschwindigkeit drosselte und sanft auf einer Plattform landete, wagte Nessya es, die Augen wieder zu öffnen. Mit zittrigen Beinen rutschte sie vom Sluagh runter, landete unsanft auf dem Boden und sah sich um.

Ihr wärt nicht gestorben, stichelte Slyph offenbar amüsiert. *Wärt Ihr von mir heruntergerutscht, hätte ich Euch wieder aufgefangen. Doch bei dem Klammergriff, den Ihr um meine Flügel hattet, musste ich mir keine Sorgen machen.*

Nessya sah zu Slyphs Gesicht auf und entdeckte in ihren pechschwarzen Augen ein satanisches Funkeln.

»*Vielleicht* hättest du mich schnell genug aufgefangen.«

Niemand entkommt dem Heer, neckte Slyph. Offenbar hatte Nessya den einen Sluagh mit Sinn für Humor erwischt.

Nessya blickte sich um. Sie befanden sich weit oben auf einem dunklen Gebäude, um das sich eine scheinbar grenzenlose Grasebene erstreckte. Direkt neben ihnen ragten spitze Türme in die Höhe. In ihrem Herzen machte sich Schwermut breit. Das konnte nur das Schloss der Prinzen sein.

Weiter hinten entdeckte sie eine Tür, die der Eingang zu einem der Türme zu sein schien. Allein schritt sie darauf zu und betrat das Schloss. Obwohl der Durchgang auch für einen Sluagh groß genug gewesen wäre, blieb Slyph auf der Plattform.

Über eine steile Wendeltreppe gelangte sie nach unten.

»Emma?«, rief sie durch das verlassene Gebäude und zuckte beim Klang ihrer eigenen Stimme unwillkürlich zusammen. Es fühlte sich falsch an, hier so laut herumzurufen.

Cathal wird die Sluaghs schon informieren, sobald sich die Prinzen auf den Rückweg machen. Es ist niemand hier, versuchte sie sich selbst zu beruhigen.

»Emma … wo bist du?« Es blieb unheimlich still. Wo sollte sie nur zu suchen anfangen? Ob es ein Verlies gab?

Nachdem sie gefühlt eintausend Stufen hinabgestiegen war, gelangte sie in eine Art Eingangsfoyer. Die Umgebung erinnerte sie an eine mittelalterliche Burg im gotischen Stil, die man aus dunkelgrauem Granitgestein erbaut hatte. Nur viel, viel ungemütlicher. So in der Art stellt sie sich ein Dämonendomizil vor. Überall standen gruslige Statuen herum, für die sie keinen zweiten Blick verschwendete. Ihr blieb sowieso schon kaum Zeit, um Emma zu finden.

Endlich unten angekommen, stand sie in einer riesigen Halle. Grüne Irrlichter spendeten spärliches Licht, ansonsten war es hier stockduster und bitterkalt. Sie schlang die Arme um den Körper, um sich zu wärmen. Beim Atmen bildeten sich kleine Kondenswölkchen vor ihrem Mund. Fieberhaft suchte sie nach einer Tür, die in ein Verlies führen könnte. Eine Wand bestand aus einem riesigen Spiegel, sodass sie sich selbst dabei sah, wie sie hastig von Tür zur Tür hechtete.

»Emma?«, fragte sie jedes Mal, wenn sie ein neues Zimmer fand. Doch hinter jeder Tür, die sie öffnete, befand sich nur Leere.

»Verflucht!«, rief sie verzweifelt. Ihr rannte die Zeit davon. Sie versuchte einen klaren Gedanken zu fassen, als ihr plötzlich ein Geistesblitz kam.

Der Spiegel!

Nachdem sie zurück in den Eingangsbereich gelaufen und vor den Spiegel getreten war, untersuchte sie das Glas und fühlte die magischen Schwingungen als dumpfes Vibrieren auf der Oberfläche. Sie war voller Finger- und Handabdrücke, die sich jedoch auf der Innenseite zu befinden schienen. Zumindest bis zu der Höhe, an die Menschen herankamen. Auf Höhe ihrer Knie erkannte sie auch winzige Abdrücke. Fingerchen und Händchen, die irgendwann von innen gegen das Glas gedrückt worden waren.

Sie betrachtete den Spiegel in seiner vollen Größe, holte tief Luft und trat mit einem mulmigen Gefühl hindurch.

25

Nessya hatte schon davon gehört, dass es unangenehm war, durch einen der Spiegel zu gehen. Jetzt spürte sie es am eigenen Leib. Es fühlte sich an, als würde man versuchen, durch eine Wand aus Honig zu schlüpfen. Sobald ihr Körper mit der Magie in Berührung kam, verwandelte sich die harte Fläche in ein zähflüssiges Zeug, das an jedem Zentimeter ihres Körpers haftete. Solange sie sich inmitten des Durchgangs befand, konnte sie weder etwas sehen noch hören oder durch die dickflüssige Magie hindurchatmen. Nachdem sie es auf die andere Seite geschafft hatte, zog sich der letzte Rest des Spiegelbannes zur silbernen Fläche zurück. Anders als bei Honig, blieb nichts an der Haut haften.

Von dem Gemäuer auf der anderen Seite war nur noch eine Ruine übrig geblieben. Hohe Säulen, die an der Decke zu Rundbögen zusammenliefen, bildeten das Skelett des Raumes. An einigen Stellen waren die Wände und die Decke eingestürzt, sodass man zum dunklen, nun wolkenverhangenen Himmel hinaufsehen konnte. Einzelne Regentropfen lösten sich aus den Wolken und fielen auf sie herab. Als sie ihren Blick durch das düstere Zimmer schweifen ließ, machte sie eine weitere gruselige Entdeckung. In einer Ecke lagen zwei ineinander verschlungene Skelette, als hätten sich die Menschen gegenseitig gehalten, als sie gestorben waren. Und sie waren nicht die einzigen. Ein weiteres Skelett saß aufrecht gegen eine Wand gelehnt auf der anderen Seite des Raumes. Ein Schauer fuhr über ihren Rücken. Was zum Teufel war das nur für ein Ort?

Durch einen schmalen Durchgang ging es ins nächste Zimmer, das nicht besser aussah. Haufen von Geröll, Fragmente der Decke und Unrat lagen in der Mitte und an den Wänden herum. Im zerbrochenen Glas einer Fensterscheibe wurde das spärliche Licht von draußen reflektiert.

»Emma?« Ihre Stimme hallte jämmerlich durch den verlassenen Raum. Wie sollte sie ihre Freundin hier rechtzeitig finden? Sie wusste ja nicht einmal, ob sie hier war.

Als Steinchen von einem der Schutthaufen herunterrieselten, schloss sie ihre Hand unwillkürlich um den Griff des Schwertes. Mit angehaltenem Atem beobachtete sie den Geröllhaufen, entdeckte jedoch nichts Auffälliges.

Wäre sie eine Vollblut-Elfe, könnte sie mit einem persönlichen Gegenstand von Emma eine einfache Ortungsmagie wirken. Während sie das einstige Anwesen auskundschaftete, verstand sie, weshalb die Fay nicht viel Wert auf die Magielosen legten. Wieso *sie* hier nichts wert war.

Kein Wunder, dass Tuor sie fallen gelassen hatte. Wäre sie eines der machtvollen, leuchtenden Wesen, hätte sie das sicher nicht anders gemacht. Wer konnte es Tuor verdenken?

Und, wenn sie ehrlich sein sollte, taugte sie nicht mal als Mensch besonders viel.

Inzwischen lief sie durch den dritten Raum, der einst ein prachtvolles Zimmer gewesen sein musste, und von Emma war noch immer keine Spur. Dafür lagen auch hier weitere Skelette herum.

Mutlos lehnte sie sich mit dem Rücken gegen eine Wand. In erster Linie war es ihre Schuld, dass Emma hier war. Hätte sie den Unseelie-Prinz nicht angestarrt, wäre er nicht auf sie aufmerksam geworden. Als wäre das nicht genug, hatte sie zugelassen, dass diese Spiegelwesen in ihre Wohnung kamen und Emma entführten. Hätte sie als Tochter einer Elfe nicht wissen müssen, wie man eine Wohnung schützte? Ja, gegen ausgestorbene Höhlentrolle und Wiesenschrate. Super gemacht, Nessya!

Und zu allem Überfluss hatte sie sich die halbe Nacht mit Cathal vergnügt und Emma völlig vergessen. Eine schöne Freundin war sie. Wenn sie es sich genau überlegte, wäre Emma ohne sie besser dran. Sie hatte Emmas Vertrauen und Freundschaft nicht verdient.

Inzwischen war der Nieselregen zu einem regelrechten Wolkenbruch geworden, der durch das zerstörte Dach auf sie hereinstürzte. Irgendwann war sie mit dem Rücken an der Wand heruntergerutscht und saß am Boden in einer Pfütze. Kaltes Wasser durchtränkte den Stoff ihrer Jeans, aber das ignorierte sie. Es war egal. Entlang eines hohen Haufens aus Schutt, Steinbrocken und Dreck floss das Wasser sturzbachartig in die Lache, in der sie saß.

Sie war kein guter Mensch. Sie war eine lausige Elfe. Wozu kämpfen? Wozu weitermachen?

Sie schlang die Arme um ihre angewinkelten Knie und wiegte sich vor und zurück, als ein schimmernder Gegenstand in der Mitte des Raumes ihre Aufmerksamkeit erregte. Das wenige Licht wurde von der silbernen Fläche reflektiert, während Tropfen daran abprallten.

Um das schimmernde Objekt zu erreichen, müsste sie aufstehen. Sie kämpfte eine kleine Ewigkeit mit dem Gefühl der Betäubung, bevor sie es endlich schaffte, sich von ihrem nassen Platz aufzurappeln und zu dem schimmernden Ding zu gehen.

Es handelte sich um eine Kette mit einem Anhänger in Form einer Schneeflocke. In der Mitte und an jedem Ende der Zacken saßen kleine Diamanten. Sie gehörte Emma – ein Erbstück ihrer Oma – und Nessya hatte das Schmuckstück schon immer gemocht, weil es für sie Liebe, Geborgenheit und Wärme symbolisierte. Nicht wegen der Kette an sich, sondern aufgrund der innigen, liebevollen Beziehung, die Emma zu ihrer Oma gehabt hatte.

Während sie in der Mitte des Raumes hockte, fielen ihr dicke Tropfen in den Nacken und liefen in ihre Kleidung. Der Regen war eisig. Er raubte ihre Kraft und schien Freude und Glück aus der Welt zu schwemmen. Und dennoch bereitete ihr der Anblick von Emmas Anhänger Zuversicht und erinnerte sie an das Gefühl von Sicherheit und Freundschaft.

Gefühle, die ihr immer weiter zu entschwinden schienen. Wieso konnte sie sich nicht daran erinnern, wie sich Freude anfühlte? Oder Glück?

Was ging hier vor?

Sie konzentrierte sich auf die Empfindungen, welche die Schneeflocke in ihr auslösten, und hielt daran fest. Neue Entschlossenheit wuchs in ihrem Herzen, die ihr half, endlich aufzustehen.

Verdammt, auf diesem Ort musste irgendein grausamer Bann liegen.

»Emma!«, rief sie wieder laut.

Selbst mit dem Wissen, dass es ein dunkler Zauber war, der ihr die Lebensenergie aussaugte, musste sie sich zwingen, weiterzusuchen. Nicht aufgeben!

Sie ballte ihre Hand zu einer Faust, bis die Schneeflocke schmerzhaft in ihre Haut stach. Die Schmerzen halfen dabei, ihre Gedanken zu klären. Als sie um die Ecke ins nächste Zimmer bog, fand sie ein kauerndes, sich vor und zurück wiegendes Geschöpf, dass sich hinter einer Gardine aus mattem, rotem Haar verbarg.

»Emma?«, flüsterte sie.

Als die Gestalt zu wippen aufhörte, hielt Nessya den Atem an. Durch Strähnen ihres Haares blickte Emma zu ihr auf. Gespannt wartete sie auf eine weitere Reaktion. Irgendeine. Doch Emma fiel wieder in ihr monotones Wippen zurück.

»Oh, Emma«, sagte Nessya, während sie sich neben ihre Freundin hockte und ihr über den Rücken strich. Mit Entsetzen stellte sie fest, dass Emma völlig nackt auf den eiskalten Steinen hockte. Rasch zog sie ihren Mantel aus, legte ihn um Emma, half ihr in die Ärmel und zog den Reißverschluss zu. Viel Wärme würde er nicht spenden, da er nass und völlig durchweicht war, doch immerhin bedeckte er ihre Nacktheit. Statt in irgendeiner Form zu reagieren, wippte Emma nur vor und zurück, vor und zurück.

»Schau mal, ich habe deine Kette gefunden. Sie lag im anderen Zimmer. Soll ich sie dir umlegen?«

Kurz zuckte Emma zusammen, als Nessya ihr Haar zurückstrich, ansonsten schien sie ihre Anwesenheit nicht einmal zu bemerken. Selbst nachdem sie ihr die Kette umgelegt und den Anhänger nach vorne gezogen hatte, reagierte Emma nicht. Sanft umarmte Nessya sie, strich ihr wieder über den Rücken und spürte, dass ihr eine Träne über die Wange lief.

Durch all die Magie – die des Spiegels und dem depressiv machenden Bann – drangen diffus Sinneseindrücke in ihren Kopf.

Die Prinzen begeben sich auf dem Rückweg, Gefäß.

Eilig wischte sie sich die Tränen aus dem Gesicht und rappelte sich auf. Jetzt war nicht der richtige Moment, um zusammenzubrechen. Dafür wäre später noch Zeit. Jetzt mussten sie von hier verschwinden. Falls die Prinzen sie hier fanden, hätten sie das Recht, sie wegen unbefugten Eindringens zu bestrafen und nicht einmal das Bündnis zu Cathal könnte Emma und sie in dem Fall retten. Zum Glück hatte sie das Schwert. Sie hoffte zwar nicht, dass es so weit kam, es benutzen zu müssen, doch es war definitiv eine gute Idee gewesen, es mitzunehmen.

»Komm, Emma. Wir müssen von hier verschwinden«, sagte sie und versuchte sie auf die Beine zu ziehen, doch ihre Freundin kooperierte kein Stück. Stattdessen schüttelte Emma den Kopf und fing an zu summen.

»Emma!«, drängte sie und packte ihren Arm, den sie ihr wieder entriss. »Die Prinzen kommen bald zurück, wir müssen von hier abhauen!«

»Mein Prinz?« Emma hörte auf zu wippen und sah auf. »Mein Prinz kehrt zu mir zurück?«

Ihre Stimme klang dünn und wispernd, der Blick war so leer wie ein verwahrlostes Feld. Wer auch immer gerade reagierte, die Emma, die sie kannte, war es nicht.

Gott, was hatte ihr dieses Scheusal nur angetan? Doch offenbar schien sein Name eine Reaktion in ihr auszulösen.

Einladend hielt sie Emma die Hand entgegen und log: »Ja, dein Prinz kehrt zurück. Komm, ich bringe dich zu ihm.« Diese Worte auszusprechen tat weh, und den Hoffnungsschimmer zu sehen, der kurz in Emmas Augen aufflackerte, noch viel mehr.

Gefäß! Eilt Euch, biss sich Slyphs Gedanke drängend in ihr Gehirn.

Wir kommen, schickte sie telepathisch zurück. *Wir sind gleich beim großen Spiegel in der Eingangshalle.*

Gemeinsam durchquerten sie wieder die Räume, durch die Nessya während der Suche nach Emma gegangen war, bis sie bei dem riesigen Spiegel ankamen. Dabei ließ sie Emma keine Sekunde lang los.

Menschen konnten die Spiegel alleine, ohne magische Hilfe, nicht passieren. Da sie Emmas Hand jedoch in einem festen Griff hielt, konnten sie gemeinsam hindurchtreten. Offenbar war sie doch keine so lausige Halb-Elfe, wie ihre Verwandten ihr immer hatten einreden wollen.

Glücklicherweise ließ sich Emma ohne Widerstand mitziehen, bis sie im Foyer des Schlosses landeten, wo Slyph bereits auf sie wartete.

Abrupt blieb Emma stehen.

»Es ist okay. Sie ist auf unserer Seite«, beruhigte sie Emma leise. Einen Wimpernschlag lang blieb Emma wie versteinert vor dem

Geschöpf stehen, bevor sie sich plötzlich die Hände über die Ohren hielt und laut zu kreischen begann.

»Emma, beruhige dich«, rief sie über das laute Kreischen hinweg. Doch Emma schien in ihrem eigenen Horror gefangen zu sein, kniete sich zu Boden und schrie sich die Seele aus dem Leib.

Mit aller Kraft versuchte sie ihre Freundin dazu zu bringen, aufzustehen, doch Emma schlug, kratzte und trat nach ihr, während sie gleichzeitig kreischend nach hinten zum Spiegel zurückkrabbelte.

»Was tust du? Mein Gott, Emma!«, rief sie, als Emma an der spiegelnden Fläche kratzte, bis ihre Fingernägel brachen und bluteten. Doch immer, wenn sie versuchte, Emma davon abzuhalten, griff ihre Freundin sie an.

Dafür ist keine Zeit…, bohrten sich die Gedanken des Sluaghs in ihren Kopf. *Kommt, wir müssen los. Ich kümmere mich um den Menschen.*

Da sie mit Emma offensichtlich nicht weiterkam, folgte sie Slyphs Anweisung und stieg wie vorhin auf ihren Rücken.

»Bitte tu ihr nicht weh«, sagte sie noch, bevor Slyph rasch zu Emma trabte, sie grob mit den Klauen packte und abrupt abhob. Die riesige Eingangshalle bot ausreichend Platz, sodass der Sluagh nach ganz oben fliegen und über die oberste Plattform ins Freie gelangen konnte. Emma schrie, bis sie heiser wurde, und auch dann krächzte sie weiter.

Sluaghs waren nicht gerade für ihre Sanftheit bekannt und die grobe Behandlung, die Emma widerfuhr, schmerzte in Nessyas Herzen, doch es gab keine andere Möglichkeit. Jetzt mussten sie zusehen, so schnell wie möglich von hier zu verschwinden.

Den ganzen Weg über hallten Emmas heisere Schreie durch die Nacht. Als sich am Horizont die ersten Anzeichen der aufgehenden Sonne abzeichneten, schien Slyph noch einen Zahn zuzulegen. Sluaghs hassten das Licht.

Nachdem sie endlich die Höhle erreicht hatten, entließ Slyph Emma aus ihrem brutalen Griff und setzte sie auf dem Boden ab. Augenblicklich verfiel Emma wieder in ihr monotones Wippen und wimmerte leise.

Cathal empfing sie am Eingang der Höhle und half ihr dabei, von Slyphs Rücken herunterzusteigen. Wenn er schon hier war, würden die Prinzen sicher auch jeden Moment in ihrem Schloss eintreffen oder schon da sein. Offenbar hatten sie es wirklich in allerletzter Sekunde herausgeschafft.

Nachdem sie mit wackeligen Beinen vom Sluagh heruntergeglitten war, sah sie zu Emma, die am Boden kauerte, summte und immerzu vor und zurück wippte.

»Ihr habt es geschafft, sie zu befreien«, bemerkte Cathal, der ihrem Blick zu Emma folgte.

Unsicher schlang sie die Arme um den Körper, weil sie nicht wusste, was sie sonst tun sollte. Diese Situation überforderte sie, so hatte sie sich die Rettungsaktion nicht vorgestellt.

»Ja. Und trotzdem habe ich irgendwie nicht das Gefühl, dass wir sie wirklich retten konnten. Wie ist denn das Treffen mit den Prinzen gelaufen?«

Cathal seufzte. »Ich habe ihnen und jedem anderen Anwesenden damit gedroht, die *Wilde Jagd* heraufzubeschwören, sollten sie einen der meinen angreifen. An dich wird sich niemand mehr vergreifen, *mo chroí,* darauf gebe ich dir mein Wort. Zudem habe ich gefordert, dass er von jetzt an auch seine Finger von deiner Freundin lassen soll. Das heißt, dass ihm ihr Verschwinden für eine sehr lange Zeit nicht auffallen wird.«

»Ich denke, er hätte es sowieso nicht bemerkt.« Sie löste ihren Blick von dem bedauernswerten Etwas, das einmal Emma gewesen war, und sah zu Cathal auf. »Er hat sie inmitten von Skeletten hinter einem der Spiegel abgeworfen, als wäre sie Müll. Sie wäre dort jämmerlich verdurstet oder verhungert, Cathal!«

Tränen stiegen ihr in die Augen, die sie sich hastig von den Wangen wischte. Sie hatte eine dermaßen riesige Wut im Bauch, dass es ihr die Kehle zuschnürte. Und gleichzeitig waren ihr nach den Gesetzen des Síd die Hände gebunden. Der Prinz würde für seine Tat nie zur Rechenschaft gezogen werden, schließlich handelte es sich bei Emma ja nur um einen Menschen. Sie fühlte sich so verflucht hilflos.

»Ich weiß«, erwiderte Cathal sanft.

Als er auf sie zukam und sie umarmen wollte, drehte sie sich abweisend von ihm weg, warf ihm dann aber gleich einen verstohlenen Blick zu. Über seine Gesichtszüge glitt ein gekränkter Ausdruck, bevor er sie rasch wieder unter Kontrolle brachte und eine nichtssagende Miene aufsetzte.

Seufzend kniff sie sich in den Nasenrücken. Es war nicht seine Schuld, nichts von alledem. Im Gegenteil, ohne ihn wäre Emma in diesem jämmerlichen Loch grausam verreckt. Er hätte ihr nicht helfen müssen und doch hatte er es getan. Für einen Menschen. Für sie. Sie könnte sich für ihr Verhalten bei ihm entschuldigen, doch in der Welt der Fay bedeuteten Entschuldigungen ebenso viel wie ein Dank. Nichts. Worauf es den Fay ankam, waren Taten.

Im Grunde war das ehrlicher, als wenn man sich schlecht benahm und dann versuchte, alles mit einem einfachen Wort abzugelten.

»Ihr beiden seht ziemlich durchgefroren aus. Lass uns reingehen, damit ihr euch etwas aufwärmen könnt«, schlug er höflich vor. Sein Tonfall klang distanziert. Als er zu Emma ging und ihr vom Boden aufhelfen wollte, fing Emma bei seinem Anblick wieder an zu kreischen.

»Emma, er wird dir nichts tun«, versucht sie ihre Freundin zu beruhigen, doch vergeblich. Offenbar kamen die Worte nicht bei Emma an. Sie zeigte weder Verständnis noch irgendeine andere vernünftige Reaktion. Stattdessen saß sie nur auf dem Boden, kniff die Augen fest zusammen und schrie. Zu Emmas Gekreische mischten sich nun von weiter hinten aus der Höhle auch noch die in den Ohren schmerzenden Schreie der Sluaghs, die inzwischen genervt zu sein schienen.

Cathal verschränkte die Arme vor der Brust. »Ich denke, es wäre am besten, wenn du sie erst einmal in die Menschenwelt zurückbringst. Ich weiß nicht, wie lange ich die Herde noch davon abhalten kann, deine Freundin von ihren Qualen zu erlösen.«

Über Nessyas Rücken rann ein eiskalter Schauer. Man musste kein Genie sein, um zu wissen, was er damit meinte.

»Gute Idee«, stimmte sie zu. Sobald Cathal von Emma weg und sie auf sie zuging, verstummten die Schreie und Emma verfiel wieder in ihr monotones Wippen. Nessya war sich nicht sicher, was sie schlimmer fand. »Komm, Emma. Lass uns nach Hause gehen.«

Nachdem sie Emma auf die Füße gezogen hatte und ihre Hand nahm, ließ sie sich zum Glück widerstandslos von ihr mitziehen. Apathisch, gehorsam, teilnahmslos.

Vor dem Ausgang der Höhle drehte sie sich noch einmal zu Cathal um, der ihnen nicht gefolgt, sondern im Gang stehen geblieben war.

»Ich würde euch aus dem Síd begleiten«, sagte er, »doch ich fürchte, dass deine Freundin meine Anwesenheit nicht erträgt.«

Sie nickte. »Ja, das verstehe ich. Cathal, wegen unseres Abkommens …«

»Kümmere dich erst einmal um deine Freundin«, unterbrach er sie und winkte ab. »Es werden sich für uns noch genügend Gelegenheiten ergeben, um die Konditionen des Paktes zu erfüllen.«

»Gut«, erwiderte sie leise und vermied seinen Blick. Sie wandte sich wieder nach vorne, um den Síd – ihre Heimat – zu verlassen und Emma zurück zu den Menschen zu bringen. Auf einmal fühlte sie sich unendlich ausgelaugt, bedrückt und allein gelassen. Obwohl sie Emma aus der Gefangenschaft des Prinzen befreit hatten, fühlte es sich nicht wie ein Sieg an. Ganz und gar nicht.

Es ergab Sinn – war vermutlich auch besser so –, dass Cathal nicht mitkam, und doch wünschte sich ein kleiner Teil in ihr, dass er an ihrer Seite blieb. Dabei ging es nicht einmal so sehr um körperliche Anwesenheit. Seit sie sich vorhin ihm gegenüber abweisend verhalten hatte, fühlte sich die Stimmung zwischen ihnen schmerzlich reserviert an. Ihm konnte sie daraus keinen Vorwurf machen. Durch ihr offen zur Schau getragenes Misstrauen hatte sie sich das selbst zuzuschreiben.

Seufzend ging sie mit Emma im Schlepptau wieder los.

»Nessya …«

Am Ausgang hielt sie inne und drehte sich noch mal zu Cathal um, nachdem er ihren Namen gerufen hatte.

»… für mich ist es sehr viel mehr als nur ein Abkommen.«

Dort stand er, der Heerführer der Sluaghs, so stolz, wie ein Fay nur sein konnte, die Flügel majestätisch entfaltet und in all seiner silbern schimmernden Pracht. Und schenkte ihr einen Teil seiner Seele. Durch diese Offenbarung machte er sich verwundbar, denn sie zeigte Gefühle, die ein Fay für gewöhnlich hinter einer achtsam aufrechterhaltenen Fassade verbarg. Wärme bildete sich in ihrer Brust, die sich langsam in ihrem gesamten Körper ausbreitete. Seine Worte trafen sie mitten ins Herz.

Vorsichtig ließ sie Emmas Hand los, vergewisserte sich, dass sich ihr Zustand dadurch nicht verschlimmerte, und lief dann zu Cathal zurück.

Erleichtert fiel sie in seine Arme und schmiegte sich an ihn. In einem tiefen Atemzug sog sie den Duft seiner Haut ein, während er die Arme um sie herum schloss und sie fest an sich drückte.

»Für mich auch, Cathal«, flüsterte sie gegen seine Brust und spürte die Bewegung an ihrer Wange, als er tief durchatmete. »Für mich auch.«

Sanft küsste er ihren Scheitel und drückte sie noch stärker an sich, als wollte er sie nie wieder loslassen.

Endlich fühlte sie sich vollständig. Als Mensch, der seinen Platz in der Feenwelt gefunden hatte. Es würde sicher noch einige Zeit dauern, bis sie alles verarbeitet hatte und beide Identitäten in ihr zu einem Gleichgewicht fanden, doch diese Aufgabe musste sie nicht länger alleine meistern. Jetzt hatte sie einen Fay an ihrer Seite, der verstand, wie man sich als Halbblut fühlte, der beide Seiten kannte und sie als das akzeptierte, was sie war. Und für den sie ganz genauso empfand.

»Ich wünschte, ich müsste dich nie mehr loslassen, aber jetzt muss ich mich um Emma kümmern«, sagte sie leise, während sie sich widerwillig von ihm löste.

Seufzend gab er einen zustimmenden Laut von sich, als er sie losließ. Er sah ihr tief in die Augen, strich ihr eine Locke hinters Ohr und küsste sanft ihre Lippen.

»Komm bald zurück, kleine Elfe«, flüsterte er.

Sie spürte die zarte Berührung noch, als sie zusammen mit Emma die Höhle verließ, das Sluagh-Gebiet durchquerte und nach einem Ausgang aus dem Síd suchte.

26

Nessya kannte sich bei den Seelie besser aus und wusste, wie sie die Schwingungen der Ausgänge aus dem Síd interpretieren sollte. Außerdem fühlte sie sich dort etwas sicherer als im unbekannten Unseelie-Territorium. Mit Emma an der Hand überquerte sie die ungerunte Grenze zu den Seelie und landete auf den Hügeln der Brownies.

Ein neuer Tag war angebrochen. Die Luft an diesem frühen Morgen war kühl, aber nicht richtig kalt. Dennoch spürte sie die ersten Anzeichen des Winters. Das Gras war nicht so saftig und grün wie zu Beginn des Jahres, eher trocken und blass. Es schien sich auf die frostige Jahreszeit vorzubereiten.

Es dauerte nicht lang, bis sie einen Ausgang ortete. Genau wie damals, als sie noch hier gewohnt und sich ab und zu in die Menschenwelt geschlichen hatte.

Emma starrte mit leerem Blick vor sich hin und gab keinen einzigen Ton von sich. Zu Hause würde sie ihr helfen können. Vielleicht mit einer Therapie oder Ähnliches.

Auf ihrem Weg über die Hügel traf sie auf einige Brownies, die in der Morgenröte friedlich Kräuter pflückten. Sobald sie sich gegenseitig entdeckten, froren die kleinen Hügellandbewohner in ihren Bewegungen ein und starrten sie mit weit aufgerissenen Augen an. Dann wanderten ihre Blicke zum Schwert, das sie noch an dem Waffengurt um ihre Hüfte herum trug.

Bevor sie etwas erklären konnte, warfen die Brownies die Kräuterkörbe von sich und rannten panisch davon, als stünden gefährliche Irre vor ihnen. Vermutlich sahen Emma und sie auch genau so aus. Zwei menschliche Frauen, eine völlig desolat und im Delirium, die andere mit dem leuchtenden Henkersschwert der Seelie an der Hüfte, wirkten wohl nicht gerade vertrauenerweckend.

Innerlich stöhnend, schnallte sie sich das Schwert ab und legte es ins Gras. An sich war ihr egal, wer es fand und was damit passierte. Das war nicht länger ihr Problem, sie hatte schon genug eigene.

Vermutlich waren die Brownies ohnehin gerade dabei, einige Elfenkrieger zu alarmieren. Die würden das Schwert hier finden und ihrer Königin zurückbringen.

Jetzt mussten Emma und sie den Síd schleunigst verlassen, bevor die Krieger hier auftauchen und ›höflich‹ nach logisch klingenden Erklärungen verlangen würden.

Vor ihr auf der Hügelflanke befand sich nichts als Gras. Sie konnte den Ausgang zur Menschenwelt spüren, doch mit bloßem Auge sah man nichts. Ein normaler Mensch würde hier nichts Auffälliges wahrnehmen und ohne die Hilfe eines Fay im Síd gefangen bleiben. Doch sie wusste genau, wo sich die Tür befand und was zu tun war. Mit geschlossenen Augen konzentrierte sie sich auf die vibrierende Magie, löste sich von Emma und fuhr mit der Hand über die trockenen Halme.

Sie war sich nicht sicher, ob sich das Gras zurückzog – praktisch in den Hügel schmolz – und die Erde wegrieselte oder ob sich das Loch wie durch Geisterhand bildete. Doch nun stand sie vor dem Eingang eines Stollens, aus dem sanfter Fackelschein zu ihnen drang. Manchmal war die Pforte mehrere Meter hoch, heute mussten sie sich ducken, um den Stollen betreten zu können. Sobald sie sich im Innern befanden, rieselte hinter ihnen das Loch wieder mit Erde zu, als hätte es den Eingang nie gegeben. Der Stollen führte sie zu einer schlichten Holztür, die sie nur öffnen und durch die sie hindurchtreten mussten.

Wo man landete, war immer ein bisschen eine Sache des Zufalls. Was das betraf, hatte der Síd seinen ganz eigenen Sinn für Humor. Heute schien er ihnen jedoch wohlgesonnen zu sein. Der Síd spuckte sie im Dolphin's Barn, bei der Geburtsklinik, nicht weit von ihrer Wohnung entfernt aus. Nur wenige Straßen trennten sie noch von ihrem Zuhause.

Emma schlich wie ein geschlagener Hund, barfuß und nur mit dem Mantel, den sie ihr umgelegt hatte, hinter ihr her. Sie selbst trug bei dem schmuddeligen Mistwetter nichts weiter als eine Jeans und ein dünnes T-Shirt. Die Menschen auf der Straße bedachten sie mit schockierten Blicken, fragten jedoch nicht nach, ob sie Hilfe benötigten. Ihre Gegend war sowieso nicht gerade die beste. Hier hatten die Leute genug mit sich selbst zu tun, um sich noch mit den Problemen anderer belasten zu wollen.

Home, sweet home.

Schon von Weitem sah sie blaue Sirenen leuchten und je näher sie ihrem Haus kamen, desto klarer wurde, dass sich das Großaufgebot der Gardaí in ihrer Straße befand. Cathals Blendzauber war zwischenzeitlich in sich zusammengebrochen. Niemand konnte für das riesige Loch in der Wand ihres Wohnzimmers eine Erklärung abliefern, da keiner der Nachbarn von einer Gasexplosion oder Ähnlichem berichten konnte. Nachdem Emma und sie den halben Tag und die ganze Nacht nicht erreichbar gewesen waren, musste Jada die Polizei informiert haben.

Emma und sie wurden auf die Wache gebracht und mit warmen Decken und heißen Getränken versorgt, während die Polizisten sie verhörten. Da ihr auf die Schnelle nichts Besseres einfiel, erzählte sie, dass sie letzte Nacht überfallen und von irgendwelchen Psychopathen entführt worden waren. Für das Loch in der Wand habe sie leider ebenfalls keine Erklärung. Alles war so wahnsinnig schnell gegangen und an vieles könne sie sich nicht mehr besonders gut erinnern. Ob sie wohl unter einer posttraumatischen Belastungsstörung litt? Vielleicht. Ihre Freundin wurde während der Gefangenschaft misshandelt und war deshalb nicht ansprechbar. Ihr selbst ging es den Umständen entsprechend gut, sie konnten fliehen, bevor man ihr Schlimmeres antun konnte. Nein, leider konnte sie die Täter nicht beschreiben, da sie Masken getragen hatten und ja, wenn ihr noch etwas einfiel, würde sie sich sofort melden.

Emma versuchten sie ebenfalls zu befragen, nachdem ihre Freundin jedoch nichts anderes tat, als mit entrücktem Blick summend vor und zurück zu wippen, wurde der Notdienst gerufen, der sie beide in ein Krankenhaus fuhr.

Nessya wurde tags darauf wieder entlassen, Emma behielten sie vorerst da.

Bis das Loch in der Wand repariert wurde, kam Nessya bei Jada unter.

Seit ihrer Rückkehr aus dem Síd vor drei Tagen hatte Jada sie noch nicht mit Fragen bedrängt, doch Nessya vermutete, dass Jada es ihr sicher nicht ewig so leicht machen würde.

Während Jada am Herd stand und eine Gemüsepfanne mit Grillhähnchen vorbereitete, breitete sich eine immer ungemütlicher werdende Stille aus, die das Ende dieses Scheinfriedens einläutete. Offene Fragen hingen in der Luft und sie wusste nicht, wie sie diese beantworten sollte, ohne ihre Freundin anzulügen.

»Wie geht es Emma?«, fragte Jada, ohne sich nach ihr umzudrehen.

Sie seufzte und rührte in ihrer Teetasse. »Nicht gut. Nachdem sie sich nach wie vor weigert, etwas zu essen oder zu trinken, haben sie sie jetzt in die Geschlossene einweisen lassen.«

Jada drehte sich zu ihr um und bedachte sie mit einem strengen Blick. »Und wie geht es dir?«

»Ich mache mir große Sorgen um Emma.«

Noch mit dem Holzlöffel in der Hand, verschränkte Jada die Arme vor der Brust und lehnte sich gegen die Arbeitsplatte. »Wir machen uns alle Sorgen um Emma. Aber ich habe gefragt, wie es *dir* geht.«

Kurz sah sie zu Jada hoch, bevor sie den Blick wieder senkte. »Mir geht es abgesehen davon ganz gut.«

Obwohl sie Jada nicht direkt anschaute, sah sie, dass Jada skeptisch den Kopf schief legte. Einen Moment lang beobachtete ihre Freundin sie auf diese Weise.

»Erzähl mir, was genau passiert ist, wenn du dich bereit fühlst, okay?«, sagte sie schließlich, bevor sie sich wieder der brutzelnden Pfanne auf dem Herd zuwandte.

»Mach ich. Danke.« Nessya holte tief Luft, denn jetzt kam der Moment der Wahrheit. Der Augenblick, in dem sie so ziemlich jedes Gesetz der Fay, der Königin und des Síd brechen würde, indem sie jemanden von der anderen Seite einweihte. Jedenfalls mehr oder weniger. »Jada?«

»Hmm-mm?«

»Du weißt doch bestimmt noch, als du aufgrund des Krachs vor einigen Tagen zu uns herübergekommen bist ...?«

Jada hielt am Herd inne und schien zu überlegen. »Vor einigen Tagen? Meinst du, als Emma und ich von unserer Pub-Tour heimgekommen sind und dich mit diesem Typ auf der Couch erwischt haben?«

»Nein, ich meine am Tag danach. Du … weißt doch sicher, was ich meine?«, fragte sie vorsichtig. Jadas extrem entspanntes Verhalten auf diese Frage fing an, sie zu verunsichern. Immerhin hatte sie unter einem Sluagh gelegen und ihm direkt ins Gesicht gesehen. Von Cathal, der einen wie Emma aussehenden Fay verhört und dessen Seele schließlich an das Heer verfüttert hatte, ganz zu schweigen.

Jada rührte wieder in der Pfanne. »Meinst du die Nacht auf den Montag, als ihr überfallen wurdet?«

»Ja.«

»Nee, da war ich nicht bei euch. Da war ich doch in dem neuen Club und habe aufgelegt.« Jada schüttelte den Kopf. »Ich ärgere mich immer noch darüber, dass ich nicht hier war. Ausgerechnet an dem Abend haben die mir einen Gig gegeben, dabei ist am Sonntag sowieso meist tote Hose. Vielleicht hätte ich was tun oder euch helfen können, wenn ich zu Hause geblieben wäre.«

Einen Moment starrte sie Jada mit offenem Mund an, was Jada nicht sah, da sie weiterhin mit dem Rücken zu ihr stand und in der Pfanne rührte.

»Aber … du *warst* doch da«, sagte sie schließlich. »Ich … ich habe dich gesehen!« *Und ganz nebenbei hast du mir das Leben gerettet, weil du dafür gesorgt hast, dass ich nicht auf dem Badezimmerboden verblutet bin.*

Jada drehte sich wieder nach ihr um. »Süße, da musst du irgendetwas durcheinanderbringen. Am Sonntag war ich seit dem frühen Nachmittag bis circa fünf Uhr morgens weg.«

Perplex schloss sie wieder ihren offen stehenden Mund. Ob Jada das Ereignis verdrängte? Oder hatte Cathal möglicherweise etwas mit den fehlenden Erinnerungen zu tun? War er deswegen so unbesorgt geblieben? Konnte Cathal so etwas überhaupt?

Was immer der Grund war, für den Moment beschloss sie, das Thema fallen zu lassen. Falls Jada tatsächlich alles verdrängt hatte, wollte sie nicht weiter nachhaken, damit am Ende nicht auch noch ihre andere Freundin einen psychischen Knacks davontrug. Und falls Cathal seine Finger im Spiel hatte, sollte sie erst recht keine schlafenden Hunde wecken und die Erinnerungen an die Oberfläche holen.

Als hätten sie eine gemeinsame, stille Übereinkunft getroffen, erst einmal nicht weiter über das Offensichtliche, das wie ein riesiger pinker

Elefant in einer Ecke des Zimmers hockte, zu sprechen, redeten sie während des Essens über vergleichsweise alltäglichen Kram. Zum Beispiel über Nessyas Vorhaben, sich eventuell an der Uni einzuschreiben und zu studieren.

Nachdem sie zusammen gegessen hatten und zu jede zu Bett ging, bemerkte sie auf ihrer Gästematratze einen ihr durchaus vertrauten Waffengurt, in dem ein gewisses leuchtendes Schwert steckte.

Stöhnend legte sie den Kopf in den Nacken und verstaute *EaglaBás* in eine Ecke des Zimmers. Das hatte ihr gerade noch gefehlt, aber was sollte sie machen? Das Schwert hatte sie hier gefunden und würde sicher zurückkehren, selbst wenn sie es wieder irgendwie schaffte, es erneut unauffällig im Seelie-Territorium abzulegen.

Vom Arzt im Krankenhaus hatte sie eine einwöchige Krankschreibung bekommen mit Option auf Verlängerung. Da sie diese jedoch nicht in Anspruch nahm, ging sie nach dem Wochenende wieder arbeiten. Bei all dem ganzen Stress und deprimierenden Besuchen bei Emma in der Klinik tat der alltägliche Starbucks-Wahnsinn mit den nervtötenden Hipster-Kunden fast schon gut.

Es war gegen fünf Uhr nachmittags, als sie für eine Kundin gerade einen großen Caramel Frappuccino Light vorbereitete und auf einmal verräterisches Kribbeln auf ihrer Haut spürte. Unwillkürlich sah sie auf, scannte rasch den Laden und entdeckte den Fay sofort.

Trotz seines Blendzaubers schien es, als würde er knisternde Elektrizität versprühen. Sein derzeitiges Erscheinungsbild war nicht übermäßig attraktiv oder außergewöhnlich. Er hüllte sich in eine Illusion, die nach außen hin das Bild eines ganz normalen Polizisten wiedergab. Dennoch starrten die Menschen ihn an, weil sie nicht anders konnten. Würde man später jemanden nach einer Beschreibung fragen, würden sicher Worte wie ›Autoritätsperson‹ und ›Respekt einflößend‹ fallen. Nichts, das einfach nur mit dem Aussehen zu tun hatte, sondern vielmehr damit, wie er sich gab.

Hatte sie das Geschäft nicht mit Anti-Unseelie-Runen geschützt? Das konnte nur eines bedeuten: Der Fay, der gerade den Starbucks betreten hatte, musste ein Seelie sein.

Auch er musterte die Gesichter der Leute, bis er mit dem Blick an ihrem hängen blieb. Eine scheinbar erstarrte Sekunde lang sahen sie einander an und in dem Moment wurde ihr klar, dass er ihretwegen hier war.

Sobald sie die Illusion durchblickte und sein wahres Aussehen sah, erkannte sie, wer er war.

Es handelte sich nicht um irgendeinen Seelie.

Mitten in ihrem Starbucks, in der 10-12 Westmoreland Street, Dublin, stand Lord Vhandor, rechte Hand von Königin Siobhánn und Scharfrichter des Síd.

Ihr gefror das Blut in den Adern.

Ohne Blendzauber war Lord Vhandor hochgewachsen und attraktiv, wenngleich nicht von jener zarten, androgynen Schönheit, die den meisten Elfen zu eigen war. Seine Züge waren eher kantig und maskulin und selbst das lange, über den Ohren adrett zu feinen Zöpfen geflochtene weizenblonde Haar konnte nicht über die Tatsache hinwegtäuschen, dass es sich bei ihm um einen kampferprobten Krieger handelte. Wenn er irgendwo auftauchte, landete in der Regel kurz darauf jemand auf dem Schafott.

Heute war er hier aufgetaucht und dieser jemand wäre niemand anderes als sie selbst.

Es war klar, weshalb er sich für das Erscheinungsbild eines Polizisten entschieden hatte. In dieser Form könnte er ihr einfach Handschellen anlegen und sie abführen. Niemand würde dagegen protestieren oder ihr helfen. Als er mit geschmeidigen Schritten auf die Theke zukam, tat sie das einzig Vernünftige, das ihr einfiel. Sie ließ alles stehen und liegen und rannte in den Personalbereich, von wo aus sie über die Hintertür aus dem Laden fliehen konnte. Weit kam sie jedoch nicht. Als Polizist hinderte ihn ja niemand daran, ihr einfach durch die Küche hindurch nach draußen zu folgen.

»Stopp! Keine Bewegung«, donnerte seine Stimme durch die schmale, gepflasterte Seitenstraße. Abrupt kam sie zum Stehen. Da er bereits beängstigend nah klang, würde er sie sowieso im Nullkommanix einholen.

Langsam drehte sie sich um und tastete in ihrer Hosentasche nach der Phiole mit Cathals Blut, die er zwischenzeitlich für sie erneuert hatte. Doch mitten am Tag und im Herzen Dublins könnte sie das Heer nicht rufen. Damit würde sie nicht nur das Wichtigste aller

Síd-Gesetze brechen – vor den Menschen unerkannt zu bleiben –, es wäre außerdem zu gefährlich. Sie bezweifelte, dass die Sluaghs der Versuchung der vielen umherflanierenden Touristen widerstehen könnten.

Lord Vhandor machte eine galante Verbeugung. In der Gestalt als Polizist wirkte sie deplatziert, doch als Nessya konzentriert durch seinen Zauber hindurchsah, wirkte die altertümliche Geste erschreckend adäquat.

»Dürfte ich Ihren Namen erfahren?«, fragte er mit ausnehmend höflichem Tonfall, nachdem er sich wieder aufgerichtet hatte.

»Nessya«, antwortete sie.

Er nickte. »Wir sind zutiefst beeindruckt von Ihnen, Nessya. Daher hat mich die Königin gebeten, Sie in unser Reich zu geleiten. Sie möchte Sie gerne persönlich kennenlernen.«

»W-Warum?«, fragte sie und schluckte schwer.

»Weil sie sich gerne den Menschen ansehen möchte, dem es gelungen ist, eines unserer Artefakte nicht nur einmal, sondern gleich zweimal zu … entwenden. Die Königin der Fay interessiert sich dafür, mit welchem Trick Ihnen das gelungen ist. Von unserer Königin persönlich in die Feenhügel eingeladen zu werden, ist eine hohe Ehre.«

Wäre sie ein einfacher Mensch gewesen, der seine Nase zu tief in alte Bücher und Bräuche gesteckt hatte, um Kontakt zur Feenwelt aufzubauen, wäre sie jetzt bestimmt ganz aus dem Häuschen vor Freude. Solche Leute gab's tatsächlich.

Lord Vhandors Worte klangen höflich und vernünftig. In Wirklichkeit bedeuteten sie, dass sie bald sterben würde.

»Einladen oder gefangen nehmen?«

»Es handelt sich ausdrücklich um eine Einladung.«

»Dann heißt das, dass ich die Einladung auch ausschlagen kann?«

»Nein.«

»Ich habe das Schwert nicht gestohlen«, verteidigte sie sich.

»Von einem Schwert war nie die Rede. Darf ich demnach von einem Geständnis ausgehen?«, fragte er, während er langsam näher kam. Gleichzeitig trat sie einen Schritt nach hinten, sodass er wieder stehen blieb. Offenbar hatte er keine Lust, hinter ihr herzujagen, und wollte sie nicht verschrecken. Dafür war es jedoch etwas zu spät.

»Nein, ich gebe überhaupt nichts zu. *EaglaBás* ist beide Male zu mir gekommen. Ich will die Waffe nicht.«

Als sie den Namen des Schwertes nannte, verzog sich eine seiner scharf geschnittenen, blonden Augenbrauen skeptisch nach oben. Offenbar schien er langsam zu realisieren, dass er es hier nicht mit einem normalen Menschen zu tun hatte, der zufällig in die magische Welt gestolpert war.

»In dem Fall haben Sie nichts zu befürchten. Wenn Sie die Wahrheit sagen und unsere Königin davon überzeugen können.«

»Dann schwört es! Schwört, dass mir kein Leid zugefügt wird.«

Seine Körperhaltung versteifte sich und der Blick wurde hart. »Ich leiste keine Eide auf die Launen der Königin. Und jetzt muss ich Sie bitten, Nessya, mit mir mitzukommen.«

Er schien es inzwischen aufgegeben zu haben, Andeutungen zu machen und um den heißen Brei herumzureden. Gut, denn auch sie hatte es mittlerweile satt, so behandelt zu werden, als hätte sie keine Ahnung von nichts.

Rasch trat sie einen weiteren Schritt nach hinten, nahm die Phiole aus der Hosentasche und hielt sie vor seinen Augen gut sichtbar in die Höhe. »Ich stehe unter Cathals Schutz!«

Seine Augen weiteten sich, unmerklich, dennoch sah sie seinem Blick an, dass selbst er – Scharfrichter des Síd – das Heer fürchtete. »Der Heerführer der *Wilden Jagd* wird Euch in dieser Angelegenheit nicht helfen können. Auf den Diebstahl des Schwertes *EaglaBás* steht die Todesstrafe.«

Es war ihr nicht entgangen, dass er vom modernen Siezen zum altertümlichen Ihrzen gewechselt hatte.

»Ich habe es nicht gestohlen, es ist zu mir gekommen!«, beharrte sie.

Mit dem Kopf deutete er auf die Phiole in der Hand. »Wollt Ihr das Heer rufen? Hier, mitten am Tag?«

»Natürlich nicht. Aber ich möchte, dass Ihr Cathal informiert und er mich zur Königin begleitet. Dann bin ich bereit, freiwillig mit Euch mitzukommen, Lord Vhandor.« Als hätte sie eine andere Wahl. Doch eine Eigenheit der Seelie war es, stets den Schein zu wahren.

Lord Vhandor nickte. »Einverstanden. Wir werden den Sluagh-Fürsten informieren und seine Ankunft an den leuchtenden Hof abwarten, bevor wir weitere Schritte einleiten, falls sich herausstellen sollte, dass Ihr tatsächlich unter seinem Schutz steht, Nessya. Ich darf Euch doch so nennen oder habt Ihr einen Titel?«

Zu behaupten, dass sie keinen Titel hatte, wäre einer Lüge zu nahe gekommen. Bevor sie jedoch ihr Geheimnis preisgab, wollte sie vorher mit Cathal darüber sprechen. Das Risiko, ansonsten nur noch tiefer in den politischen Machtstrudel der Fay gezogen zu werden, war zu groß.

»Ihr dürft mich einfach Nessya nennen, Lord Vhandor«, antwortete sie daher.

Zuvorkommend bot er ihr den Arm, während er seinen Blendzauber erneut wandelte. Jetzt sah er wie ein elegant gekleideter junger Mann aus, sodass sie, ohne zu großes Aufsehen zu erregen, gemeinsam aus der Hinter- und auf die große Hauptstraße treten und durch ein geeignetes Portal in den Síd gehen konnten. Ganz kultiviert und gesittet.

Jedoch nicht, ohne vorher noch einen kleinen Abstecher zu ihrer Wohnung zu machen und das Schwert zu holen, das Lord Vhandor ihr, welch eine Überraschung, sofort abnahm.

Falls ihn der beißend riechende Angstschweiß störte, den sie auf dem Weg in den Síd ausströmte, so ließ er sich davon nichts anmerken.

27

Sie war zu Hause. Am durch Runen vom Rest des Síd abgeschotteten Seelie-Hof.

Vor Aufregung zitterten ihre Hände und ihre Knie fühlten sich wackelig an. Wäre der Anlass ein anderer gewesen und stünde sie nicht auf der großen steinernen Plattform vor den Stufen, die zum Thron der Königin hinaufführten, hätte ihr der Besuch Freude bereitet.

Doch hierhin wurden Angeklagte gebracht, um auf den Beginn ihrer Verhandlung zu warten. Im Moment war der eindrucksvolle Thron noch leer. Wann die Königin beschloss aufzutauchen, war ungewiss, und je länger Nessya warten musste, desto unruhiger wurde sie. Was zweifellos zur Strategie gehörte.

Cathal war ebenfalls noch nicht hier.

Um sich zu beschäftigen und die nervenaufreibende Wartezeit zu verkürzen, sah sie sich die friedlich wirkende Umgebung an. Riesige Bäume, in deren Äste Balustraden und Sitzplätze errichtet worden waren, säumten die Plattform, die aus glatten, naturbelassenen Steinen bestand.

Vor Jahren hatte sie einmal an solch einem erhöht liegenden Platz gestanden und eine Verhandlung verfolgt. Es hatte sich um ein Kavaliersdelikt gehandelt, nichts Dramatisches. Nie hätte sie damals gedacht, selbst einmal hier unten zu stehen. Trotz der am Boden liegenden Herbstblätter sah der Platz gepflegt und sauber aus. Weiß leuchtende Irrlichter schwebten im Dämmerlicht um sie herum und spendeten sanften Schein. In der Luft lag der Geruch des Herbstes, von Gräsern und Kräutern. Sie erkannte die Noten von Lavendel und Salbei, zu denen sich weitere wohlriechende Düfte mischten.

Nervös atmete sie tief durch, als sich die Plätze langsam füllten. Immer mehr erhabene Elfenlords und -ladies kamen. Offenbar war ihre Verhandlung eine kleine Sensation. Eine zweifelhafte Ehre, auf die sie gerne verzichtet hätte.

Zwischen den Zuschauern entdeckte sie Tuor und erstarrte. Nicht, weil sie noch Gefühle oder Sehnsucht für ihn empfand – die Zeiten waren glücklicherweise ein für alle Mal vorbei –, sondern einfach, weil sie ihn aus ihrem früheren Leben kannte. Und als sie sah, wer sich an seiner Seite befand, den Arm in seinen untergehakt, raste ihr Herz.

Mutter.

Sie wusste nicht, ob sie das Wort nur dachte oder flüsterte, doch in dem Moment drehte ihre Mutter ihr den Kopf zu und betrachtete sie mit einem solch kalten, abweisenden Blick, dass ihr das Herz in tausend Stücke zerbrach.

Anders als bei Tuor, dessen Meinung ihr inzwischen herzlich egal war, kümmerte es sie durchaus noch, was ihre Mutter von ihr dachte.

Angestrengt unterdrückte sie Tränen und zwang sich dazu, wegzusehen. Bloß nicht anfangen zu heulen. Nicht hier. Nicht jetzt.

»Nessya, ist alles in Ordnung?«, fragte Cathal leise. Sie spürte seine große Hand auf ihrer Schulter, noch bevor sie seine Stimme hörte, und drehte sich rasch zu ihm um. Zwei Elfenkrieger hatten ihn auf die Plattform begleitet, die sich nun zurückzogen. Erleichtert sank sie in seine Arme. Sie war sich nicht sicher, wie lange sie es noch geschafft hätte, aufrecht zu stehen, ohne zusammenzubrechen.

»Ganz gleich, was passiert, erwähne auf keinen Fall deine Freundin Emma«, flüsterte er in ihr Ohr und hielt sie fest in den Armen, bevor er sanfte Worte des Trostes säuselte. Sie nickte, wahrscheinlich hätte sie das ohnehin nicht gemacht, aber seine eindringliche Warnung bekräftigte sie in ihrem Bauchgefühl.

Sie brauchte seinen Halt, alleine hätte sie das niemals durchgestanden. Schon ohne die Anwesenheit ihrer Mutter war die ganze Situation unheimlich verstörend, aber jetzt war es tausend Mal schlimmer. Sie wollte einfach nur noch weg.

»Mutter ist hier«, sagte sie mit zitteriger Stimme und merkte, dass sie doch heulte.

Vorsichtig schob er sie von sich, wischte ihr eine Träne von der Wange und lächelte auf einmal breit. »Dann küss mich.«

»Was?«, fragte sie verdutzt.

»Küss mich. Zeigen wir diesen arroganten Elfen, was wir auf ihre Ansichten geben.«

Einen Moment lang sah sie ihn sprachlos an und traute ihren Ohren kaum, als ihr bewusst wurde, dass er recht hatte. Was kümmerte sie die Meinung der versnobten Seelie? War sie nicht eine eigenständige, selbstbestimmte junge Frau, die ihr Leben in die Hand genommen hatte? Als wäre sie auf irgendjemanden hier angewiesen.

Sie schlang die Arme um seinen Nacken, stellte sich auf die Zehenspitzen und schloss die Augen, als sie seine Lippen mit ihren berührte. Durch die Reihen der noblen Aristokraten ertönten empörte Rufe, was sie unwillkürlich zum Lächeln brachte. Cathal lächelte ebenfalls. Das spürte sie an seinen sich weitenden Lippen.

Ihr Kuss begann vorsichtig, doch lang hielt die zaghafte Berührung nicht an. Dafür waren sie inzwischen zu vertraut miteinander. Auf einmal packte er sie, wirbelte sie wie bei einem feurigen Tango herum, sodass sie beinahe den Boden unter ihren Füßen verlor, und hielt sie in den Armen. Lachend hielt sie sich an ihm fest, um nicht auf dem Hintern zu landen, bevor er ihren Mund wieder mit seinem verschloss. Als sie in dem leidenschaftlichen Kuss versank und alles um sich herum vergaß, waren ihre Tränen längst getrocknet.

»Na, ist das nicht rührend?«, hörte sie eine wohlklingende Stimme sagen. Tief und doch weiblich. Die Stimme der Königin.

Hastig richtete sie sich wieder auf, strich sich das T-Shirt glatt und räusperte sich verlegen. Da Lord Vhandor ihr keine Zeit gelassen hatte, sich noch umzuziehen, stand sie der Königin des Síd in ihrer Starbucks-Uniform gegenüber. Sie wünschte sich, etwas repräsentativer auszusehen. Andererseits, wen wollte sie beeindrucken?

Cathal richtete sich ebenfalls auf und wischte sich mit dem Daumen lasziv über die Lippen – eine eindeutige Provokation –, bevor er sich höflich vor Königin Siobhánn verbeugte. Es wirkte spottend. Sie schätzte, dass er sich das leisten konnte, trotzdem wäre es ihr lieber gewesen, er würde sich um ihretwillen zusammenreißen.

»Königin Siobhánn, Königin der Seelie und Herrscherin über die Unseelie, Lady aus den Ländern des Ostens, des Lichts der Sonne und der Illusion, Herrin der Fruchtbarkeit, Freundin der Schönheit«, grüßte Cathal. Während Nessya einen höfischen Knicks vollführte, wiederholte sie die Begrüßung und war froh, dass Cathal den Anfang gemacht hatte. Es würde sicher nicht so gut kommen, bei ihrer eigenen Verhandlung einen der Titel zu vergessen. Auf jeden Fall wäre ihr die Königin dann bestimmt noch weniger wohlgesonnen.

Königin Siobhánn saß erhaben und strotzend vor Macht auf ihrem Thron. Das leuchtende Schwert der Seelie ruhte auf ihrem Schoß. Eine Hand befand sich auf der metallenen Klinge, während die andere auf der Armlehne lag und sie mit ihren langen schlanken Fingern auf dieser herumtrommelte. Ihr Gewand schien nicht aus Stoff, sondern Elementen zu bestehen. Ob sie tatsächlich die Fähigkeit besaß, Wind und Wasser nach ihrem Willen zu formen, oder sich nur in eine Illusion hüllte, konnte Nessya nicht sagen. Da Königin Siobhánns Haar zu einer majestätischen Hochsteckfrisur aus dem Gesicht gekämmt war, lenkte nichts von ihrer ätherischen Schönheit ab.

Nessya widerstand dem Drang, sich erneut nach ihrer Mutter umzusehen, obwohl sie das Gefühl hatte, dass Mutter ihr geradezu Löcher in den Rücken starrte.

»Wir haben uns heute hier versammelt, um einen Diebstahl zu verhandeln«, begann die Königin ohne große Umschweife. Sie tätschelte das Schwert. »Bei dem Corpus Delicti handelt sich um nichts Geringeres als das leuchtende Schwert der Seelie, viertes Heiligtum des Síd.« Durch die Reihen ging erneut entrüstetes Raunen. »Wie alle wissen, steht auf dessen Diebstahl die Todesstrafe durch ebendiese Waffe.« Sie rollte abschätzig mit den Augen. »Bei einem Menschen dürfte jedoch auch jede andere Waffe genügen.«

Lord Vhandor stand hinter ihrem Thron zu ihrer Rechten und beobachtete Nessya interessiert durch eisblaue Augen, als wäre sie ein kurioses Insekt.

Es hieß, dass ihm vor vielen Jahrhunderten seine große Liebe davongelaufen war. Eine Hexe. Damals, als es noch Hexen gegeben hatte, bevor sie der Inquisition zum Opfer gefallen und die großen, mächtigen Linien ausgerottet worden waren.

Niemand hatte je etwas über den Verbleib dieser Hexe sagen können, nur dass sie plötzlich spurlos verschwunden war. Da sie inzwischen vermutlich gestorben war und der Lord nie die Möglichkeit bekommen würde, die Angelegenheit mit ihr zu klären und für sich einen

Abschluss zu finden, war er zunächst schwermütig und bitter, später grausam und rachsüchtig geworden. Zumindest war diese Version ein beliebtes Thema von Mutters Freundinnen beim wöchentlichen Klatschtreffen gewesen.

Die Hexe hatte ihm wohl das Herz gebrochen, sodass es in seiner Brust nun still und kalt blieb. Dieser Umstand ließ Nessya fast Mitgefühl für Lord Vhandor empfinden. Fast.

»Ich habe das Schwert nicht gestohlen, das habe ich Lord Vhandor bereits zu erklären versucht«, verteidigte sie sich.

»Schweig, *Mensch.* Ich interessiere mich nicht für deine impertinenten Lügen«, fuhr die Königin sie an, sodass sie unwillkürlich zusammenzuckte. Das sanft schimmernde Licht verdunkelte sich, als würde der Himmel mit dichten Gewitterwolken zuziehen und ebenso unheilvoll fühlte sich auch auf einmal die Stimmung an.

Die Magie sickerte aus der Königin wie Lava aus einem überbrodelnden Vulkan und schien jede Zelle in Nessyas Körper zu verbrennen. Ohne eine logische Erklärung dafür zu haben, verspürte sie auf einmal panische Todesangst.

Sie hatte schon davon gehört, dass das Militär Mikrowellen gegen Menschenmassen einsetzte, da die Wellen das Wasser unter der obersten Hautschicht zum Kochen brachte. Von außen blieb man unversehrt und doch verspürte man eine solche Panik, als würde man sterben. Genau so fühlte sich das jetzt an.

»Wofür ich mich jedoch durchaus interessiere, bevor ich dir deinen dünnen Hals umdrehe«, fuhr Königin Siobhánn fort, »ist, wie ein einfacher Mensch es geschafft hat, *mein* Eigentum zu stehlen.«

Nessya wollte etwas erwidern, sich verteidigen, irgendetwas. Doch ihre Stimme versagte und sie brachte keinen Ton heraus. Neben sich spürte sie Cathals Blick auf ihr ruhen.

Nachdem sie weiterhin schwieg, trat er vor und ergriff das Wort. »Nessya hat das Schwert nicht gestohlen, Majestät. Es ist von selbst zu ihr gekommen.«

Da Cathal ein Fay war und somit nicht lügen konnte, war ihm nach dieser Aussage die Aufmerksamkeit aller gewiss. Die Königin nahm ihren eiskalten Todesblick von Nessya und sah stattdessen ihn an.

»Erklärt, Heerführer«, verlangte sie scharf, während sie Daumen und Zeigefinger zweiflerisch aneinanderrieb.

Cathal verbeugte sich leicht. »Nessya ist im Síd aufgewachsen. Sie ist die Tochter einer Elfe und eines Menschen. Doch damit endet es nicht. Vor Kurzem habe ich erfahren, dass sich die Heiligtümer zueinander hingezogen fühlen. *EaglaBás* kam zu Nessya, nachdem sie nach langer Zeit den Síd wiederbetreten hat, von dem sie – nebenbei bemerkt – äußerst warm begrüßt wurde. Der Síd hat seine verlorene Tochter willkommen geheißen und *EaglaBás* ist dem Ruf gefolgt.«

Einen Moment sah ihn die Königin sprachlos an. »Wollt Ihr damit etwa andeuten, dass …«

»… es sich bei Nessya um eines der verschollenen Heiligtümer handelt. Ganz recht. Vor Euch, Majestät«, er deutete auf Nessya, »steht das *Gefäß der Macht.* Verborgen unter der Tarnung einer menschlich aussehenden Hülle.«

Wieder ging ein Raunen durch die Reihen, dieses Mal ein anerkennendes, während sich Königin Siobhánn interessiert aufrichtete.

Hoffentlich wusste Cathal, was er da tat.

Das Licht schimmerte abermals sanft und friedlich, die unheilvolle Stimmung verging so schnell, wie sie gekommen war. Entweder lag es an ihr und sie bildete sich die Veränderungen nur ein, oder die Königin vermochte tatsächlich mit ihrer Stimmung die gesamte Atmosphäre zu beeinflussen.

»Könnt Ihr dafür einen Beweis erbringen?«, fragte Königin Siobhánn.

»Selbstverständlich«, erwiderte Cathal. »Ich bin sicher, dass Nessya Euch mit Freuden eine Kostprobe ihres Könnens präsentieren möchte.«

Nicht wirklich. Aber sie hatte keine Wahl. Verglichen mit der Option, öffentlich exekutiert zu werden, war es definitiv das kleinere Übel.

»Komm doch einmal hinauf zu mir, mein Kind. Lass dich ansehen«, säuselte die Königin freundlich und streckte ihr beide Hände einladend entgegen.

Unsicher wandte sich Nessya Cathal zu, der ihr aufmunternd zunickte.

Die Königin lachte. Ein glockenheller, angenehmer Klang. »Keine Angst, ich beiße nicht.«

Einige der Zuschauer schmunzelten ebenfalls. Sie sah nicht hin, doch sie hätte ihr Auto darauf verwettet, dass ihre Mutter nicht mitlachte. Für sie musste das Ganze alles andere als lustig sein.

Langsam ging sie Stufe für Stufe zur Königin hoch, mit jedem Schritt verstärkte sich das mulmige Gefühl in ihrem Bauch.

Verflucht, hoffentlich wusste Cathal *wirklich*, was er tat. Sie vertraute ihm, doch wohl fühlte sie sich dabei nicht.

Als sie oben angekommen war, stand die Königin auf und betrachtete sie mit einem aufmunternden, vertrauenserweckenden Blick. Er vermittelte, dass alles gut war und sie sich vor nichts und niemanden zu fürchten bräuchte. Klar doch!

Lord Vhandors Ausdruck hatte sich nicht verändert. Sie konnte nicht einschätzen, ob er erleichtert oder enttäuscht darüber war, heute wahrscheinlich doch niemanden umbringen zu müssen oder zu dürfen. Vielleicht war es ihm auch schlicht egal. Fakt war jedoch, dass sie der ganzen Sache hier ungefähr so weit traute, wie sie ihn werfen könnte.

Als die Königin ihr mit der Hand sanft über die Wange und das Kinn strich, zuckte sie zusammen, wovon sich die Königin nicht beirren ließ. Stattdessen schob sie Nessyas Haar zur Seite und schien die Form ihrer Ohren zu begutachten.

»Deine Mutter ist eine Elfe?«

»Ja, Majestät.«

»Wer ist sie?«

Bei der Frage rutschte ihr das Herz hinunter. Auch wenn Mutter sie immer spüren ließ, nicht gut genug zu sein, sie verstoßen hatte und vergiften wollte, würde sie ihre Mutter nicht verraten.

»Das möchte ich lieber für mich behalten«, antwortete sie.

»Nun, es spielt keine Rolle. Der Síd ist jetzt deine Familie, mein Kind. Hast du eine Präferenz, an wen du deine Fähigkeit demonstrieren möchtest?«

Obwohl ihr die Zuschauer im Rücken saßen, konnte sie das Unbehagen, das durch die Reihen ging, förmlich spüren.

»Nein, habe ich nicht.« Sie wollte es nur so schnell wie möglich hinter sich bringen.

Nachdenklich strich sich die Königin übers Kinn, bevor sie plötzlich mit dem Finger schnipste. »Ah, ich glaube, ich weiß, wen wir nehmen.«

Über ihre Züge glitt ein so selbstzufriedener Ausdruck, dass Nessya anfing, nervös zu werden. »Lord Tuor, würdet Ihr bitte vortreten?« Sie ließ es wie eine höfliche Bitte klingen, doch es handelte sich eindeutig um einen Befehl.

Woher zum Teufel wusste sie von …? Oder war es nur ein ganz dummer Zufall? Irgendwie bezweifelte Nessya es. Dann wusste die Königin bestimmt auch, wer ihre Mutter war, doch es schien keine besonders große Rolle zu spielen.

Hatte sie gehofft, dass ihre Mutter von selbst aufspringen und stolz rufen würde: »Das ist mein Kind! Nessya ist meine Tochter!«? Zu ihrer Schande musste sie sich eingestehen, ja. Ein kleiner Teil in ihr hatte sich das gewünscht.

Sie drehte sich nicht um, als hinter ihr durch die Reihen etwas Tumult entstand, da offenbar jemand aufgestanden war, zur Plattform gebracht und bis nach oben zum Thron der Königin eskortiert wurde. Auch als sie Seite an Seite neben Tuor stand, schenkte sie ihm nichts weiter als einen raschen Seitenblick.

»Was für ein hübsches Paar ihr beide abgebt«, bemerkte die Königin gehässig. Vielleicht meinte sie es auch ernst. Mit einer grazilen Handbewegung deutete sie zu Tuor. »Bitte, mein Kind, er gehört ganz dir.«

Bevor sich Nessya Tuor zuwandte, atmete sie tief durch. So nah vor ihm rechnete sie mit einer Reaktion. Irgendeine. Doch wenn sie ihn sich jetzt betrachtete, wirkte er überhaupt nicht wie der Gott, als den sie ihn als Teenager verehrt hatte. Er sah zweifellos gut aus. Aber das war es auch schon. Der stolze Elfenkrieger von damals war nichts Besonderes mehr. Eher langweilig und austauschbar. Weshalb war sie so lang in ihn verknallt gewesen? Sie blickte die Stufen hinunter zu Cathal, der alles mit vor der Brust verschränkten Armen still verfolgte. Auf seinem Gesicht lag ein neutraler, nichtssagender Ausdruck. Das bedeutete, dass er von der Entwicklung alles andere als begeistert war, sich jedoch nichts anmerken lassen wollte.

Unweigerlich fiel ihr auf, dass er im Gegensatz zu Tuor durchaus besonders und alles andere als austauschbar war. Mit seinen riesigen Flügeln und der zart silbern schimmernden Haut war Cathal selbst unter dem vielfältigen Volk der Fay einzigartig. Als sie ihn anlächelte, verriet nur ein kleines Zucken seines Mundwinkels, dass er ihre Botschaft verstanden hatte. Tuor bedeutete ihr nichts mehr.

Sie liebte *ihn*.

»Guten Abend, Nessya«, grüßte Tuor höflich, sodass sie sich ihm wieder zuwandte. »Ich muss zugeben, dass ich nicht damit gerechnet hätte, dich je wiederzusehen.«

Sie überlegte, mit einem bissigen Kommentar zu antworten, so etwas wie: »Nachdem ich weg war, hast du dich also gleich an meine Mutter rangemacht, hm? Bleibt ja in der Familie!« Aber zum einen wollte sie ihm nicht die Genugtuung verschaffen, zu glauben, dass es ihr etwas ausmachte, und zum anderen hätte sie die Identität ihrer Mutter dann doch preisgegeben. Falls die Königin sie sowieso schon kannte, war es eine Sache, doch von ihr würde sie diese nicht erfahren.

Es machte ihr nichts aus, wirklich nicht – sollte er doch mit wem auch immer glücklich werden –, auf der anderen Seite störte es sie aber doch. Nicht, weil sie noch Gefühle für ihn hatte, sondern weil es sich nach einem Verrat anfühlte. Von ihm und Mutter gleichermaßen.

Als sie nur wortlos die Hand nach Tuor ausstreckte und seinen Arm berührte, zuckte er zusammen und stolperte nach hinten, außerhalb ihrer Reichweite. Es lag offenbar nicht daran, weil er sich für etwas Besseres hielt. In seinen Augen schimmerte Angst. Was immer er in ihrem Blick gesehen hatte, schien ihn nicht mit Zuversicht zu erfüllen.

»Lord Tuor«, warnte Königin Siobhánn mild, doch nachdrücklich. Räuspernd rang er um Fassung. Es schien ihm Mühe zu bereiten, still stehen zu bleiben, als sie einen Schritt auf ihn zuging und wieder nach ihm griff.

Panisch musterte er ihre Hand, als hätte sie eine hochinfektiöse Krankheit. Vielleicht war es eine kleinliche Freude, aber ein wenig genoss sie es, diese Furcht in seinen Augen zu sehen.

Sie schloss die Lider und konzentrierte sich auf seine Magie. Hoffentlich machte ihr der berüchtigte Vorführeffekt keinen Strich durch die Rechnung.

Als sie tatsächlich nichts spürte, fing sie an, sich ernsthafte Sorgen zu machen. War sie womöglich doch nicht das *Gefäß der Macht?* Hatte sich Cathal geirrt und bei ihm war es lediglich eine Ausnahme gewesen? Sollten all ihre Hoffnungen wieder zerplatzen, nachdem sie sich gerade an den Gedanken gewöhnt hatte?

Die Zuschauer begannen bereits, miteinander zu tuscheln, als ihr plötzlich klar wurde, dass sie völlig falsch an die ganze Sache heranging. Sie hatte nach etwas Bestimmtem gesucht. Doch Tuor bediente sich einer ganz anderen Magie als Cathal.

Tuor gehörte zu jenen, die Fruchtbarkeitsriten ausführten, Cathal hingegen war zur Hälfte ein Sluagh.

Wieder nahm sie einen tiefen Atemzug, versuchte sich zu entspannen und einfach ganz unverkrampft jegliche Magie auf sich einwirken zu lassen.

Und dann fühlte sie es. Tief in seinem Inneren, hinter allen möglichen metaphysischen Barrieren, die er gegen sie zu errichten versuchte.

Sex und Hitze und Leidenschaft. Sie fühlte die Wärme des Frühlings auf ihrer Haut, vernahm den Duft junger Blütenknospen und hörte das Rauschen eines gurgelnden Baches. Es war kein echtes Geräusch, nur die Illusion davon. Phantomgeplätscher. Fruchtbarkeitsmagie. Es fühlte sich so anders an als Cathals finstere Künste. Doch keines von beidem war besser oder schlechter.

Es handelte sich einfach nur um pure, rohe, ungefilterte Magie.

Und all diese Magie zog sie aus Tuor heraus und ließ sie in sich hineinfließen. Auf sie hatte die Aktion zum Glück keinen Effekt. Weder wurde sie zu einer sexhungrigen Nymphomanin noch könnte sie andere damit manipulieren.

Sie fühlte die Fruchtbarkeitsmagie nur, konnte sie jedoch nur lagern, nicht benutzen.

Als sie die Augen wieder öffnete, lag auf Tuors Gesicht ein ungläubiger Ausdruck und er sah aus, als wäre ihm unheimlich schlecht. Das sanfte Schimmern seiner Haut, die satte leuchtende Farbe seines Haars und der der Glanz in seinen Augen war verschwunden. Ohne seine Magie sah er gewöhnlich aus, fast wie ein Mensch. Für einen Fay gab es kein schrecklicheres Schicksal. Er tat ihr geradezu leid.

»Bemerkenswert«, sagte die Königin beeindruckt. »Äußerst bemerkenswert. Lord Tuor, Ihr dürft wieder gehen.«

Mit weit aufgerissenen Augen wandte er sich der Königin zu. »Majestät, was habe ich getan, um in Ungnade zu fallen?«, fragte er atemlos.

Sie sah ihn an. Jegliche Wärme sickerte aus ihrem Blick. »Was Ihr getan habt, fragt Ihr? Ihr habt ein kostbares Geschenk weggeworfen. Wärt Ihr nicht ein solcher Dummkopf, hätte das *Gefäß der Macht* den Seelie-Hof niemals verlassen und bei den Menschen hausen müssen. Dem Gefäß Eure Magie zu schenken, ist das Geringste, das Ihr als Wiedergutmachung tun könnt.« Sie klatschte laut in die Hände. »Bereitet dem Gefäß ein Zimmer vor. Ihr soll es hier an nichts fehlen.«

»Majestät«, ging Nessya dazwischen, »ich … ich kann mit der Magie von Lord Tuor nichts anfangen. Ich kann sie in mir lagern. Aber ich kann sie nicht nutzen. Für mich ist sie wertlos und um ehrlich zu sein, möchte ich sie auch überhaupt nicht.«

»Was willst du dann, mein Kind?«, fragte die Königin freundlich. So langsam nervte sie die Bezeichnung. Sie war kein Kind.

»Das diente nur zur Demonstration. Jetzt möchte ich sie ihm wiedergeben.«

»Möchtest du dich denn nicht an ihm rächen?«

Die Frage überraschte sie und kurz dachte sie darüber nach. »Nein«, antwortete sie schließlich. »Es gab eine Zeit, in der das vielleicht der Fall gewesen wäre. Aber damals habe ich auch noch etwas für ihn empfunden. Jetzt nicht mehr. Jetzt ist er mir zu egal, um noch irgendetwas zu fühlen.« Es entsprach der Wahrheit.

»Wie du willst.« Auf dem Gesicht der Königin weitete sich ein Lächeln. Offenbar erfreute sie die Antwort. Als wäre das eine schlimmere Bestrafung, als wenn sich Nessya an Tuor hätte rächen wollen.

Bevor es sich die Königin wieder anders überlegte, griff Nessya rasch nach Tuors Hand, öffnete ihre metaphysischen Barrieren und entließ seine Magie in seinen Körper, bis der letzte Rest wieder in ihm war. Dankbarkeit funkelte in seinem Blick, bevor er die Plattform schnellen Schrittes verließ.

»Wie wundervoll«, rief die Königin laut an die Zuschauer gerichtet. »Das *Gefäß der Macht* ist an den Seelie-Hof zurückgekehrt. Das muss gefeiert werden. Morgen Nacht soll es ein rauschendes Fest geben.«

Dann hatte sich Nessya vorhin nicht verhört und es war, wie sie befürchtet hatte.

»M-Majestät, es tut mir leid, aber … ich kann nicht hierbleiben«, sagte sie kleinlaut.

»Oh, aber du musst. Ich bestehe darauf«, flötete die Königin. »Wenn sich die Heiligtümer zueinander hingezogen fühlen, sollten sie nicht voneinander getrennt werden. Ich kann doch nicht zulassen, dass mir mein Schwert alle naselang davonläuft, oder?« Sie lachte und der volltönende Klang ließ Nessya das Blut in den Adern gefrieren. Vom Gast zum Gefangenen. Wie schnell das passieren konnte.

Hinter ihr räusperte sich Cathal, während er die Stufen zum Thron hinaufschritt. Gleichzeitig schob sich Lord Vhandor vor den Thron, um im Fall der Fälle schneller eingreifen zu können.

»Ich fürchte, Majestät, dass das nicht so einfach ist«, sagte Cathal mit überaus schadenfreudigem Tonfall und legte den Arm besitzergreifend um Nessyas Taille, als er neben ihr stand.

»Und warum nicht?«

»Weil Nessya unter meinem Schutz steht.«

»Na, dann ist ja gut, dass sie hier nichts zu befürchten hat. Ich habe nicht vor, ihr zu schaden, Sluagh-Fürst. Im Gegenteil. Nirgendwo wird sie es besser haben als hier, dafür werde ich sorgen.«

Die Königin klang äußerst siegessicher, während Nessyas Herz wild raste. Das hieß mit anderen Worten, dass sie den Hof nie wieder verlassen durfte. Sie wäre im goldenen Käfig gefangen. Einerseits störte es sie, dass die beiden über ihren Kopf hinweg über sie sprachen, als wäre sie nicht anwesend. Andererseits war sie in diesen politischen Machtkämpfen noch nie besonders gut gewesen. Himmel, hoffentlich wusste Cathal *wirklich, wirklich,* was er tat.

»Ah, da gibt es jedoch das klitzekleine Problem des Abkommens, welches das *Gefäß der Macht* und ich miteinander geschlossen haben.«

»Abkommen? Was denn für ein Abkommen?«

»Nessya ahnte nichts von ihrer Fähigkeit und hatte sich bereits mit dem Gedanken abgefunden, für immer im Exil leben zu müssen. Ich bot ihr an, mit mir – und nur mit mir – in den Síd zurückzukehren. Mir war klar, dass sie sich nichts sehnlicher wünschen würde, als in ihre Heimat, zu den Seelie zurückkehren zu wollen. Daher drohte ich ihr damit, das Heer auf sie zu hetzen, sollte sie hinter meinem Rücken Zuflucht am Seelie-Hof suchen. Wie Ihr wisst, können nicht einmal

Eure Runen die Herde davon abhalten, in den Seelie-Hof einzufallen, wenn die Magie sie führt.« Er lächelte breit. »Nessya gehört mir.«

»Ihr habt das *Gefäß der Macht* bedroht?«, fragte sie empört. »Das ist ein unverzeihlicher Frevel!«

Cathal zuckte scheinbar unbeeindruckt mit den Schultern. »Was soll ich machen, Majestät? Schließlich bin ich nichts weiter als eine elendige Sluagh-Brut.«

Außer sich vor Zorn sprang die Königin auf, das Schwert vor Cathal bedrohlich in Angriffsposition haltend. Die Ornamente, die sich auf der Klinge befanden, glühten hell auf, als wäre die Waffe gerade erst aus dem Heizofen gezogen worden. Durch die Reihen der anwesenden Lords und Ladies erklang erschrecktes Luftholen und schockiertes Stöhnen.

Mit einem einzigen lauten Schlag entfaltete Cathal seine Schwingen zu ihrer vollen Spannweite. Eine Drohgebärde. Er sah wie ein wunderschöner, grausamer Dämon aus, der Ausdruck auf seinem Gesicht erbarmungslos.

Dennoch blieb er die Ruhe selbst, als er sagte: »Das würde ich an Eurer Stelle nicht tun, Majestät. Ich bin überzeugt, dass meine Sluaghs nicht sehr erfreut wären, wenn sie herausfinden, dass ihr Heerführer ermordet wurde.«

Aus seinen Worten troff geradezu Arroganz und Überlegenheit. Das war gefährlich, wenn man es mit den unberechenbaren Launen der Königin zu tun hatte. Aus dem Augenwinkel nahm Nessya wahr, dass Lord Vhandor Cathals Ruhe ebenfalls nicht zu teilen schien. Auch er spannte sich an, offenbar jederzeit bereit, dazwischenzugehen und sein Leben für die Königin zu geben.

Es dauerte einen unendlichen Atemzug, bevor die Königin das Schwert wieder sinken ließ. Sie verengte die Augen zu schmalen Schlitzen und bedachte Cathal mit einem langen, hasserfüllten Blick.

Schließlich steckte das Schwert in die Scheide zurück und setzte sich, offensichtlich um Contenance bemüht, in ihren Thron zurück.

Sollte sich Nessya je fragen, weshalb Cathal von jedem respektiert und als größter *Bad-ass* des Síd angesehen wurde, müsste sie sich nur an diesen Moment zurückerinnern. Keiner wollte sich mit der Sluagh-Herde anlegen. Nicht einmal eine machthungrige, grausame, jähzornige Königin.

»Es besteht jedoch weiterhin das Problem mit der gegenseitigen Anziehungskraft der Heiligtümer«, beharrte die Königin.

»Das sich recht einfach lösen lässt, indem Nessya dem Schwert etwas Persönliches von sich dalässt. Ein wenig von ihrem Blut, das Ihr an das Schwert binden lasst. Damit dürfte *EaglaBás* zufriedengestellt werden. Zumindest könnte es ihm eine Weile die Nähe des Gefäßes suggerieren.«

»Schön« zischte Königin Siobhánn. »Ihr habt gewonnen, Sluagh-Fürst. Herzlichen Glückwunsch.« Dann wandte sie sich Nessya zu. »Ich wünschte, es gäbe etwas, das ich tun kann, doch wie es aussieht, sind mir die Hände gebunden. Armer Schatz, jetzt musst du bei diesem Scheusal bleiben.« Der letzte Satz diente mehr des Publikums willen als ihr. Die Königin musste den Schein wahren, um das Gesicht nicht zu verlieren.

Nessya rang sich ein Lächeln ab. Diplomatisch zu sagen, dass auch sie wünschte, die Dinge lägen anders, wäre gelogen. Daher schwieg sie einfach.

Nachdem sie die Blutmagie durchgeführt und einen Tropfen aus ihrem Finger an die Klinge des Schwertes gebunden hatten, wurden sie ohne großes Tamtam entlassen. Noch ein letztes Mal drehte sie sich zu ihrer Mutter um, doch die Plätze, auf denen sie und Tuor zuvor gesessen hatten, waren inzwischen leer. Sie hakte sich bei Cathal unter und bahnte sich mit ihm zusammen einen Weg durch die Schaulustigen.

Dieses Mal war sie buchstäblich mit dem Schrecken davongekommen, doch jetzt wusste leider der gesamte Síd über sie Bescheid. Zu versuchen, wieder in die Anonymität der Menschenwelt abzutauchen, konnte sie knicken. Der Zug war abgefahren, aber so was von.

Gemeinsam durchquerten sie die Schlucht der Elfen und begaben sich zurück ins Unseelie-Territorium in Cathals Höhle, um nach der ganzen Aufregung etwas zur Ruhe zu kommen.

28

Das Echo von sanftem Wellenplätschern wurde von den Kalksteinwänden der Höhle zurückgeworfen, als sie zum Ufer zurückschwamm und nackt aus dem See stieg. Das Bad im warmen Wasser hatte gutgetan und ihre Nerven wieder etwas beruhigt.

Sauber und entspannt legte sie sich bäuchlings auf das riesige Bett, wo Cathal mit einer Flasche Öl auf sie wartete. Mit seinen kräftigen Händen massierte er den letzten Rest Anspannung aus ihrem Körper, knetete sanft die verspannten Muskeln ihres Rückens und ihrer Beine. Leider viel zu kurz. Ganz un-gentlemanlike nutzte er die Situation voll und ganz aus. Nicht, dass sie sich darüber beschwerte. Schlüpfrig vom Öl liebten sie sich, bis sie erschöpft in die Laken sanken.

Auf Höhe seiner Hüften lag sie auf dem Bauch und sah zu ihm hinauf. Er hatte sich auf dem Rücken ausgestreckt und winkelte ein Bein an, sodass er sich ihr in all seiner Pracht darbot. Während ein Arm lässig über dem Kopf ruhte, lag der andere quer über seinem Bauch.

»Wäre übrigens nett gewesen, mich in deinen brillanten Masterplan einzuweihen«, sagte sie.

»Was meinst du?«

»Damit meine ich, dass sich die eine Hälfte der Zeit über ein riesiges ›wtf‹ in meinem Kopf befunden hat, nachdem du so offenherzig mein kleines Geheimnis ausgeplaudert hast, und ich die andere Hälfte über panische Angst hatte, weil ich dachte, für den Rest meines Lebens am Seelie-Hof gefangen und den Launen der Königin ausgesetzt zu sein.«

»Wtf?«, fragte er.

»Das bedeutet ›what the fuck‹.«

»Ah.« Er lächelte. »Ich wollte, dass deine Reaktionen authentisch aussehen. Hättest du gewusst, was ich vorhabe, wärst du zu ruhig und entspannt geblieben und die Königin hätte gesehen, dass du lieber bei mir bleiben willst, als zum Seelie-Hof zu gehen, was sie sehr gekränkt hätte. Bevor wir uns auf einen solchen Schlagabtausch mit der Königin einlassen, solltest du lernen, deine Gefühle nicht so offensichtlich vor dir herzutragen. Jetzt bin jedoch ich der Böse und du nur das arme Opfer.«

Sie legte das Kinn auf ihre aufgestützten Hände ab und grummelte: »Vielleicht will ich aber nicht als das arme Opfer gesehen werden. Die Rolle steht mir nicht.«

»Hab Geduld, *mo chroí*. Du wirst noch früh genug Gelegenheit bekommen, allen zu beweisen, was für ein harter Knochen du bist. Außerdem hoffe ich, du gibst dich nicht der falschen Annahme hin, dass die Königin so einfach aufgegeben hat. Ich bin überzeugt, dass sie sich bereits Strategien überlegt, wie sie dich mir wegnehmen kann. Aufgrund unseres Bündnisses ist es ihr im Moment unmöglich, doch du solltest davon ausgehen, dass die Gefahr noch lange nicht gebannt ist. Die Königin hat viele Charakterfehler. Sich entmutigen lassen und schnell aufzugeben, gehört jedoch nicht dazu und wenn man ihr eines nicht unterstellen kann, dann dass sie keine Geduld hat. Sie ist es gewohnt am Ende zu bekommen, was sie will. Selbst wenn es Jahre, Jahrzehnte oder gar Jahrhunderte dauert. Gib dir Zeit, in deine Rolle hineinzuwachsen, Nessya.«

Unzufrieden blies sie Luft aus. So etwas in der Art hatte sie schon befürchtet. Bye-bye, unbehelligtes Leben fernab von politischen Fay-Machtkämpfen – war schön, dich kennengelernt zu haben! Ihr gefiel das alles nicht, aber wo er recht hatte, hatte er recht.

»Wie geht es eigentlich Emma?«, wechselte er das Thema und klang aufrichtig besorgt.

Schlagartig änderte sich ihre Stimmung. Sie seufzte. »Nicht besonders gut. Ich besuche sie regelmäßig in der Klinik, aber es stimmt mich jedes Mal trauriger. Sie macht überhaupt keine Fortschritte, sondern sitzt einfach immer nur da und starrt Löcher in die Luft. Es ist kaum auszuhalten.«

»Würde es dir helfen, wenn ich dich das nächste Mal begleite?«

Gedankenverloren zupfte sie am Laken herum. »Ich weiß es nicht, Emma wirkt völlig neben der Spur und …«

»Würde es *dir* helfen?«, unterbrach er sie, sodass sie zu ihm aufsah und in seine warmen, grau schimmernden Augen blickte. Nach einer Weile nickte sie. Auf jeden Fall würde sie sich besser fühlen, wenn er dabei wäre.

Am nächsten Tag gingen sie zusammen in die Klinik, um Emma zu besuchen. Cathal begleitete sie unter seinem Calvin-Klein-Model-Beachboy Blendzauber und hatte keine Probleme, die nette Dame am Empfang davon zu überzeugen, ihn als zusätzlichen Besucher durchzuwinken.

Während Nessya gleich in Emmas Zimmer ging, holte Cathal vorher noch zwei *Coffee-to-go* aus der Cafeteria.

»Hallo, Emma«, sagte Nessya, nachdem sie Emmas Zimmer betreten und die Tür geschlossen hatte. Sie setzte sich zu Emma aufs Bett, die mit angezogenen Knien auf der Matratze hockte. Wie üblich reagierte Emma nicht. Selbst dann nicht, als Nessya anfing, ihr Haar zu bürsten.

Alles in diesem Zimmer war weiß. Weiß gestrichene Wände, weiße Möbel, weißes Bettzeug, weißes Nachthemd. Es sah aus wie in einer Kleenexschachtel. Sauber, praktisch und funktionell. Steril.

»Unsere Wohnung ist fast fertig renoviert. Bald können wir wieder einziehen. Ich hoffe, dass du bis dahin entlassen wirst. Es wäre traurig, plötzlich ganz alleine wohnen zu müssen. Bis jetzt kann ich noch bei Jada bleiben und es ist echt schön, aber wir vermissen dich und …« Sie laberte und laberte, ohne wirklich einen Sinn darin zu sehen.

Emma schien ja doch nichts mitzubekommen, aber die Ärzte hatten ihr erzählt, dass es den Patienten guttat, wenn man sich mit ihnen beschäftigte. Selbst wenn es auf den ersten Blick nicht den Anschein hatte.

Als Cathal aus der Cafeteria zurückkehrte und den Raum ebenfalls betrat, hörte Emma auf zu wippen und richtete sich gerade auf. Langsam drehte sie den Kopf zu ihm, riss die Augen weit auf und fing dann ohne Vorwarnung an zu schreien.

»Emma! Was ist los? Emma!«

Doch egal, was sie machte oder sagte, sie schaffte es nicht, ihre Freundin zu beruhigen. Im Gegenteil. Emma sprang aus dem Bett und versuchte sich wie eine Irre auf Cathal zu stürzen, nur um im selben

Moment wieder von selbst zurückzuweichen. Sie fiel zu Boden und krabbelte rückwärts zur Wand, so weit weg von ihm wie sie konnte.

»Verschwinde!«, schrie sie. Das erste Mal seit Wochen, dass Emma wieder ein richtiges Wort sagte.

Mit aller Kraft hielt sie Emma fest in den Armen und versuchte sie zu beruhigen. »Cathal! Ich glaube, dass sie deine Magie fühlen oder sehen kann.«

»Unmöglich«, antwortete er, die Kaffeebecher noch in der Hand. »Ich habe den Blendzauber komplett hochgefahren und dämpfe meine Magie auf ein Minimum ab.«

»Aber weshalb reagiert sie dann so? Wir müssen Hilfe holen!«

Wo blieben die Ärzte? Wurden die Patienten denn überhaupt nicht überwacht? Auf einmal erschlaffte Emma in ihrem Griff, krümmte sich zusammen und wurde von heftigen Heulkrämpfen geschüttelt, bevor sie anfing, ihren Kopf gegen die Wand zu schlagen.

Endlich strömten Pfleger ins Zimmer, zerrten Emma von der Wand und schnallten sie auf dem Bett fest. Laut kreischend versuchte sie sich mit aller Kraft zu wehren. Es brauchte vier starke Männer, um sie zu bändigen. Nessya trat zur Seite, um nicht im Weg zu stehen, und kam sich so unendlich hilflos vor.

»Sie müssen jetzt gehen«, sagte eine der Schwestern, während sie Cathal und sie zur Tür bugsierte. Sie sah noch, dass einer der Pfleger Emma eine Spritze gab. Kurz darauf beruhigte sich Emma und schien unter dem Rausch des Mittels wegzudämmern.

»Ist … ist sie faysüchtig?«, fragte Nessya, nachdem die Schwester wieder von ihnen weggetreten war. Im Raum herrschte ein ziemliches Gewusel von Pflegepersonal. Der Schreck steckte ihr noch in den Knochen. Ob Emma je wieder gesund werden würde?

»Schlimmer«, antwortete Cathal. »Sie ist gebrochen.«

Im Flur setzte sie sich auf einen Besuchersessel, während Cathal neben ihr stehen blieb und ihr einen der Becher reichte. Sie zitterte am ganzen Leib und benötigte einen Moment, um sich zu sammeln. Dankbar nahm sie den Becher entgegen und trank einen Schluck von dem warmen Getränk. Nachdem sie in paar Mal tief durchatmen konnte, fiel ihr etwas auf.

»Sie hat auf dich reagiert.«

»So könnte man es wohl auch ausdrücken.«

Sie sah zu Cathal auf. »Nein, verstehst du nicht? Vorher hat sie einfach immer nur dagesessen und apathisch vor sich hin gestarrt. Aber heute hat sie nach Wochen endlich wieder ein Lebenszeichen von sich gegeben. Deinetwegen.«

»Du klingst hoffnungsvoll«, erwiderte er skeptisch.

»Vielleicht können wir sie durch deine Anwesenheit irgendwie wachrütteln und aus ihrem Delirium befreien?«

»Nessya …«, sagte er sanft.

»Denkst du, dass wir ihr so vielleicht helfen können? Wie eine Art Schocktherapie?«

»Ich weiß es nicht.«

»Aber wir könnten es versuchen?«

Er seufzte. »Ja, wir könnten es versuchen.«

»Prima!« Enthusiastisch sprang sie auf. »Vielleicht könnten wir sie einmal die Woche zusammen besuchen? Oder einmal im Monat fürs Erste. Was meinst du?«

»Warum nicht? Noch mehr Schaden werden wir dadurch wohl nicht anrichten, denke ich.«

Allein der Funke an Hoffnung gab ihr neue Kraft. Vielleicht könnten sie Emma doch retten. Noch bis gestern hatte sie geglaubt, es wäre aussichtslos, und sie hatte nicht den blassesten Schimmer gehabt, was sie für Emma hätten tun können. Aber jetzt sah die Zukunft nicht mehr ganz so dunkel aus. Schocktherapie könnte die Lösung sein.

Irgendwie würde, nein, *musste* es klappen. Sie würde Emma nicht aufgeben. Niemals.

- Ende Teil 1 -

Ein etwas anderes Glossar …

Interview mit Nessya

Reporterin: Guten Abend, Nessya. Schön, dass Sie heute zu uns gekommen sind. Darf ich Ihnen etwas anbieten? Wasser? Kaffee? Tee?

Nessya: Guten Abend. Vielen Dank für die Einladung. Wasser bitte.

R: *Flasche Wasser und Glas auf den Tisch stell* Ich dachte, dass man sich in der Feenwelt nicht bedanken darf?!

N: Das stimmt. Aber Sie sind ein Mensch, oder? **zwinkert Reporterin zu**

R: Ja, das stimmt. Puh, das sind bestimmt ganz schön viele Regeln, die man beachten muss. Dabei fällt mir ein: Haben Sie eigentlich auch einen Nachnamen oder dürfen wir Sie einfach Nessya nennen?

N: Nessya ist völlig okay. Ich kenne es nicht anders.

Da ich im Síd aufgewachsen bin, habe ich keinen Nachnamen. Dort gibt es zur genaueren Unterscheidung Titel, den gesellschaftlichen Stand und natürlich die Magie, die man besitzt. Je nachdem, wie mächtig jemand ist, kann das unter Umständen in einen regelrechten Rattenschwanz an Titeln und Namen ausarten. Aber ich bin nur der magielose Abkömmling einer Elfe und eines Menschen und wurde deshalb immer bei meinem Vornamen genannt.

Inzwischen sagen einige *Lady* Nessya oder sprechen mich direkt mit meinem offiziellen Titel an. **lächelt verlegen** Aber das kommt mir irgendwie immer noch seltsam vor. Also, einfach Nessya bitte.

R: In Ordnung, Nessya. Sie sagten gerade, dass Sie im ›Síd‹ aufgewachsen sind. Sind damit die Feenhügel gemeint?

N: Genau. Mit ›Síd‹ ist die Wohnstätte der Feenwesen gemeint. Manchmal sagt man auch ›Anderswelt‹ und die magischen Geschöpfe werden ›die Anderen‹, ›Sídhe‹ oder ›Fay‹ genannt, aber am meisten haben sich wohl die Begriffe ›Feenhügel‹ und ›Feenwesen‹ eingebürgert.

R: Möchten Sie ein bisschen davon erzählen?

N: Hm, wo fange ich am besten an?

Beim Síd handelt es sich um eine Art Parallelwelt, die von Menschen normalerweise nicht betreten werden kann. Außer an bestimmten Tagen, wie an Samhain – Sie wissen schon, Halloween –, und dann auch nur durch bestimmte Portale und zu bestimmten Zeiten. Die Feenwesen hingegen können jederzeit ein und aus gehen und mit ihnen kann ein Mensch auch außerhalb dieser bestimmten mythologischen Daten die Feenhügel betreten. Freiwillig oder … erzwungen.

R: Feenwesen. Was müssen wir uns darunter vorstellen? Wie genau sehen sie aus beziehungsweise woran erkennt man sie?

N: Uff, das ist eine echt schwierige Frage, da es sich um ein extrem vielfältiges Volk handelt.

Allen gemein sind wohl tatsächlich die spitzen Ohrmuscheln. Außer bei den Brownies, die haben Schlappohren. Wobei man die streng genommen auch als spitz zulaufend bezeichnen könnte. Manche Feenwesen haben allerdings überhaupt keine Ohrmuscheln. **denkt kurz nach**

Okay, ich versuche es einmal anders: Die Gesamtheit des Volkes nennt man Fay.

Die Fay – oder eben Feenwesen – lassen sich in Seelie und Unseelie einteilen. Innerhalb dieser beiden Gruppen gibt es wieder Unterkategorien.

Bei den Seelie zum Beispiel die Sylphen – Luftgeister –, dann die kleinen Pixies – Tinkerbell und so – **rollt mit den Augen** aber lassen Sie sich bitte nicht von der harmlosen Peter Pan Version beirren. Brownies zählen ebenfalls zu den Seelie. Und natürlich die Mächtigsten unter ihnen: die Elfen, zu denen auch meine Mutter gehört.

Bei den Unseelie gibt es mindestens genauso viele Untergruppen, wenn nicht noch mehr, aber mit denen kenne ich mich kaum aus.

R: Das klingt ja alles furchtbar spannend. Was würden Sie einem Menschen raten, der gerne Kontakt zu *kichert* ›den Anderen‹ aufnehmen möchte?

N: Ich würde ihm raten, sich psychisch mal gründlich durchchecken zu lassen.

R: *lacht*

N: …

R: Oh. Sie meinen das ernst.

N: Jep.

R: Warum?

N: Weil es für einen Menschen gefährlich werden kann und meist ungut endet, wenn er in den Fokus der magischen Welt gerät. Wie Sie vorhin schon bemerkt haben, gibt es eine Million Regeln zu beachten. Einen Fehler macht man schnell und ehe man sichs versieht, ist man irgendwelche Verträge eingegangen oder hat Versprechen oder Wünsche geäußert, die tödlich oder zumindest äußerst unangenehm enden können – um es mal milde auszudrücken.

R: Aber ich dachte, dass es auch gute, den Menschen wohlgesonnene Feenwesen gibt.

N: **irritiert guckt** Meinen Sie die Brownies, oder …?

R: Na, alle Seelie.

N: **wirft den Kopf zurück und lacht**

R: *räuspert sich* Das stimmt mich ja nicht gerade zuversichtlich.

N: Entschuldigung. Es ist nur, weil das genau deren Absicht ist. Seelie oder besser gesagt die Elfen sind sehr auf Prestige und äußeren Schein bedacht. Aber sie sind auch ebenso eitel, arrogant, schnell gekränkt und äußerst mächtig. Glauben Sie mir, wenn Sie es mit so jemandem zu tun haben, möchten Sie nicht in ein Fettnäpfchen treten, und das kann sehr schnell passieren. Leider schützt Unwissenheit nicht vor Strafe und was das betrifft, so können uralte, magische Geschöpfe äußerst kreativ werden.

Wenn Sie hingegen einem Monster mit Säbelzähnen gegenüberstehen, wissen Sie wenigstens, woran Sie sind. **zuckt mit den Schultern** Natürlich sind Sie am Ende in beiden Fällen verstümmelt oder tot.

R: Was können Sie mir über Königin Siobhánn erzählen?

N: Wer?

R: Ähm, Königin Siobhánn? Die Herrscherin des Síd?

N: Aaaaah, Sie meinen Königin *Scha-Wuan.* *lächelt* So spricht man sie eigentlich aus. Tja, was gibt es über sie zu sagen? Sie ist äußerst mächtig. **rutscht unruhig auf der Couch herum** Mehr möchte ich mich zu ihr nicht äußern.

Die Sluaghs bilden da eine Art Gegenpol, weil sie fast ebenso viel Macht haben. Sie werden übrigens *Sloo-uach* ausgesprochen, wobei man *oo* wie *u,* und das *ch* am Ende wie in *Rache a*usspricht – was für einen Sluagh sehr passend ist. Rache meine ich.

R: Wenn ich richtig informiert bin ... *kramt in den Unterlagen* ... hatten Sie bereits mit dem Heerführer der Sluaghs zu tun. Stimmt das?

N: **lacht** Ja, so könnte man es auch ausdrücken. Cathal *(Anm. d. R.: Korrekte Aussprache lautet Ca-Hal)* und ich kennen uns.

R: Sie haben von der Feenwelt gerade ein ziemlich schreckliches Bild gezeichnet. Aber Sie leben noch und wirken glücklich, obwohl Sie praktisch mit dem angeblich schlimmsten aller Feenwesen zusammengestoßen sind.

N: Wie gesagt, ich bin in dieser Welt aufgewachsen und kenne mich mit den dortigen Gepflogenheiten ja auch ein bisschen aus.

R: Irgendwie fällt es mir schwer zu glauben, dass es dort wirklich so schlimm sein soll, wie Sie behaupten, Nessya.

N: **zuckt mit den Schultern** Tja, was soll ich dazu sagen?

R: *sich verschwörerisch zu Nessya vorbeugt* Könnten Sie mich mit dieser Welt bekannt machen?

N: **schaut schockiert auf** Entschuldigen Sie bitte?

R: Ich habe mich viel mit den Legenden unseres Landes und den Bewohnern unter den Feenhügeln beschäftigt und wünsche mir nichts sehnlicher, als selbst einmal einem Fay zu begegnen.

N: Also, dazu fällt mir nichts weiter ein, außer das Sprichwort: ›Sei vorsichtig, was du dir wünschst - es könnte in Erfüllung gehen.‹

R: Na ja, vielleicht bekommen wir Gelegenheit, uns noch mal in Ruhe darüber zu unterhalten. Vielen Dank, dass Sie sich die Zeit für uns genommen haben, Nessya.

N: **lächelt** Haben Sie nicht zu Beginn des Interviews festgestellt, dass man sich bei Feenwesen nicht bedanken sollte?

R: Aber ich dachte, Sie sind ein Mensch?

N: Sie haben recht, das dachte ich ja auch. **steht auf und nickt höflich** Viel Glück mit den Fay. Lassen Sie sich nicht von ihnen beißen!

Danksagung

Als Erstes möchte ich Astrid, Drachenmama, Powerfrau und beste Verlegerin ever, danken. Danke für deine Unterstützung und dein Enthusiasmus für Projekte, die mit Herzblut geschrieben sind, und weil du jedes Buch als kostbaren Schatz siehst und auch so behandelst.

Marie, dir danke ich für ein episches Cover, das den Zauber der Geschichte zu hundert Prozent einfängt.

Michaela, danke für deine Liebe zu Buchstaben und Kommas und deinen Anspruch, das Buch erst in die Welt zu entlassen, wenn es weitestgehend fehlerfrei ist. (Anm. von mir: Das Wort ›weitestgehend‹ hat mir die viel zu bescheidene Korrektorin im Nachhinein eingefügt).

Asta, was wäre ich ohne dich? Danke für dein wertvolles, direktes Feedback, ohne das ich wohl nie ein Buch zu Ende bringen könnte und das mir dabei hilft, das Beste aus den Geschichten herauszuholen. Du bist die Beste!

Danke auch an Jack fürs Testlesen, obwohl du die Geschichte bereits in einer anderen Fassung kanntest.

Ein warmes Danke geht an meine Familie und meine Freunde, für die jahrelange Unterstützung und weil ihr an mich glaubt.

Danke an die Leser. Erst durch euch wird der Zauber zum Leben erweckt.

Last but not least danke ich dem besten Mann der Welt. Niemand sonst hätte wohl die Geduld, tagtäglich meinen Ängsten und Sehnsüchten zu lauschen und in Krisenzeiten immer an meiner Seite zu bleiben. Jedenfalls nicht, ohne mir eine saftige Therapierechnung dafür auszustellen. I love u. 4ever and always.

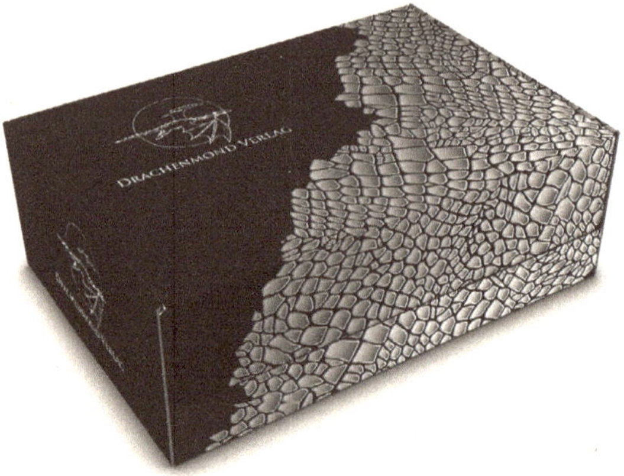
Drachenmond Verlag